Ein ganz normaler Tag, ein ganz normaler Kunde mit einem freundlichen Lächeln. Doch im nächsten Moment liegt die junge Maklerin Annie O'Sullivan betäubt und gefesselt in einem Lastwagen. Als sie erwacht, findet sie sich in einer abgelegenen, schallisolierten Blockhütte wieder. Ihr Entführer übt die absolute Kontrolle über sie aus. Ein endloser Albtraum beginnt, hinter dem ein noch schlimmerer auf sie wartet …

»Ein Gänsehaut-Krimi der Extraklasse. Raffiniert!« *Für Sie*

Chevy Stevens ist auf einer Ranch auf Vancouver Island aufgewachsen. Sie arbeitete einige Jahre als Immobilienmaklerin und kam während der einsamen Wartezeiten bei Open-House-Besichtigungen auf die Idee zu ihrem ersten Thriller ›Still Missing – Kein Entkommen‹. Der Roman wurde sofort zu einem internationalen Bestseller; auch ihr zweiter Thriller ›Never Knowing – Endlose Angst‹ erscheint weltweit in über 20 Sprachen. Die Autorin lebt mit ihrem Mann auf Vancouver Island vor der kanadischen Westküste. www.chevystevens.com

Weitere Informationen, auch zu E-Book-Ausgaben, finden Sie bei www.fischerverlage.de

Chevy Stevens

Still Missing

Kein Entkommen

Thriller

Aus dem Amerikanischen
von Maria Poets

Fischer Taschenbuch Verlag

Veröffentlicht im Fischer Taschenbuch Verlag,
einem Unternehmen der S. Fischer Verlag GmbH,
Frankfurt am Main, Mai 2012

Die Originalausgabe erschien 2010 unter dem Titel
›Still Missing‹ bei St. Martin's Press, New York

Umschlaggestaltung: bürosüd°, München
Umschlagabbildung: plainpicture und
Getty Images (Schmetterling)
Satz: Dörlemann Satz, Lemförde
Druck und Bindung: Kösel, Altusried-Krugzell
Printed in Germany
ISBN 978-3-596-51244-7

Für meine Mutter,
die mir die Phantasie schenkte

1. Sitzung

Wissen Sie, Doc, Sie sind nicht die erste Therapietante, der ich gegenübersitze, seit ich wieder zu Hause bin. Mein Hausarzt hatte mir einen Therapeuten empfohlen, gleich nachdem ich wieder da war, aber das war echt ein totaler Reinfall. Der Typ hat tatsächlich versucht, so zu tun, als wüsste er nicht, wer ich bin. So ein Idiot! Man müsste blind und taub sein, um es nicht zu wissen. Zum Teufel, sobald ich mich umdrehe, springt hinter irgendeinem Busch wieder so ein Mistkerl mit 'ner Kamera hervor. Und bevor die ganze Sache passiert ist? Da hat kein Mensch Vancouver Island gekannt, geschweige denn Clayton Falls. Wenn Sie jetzt die Insel erwähnen, wette ich mit Ihnen, dass dem anderen dazu als Erstes einfällt: »Ist da nicht diese Maklerin entführt worden?«

Selbst die Praxis von dem Typen war total daneben – schwarze Ledersofas, Plastikpflanzen und verchromter Schreibtisch. Genau das Richtige, damit die Patienten sich wohl fühlen. Und alles natürlich picobello aufgeräumt. Seine Zähne waren das einzig

Schiefe in diesem verdammten Raum, und wenn Sie mich fragen, kann mit einem Typen, der auf seinem Schreibtisch die Stifte der Größe nach sortiert, aber es nicht fertigbringt, seine Zähne richten zu lassen, irgendetwas nicht stimmen.

Als Erstes fragte er mich nach meiner Mom, und dann versuchte er tatsächlich, mich dazu zu bringen, die Farbe meiner Gefühle mit Buntstiften auf einen Block zu malen. Als ich fragte, ob das sein Ernst sei, erklärte er mir, ich würde mich gegen meine Gefühle wehren und dass ich mich »dem Prozess öffnen« müsse. Zum Teufel mit ihm und seinem *Prozess*. Zwei Sitzungen habe ich durchgehalten. Die meiste Zeit habe ich darüber nachgedacht, ob ich ihn umbringen soll oder mich.

Es hat bis Dezember gedauert – seit vier Monaten bin ich jetzt wieder zu Hause –, um es noch einmal mit einer Therapie zu versuchen. Ich hatte mich schon fast damit abgefunden, dass ich jetzt eben nicht mehr alle Tassen im Schrank habe, aber die Vorstellung, mich für den Rest meines Lebens so zu fühlen … Der Text auf Ihrer Website ist irgendwie witzig, für 'ne Therapeutin jedenfalls, und Sie sehen nett aus – hübsche Zähne übrigens. Und was noch besser ist, Sie haben nicht tausend Abkürzungen vor Ihrem Namen, von denen kein Mensch weiß, was sie bedeuten. Ich will nicht den Größten und Besten. Das bedeutet doch nur ein fettes Ego und eine noch fettere Rechnung. Es ist mir sogar egal, dass ich eineinhalb Stunden fahren muss, um hierherzukommen. So komme ich mal aus Clayton Falls raus, und bisher habe ich noch keinen Reporter auf meiner Rückbank entdeckt.

Aber verstehen Sie mich nicht falsch, nur weil Sie aussehen wie die Großmutter von jemandem – Sie müssten eigentlich stricken, anstatt sich Notizen zu machen –, bin ich noch lange nicht gerne hier. Und Sie wollen, dass ich Nadine zu Ihnen sage? Ich bin mir nicht sicher, was das zu bedeuten hat, aber lassen Sie mich raten. Ich soll Sie mit Vornamen anreden, damit ich das Gefühl habe, wir seien dicke Freundinnen und dass es okay sei, Ihnen den Kram zu erzählen, an den ich mich nicht erinnern und über den ich erst recht nicht sprechen will. Ist es so? Sorry, aber ich bezahle Sie nicht dafür, meine Freundin zu sein. Wenn es Ihnen nichts ausmacht, würde ich gerne bei Doc bleiben.

Und wenn wir schon einmal dabei sind, lassen Sie uns gleich noch etwas klarstellen, ehe wir uns ins Vergnügen stürzen. Wenn wir das hier durchziehen wollen, dann machen wir es auf meine Art. Das bedeutet: keine Fragen von Ihnen. Nicht einmal ein hinterlistiges kleines »Wie fühlen Sie sich, wenn …«. Ich erzähle die Geschichte von Anfang an, und wenn ich hören will, was *Sie* dazu zu sagen haben, werde ich es Sie wissen lassen.

Ach, und für den Fall, dass Sie sich fragen, ob ich schon immer so eine Zicke war? Nein.

An jenem ersten Sonntagmorgen im August döste ich ein bisschen länger im Bett als gewöhnlich, während mein Golden Retriever, Emma, mir ins Ohr schnarchte. Ich hatte nicht oft Gelegenheit zum Faulenzen. In diesem Monat hatte ich mir den Hintern aufgerissen wegen dieses Apartmentkomplexes direkt am Wasser. Für Clayton Falls ist ein Neubau mit hundert Eigentumswohnungen eine große Sache, und ich und ein anderer Makler waren noch im Rennen. Ich wusste nicht, wer mein Konkurrent war, aber der Bauunternehmer hatte mich am Freitag angerufen, um mir zu sagen, man sei beeindruckt von meiner Präsentation und würde mir in ein paar Tagen Bescheid geben. Diesmal war ich so nah dran, dass ich schon den Champagner schmeckte. Eigentlich habe ich das Zeug nur einmal probiert, bei einer Hochzeit. Am Ende landete ich wieder beim Bier – wenn das nicht Bände spricht: Brautjungfernkleid aus Satin, aber Bier aus der Flasche trinken. Doch ich war überzeugt, dass dieser Deal mich in eine erfahrene Geschäftsfrau verwandeln würde. So wie in der Geschichte mit dem Wasser, das zu Wein wird. Oder, in diesem Fall, Bier zu Champagner.

Nach einer Woche Regen schien endlich die Sonne, und es war warm genug, dass ich mein Lieblingskostüm anziehen konnte. Es war pastellgelb und aus superweichem Stoff. Mir gefiel es, dass meine Augen darin haselnussfarben aussahen, anstatt einfach nur langweilig braun. Normalerweise trage ich keine Röcke, denn mit meinen knappen eins siebenundsechzig sehe ich damit aus wie ein Zwerg, aber dieser war so geschnitten, dass meine Beine darin länger wirkten. Ich beschloss, sogar Schuhe mit Absätzen anzuziehen. Mein Haar war gerade frisch geschnitten, so dass es perfekt mit meinem Kinn abschloss. Ich warf noch einen letzten Blick in den Spiegel im Flur, um sicherzustellen, dass ich keine grauen Haare bekommen hatte – ich war letztes Jahr erst zweiunddreißig, aber bei schwarzen Haaren tauchen die Mistdinger ziemlich früh auf –, pfiff mir selbst anerkennend zu und tätschelte Emma zum Abschied. Manche Leute klopfen auf Holz, ich klopfe auf Hunde. Dann ging ich raus.

Das Einzige, was ich an diesem Tag zu tun hatte, war eine Open-House-Besichtigung. Das Wetter war schön, und ich hätte mir gerne den Tag freigenommen, aber die Besitzer, ein nettes deutsches Ehepaar, wollten so schnell wie möglich verkaufen. Die Frau hatte extra eine bayrische Schokoladentorte für mich gebacken, und es machte mir nicht viel aus, ein paar Stunden zu opfern, um sie bei Laune zu halten.

Mein Freund, Luke, wollte zum Abendessen kommen, sobald er mit der Arbeit in seinem italienischen

Restaurant fertig war. Am Abend davor hatte er die Spätschicht gehabt, und ich hatte ihm eine E-Mail geschickt, dass ich es kaum abwarten könne, ihn zu sehen. Zuerst wollte ich ihm eine dieser E-Mail-Postkarten senden, die er mir immer schickt, aber es gab nur so kitschige Dinger – knutschende Häschen, knutschende Frösche und knutschende Eichhörnchen –, also habe ich ihm doch nur eine einfache Mail geschickt. Er wusste, dass ich mit Romantik nicht viel am Hut habe, aber in der letzten Zeit war ich so mit diesem Apartmenthaus am Wasser beschäftigt, dass ich dem armen Kerl so gar nichts geboten hatte, dabei hatte er weiß Gott Besseres verdient. Aber er hatte sich nie beschwert, selbst als ich ein paarmal in letzter Minute absagen musste.

Als ich gerade dabei war, das letzte Hinweisschild für die Hausbesichtigung in den Kofferraum zu stopfen, ohne mein Kostüm schmutzig zu machen, klingelte das Handy. Mit ein bisschen Glück war das der Bauunternehmer, also kramte ich das Telefon aus der Tasche.

»Bist du zu Hause?« *Hallo, Mom, dir auch einen schönen Tag.*

»Ich bin unterwegs zu einer Open-House-Besichtigung.«

»Du arbeitest heute? Val hat erwähnt, dass sie in letzter Zeit viele von deinen Schildern gesehen hat.«

»Du hast mit Tante Val gesprochen?« Alle paar

Monate zerstritt Mom sich mit ihrer Schwester und schwor, »nie wieder ein Wort mit ihr zu reden«.

»Sie hat mich zum Lunch eingeladen, als hätte sie mich letzte Woche nicht richtiggehend beleidigt, aber da wird sie mich noch kennenlernen, und dann, bevor wir auch nur bestellt haben, musste sie damit angeben, dass deine Cousine gerade ein paar Wassergrundstücke verkauft hat. Stell dir vor, Val fliegt morgen nach Vancouver, um mit ihr in der Robson Street Klamotten zu kaufen. *Designer*klamotten.« Wie schön für dich, Tante Val. Ich musste mich zusammenreißen, um nicht laut loszulachen.

»Ich freue mich für Tamara, aber sie sieht in allem großartig aus.« Tatsächlich hatte ich meine Cousine nicht mehr persönlich gesehen, seit sie direkt nach der Highschool aufs Festland gezogen war, aber Tante Val schickte ständig E-Mails mit Fotos rum, damit wir sahen, wie ihre bewundernswerten Kids sich machten.

»Ich sagte Val, dass du auch ein paar nette Sachen hättest. Du bist nur … etwas konservativ.«

»Mom, ich habe *jede Menge* netter Klamotten, aber ich …« Ich verstummte. Sie wollte mich in die Falle locken, und Mom ist nicht der Typ, der einen so schnell wieder laufenlässt, sobald sie einen erst einmal an der Angel hat. Das Letzte, was ich wollte, war, zehn Minuten mit ihr über angemessene Businesskleidung zu diskutieren. Und das mit einer Frau, die

Schuhe mit zehn Zentimeter hohen Absätzen und Minikleid anzog, nur um die Post zu holen. Darum ging es auch gar nicht. Ich hatte es Mom mein ganzes Leben lang noch nie recht machen können.

»Ehe ich es vergesse«, sagte ich, »kannst du mir später noch meine Cappuccino-Maschine rüberbringen?«

Einen Moment war sie still, dann sagte sie: »Du willst sie *heute* noch haben?«

»Sonst würde ich nicht fragen, Mom.«

»Aber ich habe ein paar Nachbarinnen für morgen zum Kaffee eingeladen. Du hast dir genau den richtigen Zeitpunkt ausgesucht, wie immer.«

»Oh, Mist, tut mir leid, Mom, aber Luke kommt später noch, und ich wollte ihm einen Cappuccino zum Frühstück machen. Ich dachte, ihr wolltet euch selbst eine kaufen und meine nur mal ausprobieren?«

»Das haben wir auch vor, aber dein Stiefvater und ich sind noch nicht dazu gekommen. Ich werde wohl die Mädels anrufen und es ihnen erklären müssen.«

Klasse, jetzt kam ich mir vor wie ein Spielverderber.

»Mach dir deswegen keine Sorgen. Ich kann sie auch nächste Woche oder so abholen.«

»Danke, Annie Bear.« Jetzt war ich Annie Bear.

»Gern geschehen, aber ich brauche sie –« Sie hatte aufgelegt.

Ich stöhnte und schob das Telefon zurück in die Tasche. Die Frau ließ mich nicht einen gottverdammten Satz beenden, solange es nicht das war, was sie hören wollte.

An der Tankstelle an der Ecke machte ich halt, um mir einen Kaffee und ein paar Zeitschriften zu holen. Meine Mom liebt diese Schundblätter, aber ich kaufe sie nur, um etwas zu tun zu haben, falls niemand zur Besichtigung kommt. Auf einem der Cover war das Bild einer armen vermissten Frau abgebildet. Ich betrachtete ihr lächelndes Gesicht und dachte, sie hat einfach nur ihr Leben gelebt, und jetzt glaubt jeder, alles über sie zu wissen.

Bei der Besichtigung war nichts los. Ich schätze, die meisten Leute haben das gute Wetter ausgenutzt, so wie ich es auch hätte tun sollen. Zehn Minuten, bevor offiziell Schluss war, begann ich meinen Kram zusammenzupacken. Als ich nach draußen ging, um die Flyer im Kofferraum zu verstauen, rollte ein neuerer hellbrauner Van heran und parkte direkt hinter meinem Wagen. Ein älterer Typ, vielleicht Mitte vierzig, kam lächelnd auf mich zu.

»Mist, Sie packen schon ein! Geschieht mir ganz recht – ich warte immer bis zur letzten Minute. Würde es Ihnen große Umstände bereiten, wenn Sie mich noch einmal kurz herumführten?«

Eine Sekunde lang erwog ich, ihm zu sagen, dass er

zu spät gekommen sei. Ich wollte nach Hause, und außerdem musste ich noch einkaufen, aber während ich zögerte, stemmte er die Hände in die Hüften, trat ein paar Schritte zurück und betrachtete die Vorderfront des Hauses.

»Wow!«

Ich musterte ihn rasch. Seine Khakis waren perfekt gebügelt, das gefiel mir. Meine Version vom Bügeln bestand darin, die Klamotten im Trockner zu ruinieren. Einen Moment lang fragte ich mich, warum er eine Jacke trug, selbst wenn sie fast nichts wog. Seine Laufschuhe waren strahlend weiß, und er trug eine Baseballkappe mit dem Logo des örtlichen Golfclubs auf dem Schirm. Wenn er in diesem Club Mitglied war, hatte er eine Menge Geld. Zu einer Open-House-Besichtigung kamen hauptsächlich Nachbarn oder Leute auf ihrem Sonntagsausflug, aber als ich einen Blick auf den Van warf, sah ich das Lokalblättchen mit den Immobilienanzeigen auf dem Armaturenbrett liegen. Zum Teufel, ein paar Minuten mehr würden mich schon nicht umbringen.

Ich schenkte ihm ein breites Lächeln und sagte: »Natürlich macht es mir nichts aus, dafür bin ich ja hier. Mein Name ist Annie O'Sullivan.«

Ich streckte meine Hand aus, doch als er auf mich zukam, um sie zu schütteln, stolperte er über eine Gehwegplatte. Um nicht auf die Knie zu fallen, stützte er sich mit den Händen auf dem Boden ab,

Hintern nach oben. Ich wollte ihm helfen, aber er sprang schon wieder auf, lachte und wischte sich den Dreck von den Händen.

»O mein Gott, tut mir leid. Haben Sie sich weh getan?«

Die großen blauen Augen in dem offenen Gesicht strahlten mich amüsiert an. Er hatte Lachfalten in den Augenwinkeln und gerötete Wangen. Grübchen rahmten sein breites Grinsen und die geraden weißen Zähne ein wie Anführungszeichen. Es war das aufrichtigste Lächeln, das ich seit langer Zeit gesehen hatte, ein Gesicht, dessen Lächeln man einfach erwidern musste.

Er verbeugte sich theatralisch und sagte: »Ich weiß schon, wie man einen bühnenreifen Auftritt hinlegt, was? Gestatten, ich bin David.«

Ich deutete einen Knicks an und sagte: »Sehr erfreut, Ihre Bekanntschaft zu machen, David.«

Wir lachten beide, und er sagte: »Ich bin Ihnen wirklich sehr dankbar und verspreche, dass ich nicht allzu viel Ihrer Zeit in Anspruch nehmen werde.«

»Machen Sie sich keine Sorgen – sehen Sie sich um, solange Sie möchten.«

»Sehr freundlich von Ihnen, aber Sie können es doch bestimmt kaum abwarten, von hier fortzukommen und das gute Wetter zu genießen. Ich werde mich beeilen.«

Endlich mal ein aussichtsreicher Interessent, der an die arme Maklerin dachte! Normalerweise benehmen die sich, als würden sie *uns* einen Gefallen tun.

Ich führte ihn hinein und quatschte ihn über das Haus voll. Es war im typischen Westküstenstil errichtet, mit gewölbten Decken, Verkleidungen aus Zedernholz und einem tollen Blick auf den Ozean. Während er mir folgte, machte er so begeisterte Kommentare, dass ich mir vorkam, als sähe ich das Haus ebenfalls zum ersten Mal. Ich war ganz versessen darauf, ihn auf die Ausstattung hinzuweisen.

»In der Anzeige stand, das Haus sei erst zwei Jahre alt, aber das Bauunternehmen wurde nicht erwähnt«, sagte er.

»Es war eine Firma aus dem Ort, Corbett Construction. Sie bieten mehrere Jahre Gewährleistung – das gilt natürlich auch für dieses Haus.«

»Großartig! Man kann nie vorsichtig genug sein bei diesen Baufirmen. Heutzutage kann man den Menschen nicht mehr vertrauen.«

»Wann, sagten Sie, wollen Sie einziehen?«

»Ich habe noch gar nichts gesagt, aber ich bin flexibel. Wenn ich gefunden habe, wonach ich gesucht habe, werde ich es wissen.« Ich erwiderte seinen Blick, und er lächelte.

»Wenn Sie einen Immobilienfinanzierer brauchen, kann ich Ihnen einige empfehlen.«

»Danke, aber ich würde bar zahlen.« Das wurde ja

immer besser. »Ist der hintere Garten eingezäunt?«, fragte er. »Ich habe einen Hund.«

»Oh, ich liebe Hunde. Was für einen haben Sie?«

»Einen Golden Retriever, erstklassiger Stammbaum, und er braucht eine Menge Auslauf.«

»Das verstehe ich vollkommen. Ich habe auch einen Goldie, und sie wird ungnädig, wenn sie nicht genug rauskommt.« Ich öffnete die Glasschiebetür, um ihm den Zaun aus Zedernholz zu zeigen. »Wie heißt Ihr Hund?«

In der Sekunde, in der ich auf seine Antwort wartete, merkte ich, dass er zu dicht hinter mir stand. Etwas Hartes bohrte sich in meinen Rücken.

Ich versuchte, mich umzudrehen, aber er packte mein Haar und riss meinen Kopf so schnell und schmerzhaft zurück, dass ich glaubte, er würde mir ein Stück Kopfhaut abreißen. Mein Herz hämmerte gegen die Rippen, und das Blut dröhnte im Kopf. Ich wollte um mich treten, davonrennen – irgendetwas tun –, aber ich konnte meine Beine nicht bewegen.

»Ja, Annie, das ist eine Waffe, also hör bitte gut zu. Ich werde dein Haar loslassen, und du wirst schön ruhig bleiben, während wir hinaus zu meinem Van gehen. Und ich möchte, dass du weiterhin so hübsch lächelst, während wir das tun, okay?«

»Ich … ich …« *Ich bekomme keine Luft.*

Eine tiefe, ruhige Stimme direkt an meinem Ohr sagte: »Atme, Annie.«

Ich füllte meine Lungen mit Luft wie eine Ertrinkende.

»Und jetzt atme ganz ruhig und langsam wieder aus.« Ich atmete langsam aus.

»Noch einmal.« Ich konnte den Raum wieder klar sehen.

»Braves Mädchen.« Er ließ mein Haar los.

Alles schien in Zeitlupe abzulaufen. Ich spürte, wie die Waffe gegen meine Wirbelsäule drückte, als er mich damit vorwärtsstieß. Vor sich hin summend, schob er mich zur Vordertür hinaus und die Treppe hinunter. Auf dem Weg zu seinem Van flüsterte er mir ins Ohr: »Entspann dich, Annie. Pass gut auf, was ich dir sage, und wir werden gut miteinander auskommen. Und vergiss nicht zu lächeln.«

Als wir uns vom Haus fortbewegten, drehte ich mich um. Irgendjemand musste das doch mitbekommen! Aber es war niemand zu sehen. Nie zuvor war mir aufgefallen, wie viele Bäume das Haus umgaben oder dass die beiden Nachbarhäuser ziemlich weit weg standen.

»Ich bin so froh, dass die Sonne extra für uns scheint. Es ist ein wunderschöner Tag für einen Ausflug, findest du nicht auch?«

Er hatte eine Waffe und wollte mit mir über das *Wetter* reden?

»Annie, ich habe dich etwas gefragt.«

»Ja.«

»Ja was, Annie?«

»Es ist ein schöner Tag für einen Ausflug.« Wie zwei Nachbarn, die sich über den Gartenzaun hinweg unterhalten. Ich dachte immer noch, der Typ könne das doch unmöglich am helllichten Tag bringen. Das hier war eine Open-House-Besichtigung, um Himmels willen, am Ende der Auffahrt stand ein großes Schild, und jeden Moment konnte ein Auto kommen.

Wir waren beim Van.

»Öffne die Tür, Annie.« Ich rührte mich nicht. Er drückte die Waffe gegen meine Lendenwirbel. Ich machte die Tür auf.

»Jetzt steig ein.« Der Druck der Waffe wurde stärker. Ich stieg ein.

Als er wegging, riss ich am Türgriff und drückte mehrmals den Knopf für die Verriegelungsautomatik, aber irgendetwas stimmte nicht. Ich versuchte, die Tür mit der Schulter aufzurammen. Geh auf, *verdammte Scheiße!*

Er ging vor dem Van vorbei.

Ich hämmerte auf die Knöpfe, auf die Fensterscheiben und zerrte an den Handgriffen. Seine Tür öffnete sich, und ich drehte mich um. In der Hand hielt er eine Fernbedienung.

Er hob sie in die Höhe und lächelte.

Während er auf der Auffahrt zurücksetzte und das Haus immer kleiner wurde, konnte ich kaum fassen, was geschah. Er existierte nicht wirklich. Nichts von alldem passierte wirklich. Am Ende der Auffahrt hielt er eine Sekunde an und achtete auf den Verkehr. Das Schild mit dem Hinweis auf die Besichtigung, das ich auf dem Rasen aufgestellt hatte, war verschwunden. Ich schaute in den hinteren Teil des Vans, und dort lag es, zusammen mit zwei weiteren Schildern, die ich an der Straße aufgestellt hatte.

Da begriff ich. Das war kein Zufall. Er musste die Anzeige gelesen und die Straße überprüft haben.

Er hatte mich ausgewählt.

»Und, wie ist die Besichtigung gelaufen?«

Gut, bis er auftauchte.

Konnte ich den Schlüssel aus dem Zündschloss ziehen? Oder zumindest den Knopf auf der Fernbedienung drücken, der die Türen öffnete, und mich aus dem Wagen werfen, ehe er mich festhalten konnte? Langsam streckte ich meine linke Hand aus, immer schön tief …

Seine Hand landete auf meiner Schulter, und die Finger schlossen sich um mein Schlüsselbein.

»Ich versuche, mit dir über deinen Tag zu sprechen, Annie. Du bist doch sonst nicht so unhöflich.«

Ich starrte ihn an.

»Die Besichtigung?«

»Es war … nichts los.«

»Dann musst du ja froh gewesen sein, als ich kam!«

Er schenkte mir dieses Lächeln, das ich für so aufrichtig gehalten hatte. Während er darauf wartete, dass ich ihm antwortete, verschwand es, und der Griff wurde stärker.

»Ja, ja, es war nett, dass jemand vorbeikam.«

Das Lächeln war wieder da. Er klopfte mir auf die Schulter, da, wo seine Hand gelegen hatte, und tätschelte meine Wange.

»Versuch dich zu entspannen und genieß die Sonne. Du siehst in letzter Zeit so abgehetzt aus.« Als er wieder auf die Straße blickte, packte er das Lenkrad mit einer Hand und legte die andere auf meinen Schenkel. »Es wird dir dort gefallen.«

»Wo? Wo bringen Sie mich hin?«

Er begann zu summen.

Nach einer Weile bog er in einen kleinen Seitenweg ab und hielt an. Ich hatte keine Ahnung, wo wir waren. Er stellte den Motor ab, drehte sich zu mir und lächelte, als wollte er mit mir flirten.

»Jetzt dauert es nicht mehr lange.«

Er stieg aus, ging vor dem Van herum und öffnete meine Tür. Ich zögerte einen Moment. Er räusperte sich und hob die Augenbrauen. Ich stieg aus.

Er legte mir einen Arm um die Schultern, die Waffe in der anderen Hand, und wir gingen zur Rückseite des Vans.

Er atmete tief ein. »Mmh, riech nur diese Luft! Unglaublich!«

Es war vollkommen still; die Stille eines heißen Sommernachmittags, wenn man die Libellen in zehn Schritt Entfernung summen hört. Wir kamen an einem riesigen Heidelbeerstrauch vorbei, der dicht neben dem Van stand. Die Beeren waren fast reif. Ich begann zu weinen und zu zittern, so dass ich kaum noch laufen konnte. Er schlang beide Arme um meinen Oberkörper und hielt mich aufrecht. Wir gingen immer noch weiter, aber ich spürte meine Beine nicht mehr.

Er nahm seine Hände einen Moment fort, um die hintere Tür des Vans zu öffnen. Ich begann zu rennen. Er packte mein Haar und schleuderte mich herum, so dass ich ihm das Gesicht zuwenden musste, und zog mich an den Haaren hoch, bis ich nur noch auf Zehenspitzen stehen konnte. Ich versuchte, ihn zu treten, aber er war fast dreißig Zentimeter größer als ich und hielt mich mit Leichtigkeit auf Abstand. Alles, was ich tun konnte, war, in die Luft zu treten und gegen seine Arme zu boxen. Ich schrie, so laut ich konnte.

Mit der freien Hand schlug er mir auf den Mund und sagte: »Was soll dieser Unsinn?«

Ich klammerte mich an den Arm, mit dem er mich festhielt, und versuchte, mich daran hochzuziehen, damit der Schmerz an meiner Kopfhaut nachließ.

»Lass es uns noch einmal versuchen. Ich lasse dich los, und du kletterst hinein und legst dich auf den Bauch.«

Langsam senkte er den Arm, bis ich wieder Boden unter die Füße bekam. Einer meiner Schuhe war runtergerutscht, als ich versucht hatte, ihn zu treten. Jetzt verlor ich die Balance und taumelte zurück. Die Stoßstange des Vans drückte gegen meine Kniekehlen, und ich landete auf meinem Hintern im Wagen. Auf der Ladefläche war eine graue Decke ausgebreitet. Ich saß da und starrte ihn an. Dabei zitterte ich so heftig, dass meine Zähne klapperten. Die Sonne hinter seinem Kopf schien hell, sein Gesicht lag im Schatten, und ich konnte nur die Konturen erkennen.

Er stieß kräftig gegen meine Schulter, drückte mich auf den Rücken und sagte: »Dreh dich um!«

»Warten Sie … können wir nicht einen Moment reden?« Er lächelte mich an, als sei ich ein Welpe, der gerade an seinen Schnürsenkeln knabberte. »Warum tun Sie das?«, sagte ich. »Wollen Sie Geld? Wenn wir zurückfahren und mein Portemonnaie holen, kann ich Ihnen die PIN-Nummer für meine Bankkarte geben – ich habe ein paar tausend Dollar auf dem Konto. Und meine Kreditkarten, ich habe einen ziemlich hohen Kreditrahmen.« Er hörte nicht auf, mich anzulächeln.

»Wenn wir reden, könnten wir uns schon irgendwie einigen, das weiß ich! Ich könnte …«

»Ich brauche dein Geld nicht, Annie.« Er griff nach der Waffe, die er in den Hosenbund gesteckt hatte. »Ich möchte die hier nicht benutzen, aber …«

»Halt!« Ich streckte die Hände aus. »Es tut mir leid, ich habe mir nichts dabei gedacht, ich weiß nur nicht, was Sie wollen. Wollen Sie … wollen Sie Sex? Ist es das, was Sie wollen?«

»Um was habe ich dich gebeten?«

»Sie … Sie sagten, ich soll mich auf den Bauch legen.«

Er hob eine Augenbraue.

»Das ist alles? Sie wollen, dass ich mich umdrehe? Was machen Sie, wenn ich mich umgedreht habe?«

»Ich habe dich jetzt zweimal höflich darum gebeten.« Mit den Fingern liebkoste er die Waffe.

Ich drehte mich auf den Bauch.

»Ich verstehe nicht, warum Sie das tun.« Meine Stimme überschlug sich. Verdammt. Ich musste ruhig bleiben. »Haben wir uns vorher schon einmal getroffen?«

Er kniete hinter mir, eine Hand auf meinem Rücken, und hielt mich am Boden fest.

»Es tut mir leid, falls ich Sie irgendwie beleidigt habe, David. Wirklich. Sagen Sie mir, wie ich es wiedergutmachen kann, okay? Es muss doch eine Möglichkeit geben …«

Ich hielt den Mund und lauschte. Ich hörte leise Geräusche hinter mir und wusste, dass er irgendetwas vorbereitete. Ich wartete auf das Klicken, mit dem er die Waffe spannte. Vor Entsetzen zitterte ich am ganzen Körper. War es das für mich? Würde mein

Leben mit dem Gesicht nach unten auf der Ladefläche eines Vans enden? Ich spürte den Einstich einer Nadel in meinem Oberschenkel. Ich zuckte zusammen und versuchte, nach hinten zu greifen. Mein Bein schien in Flammen zu stehen.

Bevor wir diese Sitzung hier zu Ende bringen, Doc, ist es vermutlich nur fair, wenn ich Ihnen noch etwas erzähle – wenn ich mich schon auf diesen Jetzt-aber-mal-im-Ernst-Trip einlasse, dann will ich auch das volle Programm. Als ich sagte, ich hätte nicht mehr alle Tassen im Schrank, meinte ich eigentlich: Ich bin total durchgeknallt. Mit Jede-Nacht-im-Schrank-Schlafen und so.

Am Anfang war das höllisch kompliziert, als ich bei meiner Mom in meinem alten Zimmer schlief und jeden Morgen rechtzeitig rauskriechen musste, damit keiner was merkt. Jetzt, wo ich wieder in meinem Haus bin, ist manches einfacher, weil ich alle Variablen kontrollieren kann. Aber ich würde nie einen Fuß in ein Gebäude setzen, ehe ich nicht weiß, wo der Ausgang ist. Es ist verdammt gut, dass Ihre Praxis im Erdgeschoss ist. Ich würde nicht hier sitzen, wenn die Räume höher lägen, als ich springen könnte.

Nachts … na ja, nachts ist es am schlimmsten. Ich kann keine Leute um mich haben. Was, wenn sie die Tür nicht abschließen? Oder ein Fenster offen lassen? Wenn ich nicht schon bekloppt wäre, würde ich es garantiert werden, wenn ich andauernd rumrennen und alles kontrollieren müsste, ohne dass irgendjemand anders es mitbekäme.

Als ich nach Hause kam, dachte ich zuerst, ich müsste nur einen Menschen finden, der genauso empfindet wie ich … Ich war sogar so dämlich, nach einer Selbsthilfegruppe zu suchen. Es stellte sich heraus, dass es kein AOBE gibt, keine Anonymen Opfer von beschissenen Entführern, weder online noch offline. Egal, das ganze Konzept von Anonymität ist eh für die Katz, wenn man in Zeitschriften, auf Titelbildern und in Talkshows zu sehen ist. Selbst wenn ich eine Gruppe ins Leben riefe, möchte ich wetten, dass die wunderbar mitfühlenden Mitglieder meinen Dreck zu Geld machen würden, sobald sie aus der Tür raus wären. Sie würden meinen Schmerz irgendeinem Schundblatt verkaufen, damit sie eine Kreuzfahrt buchen oder sich einen Plasma-Fernseher kaufen können.

Außerdem hasse ich es, mit Fremden darüber zu reden, besonders mit Reportern, die einem anschließend jedes Wort im Mund umdrehen. Aber Sie wären überrascht, wie viel manche Zeitschriften und Fernsehshows für ein Interview zu zahlen bereit sind. Ich wollte das Geld nicht, aber sie haben es trotzdem immer wieder angeboten, und verdammt, ich brauche es. Ich kann schließlich nicht mehr als Maklerin arbeiten. Was ist denn das für eine Maklerin, die Angst hat, mit fremden Männern allein zu sein!

Manchmal gehe ich zurück zu dem Tag, an dem ich entführt wurde. Ich gehe alles, was ich bis zur Besichtigung getan habe, noch einmal Schritt für Schritt durch, wie bei einem endlosen Horrorfilm, wo man das Mädchen nicht davon abhalten kann, die Tür zu öffnen oder das verlassene Gebäude zu betreten. Und dann erinnere ich mich an das Titelbild von dieser Zeitschrift im Laden. Ein komisches Gefühl, dass jetzt eine andere Frau mein Bild sieht und denkt, sie wüsste alles über mich.

2. Sitzung

Auf dem Weg hierher kam ein Krankenwagen mit lauter Sirene hinter mir her – der Typ muss mindestens hundertsechzig gefahren sein. Ich hätte beinahe einen Herzschlag gekriegt. Ich hasse Sirenen. Wenn sie mir nicht einen Heidenschreck einjagen, was im Moment nicht besonders schwer ist – selbst Chihuahuas sind im Gegensatz zu mir die Ruhe selbst –, lösen sie einen Erinnerungsschock aus. Ein Herzinfarkt wäre mir lieber. Ehe Sie anfangen, sich geifernd zu fragen, auf welche verborgenen Probleme meine Abneigung gegen Krankenwagen wohl hinweisen könnte, und glauben, Sie könnten mich in null Komma nichts in Ihre Psychiater-Falle locken, entspannen Sie sich. Wir haben gerade erst angefangen, uns durch meinen Haufen Scheiße zu graben. Ich hoffe, Sie haben eine große Schaufel dabei.

Als ich zwölf war, holte mein Dad meine ältere Schwester Daisy von der Schlittschuhbahn ab, wo sie Eiskunstlauf machte. Das war während Moms französischer Phase, in der sie für die französische Küche geschwärmt hat. Während wir warteten, hat sie Zwiebelsuppe zubereitet. Der Großteil meiner Kindheitserinnerungen ist in die Düfte und den Geschmack der Küche aus dem Land gehüllt, für die meine Mutter sich jeweils begeisterte, und die Frage, ob ich bestimmte Sachen runterbringe oder nicht, hängt von der Erinnerung ab. Französische Zwiebelsuppe kann ich nicht essen. Ich kann das Zeug nicht einmal riechen.

Als die Sirenen an jenem Abend vor unserem Haus vorbeifuhren, stellte ich den Fernseher lauter, um sie zu übertönen. Später stellte sich heraus, dass die Sirenen Daisy und meinem Dad gegolten hatten.

Auf dem Heimweg hatte Dad an einem Eckladen gehalten, und als sie wieder auf die Kreuzung fuhren, hat ein betrunkener Fahrer die rote Ampel übersehen und sie volle Kanne gerammt. Das Arschloch hat unseren Kombi zusammengeknüllt wie ein gebrauchtes Taschentuch. Jahrelang habe ich mich gefragt, ob sie noch leben würden, wenn ich meinen Dad nicht angebettelt hätte, Eiscreme zum Nachtisch mitzubringen. Für mich bestand die einzige Möglichkeit zum Weitermachen darin, dass ich mir sagte, ihr Tod sei das Schlimmste, was mir in meinem Leben passieren könnte. Irrtum.

Nach der Injektion in mein Bein und bevor ich das Bewusstsein verlor, erinnere ich mich an zwei Dinge:

das Gefühl der kratzigen Decke an meinem Gesicht und den schwachen Parfümduft.

Als ich aufwachte, wunderte ich mich, warum mein Hund nicht neben mir lag. Dann machte ich die Augen auf und sah einen weißen Kissenbezug. Meine waren gelb.

Ich setzte mich so hastig auf, dass ich fast ohnmächtig wurde. In meinem Kopf drehte sich alles, und beinahe hätte ich mich übergeben. Mit weitaufgerissenen Augen und gespitzten Ohren, um mir keinen Laut entgehen zu lassen, überprüfte ich meine Umgebung. Ich befand mich in einer Blockhütte von vielleicht fünfzig Quadratmetern, und den größten Teil davon konnte ich vom Bett aus überblicken. Er war nicht da. Doch meine Erleichterung hielt nur wenige Sekunden an. Wenn nicht hier, wo war er dann?

Ich konnte einen Teil des Küchenbereichs sehen. Vor mir stand ein Holzofen, und links davon entdeckte ich eine Tür. Ich glaubte, es sei Abend, aber ich war mir nicht sicher. Die beiden Fenster rechts vom Bett hatten Läden oder waren zugenagelt. Ein paar Deckenleuchten waren eingeschaltet, und eine weitere Lampe war an die Wand beim Bett montiert. Mein erster Impuls war, in die Küche zu rennen und nach irgendeiner Art Waffe zu suchen. Aber die Wirkung von dem Zeug, das er mir gespritzt hatte, war noch nicht verflogen. Meine Beine hatten sich in Wackelpudding verwandelt, und ich knallte auf den Boden.

Ich lag ein paar Minuten still, dann kroch ich weiter und zog mich schließlich hoch. Die meisten Schubladen und Schränke – selbst der Kühlschrank – hatten Vorhängeschlösser. Auf die Arbeitsplatte gestützt, durchwühlte ich die einzige Schublade, die ich öffnen konnte, aber ich fand keine tödlichere Waffe als ein Geschirrtuch. Ich holte ein paarmal tief Luft und versuchte, irgendwelche Hinweise darauf zu finden, wo ich war.

Meine Armbanduhr war weg, es gab keine Uhr und keine Fenster, so dass ich nicht einmal sagen konnte, welche Tageszeit wir hatten. Weil ich nicht wusste, wie lange ich bewusstlos gewesen war, hatte ich auch keine Ahnung, wie weit ich von zu Hause weg war. Mein Kopf fühlte sich an, als hätte ihn jemand in einen Schraubstock gespannt. Ich schwankte zu der äußersten Ecke zwischen Bett und Wand, zwängte mich, so weit es ging, hinein und starrte auf die Tür.

Ich hatte das Gefühl, stundenlang in der Ecke dieser Hütte zu kauern. Mir war total kalt, und ich konnte nicht aufhören zu zittern.

Stand Luke schon bei mir in der Auffahrt, rief mich auf dem Handy an, versuchte mich anzupiepen? Was, wenn er glaubte, ich würde wieder einmal länger arbeiten und hätte nur vergessen, ihm Bescheid zu sagen, und einfach nach Hause ging? Hatte man mein Auto gefunden? Was, wenn ich schon seit Stunden verschwunden war und niemand nach mir suchte? Hatte überhaupt schon jemand die Cops gerufen? Und was war mit meinem Hund? Ich sah Emma vor mir, allein zu Hause, hungrig und winselnd, weil sie rauswollte.

Die Krimiserien aus dem Fernsehen gingen mir durch den Kopf. CSI – die Las-Vegas-Staffel – war meine Lieblingsserie. Grissom müsste nur in das Haus gehen, in dem ich entführt worden war, und nachdem er sich einmal gründlich umgeschaut und einen Dreckfleck von draußen analysiert hätte, wüsste er genau, was passiert war und wo ich steckte. Gab es in Clayton Falls überhaupt eine Spurensicherung? Die Royal Canadian Mounted Police war nur im Fernsehen zu sehen, wenn sie auf einer Parade mitritten oder eine Marihuana-Plantage aushoben.

Jede Sekunde, die der Psycho – so nannte ich ihn im Stillen – mich länger allein ließ, malte ich mir immer brutalere Tode aus. Wer würde meiner Mom die Nachricht überbringen, wenn man meinen verstümmelten Leichnam fand? Was, wenn meine Leiche nie gefunden wurde?

Ich erinnere mich noch an ihre Schreie, als der Anruf wegen des Unfalls kam, und von da an sah ich sie nur noch selten ohne ein Glas Wodka. Aber ich kann mich nur an wenige Gelegenheiten erinnern, bei denen ich sie vollkommen betrunken erlebt habe. Im Allgemeinen ist sie nur benebelt. Sie ist immer noch schön, aber sie wirkt, auf mich sowieso, wie ein Bild, dessen Farben einst kräftig geleuchtet haben und jetzt ineinandergelaufen sind.

Ich dachte an die Unterhaltung, die vielleicht unsere letzte gewesen war. Ein Streit über eine Cappuccino-Maschine. Warum habe ich ihr das verdammte Ding nicht geschenkt? Ich war so sauer auf sie gewesen, und jetzt würde ich alles tun, um diesen Moment noch einmal erleben zu dürfen.

Meine Beine waren verkrampft, weil ich zu lange in derselben Stellung gehockt hatte. Zeit, aufzustehen und die Hütte zu untersuchen.

Sie sah alt aus, wie eine dieser Hütten der Fire-Ranger, die es in den Bergen gibt, aber diese hier war individuell ausgebaut worden. Der Psycho hatte an alles gedacht. Das Bett hatte keine Sprungfedern. Es gab nur zwei weiche Matratzen aus einer Art Schaumstoff, die in einem stabilen Holzrahmen lagen. Ein riesiger Holzschrank stand rechts neben dem Bett. Er hatte ein Schlüsselloch, aber als ich versuchte, die Türen aufzuziehen, rührten sie sich kein Stück. Der Holzofen und die steinerne Feuerstelle befanden sich hinter einem mit einem Vorhängeschloss gesicherten Schirm. Die Schubladen und alle Schränke waren aus einer Art Metall, das jedoch so beschichtet war, dass es wie Holz aussah. Ich hätte die Türen nicht einmal eintreten können.

Es gab weder einen Keller noch einen Dachboden,

und die Hüttentür war aus Stahl. Ich rüttelte am Türgriff, aber sie war von außen abgeschlossen. Ich tastete die Tür nach irgendwelchen Leisten oder Scharnieren ab, nach irgendetwas, das ich ablösen könnte, doch da war nichts. Ich presste meinen Kopf flach auf den Boden, doch nicht der kleinste Lichtschimmer drang unter der Tür hindurch. Als ich mit dem Finger am unteren Rand der Tür entlangfuhr, spürte ich keinen Luftzug. Das Ding musste verdammt gut isoliert sein.

Als ich gegen die Fensterläden klopfte, klang es wie Metall. Ich konnte keine Schlösser oder Angeln entdecken. Ich tastete die hölzernen Fensterrahmen nach Spuren von Fäulnis ab, aber die Balken waren alle in gutem Zustand. Unter der Fensterbank im Badezimmer spürte ich an einer Stelle einen kühlen Luftzug. Ich schaffte es, ein paar Krümel von der Isolierung abzupulen, dann presste ich mein Auge an das bleistiftgroße Loch. Ich sah einen verschwommenen Fleck dunstigen Grüns und schloss daraus, dass es früher Abend war. Ich stopfte die Isolierung zurück und vergewisserte mich, dass keine Krümel auf dem Boden herumlagen.

Zuerst wirkte das Badezimmer mit der älteren weißen Badewanne und der Toilette völlig normal, bis mir auffiel, dass es keinen Spiegel gab. Als ich versuchte, den Deckel auf dem Spülkasten der Toilette anzuheben, bewegte er sich nicht. Ich schaute hinter den Kasten und entdeckte ein Stahlband, das um den Deckel herumreichte und fest mit der Wand verschraubt war. An einer Metallstange hing ein Duschvorhang, der über und über mit kleinen Rosen bedruckt war. Ich zerrte kräftig an der Stange, aber sie war ebenfalls fest verschraubt. Das Badezimmer hatte zwar eine Tür, aber kein Schloss.

An einem Tresen in der Mitte des Küchenbereichs waren auf jeder Seite je zwei Barhocker fest am Boden verschraubt. Die Haushaltsgeräte waren aus Edelstahl – nicht gerade billig – und sahen brandneu aus. Die weiße Emaille der Doppelspüle und die Arbeitsflächen glänzten, und die Luft roch nach Bleichmittel.

Als ich versuchte, eine der Flammen des Gasherds – vermutlich arbeitete er mit Propangas – anzumachen, hörte ich nur ein Klicken. Er musste das Gas abgestellt haben. Ich überlegte, ob ich den Herd nicht irgendwie zerlegen könnte, aber ich bekam die Brenner nicht ab, und als ich den Backofen öffnete, stellte ich fest, dass die Roste und Bleche fehlten. Die Schublade unter dem Herd war mit einem Vorhängeschloss gesichert.

Ich hatte keine Möglichkeit, mich zu schützen, und ich konnte nicht fliehen. Ich musste auf das Schlimmste vorbereitet sein, aber ich wusste nicht einmal, was das Schlimmste sein mochte.

Ich zitterte schon wieder. Ich holte tief Luft und versuchte, mich auf die anderen Fakten zu konzentrieren. Er war nicht hier, und ich lebte immer noch. Irgendjemand musste mich bald finden. Ich ging zur Spüle und hielt meinen Kopf unter den Wasserhahn, um etwas zu trinken. Doch bevor ich einen Schluck nehmen konnte, hörte ich den Schlüssel im Schloss – zumindest hielt ich das Geräusch dafür. Als sich die Tür langsam öffnete, setzte mein Herzschlag aus.

Er hatte die Baseballkappe abgesetzt. Sein Haar war wellig und blond, die Miene vollkommen unbewegt. Ich musterte seine Gesichtszüge. Wie hatte er es geschafft, mir sympathisch zu sein? Die untere Lippe war voller als die obere, was ihm einen leichten Schmollmund verlieh, aber davon abgesehen sah ich nur ausdruckslose blaue Augen und ein nettes Gesicht. Aber es war die Art von Gesicht, die man zuerst gar nicht richtig wahrnimmt, geschweige denn wiedererkennt.

Als sein Blick auf mich fiel, blieb er stehen, und sein ganzes Gesicht begann zu lächeln. Ich sah einen vollkommen anderen Mann vor mir. Da kapierte ich, dass er zu den Leuten gehörte, die sich aussuchen können, ob sie bemerkt werden oder nicht.

»Wie schön, du bist aufgestanden! Ich hatte mir schon Sorgen gemacht, ob ich dir vielleicht zu viel gegeben habe.«

Mit federnden Schritten kam er auf mich zu. Ich

rannte zurück in die hinterste Ecke der Hütte neben das Bett und kauerte mich zusammen. Abrupt blieb er stehen.

»Warum versteckst du dich?«

»Wo zum Teufel bin ich?«

»Ich verstehe, dass du wahrscheinlich noch nicht hundertprozentig wiederhergestellt bist, aber geflucht wird hier nicht.« Er ging zur Spüle.

»Ich hatte mich auf unsere erste gemeinsame Mahlzeit gefreut, aber du hast leider das Abendessen verschlafen.« Er nahm einen Schlüsselring aus der Tasche, sperrte einen der Schränke auf und nahm ein Glas heraus. »Ich hoffe, du hast keinen allzu großen Hunger.« Er ließ das Wasser eine Weile laufen und füllte das Glas. Er drehte den Hahn zu, wandte mir das Gesicht zu und lehnte sich an die Arbeitsplatte.

»Ich kann die Regel für das Abendessen nicht missachten, aber ich bin bereit, heute nicht ganz so streng zu sein.« Er hielt das Glas in die Höhe. »Dein Mund muss ziemlich trocken sein.«

Sandpapier war weicher als meine Kehle in diesem Moment, aber von ihm würde ich nichts annehmen. Er schwenkte das Glas. »Es geht doch nichts über kaltes Quellwasser aus den Bergen.«

Er wartete ein paar Sekunden, hob fragend eine Augenbraue, dann zuckte er die Achseln und drehte sich um. Langsam goss er das Wasser aus, dann hielt er das Glas erneut in die Höhe und klopfte mit dem

Fingerknöchel dagegen. »Ist es nicht erstaunlich, wie echt Kunststoff wirken kann? Die Dinge sind nicht immer das, was sie zu sein scheinen, nicht wahr?«

Sorgfältig trocknete er den Becher ab und stellte ihn zurück in den Schrank, den er anschließend wieder abschloss. Dann ließ er sich seufzend auf einem der Barhocker am Tresen nieder und streckte die Arme in die Höhe.

»Das tut gut, sich endlich zu entspannen!«

Entspannen? Dann wollte ich nicht wissen, was er machte, wenn ihm nach Aufregung zumute war.

»Was macht dein Bein? Spürst du die Einstichstelle noch?«

»Wo bin ich?«

»Ah. Sie spricht.« Er stützte den Ellenbogen auf den Tresen und verschränkte die Finger unter dem Kinn. »Das ist eine großartige Frage, Annie. Einfach ausgedrückt, hast du ein ziemliches Glück, Mädchen.«

»Ich halte es für keinen großen Glücksfall, entführt und unter Drogen gesetzt zu werden.«

»Manchmal ist das, was man für ein schlechtes Ereignis in seinem Leben hält, in Wirklichkeit ein besonders gutes Ereignis. Aber das merken die Menschen meistens erst, wenn sie die Alternativen kennen.«

»Alles wäre besser als das hier.«

»Alles, Annie? Selbst wenn die Alternative dazu,

ein wenig Zeit mit einem netten Kerl wie mir zu verbringen, darin bestünde, auf dem Rückweg von der Besichtigung einen Unfall zu haben – sagen wir, mit einer jungen Mutter, die gerade vom Einkaufen nach Hause kommt – und eine ganze Familie umzubringen? Oder vielleicht auch nur eines ihrer Kinder, ihren Liebling?«

Schlagartig musste ich an Mom denken, wie sie auf der Beerdigung Daisys Namen geschluchzt hatte. Kam dieser Widerling aus Clayton Falls?

»Keine Antwort?«

»Der Vergleich ist nicht fair. Sie wissen nicht, was mir vielleicht passiert wäre.«

»Siehst du, und da irrst du dich. Ich weiß es. Ich weiß genau, was mit Frauen wie dir geschieht.«

Das war gut, ich musste ihn dazu bringen weiterzureden. Wenn ich herausfände, wie er tickte, könnte ich auch herausfinden, wie ich ihm entwischen konnte.

»Frauen wie ich? Haben Sie vorher schon einmal jemanden wie mich getroffen?«

»Hattest du schon Gelegenheit, dich umzuschauen?« Lächelnd sah er sich in der Hütte um. »Ich finde, es ist ziemlich gut geworden.«

»Wenn irgendeine andere Frau Ihnen weh getan hat, dann tut es mir wirklich leid, ganz ehrlich, aber es ist nicht fair, mich dafür zu bestrafen. Ich habe Ihnen nie etwas getan.«

»Du glaubst, das hier sei eine Strafe?« Erstaunt riss er die Augen auf.

»Sie können nicht einfach jemanden entführen und ihn wer weiß wohin bringen. Das können Sie doch nicht einfach machen!«

Er lächelte. »Ich weise dich nur ungern auf das Offensichtliche hin, aber genau das habe ich getan. Sieh mal, wie wäre es, wenn ich ein paar Geheimnisse für dich lüfte. Wir sind auf einem Berg, in einer Hütte, die ich sorgfältig für uns ausgesucht habe. Ich habe mich um jedes Detail gekümmert, so dass du hier ganz sicher bist.«

Der Scheißkerl entführt mich und erzählt mir anschließend, ich sei *sicher*?

»Es hat etwas länger gedauert, als ich wollte – aber während der Vorbereitungen habe ich dich nur umso besser kennengelernt. Ich würde sagen, ich habe die Zeit gut genutzt.«

»Allerdings. Ich habe Sie nie gesehen. Ist David Ihr richtiger Name?«

»Gefällt dir David nicht?«

Es war der Name meines Vaters, aber ich hatte nicht vor, ihm das zu sagen. Ich versuchte, meine Stimme ruhig und freundlich klingen zu lassen. »David ist ein schöner Name, aber ich glaube, Sie verwechseln mich mit irgendeiner anderen Frau. Warum lassen Sie mich nicht einfach gehen?«

Langsam schüttelte er den Kopf. »Ich bringe hier

gar nichts durcheinander, Annie. Im Gegenteil, noch nie in meinem Leben war ich mir meiner Sache so sicher.«

Er zog einen riesigen Schlüsselbund aus der Tasche, schloss einen der Küchenschränke auf, holte eine große Schachtel mit der Aufschrift »Annie« heraus und trug sie zum Bett. Er zog Flyer daraus hervor, alle von Häusern, die ich verkauft hatte. Auch ein paar Zeitungsannoncen waren darunter. Eine davon hielt er in die Höhe. Es war die Anzeige für die Open-House-Besichtigung.

»Das hier ist die beste. Die Hausnummer passt perfekt zu dem Datum, an dem ich dich das erste Mal sah.«

Dann reichte er mir einen Stapel Fotos.

Sie zeigten mich, beim Morgenspaziergang mit Emma, auf dem Weg ins Büro, wie ich mir aus dem Eckladen einen Kaffee holte. Auf einem Bild hatte ich noch längere Haare – und das Hemd, das ich darauf anhatte, besaß ich gar nicht mehr. Hatte er das Foto aus meinem Haus geklaut? Er wäre niemals an Emma vorbeigekommen, also musste er es aus meinem Büro gestohlen haben. Er nahm mir die Bilder aus der Hand, streckte sich auf dem Bett aus, stützte sich auf einen Ellenbogen und breitete die Fotos aus.

»Du bist sehr fotogen.«

»Wie lange spionieren Sie mir schon nach?«

»Ich würde es nicht nachspionieren nennen. Beobachten vielleicht. Ich habe mich nie der Illusion hingegeben, du könntest mich lieben, falls du dich fragst, ob ich ein typischer Stalker bin.«

»Ich bin sicher, dass Sie echt ein netter Kerl sind, aber ich habe bereits einen Freund. Es tut mir leid, wenn ich unbeabsichtigt irgendetwas getan habe, was Sie durcheinandergebracht hat, aber ich empfinde nicht auf die gleiche Weise wie Sie. Vielleicht können wir Freunde sein …«

Er lächelte mich freundlich an. »Du zwingst mich, mich zu wiederholen. Ich bin absolut nicht durcheinander. Ich weiß, dass Frauen wie du keine romantischen Gefühle für Männer wie mich entwickeln – Frauen wie du sehen mich nicht einmal.«

»Ich sehe Sie. Ich glaube nur, dass Sie eine Frau verdienen, die …«

»Die was ist? Bereit, mit mir zusammen eine Familie zu gründen? Vielleicht eine pummelige Bibliothekarin? Das ist das Beste, was ich erwarten kann, meinst du das?«

»Nein, das meine ich *nicht*. Ich bin sicher, dass Frauen ziemlich auf Sie abfahren …«

»Ich bin nicht das Problem. Frauen behaupten gerne, sie wollten jemanden, der immer für sie da ist – einen Lover, einen Freund, einen ebenbürtigen Partner. Aber sobald sie ihn haben, werfen sie alles hin für den erstbesten Mann, der sie wie ein Stück Dreck behandelt. Und egal, was er ihnen antut, sie kehren immer wieder zu ihm zurück.«

»Manche Frauen sind so, aber viele nicht. Mein Freund ist mein Partner, und ich liebe ihn.«

»Luke?« Er hob die Augenbrauen. »Du glaubst, Luke sei dir ein ebenbürtiger Partner gewesen?« Er lachte kurz auf und schüttelte den Kopf. »Den hättest du doch entsorgt, sobald ein richtiger Mann aufgekreuzt wäre. Du hast dich doch schon gelangweilt.«

»Woher kennen Sie Lukes Namen? Und warum sprechen Sie in der Vergangenheitsform von ihm? Haben Sie ihm etwas angetan?«

»Luke geht's gut. Was er im Moment durchmacht, ist nichts im Vergleich zu dem, was du ihm schon zugemutet hast. Du hast ihn nicht respektiert. Nicht dass ich dir daraus einen Vorwurf mache – du hättest noch respektloser sein können.« Er lachte. »Wie gerade eben zum Beispiel.«

»Ich respektiere Sie, weil Sie ein ungewöhnlicher Typ sind, der das hier eigentlich nicht tun will, und wenn Sie mich gehen lassen, können wir …«

»Bitte behandle mich nicht so von oben herab, Annie.«

»Was wollen Sie dann? Sie haben mir immer noch nicht gesagt, wo ich bin.«

Er begann zu singen. »Time is on my side, yes it is. Time, time, time, is on my side, yes it is.« Ich wusste, dass es ein alter Song der Rolling Stones war, aber an den Rest des Textes konnte ich mich nicht erinnern. Die Zeit ist auf meiner Seite … und weiter?

»You want time? Time with me? Time to talk?« Du willst Zeit? Zeit mit mir? Zeit zum Reden? *Zeit, um mich zu vergewaltigen? Zeit, um mich zu töten?*

Er lächelte nur.

Wenn irgendetwas nicht funktioniert, probiert man etwas anderes aus. Ich verließ meine sichere Ecke, stand auf und baute mich vor ihm auf.

»Hör zu, David – oder wie immer du heißt –, du musst mich gehen lassen.« Er schwang die Beine vom Bett, setzte sich auf die Kante und sah mir gerade in die Augen. Ich beugte mich direkt über sein Gesicht.

»Menschen werden nach mir suchen – viele Menschen. Es wäre wesentlich besser für dich, wenn du mich auf der Stelle freilässt.« Ich deutete mit dem Finger auf ihn. »Ich will dein krankes Spiel nicht mitspielen. Das ist *verrückt*. Du musst doch einsehen …«

Seine Hand schoss nach vorn und packte mein Gesicht so fest, dass es sich anfühlte, als rieben meine Zähne aufeinander. Stück für Stück zog er mich näher zu sich. Ich verlor das Gleichgewicht und saß praktisch auf seinem Schoß. Das Einzige, das mich aufrecht hielt, war seine Hand an meinem Kiefer.

Mit vor Wut zitternder Stimme sagte er: »Sprich nie wieder in diesem Ton mit mir, hast du mich verstanden?« Er zwang meinen Kopf hoch und runter und verstärkte seinen Griff jedes Mal, wenn mein Gesicht unten war. Ich hatte das Gefühl, der Kiefer würde mir ausgerenkt.

Er ließ mich los.

»Sieh dich um! Glaubst du etwa, es war einfach, das alles so herzurichten? Meinst du, ich hätte nur mit den Fingern geschnippt, und alles war fertig?«

Er packte meine Kostümjacke, zog mich nach unten und drückte mich auf das Bett. Die Adern an seiner Stirn traten hervor, und sein Gesicht lief rot an. Halb auf mir liegend, packte er meine Kehle und drückte zu. Aus funkelnden Augen starrte er mich an. Sie würden das Letzte sein, das ich sah, bevor ich starb. Um mich herum wurde es schwarz …

Dann war aller Zorn aus seinem Gesicht verschwunden. Er ließ mich los und küsste meine Kehle, die er noch vor wenigen Sekunden mit den Fingern umklammert hatte.

»Warum zwingst du mich dazu, so etwas zu tun? Ich gebe mir so viel Mühe, Annie, wirklich, aber meine Geduld hat ihre Grenzen.« Er strich mir übers Haar und lächelte.

Ich schwieg und rührte mich nicht.

Er erhob sich und ging davon. Aus dem Badezimmer hörte ich Wasser rauschen. Mit meinen Fotos um mich herum ausgebreitet starrte ich an die Decke. Mein Kiefer pochte. Tränen rannen mir aus den Augenwinkeln, aber ich wischte sie nicht fort.

3. Sitzung

Wie ich sehe, haben Sie keinen Weihnachtsschnickschnack hier drin, nur den Adventskranz an der Eingangstür. Das ist gut! Angeblich soll die Selbstmordrate über die Feiertage ja am höchsten sein, und die meisten Ihrer Patienten stehen vermutlich ohnehin schon schwankend am Rand des Abgrunds.

Wenn jemand verstehen kann, warum die Leute zu dieser Zeit des Jahres ausflippen, dann bin ich das. Als Kind hat mich Weihnachten genervt. Es war echt hart, weil meine Freunde alle einen Haufen Zeug gekriegt haben, den ich mir nur im Schaufenster oder im Katalog anschauen konnte. Aber das Jahr, bevor ich entführt wurde, war ein gutes Jahr. Ich habe ein Heidengeld für kitschigen Weihnachtsschmuck und Lichterketten ausgegeben. Natürlich konnte ich mich nicht für ein Thema entscheiden, so dass am Ende jedes Zimmer anders aussah, wie Festwagen bei so einer komischen Weihnachtsparade.

Luke und ich haben lange Winterspaziergänge gemacht, mit Schneeballschlacht und allem Drum und Dran, haben Popcorn und Cranberrys auf Schnüre gezogen und an den Baum gehängt, heiße Schokolade mit Rum getrunken und uns beschwipst Weihnachtslieder vorgesungen, natürlich völlig falsch. Es war wie in einem beschissenen Weihnachtsspecial fürs Fernsehen.

In diesem Jahr gebe ich einen Dreck auf die Feiertage. Aber es gibt ohnehin nicht viel, um das ich mich kümmere. Wie gerade eben vor der Sitzung, als ich auf Ihrer Toilette war und mich zufällig im Spiegel gesehen habe. Bevor der ganze Mist passiert ist, konnte ich an keinem Schaufenster vorbeigehen, ohne einen Blick auf mein Spiegelbild zu werfen. Wenn ich jetzt in den Spiegel schaue, sehe ich eine Fremde. Die Augen der Frau sehen aus wie getrockneter Schlamm, und ihr Haar hängt lasch auf die Schultern. Ich sollte mir die Haare schneiden lassen, aber allein der Gedanke daran macht mich schon müde.

Noch schlimmer, ich bin eine von *denen* geworden – den weinerlichen, deprimierenden Leuten, die kein Problem damit haben, einem haarklein zu erzählen, wie tief sie in der Scheiße sitzen. Und das alles in einem Ton, der klarmacht, dass sie absolut nichts dafür können und dass man selbst ihnen den Platz weggenommen hat, der ihnen eigentlich zusteht. Zum Teufel, wahrscheinlich habe ich jetzt auch wieder genau diesen Ton drauf. Ich wollte sagen, wie hübsch all die Läden mit den ganzen Lichtern aussehen und wie freundlich alle zu dieser Zeit des Jahres sind, und das sind sie wirklich, aber ich kann anscheinend nicht aufhören, nur verbittert rumzupöbeln.

Letzte Nacht habe ich wieder im Schrank geschlafen, obwohl meine innere Einstellung oder die dunklen Ringe unter den Augen davon vermutlich nicht besser werden. Zuerst habe ich im Bett gelegen – habe mich rumgewälzt und rumgezappelt, bis es wie ein Schlachtfeld aussah –, aber ich habe mich einfach nicht sicher gefühlt. Also bin ich in den Schrank gekrochen und habe mich auf dem Boden zusammengerollt, mit Emma direkt vor der Tür. Der arme Hund, sie denkt, sie würde auf mich aufpassen.

Als der Psycho aus dem Badezimmer kam, hob er drohend den Finger, lächelte und sagte: »Die Zeit vergesse ich nicht so leicht.«

Er summte eine Melodie – ich könnte nicht sagen, was es war, aber wenn ich sie noch einmal höre, muss ich kotzen – und zog mich vom Bett hoch. Dann wirbelte er mich herum und warf mich über sein Knie. In einem Moment versuchte er, mir den Kiefer zu brechen, und in der nächsten Minute war er wie der bescheuerte Fred Astaire. Lachend zog er mich wieder hoch und führte mich ins Badezimmer.

Teelichter flackerten auf der Ablage, und die Luft war erfüllt vom Geruch nach brennendem Wachs und Blumen. Das Wasser in der Badewanne dampfte, und darauf schwammen Rosenblätter.

»Zeit, sich auszuziehen.«

»Ich will nicht.« Es war nicht mehr als ein Flüstern.

»Es ist *Zeit.*« Ohne zu blinzeln, starrte er mich an.

Ich zog meine Kleider aus.

Er legte sie ordentlich zusammen und brachte sie aus dem Raum. Mein Gesicht brannte. Einen Arm hielt ich vor meine Brüste, den anderen vor meinen Schritt. Als er zurückkam, nahm er meine Hände fort und führte mich zur Badewanne. Als ich zögerte, bekam er ein rotes Gesicht und trat näher.

Ich stieg in die Wanne.

Mit diesem Riesenschlüsselbund öffnete er einen der Schränke und holte ein Rasiermesser raus – ein altmodisches, megascharfes Rasiermesser.

Er hob mein rechtes Bein und legte es auf den Badewannenrand, dann strich er langsam mit der Hand über meine Wade und den Schenkel. Es war das erste Mal, dass mir seine Hände auffielen. Sie hatten kein einziges Haar, und die Fingerkuppen waren weich, als wären sie verbrannt. Ich spürte mein Entsetzen mit jeder Faser meines Körpers. Was ist das für ein Mensch, der sich die Fingerkuppen verbrennt?

Ich konnte nicht aufhören, das Messer anzustarren und zuzusehen, wie es sich meinem Bein näherte. Nicht einmal weinen konnte ich.

»Deine Beine sind so kräftig – wie bei einer Tänzerin. Meine Mutter war eine Tänzerin.« Er sah mich an, aber ich starrte wie gebannt auf die Klinge. »Annie, ich rede mit …« Er hockte sich auf die Fersen. »Fürchtest du dich vor dem Rasiermesser?« Ich nickte.

Er hob es in die Höhe, so dass es das Licht reflektierte. »Die neumodischen Rasierer schneiden nicht halb so gut.« Achselzuckend lächelte er mich an. Dann beugte er sich wieder vor und begann, meine Wade zu rasieren. »Wenn du dich dieser Erfahrung öffnest, wirst du eine Menge über dich erfahren. Jemandem ausgeliefert zu sein, der die Macht hat, dich zu töten, kann die erotischste Erfahrung deines Lebens sein.« Er starrte mich an. »Aber du weißt bereits, wie befreiend der Tod sein kann, nicht wahr, Annie?« Als ich nicht antwortete, schaute er zwischen dem Rasiermesser und mir hin und her.

»Ich … ich weiß nicht, was Sie meinen.«

»Du hast doch bestimmt die Geschichte mit Daisy noch nicht vergessen.«

Ich starrte ihn an.

»Wie alt warst du noch gleich? Zwölf, oder? Und sie war sechzehn? So früh jemanden zu verlieren, den man liebt …« Er schüttelte den Kopf. »So etwas kann einen Menschen wirklich verändern.«

»Woher wissen Sie von Daisy?«

»Dein Vater starb auf dem Weg ins Krankenhaus, war es nicht so? Und Daisy, wie ist sie noch gestorben?« Er wusste es. Der Bastard wusste es.

Auf ihrer Beerdigung fand ich heraus, wie sie gestorben war, als ich eine Tante belauschte, die jemandem erklärte, warum Mom nicht wollte, dass ihre wunderschöne Tochter im offenen Sarg aufgebahrt wurde. Monatelang verfolgte meine Schwester mich danach in meinen Träumen, hielt sich ihr blutendes Gesicht und flehte mich an, ihr zu helfen. Monatelang bin ich schreiend aufgewacht.

»Warum tun Sie das?«, fragte ich.

»Dir die Beine rasieren? Findest du es nicht entspannend?«

»Das meinte ich nicht.«

»Von Daisy zu sprechen? Es ist gut, über diese Dinge zu reden, Annie.«

Wieder überkam mich das Gefühl, das alles könne nicht wirklich passieren. Es konnte nicht sein, dass ich in einem warmen Bad lag, während ein Irrer mir die Beine rasierte und dabei verlangte, ich solle meine Gefühle rauslassen. Was war das für eine Welt, in der so eine Scheiße passierte?

»Steh auf und stell das Bein auf den Badewannenrand, Annie.«

»Es tut mir leid, wir können gerne noch weiter reden. Aber *bitte* zwingen Sie mich nicht, das zu tun …« Seine Miene wurde ausdruckslos. Ich hatte diesen Blick schon einmal gesehen.

Ich stand auf und stellte mein Bein auf den Rand der Badewanne.

In der kühlen Luft zitterte ich und sah zu, wie der nach Rosen duftende Wasserdampf von mir abperlte. Ich hasste den Geruch von Rosen, schon immer. Und der Psycho?

Er begann zu summen.

Ich wollte ihn fortstoßen. Ich wollte ihm mein Knie ins Gesicht rammen, aber ich blickte wie gebannt auf die funkelnde Klinge des Rasiermessers. Er tat mir nicht körperlich weh, nur ein wenig mit den Fingernägeln, als er meinen Po packte, um mich festzuhalten, trotzdem hatte ein ungeheures Entsetzen mich gepackt, als drohte eine riesige Faust, meine Brust zu zerreißen.

Vor Jahren war ich einmal bei einem Gynäkologen, einem alten Kerl, bei dem ich vorher nur einmal gewesen war. Dieses Mal musste er einen PAP-Abstrich machen, und ich erinnerte mich noch gut, wie ich auf dem Rücken lag, seinen Kopf zwischen meinen Beinen. Er war Hobbypilot, und überall in dem Raum hingen Fotos von Flugzeugen. Als er das kalte Instrument in mich hineinstopfte, sagte er: »Denken Sie an Flugzeuge.« Und das tat ich jetzt, als der Psycho mich rasierte. Ich dachte an Flugzeuge.

Als er fertig war und mich abgeduscht hatte, musste ich aus der Wanne steigen, und er trocknete mich vorsichtig ab. Dann schloss er den Schrank auf, holte eine große Flasche Lotion heraus und begann, meinen Körper damit einzucremen.

»Das fühlt sich gut an, was?«

Meine Haut kribbelte. Seine Hände waren überall, glitten herum und massierten die Lotion ein.

»Bitte hören Sie auf. *Bitte …*«

»Warum sollte ich?«, erwiderte er und lächelte. Er ließ sich Zeit und übersah keine einzige Stelle.

Als er fertig war, ließ er mich auf der albernen flauschigen rosigen Badematte stehen. Ich fühlte mich wie ein eingefettetes Schwein und roch nach diesen verdammten Rosen. Ich musste nicht lange warten, bis er mit einer Handvoll Kleidung zurückkam.

Ich musste einen winzigen weißen Spitzenslip anziehen – keinen Tanga oder so, einfach einen normalen Slip – und einen dazu passenden trägerlosen BH. In meiner Größe. Er trat zurück, musterte mich von oben bis unten. Dann klatschte er in die Hände und gratulierte sich selbst, weil er seine Sache so gut gemacht hatte. Anschließend reichte er mir ein Kleid – ein jungfräulich weißes Ding, das mir in einem früheren Leben wahrscheinlich gefallen hätte. Es war hübsch und fühlte sich teuer an. Wie das berühmte Kleid von Marilyn Monroe, aber nicht so gewagt, sondern wie die Version für brave Mädchen.

»Dreh dich!«

Als ich mich nicht rührte, hob er eine Augenbraue und machte mit dem Finger eine Kreiselbewegung in der Luft.

Das Kleid schien zu schweben, als ich mich drehte.

Er nickte anerkennend, dann hob er den Arm, damit ich anhielt.

Nachdem er mich aus dem Badezimmer geführt hatte, sah ich, dass er alle Bilder von mir weggeräumt hatte. Die Schachtel war nirgendwo zu sehen. Auf dem Boden standen Kerzen, das Licht war gedämpft, und dort stand es und sah riesig aus: das Bett. Es schien auf uns zu warten.

Ich musste einen Weg finden, um zu ihm durchzudringen. Musste Zeit gewinnen, bis mich jemand fand. Irgendjemand würde mich finden.

»Wenn wir warten, bis wir einander besser kennen«, sagte ich, »würde es noch außergewöhnlicher.«

»Entspann dich, Annie, es gibt nichts, wovor du dich fürchten müsstest.«

Bert erzählt Ernie, es sei ein wunderschöner Tag, um mal alle Nachbarn umzubringen.

Er drehte mich um und begann den Reißverschluss des weißen Kleides zu öffnen. Jetzt weinte ich. Keine Schluchzer, nur alberne, wimmernde Hickser. Während er den Reißverschluss nach unten zog, küsste er meinen Hals. Ich zitterte. Er lachte.

Er ließ mein Kleid auf den Boden fallen. Als er den BH öffnete, versuchte ich, mich ihm zu entziehen, aber er schlang einen Arm um meine Taille und hielt mich fest. Mit der anderen Hand griff er nach vorne und umfasste meine Brust. Mein Gesicht war nass von Tränen. Als eine davon auf seine Hand tropfte, drehte er mich wieder zu sich, so dass ich ihm das Gesicht zuwandte.

Er hob die Hand zu seinem Mund und bedeckte die feuchte Stelle mit dem Mund. So verharrte er eine Sekunde, dann lächelte er und sagte: »Salzig.«

»Hören Sie auf! *Bitte* hören Sie auf! Ich habe Angst.«

Er setzte mich auf die Bettkante. Nicht ein einziges Mal sah er mir in die Augen – er starrte nur meinen Körper an. Eine Schweißperle lief ihm übers Gesicht, tropfte von seinem Kinn und landete auf meinem Schenkel. Der Tropfen brannte sich in meine Haut, und ich wollte ihn unbedingt fortwischen, aber ich hatte zu große Angst, mich zu bewegen. Er kniete sich auf den Boden und begann mich zu küssen.

Er schmeckte nach saurem alten Kaffee.

Ich wand mich und versuchte, mich wegzudrehen, aber er presste seine Lippen nur noch fester gegen meine.

Schließlich gab er meinen Mund frei. Dankbar schnappte ich nach Luft, aber die Erleichterung blieb mir im Halse stecken, als er aufstand und sich auszuziehen begann.

Er war nicht besonders breit, aber seine Muskeln waren ausgeprägt, wie bei einem Läufer, und sein ganzer Körper war vollkommen haarlos. Die glatte Haut schimmerte im Kerzenlicht. Er starrte mich an, als wartete er darauf, dass ich etwas sagte, aber ich konnte nur zurückstarren. Ich zitterte heftig. Sein Schwanz begann zu erschlaffen.

Er packte meine Knie und schob mich aufs Bett. Während er meine Beine mit seinen Knien auseinanderzwang, klemmte er einen meiner Arme zwischen unseren Körpern ein und riss den anderen mit der linken Hand über meinen Kopf. Sein Ellenbogen bohrte sich in meinen Bizeps.

Ich versuchte, mich unter ihm wegzudrehen, aber er fixierte meinen Schenkel mit dem Schienbein. Mit der freien Hand begann er, an meinem Slip zu zerren.

Wie rasend durchforstete mein Verstand alles, was ich je über Vergewaltiger gehört hatte. Irgendwas mit Macht, sie brauchten das Gefühl von Macht, aber es gab unterschiedliche Arten, und manche von ihnen brauchten etwas ganz anderes. Ich konnte mich nicht erinnern. Warum konnte ich mich nicht erinnern? Wenn ich ihn nicht dazu bringen konnte aufzuhören, konnte ich ihn zumindest dazu bringen, ein Kondom zu benutzen?

»Halt! Ich habe …« Seine Brust presste meine Faust auf meinen Solarplexus. Ich keuchte auf. »… eine Krankheit. Eine Geschlechtskrankheit. Sie werden sich anstecken, wenn Sie …«

Er riss den Slip weg. Ich begann, wild herumzustrampeln. Er lächelte.

Als ich fast keine Luft mehr bekam, hörte ich auf, mich zu wehren, und schnappte nach Luft. Ich musste nachdenken, musste mich konzentrieren, musste einen Weg finden …

Sein Lächeln verblasste.

Dann begriff ich. Je mehr Reaktionen ich zeigte, desto besser gefiel es ihm. Ich zwang mich, das Zittern bleibenzulassen. Ich hörte auf zu weinen. Ich rührte mich nicht mehr. Ich dachte an Flugzeuge. Es dauerte nicht lange, bis es ihm auffiel.

Er stützte sich so stark auf den Ellenbogen auf, dass ich glaubte, mein Arm würde brechen, aber ich gab keinen Laut von mir. Er spreizte meine Beine weiter auseinander und versuchte mit aller Macht, in mich einzudringen, aber er war zu schlaff. Ich stellte fest, dass er ein Muttermal an der Schulter hatte, aus dem ein einzelnes Haar wuchs.

Er biss die Zähne zusammen und stieß knurrend hervor: »Sag meinen Namen!« Ich schwieg. Niemals würde ich diesen Irren mit dem Namen meines Vaters ansprechen. Er konnte meinen Körper kontrollieren, aber ich würde nicht zulassen, dass er meine Worte kontrollierte.

»Erzähl mir, wie du dich fühlst!«

Ich starrte ihn einfach nur an. Er drehte mein Gesicht zur Seite.

»Sieh mich nicht an!«

Erneut versuchte er, in mich einzudringen. Ich dachte an das einsame Haar auf dem Muttermal. Sein ganzer Körper war glattrasiert, bis auf diese eine

Stelle. Ich vergaß mein Entsetzen, erreichte einen Zustand der Hysterie und begann zu kichern. Er würde mich umbringen, aber ich konnte nicht aufhören. Aus dem Kichern wurde Lachen.

Sein Körper auf mir erstarrte. Ich sah ihn immer noch nicht an, sondern blickte gegen die Wand. Seine freie Hand schoss nach oben und umklammerte meinen Mund. Er drehte meinen Kopf zurück, so dass ich ihn anschauen musste, meine Lippen wurden gegen meine Zähne gequetscht. Er drückte noch fester zu. Ich schmeckte Salz.

»Schlampe!«, schrie er und besprühte mich mit Spucke. Dann änderte sich sein Gesichtsausdruck. Jede Regung verschwand daraus. Er sprang aus dem Bett, blies alle Kerzen aus und verschwand im Badezimmer. Kurz darauf hörte ich die Dusche.

Ich rannte zur Eingangstür und rüttelte am Türgriff. Abgeschlossen. Die Dusche wurde abgestellt, mein Herz begann zu pochen, und ich raste zurück zum Bett. Mit zur Wand gedrehtem Gesicht saugte ich an meiner blutenden Lippe und weinte. Tränen vermischten sich mit Blut. Das Bett sackte nach unten, als er sich neben mich legte.

Er seufzte. »Gott, ich liebe diesen Ort. Es ist so ruhig! Ich habe alles extragut isoliert. Man hört nicht einmal die Grillen.«

»Bitte bringen Sie mich nach Hause. Ich werde niemandem etwas sagen, ich schwöre es. *Bitte!*«

»Hier habe ich die besten Träume.«

Er legte seinen Arm um mich, schob die Beine über meine und hielt meine Hände fest, bis er einschlief. Ich lag da mit diesem nackten Irren, der sich an mich schmiegte, und wünschte, das Bett würde sich öffnen und mich verschlucken. Mein Arm tat weh, mein Gesicht tat weh, mein Herz tat weh. Ich weinte mich in den Schlaf.

Wir haben noch etwas Zeit, aber ich bin fertig. Und ja, ich denke daran, dass die nächste Sitzung wegen Weihnachten ausfällt. Auch gut – ich brauche mal eine Pause von diesem Wahnsinn. Um Ihnen davon zu erzählen, muss ich wieder dorthin zurückkehren. Mich dem zu entziehen wäre wesentlich einfacher. Na ja, zumindest kann ich mir einreden, es wäre so … für vielleicht eine halbe Sekunde. Es zu verdrängen ist, als würde ich versuchen, einen reißenden Strom aufzuhalten, indem ich die Tür schließe. Kleine Rinnsale dringen durch die Spalten ein, und ehe ich mich versehe, ist die Tür verschwunden. Jetzt, wo ich ein bisschen von dem Wasser durchlasse – wird die Tür demnächst zusammenkrachen? Wenn ich alles loslasse, was in mir ist, wird der Strom mich dann mit sich reißen? Egal, jetzt fahre ich erst einmal nach Hause und steige unter die heiße Dusche. Und danach werde ich wahrscheinlich noch einmal duschen.

4. Sitzung

Wie war Ihr Weihnachten, Doc? Ich hoffe, der Weihnachtsmann hat Ihnen was Nettes gebracht. Dass Sie jede Woche so einer Durchgeknallten wie mir zuhören, beschert Ihnen bestimmt einen Platz ganz oben auf der Liste der guten Menschen. Ich? Trotz aller guten Vorsätze, jede Form von fröhlicher Weihnachtsstimmung zu vermeiden, blieb ich nicht davon verschont. Ein paar Pfadfinder klopften an meine Tür und wollten mir einen Tannenbaum andrehen. Möglicherweise hat mich Ihr Adventskranz inspiriert, oder ich wollte honorieren, dass sie so mutig waren und an die einzige Tür ohne Weihnachtsschmuck geklopft hatten – jedenfalls habe ich schließlich doch einen gekauft. Ich bin schon immer auf Typen in Uniform abgefahren.

Das Problem war nur, dass Mom meine ganze Weihnachtsdeko weggegeben hatte, und jedes Mal, wenn ich daran dachte, in einen Laden zu gehen … selbst wenn die Leute mich nicht anstarren, als wüchse mir ein Elchgeweih, würde ich lieber barfuß auf zerbrochenen Weihnachtskugeln tanzen, als zu dieser Jahreszeit in einen Laden zu gehen. Ich wurde es so leid, den verdammten Baum anzustarren, wie er so nackt und traurig in der Ecke stand, dass ich ihn nach draußen schleppte und an die Straße stellte. Ich dachte mir, irgendjemand wird sich schon drüber freuen.

Ich hatte ohnehin nichts, das ich darunterlegen konnte. Meinen Freunden und meiner Familie hatte ich erzählt, dass ich keine Geschenke wollte, und ich bin auch zu keiner Weihnachtsfeier gegangen. Das, so hatte ich beschlossen, war mein Geschenk für die Allgemeinheit. Nicht nötig, dass ich allen anderen die Stimmung verdarb. Verglichen mit dem Jahr davor, war dieses Weihnachten ein glänzender Erfolg.

Am Morgen, nachdem der Psycho versucht hatte, mich zu vergewaltigen, musste ich mit ihm zusammen duschen. Er wusch mich wie ein Kind und ließ keine Stelle aus. Danach sollte ich ihn waschen – überall.

Während er sich rasierte, musste ich mich mit dem Gesicht zur Wand drehen und ihm den Rücken zukehren. Ich schielte nach dem Rasiermesser. Ich wollte ihm den Schwanz abschneiden. Dieses Mal rasierte er mich nicht. »Das heben wir uns für später auf, wenn es Zeit ist fürs Bad.« Nach dem Duschen brachte er mir ein paar Klamotten.

»Was haben Sie mit meinem Kostüm gemacht?«

»Keine Sorge, du musst nie wieder ins Büro gehen.« Er lächelte.

Heute war wieder sexy Unterwäsche angesagt, in jungfräulichem Weiß, und ein Etuikleid mit kleinen rosa Herzen auf cremefarbenem Grund. So etwas hätte ich mir nie ausgesucht – viel zu süß und niedlich für mich. Nachdem er mir ein Paar leichte Slipper gegeben hatte, setzte er mich auf einen Stuhl und bereitete das Frühstück zu – Haferbrei mit getrockneten Blaubeeren. Während ich aß, saß er mir gegenüber und erklärte mir die Regeln. Aber zuerst machte er mir klar, *wie* tief ich in der Scheiße steckte.

»Wir sind meilenweit von jedem menschlichen Anwesen entfernt. Selbst wenn es dir gelänge zu fliehen, würdest du niemals länger als ein paar Tage draußen durchhalten. Falls du dir Sorgen machst, wie wir hier überleben sollen – dazu besteht kein Grund. Ich habe an alles gedacht. Wir werden von dem leben, was das Land hergibt, und du wirst nur allein sein, wenn ich auf die Jagd gehe oder in die Stadt fahre, um unsere Vorräte aufzustocken.« Ich horchte auf. Das bedeutete, dass es hier ein Fahrzeug geben musste.

»Du würdest den Van niemals finden, und falls doch, dann würdest du ihn garantiert nicht starten können.«

»Wie lange haben Sie vor, mich hier festzuhalten? Irgendwann wird Ihnen das Geld ausgehen.«

Sein Lächeln wurde breiter.

»Ich habe das nicht verdient, meine Familie hat das nicht verdient. Sagen Sie mir, was ich tun muss, damit Sie mich gehen lassen, und ich werde es tun, was immer es auch sein mag. Ich schwöre es!«

»Ich habe schon öfter versucht, mich auf die Spielchen einer Frau einzulassen, mit bedauernswerten Folgen. Ich werde den Fehler nicht noch einmal machen.«

»Der Parfümduft in Ihrem Van, in der Decke … Ist hier noch eine Frau? Haben Sie …«

»Begreifst du nicht, was für ein phantastisches Geschenk das ist? Das ist deine *Rettung*, Annie!«

»Ich verstehe *kein* Wort. Nichts von dem, was Sie da reden, hat Hand und Fuß. Warum tun Sie mir das an?«

Er zuckte die Achseln. »Es bot sich eine Gelegenheit, und du warst da. Manchmal widerfährt guten Menschen einfach etwas Gutes.«

»Das hier ist nichts Gutes. Es ist falsch.« Ich starrte ihn an. »Sie können mich nicht einfach aus allem herausreißen und …«

»Wovon genau habe ich dich fortgerissen? Von deinem Freund? Über den haben wir bereits gesprochen. Von deiner Mutter? Im Allgemeinen finde ich Menschen ziemlich langweilig, aber euch beiden beim Lunch zuzusehen? Menschen verraten so viel durch ihre Körpersprache. Dein Hund ist das einzige Wesen, zu dem du eine Beziehung hast.«

»Ich habe ein *Leben*.«

»Nein, du hast nur existiert. Aber ich gebe dir eine zweite Chance, und ich rate dir, gut aufzupassen – es wird keine dritte geben. Jeden Morgen nach dem Frühstück werden wir unsere Arbeit erledigen, anschließend duschen wir. Heute haben wir vor dem Frühstück geduscht, aber in Zukunft wird es keine Abweichungen vom Zeitplan mehr geben.«

Er ging zum Kleiderschrank und schloss ihn auf.

»Ich werde jeden Tag die Kleidung für dich auswählen.« Er hielt ein paar Kleider in die Höhe, die genauso geschnitten waren wie jenes, das ich trug; eines mit marineblauen Herzen auf taubenblauem Grund und das andere einfarbig hellrosa. Mein Hass auf Rosa wuchs. Das oberste Fach war mit Unmengen von Kleidern gefüllt, vermutlich immer die gleichen in verschiedenen Farben. Er griff erneut hinein und holte eine lavendelfarbene Strickjacke heraus. »Im Winter kann es hier oben ziemlich kühl werden.«

Mehrere Garnituren desselben Outfits, das er trug, beige Hemden und Hosen, füllten das untere Schrankfach. An der Seite entdeckte ich einen beigefarbenen Pullover. Er bemerkte meinen Blick, sagte lächelnd: »Du bist die einzige Farbe, die ich brauche«, und machte ohne Pause mit seinem Vortrag weiter.

»Sobald du angezogen bist, gehe ich nach draußen und erledige meine Aufgaben – deine Pflichten sind hier im Haus. Du wirst abwaschen, das Bett machen und dich um die Wäsche kümmern.« Er nahm einen Teller aus einem Küchenschrank und knallte ihn gegen die Arbeitsplatte. »Unglaublich, nicht wahr? Vermutlich derselbe Hersteller wie beim Glas.« Als Nächstes zog er einen Topf hervor und schwang ihn durch die Luft wie einen Baseballschläger. »Federleicht und aus einem Stück. Ich habe keine Ahnung, wie die das hinkriegen.« Er schüttelte den Kopf.

»Die Putzmittel sind meine Angelegenheit.« Er schloss den Schrank unter der Spüle auf und holte eine Flasche Haushaltsreiniger heraus. Er war biologisch abbaubar, aber die Marke kannte ich nicht.

»Sie werden die ganze Zeit weggesperrt sein, und du darfst nie heißes Wasser benutzen oder andere Utensilien, die ich nicht für sicher halte. Nachdem du deine Haushaltspflichten erledigt hast, erwarte ich, dass du deinen Körper pflegst. Deine Fingernägel sind in einem furchtbaren Zustand, sie müssen perfekt sein. Ich werde sie dir feilen. Deine Füße müssen weich und die Fußnägel lackiert sein. Frauen sollten lange Haare haben, also werde ich sie mit Conditioner spülen, damit sie schneller wachsen. Du wirst keinerlei Make-up tragen.

Unser Tag beginnt um sieben Uhr morgens, Lunch gibt es um zwölf, und nachmittags wirst du die Bücher lesen, die du kennen solltest. Um fünf Uhr inspiziere ich deine Hausarbeiten, um sieben gibt es

Abendessen. Anschließend räumst du auf, und dann liest du mir vor. Nach der Lesestunde werde ich dich baden, und um zehn wird das Licht ausgemacht.« Er zeigte mir eine kleine Taschenuhr mit einem Timer, wie bei einer Stoppuhr, die er am Schlüsselring in seiner Hosentasche trug. In der Hütte gab es keine anderen Uhren, so dass ich nie wusste, wie spät es war, solange er es mir nicht sagte.

»Du darfst dich viermal am Tag erleichtern. Diese Pausen werden überwacht, und die Badezimmertür bleibt dabei offen. In der Tat …« Er blickte auf die Uhr, »ist jetzt Zeit für deine erste Badezimmerpause.«

Ich nahm den langen Weg durch die Küche, um so viel Raum zwischen ihn und mich zu bringen wie möglich.

»Annie. Vergiss nicht, die Tür offen zu lassen.«

Nach ein paar Tagen beschloss ich, heimlich pinkeln zu gehen, während er draußen war. Er kam zurück, gerade als ich die Toilettenspülung gedrückt hatte, so dass das Wasser noch lief. Ich stand neben dem Bett und tat so, als würde ich gerade das Laken glätten. Ich dachte, dass er vielleicht die Toilette nicht hören würde, aber gerade, als er den Wasserhahn in der Küche aufdrehte und sich ein Glas Wasser einfüllte, hielt er inne und legte den Kopf schräg. Dann ging er ins Badezimmer. Innerhalb weniger Sekunden stürmte er auf mich zu, mit rotem Gesicht und gefletschten Zähnen. Erst verkroch ich mich in der Ecke, dann versuchte ich, an ihm vorbeizuflitzen, doch er erwischte mich am Haar.

Er zerrte mich ins Badezimmer und zwang mich, vor der Toilette niederzuknien. Dann hob er den Deckel und stieß meinen Kopf nach unten, bis ich mit der Stirn auf die Klobrille knallte. An den Haaren riss er meinen Kopf zurück, während er mit der freien Hand nach unten langte und das Glas mit dem Wasser aus der Toilette füllte. Er hockte sich hinter mich, bog gewaltsam meinen Kopf zurück und hielt mir das Glas an den Mund.

Ich versuchte verzweifelt, das Gesicht abzuwenden, aber er presste das Glas so hart gegen meine Lippen, dass ich dachte, das Plastik würde zerbrechen. Etwas von dem Wasser gelangte in meinen Mund, ein paar Tropfen in die Nase. Ehe ich es ausspucken konnte, legte er mir die Hand auf den Mund, und ich musste es herunterschlucken.

Danach musste ich zwanzigmal die Zähne putzen – er zählte laut mit –, und anschließend zwang er meinen Mund weit auf, damit er meine Zähne inspizieren konnte. Als Nächstes musste ich meinen Mund zehnmal mit Salz und warmem Wasser ausspülen. Zu guter Letzt nahm er Seife und Wasser und schrubbte mir die Lippen, bis ich glaubte, dass er mindestens zwei Hautschichten abgerubbelt hatte. Ich versuchte es nie wieder.

Es fühlt sich an, als würde ich all seine bescheuerten Regeln nie wieder loswerden, Doc. Und *was* für durchgeknallte Vorschriften das waren! Natürlich weiß ich, dass sie totaler Blödsinn sind, aber das nützt nichts. Die stecken in mir drin, und ich bin wie abgeschlossen. Zu seinen Regeln hat meine Psyche noch ein paar eigene dazugepackt – jeder Tick, den ich vorher hatte, wurde um das Zwanzigfache aufgeblasen, und jetzt bin ich irgendeine merkwürdige Mischung aus zwei Bekloppten.

Ich nehme jedes Mal den gleichen Weg hier raus und halte immer am selben Coffeeshop an. Bei jeder Sitzung hänge ich meinen Mantel an denselben Haken und setze mich an dieselbe Stelle. Sie sollten meine Routine erleben, bevor ich ins Bett gehe – ich verschließe alle Türen, lasse alle Jalousien runter und versperre jedes Fenster. Dann nehme ich ein Bad und rasiere meine Beine – zuerst das linke, dann das rechte, zum Schluss die Achseln.

Wenn ich mit dem Baden fertig bin, creme ich mich überall mit Lotion ein, und ehe ich endlich ins Bett gehe, überprüfe ich noch einmal die Türen und Fenster, stelle leere Dosen vor die Tür und kontrolliere zweimal, ob der Alarm eingeschaltet ist – die Dosen sind für den Fall da, dass der Alarm ausfällt. Zum Schluss vergewissere ich mich, dass das Messer unterm Bett liegt und das Pfefferspray auf dem Nachttisch steht.

Viele Nächte, in denen ich versuche, in meinem Bett zu schlafen, liege ich nur da und lausche auf das kleinste Geräusch, bis ich aus dem Bett und zum Schrank krieche und dabei die Decke hinter mir herziehe – ich krieche, für den Fall, dass jemand durch die Fenster späht. Dann quetsche ich mich hinein und baue die Schuhe so auf, dass sie vor mir stehen.

Letztes Mal sagten Sie, mein fester Ablauf gebe mir vermutlich ein Gefühl von Sicherheit … Mir sind diese ach so beiläufigen »Vielleicht sollten Sie mal darüber nachdenken« und »Haben Sie schon einmal erwogen …« sehr wohl aufgefallen. Solange Sie nicht anfangen, mir einen Haufen Fragen an den Kopf zu werfen, ist es okay. Aber ich schwöre Ihnen, wenn Sie mich jemals fragen, wie ich mich fühle, werden Sie diese Frage meinem Rücken stellen, denn dann bin ich in null Komma nichts weg, und zwar für immer.

Also, diese Routine … Zuerst dachte ich, Sie würden vollkommen falschliegen, aber ich habe mir das mal genauer durch den Kopf gehen lassen, und ich schätze, durch meine Zubettgeh-Rituale fühle ich mich tatsächlich sicherer – was, gelinde gesagt, ziemlich paradox ist. Ich meine, die ganze Zeit, als ich da oben war, war ich nie sicher. Es war wie eine Achterbahnfahrt durch die Hölle, mit dem Teufel am Kontrollschalter, aber ich konnte mich immerhin darauf verlassen, dass sich diese Routine nicht änderte.

Jeden Tag wage ich mich ein Stück weiter vor, und

manche Macken sind leichter abzuschütteln als andere, aber bestimmte Dinge? Keine Chance. Gestern Abend habe ich vier Liter Tee getrunken und fast eine Stunde auf dem Klo gehockt, zumindest fühlte es sich an wie eine Stunde, und versuchte mich dazu zu zwingen, außerplanmäßig zu pinkeln. Beinahe hätte ich ein paar Tröpfchen rausgequetscht – ich war schon ganz nah dran, ja, ja, ich werde pinkeln! –, aber dann verkrampfte sich meine Blase wieder. Das einzige Ergebnis dieses Experiments war eine weitere schlaflose Nacht.

In diesem Sinne, für heute habe ich genug. Ich muss nach Hause und pinkeln, und nein, ich möchte Ihre Toilette nicht benutzen. Ich würde nur dasitzen, daran denken, dass Sie hier sind, und mich fragen, ob Sie sich fragen, ob ich wohl pinkeln kann. Nein, danke.

5. Sitzung

Auf dem Weg hierher habe ich bei dem Coffeeshop an der Abzweigung zu Ihrer Straße angehalten. Sieht von außen ja ziemlich schmuddelig aus, hat aber superleckeren Kaffee, allein deswegen lohnt sich der Weg in die Stadt. Ich bin mir nicht sicher, was Sie da in Ihrem Becher haben – womöglich ist es ja sogar Scotch –, aber ich habe Ihnen einfach mal einen Tee mitgebracht. Irgendetwas müssen Sie ja davon haben, wenn Sie den Tag mit mir beenden.

Übrigens, mir gefällt dieser klobige Silberschmuck, den Sie immer tragen. Er passt zu Ihrem Haar und lässt Sie wie eine coole Oma aussehen. Eine von denen, die noch Sex haben und denen es immer noch gefällt. Keine Sorge, ich bin nicht scharf auf Details – ich weiß, dass Therapeuten nicht gerne über ihr Leben reden, und ich bin zurzeit ohnehin viel zu egozentrisch, um Ihnen zuzuhören.

Vielleicht gefällt mir Ihr Schmuck, weil er mich an meinen Dad erinnert. Das würde auch dazu passen, dass ich gerade so ichbezogen bin. Nicht dass er viel Schmuck getragen hätte, aber er hatte diesen Claddagh-Ring von seinem Vater. Die Eltern von meinem Dad stammten aus Irland, sie sind hierhergekommen und haben ein Juweliergeschäft eröffnet. Der Ring war das Einzige, das ihm von ihnen blieb, als sie kurz nach der Hochzeit meiner Eltern bei einem Brand ums Leben kamen – alles andere hat die Bank sich unter den Nagel gerissen. Nach dem Unfall habe ich Mom nach dem Ring gefragt, aber sie sagte, er sei verlorengegangen.

Ich male mir gerne aus, dass mein Vater, wenn er noch gelebt hätte, alles getan hätte, um mich zu befreien, obwohl ich keine Ahnung habe, wie er das angestellt hätte. Er war ein gutaussehender, lockerer Typ, und in meiner Vorstellung ist er immer vierzig Jahre alt und trägt seine netten flauschigen Pullover und Khakihosen. Ich habe ihn eigentlich nur aufgeregt erlebt, wenn er mir erzählte, für die Bücherei, in der er arbeitete, sei eine neue Ladung Bücher gekommen.

Da oben auf dem Berg habe ich manchmal an ihn gedacht, habe mich sogar gefragt, ob er wohl auf mich aufpasst. Dann wurde ich immer stinksauer. Wenn er mein Schutzengel war, wie ich mir als Kind eingeredet hatte, warum zum Teufel sorgte er dann nicht dafür, dass es aufhörte?

Am zweiten Abend wusch der Psycho zärtlich meinen Rücken in der Badewanne. »Sag Bescheid, wenn du mehr heißes Wasser haben möchtest.« Er drückte den Waschlappen aus und ließ nach Rosen duftendes Wasser auf meine Schultern und den Rücken tröpfeln.

»Du bist so still.« Er schnüffelte an dem nassen Haar in meinem Nacken. Dann nahm er eine Strähne in den Mund und saugte daran. Am liebsten hätte ich ihm die Schulter ins Gesicht gerammt und ihm die Nase gebrochen, doch stattdessen starrte ich an die Wand und zählte die Sekunden, die ein Wassertropfen auf dem Weg nach unten brauchte. »Wusstest du, dass bei jeder Frau das Haar einen einzigartigen Geschmack hat? Deines schmeckt nach Muskat und Nelken.« Ich erschauderte.

»Ich weiß, dass das Wasser nicht warm genug ist.« Eine Minute lang ließ er heißes Wasser nachlaufen. »Ich brauche eine Frau nur anzusehen und weiß, wie sie schmeckt. Manche Männer fallen auf die Farbe herein. Man könnte gut auf die Idee kommen, dass deine Mutter mit ihrem jungen Gesicht und den blonden Haaren sauber und frisch schmeckt, aber ich habe herausgefunden, dass die Wahrheit oft tiefer verborgen liegt.« Er stellte sich vor mich und begann, zärtlich mein Bein zu waschen. Ich konzentrierte mich weiterhin auf die Wand. Er versuchte nur, mich weichzukochen, und ich durfte ihn nicht merken lassen, dass es funktionierte.

»Trotzdem ist sie eine schöne Frau. Ich habe mich

gefragt, wie viele von deinen Freunden wohl mit ihr schlafen wollten. Und ob sie, wenn sie Sex mit dir hatten, dabei an sie gedacht haben.«

Mein Magen drehte sich um. Im Laufe der Jahre hatte ich mich daran gewöhnt, dass meine Freunde meine Mom angafften. Wenn sie nicht gerade damit beschäftigt waren, eines ihrer Abendessen in sich hineinzuschaufeln, haben sie Mom mit vollem Mund angestarrt. Einer der Typen hat mir tatsächlich erzählt, meine Mom sehe aus wie eine heißere, erwachsene Version von Tinkerbell. Selbst Luke kam manchmal ins Stottern, wenn sie in der Nähe war.

Siebzehn Sekunden, achtzehn … dieser Tropfen war echt langsam.

»Ich bezweifle, dass irgendeiner von ihnen so wie ich sehen konnte, dass sie nach grünem Apfel schmeckt, nach einem, von dem du denkst, er sei reif, bis du in ihn hineinbeißt. Und deine Freundin Christina, die ihr langes blondes Haar hochsteckt und immer so nüchtern wirkt? In ihr steckt mehr, als es den Anschein hat.« Ich verlor den Wassertropfen aus den Augen.

»Ja, ich kenne Christina. Sie ist ebenfalls Maklerin, stimmt's? Ziemlich erfolgreich sogar, soweit ich weiß. Ich frage mich, warum du dich mit Leuten umgibst, die du beneidest.«

Ich wollte ihm sagen, dass ich nicht neidisch auf Christina war, sondern stolz – seit der Highschool ist sie meine beste Freundin. Sie hat mir alles über das Immobiliengeschäft beigebracht, was ich weiß. Überhaupt hat sie mir über eine Menge Dinge alles beigebracht, was ich weiß, aber ich hielt den Mund. Dieser Typ würde alles, was ich sagte, nur dazu benutzen, mich fertigzumachen.

»Erinnert sie dich an Daisy? Daisy war wie Zuckerwatte, aber Christina … mmh, Christina. Ich wette, sie schmeckt nach Birne.« Unsere Blicke trafen sich. Er begann, meine Füße einzuseifen. Ich war es leid, dass er sein Spiel mit mir trieb.

»Wie schmeckt Ihre Mutter?«, sagte ich. Seine Hand verharrte und umklammerte meinen Fuß.

»Meine Mutter? Glaubst du, das steckt im Grunde dahinter?« Er lachte, während er meinen Fuß unter Wasser tauchte. Dann holte er das Rasiermesser aus dem Schrank.

Als er mein Bein packte, begann ich zur Abwechslung die Fugen an der gefliesten Wand zu zählen. Als die kühle Klinge über meine Wade glitt, kam ich durcheinander und begann von neuem. Als ich aufstehen musste, damit er mich überall rasieren konnte, teilte ich die Fliesen durch die Anzahl der Risse im Fugenkitt. Während er mich mit der Lotion eincremte, summte er ein Lied, und ich zählte die Wachstropfen an den Kerzen.

Ich machte Inventur von allem, was ich sah. Ich multiplizierte und dividierte die Zahlen. Sobald sich ein anderer Gedanke oder ein Gefühl in mein Bewusstsein schlich, kickte ich es raus und begann wieder von vorn.

Als er zum zweiten Mal versuchte, mich zu vergewaltigen, bewegte ich mich nicht, weinte nicht, sondern starrte nur an die Wand neben dem Bett. Solange ich nicht reagierte, bekam er keinen hoch. Hilfe musste unterwegs sein, ich musste nur durchhalten, bis sie mich fanden. Also zählte ich oder dachte an Flugzeuge, während ich wie eine Stoffpuppe dalag, egal, was er mit mir anstellte. Er packte mein Gesicht, sah mir direkt in die Augen und versuchte weiterhin, seinen schlaffen Penis in mich hineinzuzwingen. Ich zählte die Blutgefäße in seinen Augen. Sein Schwanz wurde weicher. Er schrie mich an, ich solle seinen Namen sagen. Als ich es nicht tat, hämmerte er mit der Faust auf das Kissen neben meinem Ohr und brüllte mit jedem Schlag: »Du dumme blöde Schlampe!«

Die Schläge hörten auf. Sein Atem wurde ruhiger. Auf dem Weg ins Badezimmer begann er zu summen.

Während er duschte, presste ich mir das Kissen vors Gesicht und schrie hinein. *Du krankes Schwein! Du schlappschwänziges Arschloch! Du hast dich mit der Falschen angelegt.* Als Nächstes dämpfte das Kissen meine Schluchzer. Sobald ich hörte, wie die Dusche abgestellt wurde, drehte ich das Kissen um, legte es mir mit der trockenen Seite nach oben unter den Kopf und wandte das Gesicht zur Wand.

Leider entmutigten die Misserfolge ihn nicht. Es war jedes Mal der gleiche Ablauf, erst das Bad – dabei redete er am meisten –, dann die Rasur, das Eincremen und anschließend das Kleid. Ich kam mir vor wie eine Schauspielerin am Broadway: Abend für Abend dieselbe Bühne, dieselbe Kulisse, dieselbe Beleuchtung und dasselbe Kostüm. Das Einzige, was sich änderte, war seine wachsende Frustration und wie er damit umging.

Nach dem dritten missratenen Versuch schlug er mich zweimal ins Gesicht, so hart, dass ich mir auf die Zunge biss. Dieses Mal empfand ich keine auch noch so bittere Befriedigung. Ich erstickte meine Schluchzer mit dem Kissen und fürchtete mich vor dem Moment, in dem er mit dem Duschen fertig sein würde.

Am vierten Abend schlug er mich zweimal in den Bauch – mir blieb die Luft weg, und die Heftigkeit des Schmerzes schockierte mich – und einmal gegen das Kinn. Es tat unerträglich weh. Der Raum verschwamm. Ich betete darum, dass mir vollkommen schwarz vor Augen würde, doch das geschah nicht. Ich hörte auf, ins Kissen zu weinen.

Am fünften Abend drehte er mich um, kniete sich auf meine Hände und drückte mein Gesicht in die

Matratze, so dass ich keine Luft mehr bekam. Meine Brust brannte. Das machte er dreimal, jedes Mal hörte er auf, kurz bevor ich ohnmächtig wurde.

Die meisten Abende endeten damit, dass er mit ausdrucksloser Miene aufstand, und dann hörte ich eine Weile die Dusche. Wenn er wieder ins Bett kam, legte er die Arme um mich und redete über Belanglosigkeiten – wie die Ureinwohner Fleisch haltbar gemacht hatten, welche Sternenbilder er auf seiner nächtlichen Patrouille gesehen hatte, welche Früchte ihm schmeckten und welche nicht.

Doch eines Abends legte er sich neben mich und sagte: »Ich frage mich, wie es Christina geht. Sie ist immer so ruhig und kontrolliert. Was wäre wohl nötig, damit eine Frau wie sie die Beherrschung verliert?«

Ich bekam nur mühsam Luft, als er seine Finger durch meine steifen Hände schlang und mich sanft mit dem Daumen streichelte.

Als er neben mir schnarchte, quälte mich die Vorstellung seiner Hände auf Christinas Körper oder dass sie auch nur eine Sekunde lang das Entsetzen erlebte, das ich empfand. Das durfte ich nicht zulassen. Mein Plan funktionierte nicht, solange es nicht mein Ziel war, dass er mich, und möglicherweise auch Christina, umbrachte. Es dauerte zu lange, bis ich gefunden wurde, und er würde bestimmt nicht eines Tages zu mir sagen: »Das scheint nicht zu funktionieren, deshalb bringe ich dich jetzt nach Hause.«

Mit meinem eigenen Leben hätte ich vielleicht noch länger spielen können, aber nicht mit Christinas.

Ich würde ihm dabei helfen müssen, mich zu vergewaltigen.

Sein Verhalten zu verstehen war von entscheidender Bedeutung. Ich kratzte alles zusammen, das ich je über Vergewaltiger gelesen, jede Fernsehsendung, die ich über sie gesehen hatte – Law & Order, Criminal Minds, Sondersendungen –, und konzentrierte mich vor allem darauf, was Vergewaltigern gefiel und unter welchen Umständen sie ihre Opfer töteten.

Ich erinnerte mich, dass manche Vergewaltiger das Gefühl brauchen, die Opfer würden genießen, was sie ihnen antun. Vielleicht konnte der Psycho sich selbst einreden, die Sache würde mich eigentlich anmachen, bekam aber keinen hoch, weil sich irgendwo in ihm immer noch ein leiser Zweifel regte. Dadurch wurde er impotent. Wenn diese innere Stimme noch lauter würde, würde ich sterben.

Am nächsten Abend beim Baden sagte ich: »Du bist sehr einfühlsam.« Er starrte mich eindringlich an, und ich zwang mich, ihm in die Augen zu blicken.

»Wirklich?«

»Die meisten Männer sind ziemlich grob, aber deine Berührungen sind ganz sanft.«

Er lächelte.

»Es tut mir leid, dass ich etwas schwierig war. Ich war mir am Anfang nicht sicher, aber jetzt denke ich, vielleicht … vielleicht ist es noch nicht zu spät, um ein neues Leben anzufangen.« Wie zögerlich sollte ich wirken? Wenn ich zu begeistert wäre, würde er es mir niemals abkaufen.

»Schwierig?«

»Ich meine, es wird eine Weile dauern, bis ich mich an alles gewöhnt habe und so, aber ich stelle fest, dass es mir hier oben vielleicht doch gefallen könnte. Mit dir.«

»Glaubst du wirklich?« Er zog jede Silbe in die Länge.

Ich zwang mich, ihm erneut in die Augen zu blicken, und versuchte, so viel Aufrichtigkeit wie möglich auszustrahlen.

»Ja, das glaube ich. Du kennst dich mit vielen Dingen aus, von denen die meisten Männer keine Ahnung haben.«

»Und ob ich mich mit Dingen auskenne, von denen andere Männer keine Ahnung haben.« Auf seinem Gesicht tauchte sein oscarreifes Lächeln auf. Bingo.

Als er mich eincremte, sagte ich: »Ich mag den Duft.« Sein Lächeln wurde noch breiter.

Nachdem ich das Kleid angezogen hatte, drehte ich mich für ihn und sagte: »Genau dasselbe hätte ich mir auch ausgesucht.«

Im Bett stöhnte ich für ihn und erwiderte seinen

Kuss, aber zaghaft, als würde ich erst durch seine Berührung erwachen. Sein keuchender Atem beschleunigte sich, und ich zählte die Sekunden zwischen zwei Japsern. Innerlich starb ich.

Mit schwerem Atem und rotem Gesicht lag er auf mir. Aus Sorge, dass seine Erektion nicht anhalten könnte und er dann die Beherrschung verlöre, griff ich nach unten und massierte ihn, bevor irgendetwas schiefgehen konnte. Es musste sein.

Tief in meinem Inneren rollte ich mich zu einer Kugel zusammen und versteckte mich vor meinen eigenen Worten, als ich flüsterte: »Auf diesen Moment habe ich gewartet.«

Seine Arme verkrampften sich, und sein Gesicht wurde dunkel vor Wut. Er umklammerte meine Kehle. Sein Griff wurde fester, als ich erfolglos seine Hand zerkratzte.

»Ich könnte dich jeden Moment umbringen, und du redest wie eine Hure? Du solltest entsetzt sein. Du solltest betteln. Du solltest um dein Leben kämpfen. *Hast du es denn immer noch nicht kapiert?*«

Endlich ließ er meinen Hals los, aber meine Erleichterung fand ein abruptes Ende, als er mich in den Bauch boxte. Er traktierte meinen Körper mit Schlägen, auf die Brüste, ins Gesicht, in den Schritt. Ich wehrte mich, aber seine Fäuste schienen überall zu sein. Die Schläge prasselten auf mich herab, bis ich sie nicht mehr spürte. Ich wurde ohnmächtig.

Es ist merkwürdig, Doc. Als der Psycho mich eine Hure nannte und mich schlug, spürte ich Schmerz, aber keinerlei Wut. Ich *wollte*, dass er mir weh tut. Auch wenn mein Körper sich zur Wehr setzte, feuerte mein Verstand ihn an. Ich hatte den Schmerz *verdient*. Wie hatte ich nur sagen können, was ich gesagt hatte? Wie hatte ich ihn auf diese Weise berühren können?

Dort auf dem Berg habe ich eine Menge Dinge getan, die ich nicht tun wollte, und vieles, von dem ich nicht glauben wollte, dass ich dazu fähig sei. Dieser Moment damals – wenn ich mich frage, wie ich zu dem Zombie geworden bin, der ich jetzt bin, wie ich mich selbst so sehr verlieren konnte, dann komme ich immer wieder darauf zurück. Der Augenblick, in dem ich meine Seele zur Seite geschubst habe, um Platz für den Teufel zu schaffen.

6. Sitzung

Gestern saß ich eine Weile in der Kirche. Nicht um zu beten – ich bin nicht religiös –, sondern um einfach nur ein wenig in der Stille dazusitzen. Vor der Entführung bin ich wahrscheinlich tausendmal an der Kirche vorbeigekommen, ohne Notiz von ihr zu nehmen. Mit der Familie sind wir früher nie zur Kirche gegangen, meine Mom und mein Stiefvater waren sonntags morgens gewöhnlich damit beschäftigt, ihre »Religion« auszuschlafen. Aber in den letzten paar Monaten bin ich ein paarmal hingegangen. Es ist eine alte Kirche, und es riecht darin wie in einem Museum – auf angenehme Weise, als wollte sie sagen: Ich habe eine Menge durchgemacht und stehe immer noch. Auch die Bleiglasfenster tun mir irgendwie gut. Wenn ich Sie wäre, würde ich vermutlich sagen, das Bild aus all diesen zerbrochenen Stücken, die zu so etwas verdammt Schönem zusammengesetzt wurden, tröstet mich. Zum Glück bin ich nicht so tiefsinnig.

Normalerweise ist die Kirche leer, Gott sei Dank, aber selbst, wenn da noch jemand ist, spricht oder sieht mich nie einer an. Nicht dass ich überhaupt jemandem in die Augen schauen würde.

Als ich wieder zu mir kam, nachdem der Psycho mich bewusstlos geschlagen hatte, tat mein ganzer Körper weh, und es dauerte lange, bis ich den Kopf genug anheben konnte, um mich umzusehen. Eine Welle von Übelkeit überkam mich. Die rechte Seite meines Brustkorbs tat weh, sobald ich einatmete. Ein Auge war so gut wie zugeschwollen, und mit dem anderen konnte ich nur noch verschwommen sehen und die Umrisse erkennen. Er war nirgendwo zu sehen. Entweder schlief er auf dem Boden, oder er war draußen.

Das Badezimmer rief, aber ich wusste nicht, ob ich es bis dorthin schaffen würde. Außerdem fürchtete ich, dass er mich dabei erwischen könnte, wie ich außerplanmäßig pinkelte. Ich musste wieder ohnmächtig geworden sein, denn ich konnte mich an nichts mehr erinnern, bis ich aus einem Traum erwachte, in dem ich mit Luke und unseren Hunden am Strand entlanglief. Als mir einfiel, wo ich wirklich war, weinte ich.

Meine Blase brannte – wenn ich noch sehr viel länger wartete, würde ich ins Bett machen. Gott allein wusste, welches Vergehen ihn mehr aufregen würde. Es war undenkbar, dass ich das Kleid wieder anzog, also kroch ich nackt zum Badezimmer. Alle paar

Sekunden hielt ich inne, wartete darauf, dass die schwarzen Punkte aus meinem Blick verschwanden, und kroch wieder ein paar Zentimeter vorwärts, wobei ich die ganze Zeit wimmerte. Das hätte ihm gefallen.

Ich war wie gelähmt bei dem Gedanken, er könnte hereinkommen, während ich auf der Toilette saß, also hockte ich mich über den Abfluss der Badewanne. Den Kopf an die Wand gestützt, versuchte ich gerade so viel zu atmen, dass es nicht weh tat, und betete, dass ich nicht hier und jetzt starb. Schließlich kroch ich zurück ins Bett und wurde erneut ohnmächtig.

Mein Kopf schmerzte, aber es war eher ein dumpfes Pochen, wie ein Hintergrundgeräusch. Ich wusste immer noch nicht, wo der Psycho war, und fürchterliche Bilder davon, wie er Christina entführte, schossen mir durch den Kopf. Ich betete, dass mein Versuch, ihn zu manipulieren, ihn nicht geradewegs zu ihr geschickt hatte.

Ich war mir nicht sicher, wie lange ich immer wieder das Bewusstsein verlor, aber ich glaube, es musste mindestens einen Tag so gegangen sein. Als ich wieder ein wenig zu Kräften gekommen war, schleppte ich mich zur Tür. Sie war immer noch abgeschlossen. Verdammt. Ich hielt meinen Kopf unter den Wasserhahn, wusch das klebrige Zeugs, das ich für Blut hielt, fort und trank. Sobald das kalte Wasser meinen Magen erreichte, musste ich mich an die Spüle klammern und kotzen.

Als ich mich schließlich bewegen konnte, ohne dass mir schwindelig wurde, durchsuchte ich die Hütte erneut. Mit den Fingern tastete ich jede Ritze und jeden Bolzen ab. Ich stellte mich auf den Küchentresen und trat so kräftig gegen den Fensterladen, dass ich schon dachte, ich hätte mir einen Bänderriss eingehandelt. Meine Füße haben nicht einmal einen Abdruck hinterlassen. Ich war schwer verletzt und konnte mich nicht erinnern, wann ich zuletzt etwas gegessen hatte, aber ich wäre das Risiko eingegangen, mich in den Bergen durchzuschlagen. Allerdings gab es keine Möglichkeit, aus dieser verdammten Hütte rauszukommen.

Um den Überblick nicht zu verlieren, seit wie vielen Tagen ich schon gefangen war, rückte ich das Bett von der Wand fort und drückte einen Fingernagel in das Holz, bis eine leichte Kerbe entstanden war. Wenn durch das kleine Loch in der Badezimmerwand Licht eindrang, beschloss ich, dass es Morgen war, und wenn es dunkel war, wartete ich, bis es wieder hell wurde, und machte eine weitere Kerbe. Zwei Markierungen, seit er mich allein gelassen hatte. Um mich an irgendeinen Zeitplan zu halten, der dem des Psychos ähnelte, pinkelte ich nur, wenn ich es absolut nicht länger aushielt, und dann auch nur in die Badewanne, mit gespitzten Ohren auf jedes Geräusch achtend. Zu verängstigt, um zu duschen oder zu baden, für den Fall, dass er nach Hause käme und mich dabei erwischte, verzichtete ich auf beides, und wenn der Hunger mich zu sehr quälte, trank ich Wasser. Ich malte mir aus, wie zu Hause alle bei Kerzenschein Nachtwache hielten, und stellte mir vor, wie meine Freunde Meetings veranstalteten oder Flugblätter verteilten, mit meinem lächelnden Gesicht darauf. Meine Mom musste inzwischen verrückt geworden sein. Ich sah sie förmlich vor mir, wie sie weinend zu Hause saß. Wahrscheinlich sah sie dabei sogar wunderschön aus – Tragödien standen ihr gut. Die Nachbarn würden etwas zu essen vorbeibringen, Tante Val telefonierte wild in der Gegend herum, und mein Stiefvater würde meiner Mom die Hand halten und ihr sagen, dass alles wieder in Ordnung kommen würde. Ich wünschte, ich hätte jemanden, der *mir* das erzählte. Warum hatte mich noch niemand gefunden? Hatten sie schon aufgegeben? Ich hatte noch nie von jemandem gehört, der vermisst wurde und Wochen später gefunden wurde. Es sei denn, aus der Vermissten war inzwischen eine Leiche geworden.

Vielleicht flehte Luke im Fernsehen darum, dass ich zurückkam. Oder würden die Cops ihn befragen? War der Freund nicht immer der erste Verdächtige? Wahrscheinlich verplemperten sie ihre Zeit mit ihm, anstatt nach dem Psycho zu suchen.

Ich machte mir Sorgen um Emma. Wer sich wohl um sie kümmerte? Bekam sie auch das richtige Futter? Sie hatte so einen empfindlichen Magen! Gingen sie regelmäßig mit ihr raus? Am meisten sorgte ich mich, dass sie denken könnte, ich hätte sie einfach im Stich gelassen, und das brachte mich immer zum Weinen.

Um mich zu trösten, spulte ich die Erinnerungen an Luke, Emma und Christina wie ein Video in meinem Kopf ab: Pause, rückwärts, Wiederholung. Eine meiner Lieblingsszenen mit Christina war, wie wir beide uns mit Süßigkeiten vollstopften. Beim letzten Halloween war sie zum Scrabblespielen zu mir gekommen, und wir beschlossen, eine der Packungen aufzumachen, die ich für die Kinder gekauft hatte. Aus einer Packung wurden zwei, dann drei und vier. Wir waren beide so high vom Zucker, dass unser Scrabblespiel zu einer Ansammlung schmutziger Wörter und hysterischen Gelächters ausartete. Am Ende hatten wir keine Süßigkeiten mehr für die Kinder, so dass wir das Licht ausmachen mussten. Wir hatten uns im Dunkeln versteckt, dem Feuerwerk zugehört und uns vor Kichern nicht mehr eingekriegt.

Doch meine Gedanken kehrten immer wieder zu dem Psycho zurück und was er ihr jetzt wohl antun mochte. Ich stellte mir vor, wie sie im Büro saß – vielleicht arbeitete sie noch spät –, und malte mir aus, wie der Psycho draußen im Van wartete. Meine Ohnmacht versetzte mich in Wut.

Als ein weiterer Tag vergangen war und ich eine neue Kerbe in die Wand gepresst hatte, verspürte ich keinerlei Hunger mehr, aber das Gefühl, dass der Psycho zurückkommen würde, hielt an. Wenn ich überleben wollte, musste ich vorbereitet sein. Mein Versuch, ihn zu verführen, hatte mich beinahe umgebracht. Ich musste herausfinden, warum er so ausgeflippt war, als ich so tat, als würde es mich anmachen.

War er ein Sadist? Nein, es erregte ihn nicht sexuell, mich zu schlagen. Er spielte etwas nach. Der Typ hatte eine Art Vorlage. Es begann mit dem Bad – vielleicht seine Version des Vorspiels? –, und später wurde es härter. Worum zum Teufel ging es ihm?

Er sagte, Frauen wollten keine netten Kerle, sie wollten alle wie Dreck behandelt werden. Als ich zu offen versucht hatte, ihn zu verführen, geriet er außer sich vor Wut, nannte mich eine Hure und sagte, ich sollte mich gegen ihn wehren. Er musste denken, dass eine »gute« Frau insgeheim einen aggressiven Mann wollte, der sie grob behandelte und sie überwältigte, aber in seiner Vorstellung zeigte nur eine »Hure«, dass es ihr tatsächlich gefiel – eine gute Frau würde sich zur Wehr setzen. Also fühlte er sich vermutlich nicht als Mann, solange ich mich nicht vor ihm fürchtete.

Er hatte versucht, mir zu gefallen – indem er mir

Angst machte und mir Schmerzen zufügte. Und je weniger ich reagierte, desto mehr glaubte er, er müsste mir weh tun. Heilige Scheiße! Er war ein Vergewaltiger, der glaubte, jede Frau hätte Vergewaltigungsphantasien. Zumindest wusste ich jetzt, was er wollte – ich sollte mich wehren und ihm meinen Schmerz und meine Angst zeigen.

Wenn sich in meinem Magen irgendetwas befunden hätte, das ich hätte herauswürgen können, dann hätte ich gekotzt. Ihn meine wahren Gefühle sehen zu lassen war schlimmer, als so zu tun, als ob es mir gefiele, vergewaltigt zu werden.

Am vierten Tag, den ich allein verbrachte, fiel es mir schwerer, Traum und Realität auseinanderzuhalten, weil ich immer mehr schlief und immer weniger wach war. Manchmal war ich überzeugt, ich würde halluzinieren, denn obwohl ich hellwach war, hörte ich Lukes Stimme und roch sein Rasierwasser. Doch wenn ich die Augen aufschlug, sah ich nichts anderes als diese verdammten Hüttenwände.

Mir wurde klar, dass ich meinen Plan vor lauter Schwäche womöglich vergaß, also dachte ich mir einen Reim aus, damit ich mich leichter daran erinnerte. Während ich in den Schlaf glitt und wieder aufwachte, sagte ich mir unablässig in eintönigem Singsang den Text vor.

Der Psycho ohne Herz braucht von mir Angst und

Schmerz. Der Psycho ohne Herz braucht Angst von mir und Schmerz.

Am fünften Tag begann ich mir Sorgen zu machen, dass ich verhungern würde, ehe er zurückkam. Den größten Teil des Tages verbrachte ich im Bett oder mit dem Rücken an der Wand in der Ecke. Ich wartete darauf, dass sich die Tür öffnete, und sang murmelnd meinen Reim, aber ich nickte immer wieder ein. Ich glaube, es war früher Abend, aber ich war so schwach, dass ich das Gefühl hatte, es müsste schon später sein. Das Schloss in der Tür klickte, und er kam herein. Ich war tatsächlich froh, ihn zu sehen – ich würde nicht verhungern. Besonders froh war ich darüber, dass er allein war, doch dann fragte ich mich, ob Christina womöglich bewusstlos und gefesselt im Van lag.

Er schloss die Tür und starrte mich an. Sein Bild verschwamm vor meinen Augen. *Der Psycho ohne Herz braucht von mir Angst und Schmerz …*

Am ganzen Körper zitternd und mit unsicherer Stimme sagte ich: »Gott sei Dank, ich hatte solche Angst. Ich … ich dachte, ich müsste hier ganz allein sterben.«

Er hob die Augenbrauen. »Würdest du lieber mit jemandem zusammen hier sterben?«

»Nein!« Als ich den Kopf schüttelte, drehte sich der Raum. »Ich will nicht, dass überhaupt jemand stirbt. Ich habe nachgedacht …« Meine Brust zog sich zusammen. »Christina, ist mit Christina alles in Ordnung?«

Er schlenderte zu einem der Barhocker, setzte sich und stützte das Kinn auf eine Hand. »Und wie es mir geht, ist dir egal?«

»Nein, natürlich nicht, aber ich dachte nur … wollte nur wissen …« Der Psycho verschwamm, dann konnte ich ihn kurz scharf sehen, ehe sein Bild erneut verwischte. »Ich hab's vermasselt. Total vermasselt. Letztes Mal.«

Seine Augen wurden schmal, und er nickte.

»Aber ich habe einen Plan. Pass auf …«

»Du hast einen Plan?« Er richtete sich auf.

Was zum Teufel redete ich da? Ich grub meine Fingernägel in die Innenfläche meiner Hand. Ich konnte den Raum wieder klarer sehen. »Wie wir es schaffen können, dass es funktioniert.«

»Interessant, aber ich habe ebenfalls ein wenig nachgedacht. Es ist klargeworden, dass ich ein paar Entscheidungen treffen muss, und ich glaube nicht, dass dir die Alternativen gefallen.«

Zeit, die Würfel rollen zu lassen. Langsam kam ich auf die Beine. Der Raum begann sich erneut zu drehen. Ich stützte mich mit der Hand an der Wand ab, schloss die Augen, holte ein paarmal tief Luft. Als ich die Augen wieder aufschlug, starrte der Psycho mich an. Vollkommen ausdruckslos.

Ich umklammerte meinen Bauch, taumelte auf

ihn zu und setzte mich auf den Hocker ihm gegenüber.

»Ich glaube, das verstehe ich. Du hast dir so viel Mühe gegeben, und ich habe dir eine Menge Ärger gemacht, stimmt's?« Die Lider auf halbmast, nickte er langsam.

»Die Sache ist die, als wir es versucht haben … ein paar Sachen von dem, was ich gesagt habe … das war nicht wirklich ich. Ich dachte nur, dass du das vielleicht hören willst, dass es dich glücklich machen würde.«

In seinem Gesicht regte sich immer noch nichts, aber er sah mir aufmerksam in die Augen. Die besten Lügner halten sich so eng wie möglich an die Wahrheit. Ich machte einen weiteren tiefen Atemzug.

»Ich hatte *wirklich* Angst, vor dir und vor den Gefühlen, die du bei mir auslöst, aber ich wusste nicht …« Er nahm das Kinn aus der Hand und setzte sich aufrecht hin. Ich musste schneller reden.

»Jetzt habe ich es verstanden, ich muss nur ehrlich zu dir sein, zu *mir*, und ich bin bereit dazu.« Ich betete darum, die Kraft für die nächsten Worte zu haben. »Ich würde es gerne noch einmal versuchen. Bitte gib mir noch eine Chance. *Bitte!*« Es war lange still, und als er aufstand und auf mich zukam, versuchte ich, mich für das Schlimmste zu wappnen.

»Vielleicht sollte ich das alles etwas ruhiger angehen lassen, Annie. Ich möchte keine übereilten Entscheidungen treffen.« Er stellte sich vor mich, die Arme ausgebreitet und den Kopf zur Seite geneigt.

»Wie wäre es mit einer Umarmung?« Sein Lächeln reichte nicht bis zu den Augen. Er wollte mich testen. Ich ließ mich von ihm umarmen und legte meine Arme um ihn. »Christina geht es gut«, sagte er. »Wir haben einen wunderschönen Nachmittag zusammen verbracht und uns Häuser angesehen. Sie kennt sich wirklich aus.«

Endlich atmete ich aus.

»Ich spüre dein Herz klopfen.« Er drückte mich enger an sich. Dann ließ er mich los und sagte: »Jetzt brauchst du erst einmal etwas zu essen.« Er verließ die Hütte, kam jedoch kurz darauf mit einer braunen Papiertüte zurück.

»Linsensuppe, frisch zubereitet von meinem Lieblings-Delikatessengeschäft, und Bio-Orangensaft. Das Protein und der Zucker werden dir guttun.«

Nachdem der Psycho die wohlriechende Suppe aufgewärmt hatte, brachte er mir eine Schüssel mit dampfenden Linsen und ein Glas Saft. Hektisch griff ich nach der Suppe, aber er setzte sich neben mich und stellte die Schüssel vor sich auf den Tisch. Tränen traten mir in die Augen.

»Bitte, ich muss etwas essen. Ich bin so hungrig!«

Mit freundlicher Stimme sagte er: »Ich weiß.«

Er führte einen Löffel Suppe an seinen Mund und blies darauf. Gequält sah ich zu, wie er davon kostete und anschließend den Löffel wieder in die Suppe tauchte. Er pustete erneut, doch dieses Mal hob er den Löffel an meinen Mund. Als ich danach griff, hielt er inne und schüttelte den Kopf. Ich ließ die Hand wieder sinken.

Langsam fütterte der Psycho mich mit der Suppe, blies jedes Mal zuerst auf den Löffel und machte ab und zu eine Pause, um mir einen Schluck Orangensaft zu geben. Als ich die Hälfte der Suppe und des Safts gegessen und getrunken hatte, sagte er: »Noch mehr verträgt dein Magen wahrscheinlich nicht. Fühlst du dich besser?«

Ich nickte.

»Gut.« Er warf einen Blick auf seine Uhr und lächelte. »Zeit für dein Bad.«

Als er mich dieses Mal aus dem Badezimmer zum Bett führte und begann, den Reißverschluss meines Kleides aufzuziehen, wusste ich, was ich zu tun hatte.

»Bitte fass mich nicht an – ich will das nicht.«

Sein Kinn grub sich in meine Schulter, und er schnüffelte an meinem Ohrläppchen. »Du zitterst ja. Wovor hast du solche Angst?«

»Vor dir … ich habe Angst vor dir. Du bist so stark, und du wirst mir weh tun.« Das Kleid fiel zu Boden, und er stellte sich vor mich. Im Kerzenlicht schienen seine Augen zu glühen. Er stand vor mir und fuhr mit seinem Mittelfinger um meinen Hals.

Der Finger wanderte tiefer, bis zu meinem Schambein, und verharrte dort.

Meine Haut kribbelte.

»Beschreibe deine Angst vor mir.« Bei dem Wort »Angst« machte er eine kurze Pause.

»Meine Knie … sind ganz weich. Mir ist schlecht. Ich bekomme keine Luft. Mein Herz fühlt sich an … fühlt sich an, als würde es gleich zerspringen.«

Seine Hände auf meine Schultern gedrückt, schob er mich rückwärts, bis ich mit den Kniekehlen gegen den Rand der Matratze stieß, dann stieß er mich hart, so dass ich aufs Bett fiel. Ich sah zu, wie er sich die Kleider vom Leibe riss.

Ich kroch über das Bett, doch er riss mich am Fußknöchel zurück. Dann war er über mir, zerrte BH und Slip weg. Alles passierte so schnell. Er war hart, und dann war er in mir. Ich schrie. Er lächelte. Ich biss die Zähne zusammen, kniff die Augen zu, zählte seine Stöße – strampelte, wenn er ins Stocken geriet – und betete.

LassesvorbeiseinLassesvorbeiseinLassesvorbeisein.

Als er endlich kam, hätte ich am liebsten Sagrotan auf meine Scheide gegossen und mich unter kochendem Wasser saubergeschrubbt, bis ich blutete, aber ich durfte noch nicht einmal aufstehen, um mich zu waschen. Als ich ihn darum bat, sagte er: »Das ist nicht nötig, ruh dich einfach aus.«

In seinem postkoitalen Nachglühen lag er neben

mir, streichelte mein Haar und sagte: »Morgen nehme ich etwas Hühnchenbrust aus dem Gefrierschrank.« Er zog mich eng an sich und schnüffelte an meinem Hals. »Wir können zusammen Chow Mein kochen, was hältst du davon?« Er legte die Arme um mich, bis er eingeschlafen war.

Ich spürte immer noch seine Nässe zwischen meinen Beinen, aber ich weinte nicht. Als ich an Luke dachte, musste ich beinahe aufschluchzen, aber ich biss kräftig auf die Innenseite meiner Wange. »Es tut mir leid«, flüsterte ich in die Dunkelheit.

Ich habe Sendungen über Frauen gesehen, die jahrelang mit einem Kerl verheiratet bleiben, der sie regelmäßig windelweich prügelt. Noch schlimmer, sie bleiben nicht nur, sie versuchen sogar verzweifelt, diesen Typ glücklich zu machen, was natürlich nie funktioniert. Ich wollte immer teilnahmsvoll sein, wollte die Frauen verstehen, aber ich hab's nie begriffen, Doc. Für mich war es ganz einfach. Pack deinen Kram zusammen und schick den Mistkerl zum Teufel, vorzugsweise mit einem Tritt in den Hintern. O ja, ich hielt mich für unglaublich tough. Doch fünf Tage allein, und schon verwandelte ich mich in ein Häufchen Elend. Fünf beschissene Tage, und schon war ich bereit, *alles* zu tun, was er wollte. Und jetzt werde ich als Heldin gefeiert. Helden springen in brennende Häuser und retten kleine Kinder. Helden sterben für die gute Sache. Ich bin keine Heldin, ich bin ein Feigling.

Heute Abend habe ich schon wieder ein Interview, werde einer forschen Blondine mit breitem Kaugummigrinsen gegenübersitzen, die mich fragt: »Wie haben Sie sich dort oben gefühlt? Hatten Sie Angst?« Kein Witz, Doc. Sie sind nicht besser als er, genauso sadistisch, aber sie zahlen besser.

Interessant, dass kaum jemand fragt, wie ich mich *jetzt* fühle. Nicht dass ich es ihnen erzählen würde. Ich frage mich nur, warum sich keiner um die Zeit danach kümmert – die interessieren sich nur für die Story. Ich schätze, sie glauben, danach sei alles vorbei gewesen.

Ich wünschte, es wäre so.

7. Sitzung

Kaum zu glauben, dass wir schon die dritte Januarwoche haben, was, Doc? Ich bin nur froh, dass der Weihnachts- und Silvesterrummel endgültig vorbei ist. Dabei fällt mir ein – habe ich Ihnen schon von dem Weihnachten mit dem Psycho erzählt? Ich glaube nicht, dass ich seine schlechte Meinung über alles, was mit dem Fest zu tun hatte, tatsächlich jemals geteilt habe. Jedenfalls ließ er mich eines Tages Platz nehmen und sagte mir, dass wir Dezember hätten, wir aber kein Weihnachten feiern würden, weil das nur eine weitere Masche sei, mit der die Gesellschaft die Menschen zu kontrollieren versuche.

Aber das war noch nicht alles. Ich musste mir eine endlose Tirade anhören über das Übel des Weihnachtsfestes und wie die Gesellschaft etwas Mythisches in eine Geldmaschine verwandelt hatte. Das Letzte, was ich wollte, war, *irgendetwas* mit dem Psycho zu feiern, aber nachdem er sich über jeden beschissenen Aspekt des Festes ausgelassen hatte, hätte ich dem Grinch persönlich dabei geholfen, Weihnachten zu stehlen. Eigentlich hat dieser Mistkerl genau das getan. Er hat mir Weihnachten gestohlen. Zusammen mit einem Haufen anderer Dinge natürlich. Sie wissen schon, so was wie Stolz, Selbstachtung, Freude, Sicherheit oder die Fähigkeit, im Bett zu schlafen … was zählt da schon eine Weihnachtsphobie?

Na ja, immerhin hatte ich es mit einem Baum probiert … vielleicht wird es nächstes Jahr ja besser. Sie sagten ja schon, ich solle die Möglichkeit einkalkulieren, dass ich nicht immer so empfinden werde wie jetzt, und dass es wichtig sei, auf die kleinsten Anzeichen von Fortschritt zu achten, so unbedeutend sie auch scheinen mögen. Als ich heute auf meine vordere Veranda getreten bin, habe ich den Geruch von Schnee in der Luft wahrgenommen, und ein paar Sekunden lang war ich ganz aufgeregt. In diesem Jahr hatten wir noch keinen Schnee, und sobald er einen Zentimeter hoch lag, sind Emma und ich darin herumgetobt. Es ist so witzig, ihr dabei zuzusehen. Sie rennt, schlittert, springt rum, buddelt drin und frisst ihn. Ich wünsche mir immer, ich wüsste, was sie denkt. Wahrscheinlich *Kaninchen, Kaninchen, ich muss die Kaninchen kriegen.* Ab und zu habe ich eine Handvoll Leckerlis in den Schnee geworfen, damit sie mal was findet.

Danach habe ich ein heißes Bad genommen und es mir mit einer Tasse Tee und einem Buch vor dem Kamin gemütlich gemacht. Emmas Pfoten haben gezuckt, als sie im Traum ihren Spaß noch einmal erlebte. Alle Erinnerungen an den Schnee kehrten zurück, und ich fühlte mich gut. Als hätte ich etwas, auf das ich mich freuen kann.

Doch das gute Gefühl verschwand, als ich mich an das letzte Weihnachten erinnerte. Glauben Sie mir, den ganzen Winter in einem Raum ohne Fenster, und der Begriff *Hüttenkoller* bekommt eine ganz neue Bedeutung. Und dann, etwa Mitte Januar letzten Jahres, war ich im vierten Monat schwanger.

Auf dem Berg lebte ich für die Momente, in denen ich lesen konnte – der Psycho hatte einen guten Geschmack –, und es machte mir noch nicht einmal etwas aus, ihm laut vorzulesen. Während ich eine Seite nach der anderen umblätterte, war ich irgendwo anders. Und er ebenso. Manchmal hielt er die Augen geschlossen, oder er beugte sich zu mir, das Kinn auf die Hände gestützt und mit glühendem Blick, und dann wiederum, bei den spannendsten Szenen, lief er im Raum herum. Wenn ihm etwas gefiel, legte er die Hand aufs Herz und sagte: »Lies die Stelle noch einmal.«

Er fragte mich immer, was ich über das, was wir gelesen hatten, dachte, aber am Anfang zögerte ich, meine Vorstellungen offen zu äußern, und versuchte, seine Meinung zu interpretieren. Bis er mir das Buch aus der Hand riss und sagte: »Komm schon, Annie, benutz deinen hübschen Kopf und sage mir, was *du* denkst.«

Wir lasen gerade *Die Herren der Insel* – er wechselte gerne Klassiker mit zeitgenössischen Romanen ab, und normalerweise handelten sie von total verkorksten Familien –, und es ging um eine Szene, in der die Mutter dem Dad Hundefutter zum Essen kocht.

»Ich finde es gut, dass sie ihn so hereinlegt«, sagte ich. »Er hat es verdient. Er ist ein Arschloch.«

Kaum hatte ich die Worte ausgesprochen, geriet ich in Panik. Würde er glauben, ich spräche von ihm? Und »Arschloch« war nicht besonders ladylike. Aber er nickte nur nachdenklich und erwiderte: »Ja, er respektiert seine Familie nicht im Geringsten, nicht war?«

Als wir *Von Mäusen und Menschen* lasen, fragte er, ob mir der »arme dumme Lennie« leidtäte, und als ich sagte, ja, in der Tat, erklärte er: »Nun, das ist interessant. Weil das Mädchen eine Schlampe war? Ich dachte, du würdest dich eher an dem armen Hündchen stören, das er getötet hat. Hätte Lennie auch dein Mitgefühl verdient, wenn Curley ein nettes Mädchen gewesen wäre?«

»Das hätte nichts geändert. Er war vollkommen durcheinander – es war ja keine Absicht.«

Er lächelte und sagte: »Es ist also in Ordnung, jemanden umzubringen, solange man es nicht absichtlich tut? Das muss ich mir merken.«

»Das habe ich nicht –«

Er fing an zu lachen und hielt eine Hand in die Höhe, während meine Wangen brannten.

Mit den Büchern ging der Psycho vorsichtig um – ich durfte sie niemals aufgeschlagen umgedreht ablegen oder ein Eselsohr in eine Seite machen. Eines Tages, als ich zusah, wie er einige Bücher sorgfältig zurück ins Regal stellte, sagte ich: »Du musst als Kind eine Menge gelesen haben.« Sein Rücken versteifte sich, und langsam liebkoste er den Einband des Buches, das er in der Hand hielt.

»Wenn ich die Erlaubnis dazu bekam.« Erlaubnis? Eine merkwürdige Formulierung, doch ehe ich entscheiden konnte, ob ich genauer nachfragen sollte, fragte er: »Und du?«

»Ständig. Das war einer der Vorteile, wenn man einen Dad hat, der in der Bücherei arbeitet.«

»Da hattest du Glück.« Er tätschelte die Bücher ein letztes Mal und verließ die Hütte.

Wenn er herumlief und sich über einen Charakter oder die Verwicklungen des Plots ausließ, war er so wortgewandt und leidenschaftlich, dass ich ganz davon gefangen war und immer mehr meiner eigenen Gedanken preisgab. Er ermutigte mich, meine Meinung darzulegen und zu verteidigen, und er flippte niemals aus, selbst wenn ich ihm widersprach. Mit der Zeit begann ich, mich während der literarischen Debatten zu entspannen. Wenn die Lesezeit vorbei war, waren natürlich auch die einzigen Momente vorüber, die ich nicht fürchtete, die einzige Aktivität, die ich genoss, das Einzige, bei dem ich das Gefühl hatte, ein menschliches Wesen zu sein, ich selbst zu sein.

Jeden Abend lag ich im Bett, stellte mir vor, wie das Sperma des Psychos in mir hinaufkroch, und bemühte mich, meine Eizellen zu verstecken. Da ich die Pille genommen hatte, bis er mich entführt hatte, hoffte ich, dass mein Körper genügend durcheinander war und ich befreit würde, ehe ich schwanger wurde. Aber ich hatte auch gedacht, dass ich meine Periode bekäme, sobald ich die Pille absetzte, doch das geschah erst eine Woche, nachdem er es endlich geschafft hatte, mich zu vergewaltigen.

Eines Morgens standen wir unter der Dusche und spulten das Programm ab. Ich schaute zur Wand, während er hinter mir stand und mir die Beine wusch, von oben bis unten und dazwischen. Unvermittelt hielt er inne. Als ich mich umdrehte, stand er einfach nur da und starrte auf den Waschlappen. Darauf war Blut, und als ich an mir herunterschaute, sah ich Blut an der Innenseite meiner Schenkel. Sein Kiefer mahlte, und sein Gesicht lief rot an. Ich kannte diesen Ausdruck.

»Es tut mir leid … ich wusste es nicht.« Ich kauerte mich an der Wand zusammen.

Er warf den Waschlappen nach mir, stieg aus der Dusche und stand schweigend auf der Badematte, während er auf meinen Schritt starrte. Der Duschvorhang war halb zurückgezogen, und das Wasser tropfte auf den Boden. Ich war felsenfest überzeugt, dass er jetzt ausrasten würde, aber er griff nur in die Dusche, verdrehte den Duschkopf so, dass das Wasser mich traf, und drehte den Wasserhahn auf kalt – ich meine *so* kalt, dass mir die Luft wegblieb.

»Wasch dich selber.«

Ich versuchte, trotz des eisigen Wassers nicht zu schreien. Er hob den Waschlappen vom Boden der Duschwanne auf und warf ihn mir zu.

»Ich sagte, wasch dich selber!«

Als ich glaubte, fertig zu sein, sagte ich, mit dem Waschlappen in der Hand: »Was soll ich hiermit machen?«

Er bedeutete mir, ihm den Lappen zu reichen, untersuchte ihn und sagte: »Ausspülen.«

Als der Waschlappen sauber und ich selbst praktisch blaugefroren war, ließ er mich raus.

»Beweg dich nicht«, sagte er, und ich überlegte, ob mein Zittern wohl als Bewegung galt. Der Psycho verließ kurz den Raum und kam mit einem Stofffetzen zurück.

»Benutz das hier.« Er warf ihn mir zu.

Ich fragte: »Hast du vielleicht Tampons oder so etwas?«

Er schob sein Gesicht dicht an meins und sagte langsam: »Eine anständige Frau wäre mittlerweile schwanger.« Ich wusste nicht, was ich sagen sollte, und seine Stimme wurde lauter. »Was hast du getan?«

»Wie hätte ich denn …«

»Wenn du deinen Job nicht erledigst, werde ich eine andere finden, die ihn übernimmt.«

Während er zusah, zog ich mich an und stopfte den albernen Lumpen in meinen Slip. Meine Finger waren so taub, dass ich die Knöpfe am Kleid kaum schließen konnte, und als ich noch daran herumnestelte, schüttelte er den Kopf und sagte: »Du bist einfach erbärmlich!«

Meine Periode dauerte sechs Tage, und jeden Morgen wartete er vor der kalten Dusche, bis ich ihm den Waschlappen aushändigte, auf dem sich kein Blut mehr befand. Die gesamte Duschwanne musste mit Scheuermilch gesäubert werden, ehe er selbst duschen konnte. Die benutzten Stofffetzen musste ich in eine Tüte tun, die er hinausbrachte und, wie er mir erzählte, verbrannte. Auch das Bad am Abend ließen wir ausfallen, wogegen ich nichts einzuwenden hatte – sechs Tage, an denen er mich nicht anfasste.

Nachmittags gab er mir Bücher zum Thema »Wie werde ich schwanger« zum Lesen. Ich erinnere mich noch an einen der Titel. *Die schnellste Art, auf natürlichem Weg schwanger zu werden.* Das passte zu dem Psycho. Schließlich war es nur natürlich, eine Frau zu entführen, sie in einer Hütte einzusperren und zu vergewaltigen.

Sobald ich aufhörte zu bluten, versuchte er von neuem, mich zu schwängern. Ich hoffte, dass mein Körper merken würde, dass sein Sperma verdorben war, und es zurückweisen würde oder dass durch den ganzen Stress und die Angst eine Empfängnis verhindert wurde. Doch so viel Glück hatte ich nicht.

Nach etwa drei Wochen war meine Periode fällig, und bei jedem Zwicken in meinem Bauch hoffte ich, dass es die typischen Bauchkrämpfe waren. Jedes Mal, wenn ich ins Badezimmer ging, betete ich darum, Blut in meiner Unterhose zu sehen. Nach vier Wochen wusste ich Bescheid. Aus meinem kleinen Wandkalender schloss ich, dass ich ungefähr Mitte September schwanger geworden war, etwa zwei Wochen nach dem Ende der letzten Periode.

Ich hoffte, ich könnte es vor dem Psycho verbergen, aber eines Morgens wachte ich davon auf, dass er meinen Bauch liebkoste.

»Ich weiß, dass du wach bist. Heute musst du nicht sofort aufstehen.« Er schnüffelte an meiner Schulter. »Sieh mich an, Annie.« Ich wandte ihm mein Gesicht zu. »Guten Morgen«, sagte er lächelnd, dann blickte er zu seiner Hand auf meinem Bauch.

»Meine Mutter, Juliet, die Frau, die mich aufgezogen hat, war nicht meine leibliche Mutter. Sie hat mich adoptiert, als ich fünf war. Die Hure, die mich zur Welt gebracht hat, war vermutlich zu jung, um ein Kind großzuziehen.« Seine Stimme klang gepresst. »Aber sie war nicht zu jung, um die Beine für irgendeinen Kerl breitzumachen, der mein Vater wurde.« Er schüttelte den Kopf, und etwas leiser fuhr er fort: »Aber dann hat Juliet mein Leben verändert. Sie hatte ihren eigenen Sohn verloren, als dieser erst ein Jahr alt war und noch gestillt wurde. Sie hatte so viel Liebe zu geben … Sie war es, die mir beibrachte, dass die Familie alles ist. Und du, Annie, hast deine halbe Familie so früh verloren. Ich weiß, dass du immer eine eigene haben wolltest – ich bin froh, dass ich der Mann bin, den du ausgesucht hast.«

Ausgesucht? So hätte ich es nicht gerade formuliert. Und bevor der Psycho mich entführt hatte, war ich mir nicht sicher gewesen, ob ich überhaupt Kinder haben wollte. Mit dem Leben einer unabhängigen Karrierefrau war ich ziemlich zufrieden, und ich gehörte noch nie zu den Frauen, die einen Raum voller Kinder betreten und sagen: »Wie süß, so eins will ich auch haben!« Aber jetzt war ich schwanger, und irgendein dämonenhaftes Kind wuchs in mir heran. Währenddessen redete er über seine Mutter und gab mir die Chance, einen Blick in seinen Kopf zu werfen und mehr über ihn zu erfahren. Einerseits hatte ich Angst, ihn aufzuschrecken, aber andererseits musste ich langfristig denken. »Du hast in der Vergangenheitsform von Juliet gesprochen. Ist deine Mom tot?«

Das Lächeln verschwand von seinem Gesicht. Er drehte sich um und starrte an die Decke.

»Sie wurde mir genommen, als ich gerade achtzehn geworden war.« Ich wartete, dass er das genauer erklärte, aber er starrte nur gedankenverloren vor sich hin.

Ich sagte: »Sie scheint ein ganz besonderer Mensch gewesen zu sein. Es ist schön, dass ihr euch so nahe wart. Meine Mom hat mich nie verlassen, wie deine leibliche Mutter, aber nach dem Unfall haben die Ärzte ihr Medikamente gegeben, so dass sie ziemlich durcheinander war. Ich musste eine Weile bei meinem Onkel und meiner Tante leben. Ich weiß, wie es sich anfühlt, allein zu sein.«

Sein Blick flog zu mir herüber und wieder zurück. »Wie war es, bei diesen Verwandten zu wohnen? Waren sie freundlich zu dir?«

Mit Mitte zwanzig hatte ich eine Therapie gemacht, um mit meinen Gefühlen wegen des Unfalls klarzukommen und um meine Probleme mit Mom aufzuarbeiten. Es hat mir ziemlich geholfen – aber egal, wie oft ich die Geschichte erzählte, es wurde niemals leichter. Noch nicht einmal mit Luke hatte ich über meine Gefühle gesprochen.

»Meine Tante ist die Schwester meiner Mutter, und sie versuchen ständig, sich gegenseitig zu übertrumpfen, aber zu mir war sie ganz nett, schätze ich. Meine Cousine und mein Cousin sind älter als ich, und sie haben mich völlig ignoriert. Aber es hat mir nichts ausgemacht.«

»Wirklich? Ich wette, es hat dir eine Menge ausgemacht.« In seiner Stimme lag kein Spott.

»Es war schwer, aber jetzt, wo ich älter bin, versuche ich zu verstehen, was meine Mutter durchgemacht haben muss. Damals haben die Leute nicht einfach eine Therapie gemacht oder an Trauergruppen teilgenommen. Stattdessen hat der Arzt Pillen verteilt.«

»Sie hat dich fortgeschickt.«

»Es war nicht so schlimm.« Aber ich erinnerte mich an das Geflüster meiner Cousine und das plötzliche Verstummen meines Onkels und meiner Tante, sobald ich den Raum betrat. Wenn meine Mutter eine verwischte Version ihrer selbst war, dann stellte meine Tante auf derselben Leinwand die harten Kanten und scharfen Linien dar. Beide sind blond und zierlich, alle Frauen in der Familie außer mir sind blond, aber Tante Vals Lippen waren einen Hauch dünner, die Nase einen Tick länger, und die Augen standen enger zusammen. Und während Mom sehr emotional war, egal, ob im Guten oder Schlechten, war Tante Val ruhig, kühl und gefasst. Tröstende Umarmungen waren bei ihr selten.

»Und dann hat deine Mom euer Haus verkauft, oder? Die halbe Familie war tot, und dann war auch noch das Haus weg.«

»Woher weißt du …«

»Wenn du jemanden kennenlernen willst, *wirklich* kennenlernen, dann gibt es viele Wege. Genauso, wie es für deine Mom viele Wege gegeben hätte, mit der Situation umzugehen.«

»Sie musste es verkaufen, Dad hatte keine Lebensversicherung.« Sechs Monate nach dem Unfall hatte Mom mich endlich wieder zu sich geholt, und erst da stellte ich fest, dass mein Zuhause nicht mehr existierte.

»Mag sein, aber es kann nicht leicht für dich gewesen sein, nachdem sich bereits so vieles verändert hatte. Und dann in so ein kleines Haus!«

»Wir waren nur zu zweit. Wir brauchten nicht viel Platz.«

Wir bezogen ein winziges Haus mit zwei Schlafzimmern im schlimmsten Viertel von Clayton Falls, mit Blick auf die Papiermühle. Wodkaflaschen hatten die Pillendosen ersetzt. Moms rosafarbene Morgenmäntel waren jetzt aus Nylon statt aus Seide, und ihr Estée Lauder *White Linen*-Parfüm wurde durch eine billige Kopie ersetzt. Wir waren vielleicht knapp bei Kasse, aber sie schaffte es immer, genug Kohle für ihre französischen Zigaretten – Mom glaubte, alles Französische sei elegant – und ihren nicht ganz so eleganten Wodka zusammenzukratzen. Popov ist nicht Smirnoff.

Sie hatte nicht nur das Haus, sondern auch Dads sämtliche Sachen verkauft. Daisys Pokale und Kostüme hatte sie natürlich aufbewahrt, sie hingen jetzt in Moms Schrank.

»Aber ihr zwei seid nicht lange allein geblieben, oder?«

»Sie hatte eine Menge durchgemacht. Eine alleinerziehende Mutter hat es schwer. Sie hatte nicht viele Alternativen.«

»Also dachte sie, dass sie dieses Mal einen richtigen Mann finden musste, der sich um sie kümmerte.« Er lächelte.

Einen Augenblick starrte ich ihn an. »Sie hat gearbeitet … nach dem Unfall.«

Als Sekretärin in einer kleinen Baufirma, vor allem aber hatte sie hart daran gearbeitet, gut auszusehen. Nie verließ sie das Haus, ohne vollständig geschminkt zu sein, und da sie normalerweise noch verkatert war, wenn sie das Zeug auftrug, waren ihre Augen oft verschmiert oder die Wangen zu hell. Doch seltsamerweise half ihr das. Sie wirkte dann wie eine zerbrochene Puppe, und die Männer sahen sie an, als wollten sie Mom vor der großen bösen Welt retten. Ihr neuer Status als Witwe hielt sie nicht davon ab zurückzulächeln.

Vier Monate später hatte ich meinen neuen Stiefdad. Mr Möchtegern. Er arbeitete als Verkäufer für die Firma, fuhr einen Caddie, rauchte Zigarren und trug sogar Cowboystiefel – was vielleicht noch nachvollziehbar gewesen wäre, wenn er aus Texas oder meinetwegen aus Alberta stammen würde, aber ich glaube nicht, dass er jemals von der Insel runtergekommen war. Auf eine Art war er ganz attraktiv, ein Kerl mit Ecken und Kanten, wie ein alternder Tom Selleck. Kurz nach der Hochzeit schmiss Mom ihren Job. Vermutlich dachte sie, er wäre eine gute Partie.

»Was hast du von deinem neuen Vater gehalten?«

»Er ist in Ordnung. Er scheint sie wirklich zu lieben.«

»Deine Mutter hatte also ein neues Leben. Aber hast du da noch hineingepasst?«

»Wayne versuchte es.«

Ich wollte ihm gegenüber zumindest ein wenig von der Nähe empfinden, die zwischen meinem Vater und mir geherrscht hatte, aber Wayne und ich hatten einander nichts zu sagen. Das Einzige, was er las, waren alberne Zeitschriften oder Broschüren mit Tipps zum Thema »Wie-werde-ich-schnell-reich«. Dann fand ich heraus, wie ich ihn zum Lachen bringen konnte. Sobald ich begriff, dass er mich lustig fand, verwandelte ich mich in seiner Gegenwart in einen totalen Deppen und tat alles, was mir einfiel, damit er sich schlapplachte. Aber wenn er es tat, wurde Mom sauer und sagte so etwas wie: »Hör auf, Wayne, du ermutigst sie doch nur.« Also hörte er auf. Verletzt machte ich meine Späße für ihn, wann immer ich konnte, und wusste ständig alles besser. Am Ende ignorierten wir einander.

Der Psycho starrte mich aufmerksam an, und ich

stellte fest, dass mein Versuch, mehr über ihn zu erfahren, nur dazu geführt hatte, sein Wissen über mich zu erweitern. Es war Zeit, den Faden wiederaufzunehmen.

»Was ist mit deinem Vater?«, fragte ich. »Du hast ihn nicht erwähnt.«

»Vater? Der Mann war nie ein Vater für mich. Und für sie war er auch nicht gut genug, aber sie wollte das nicht sehen.« Er wurde lauter. »Er war Handelsvertreter, ein fetter, behaarter Vertreter, der …«

Er schluckte ein paarmal. »Ich musste sie befreien.«

Es waren nicht nur die Worte, bei denen ich eine Gänsehaut bekam, es war die Tonlosigkeit seiner Stimme, mit der er sie aussprach. Ich wollte mehr erfahren, aber mein Instinkt warnte mich, es bleiben zu lassen. Doch es war ohnehin egal. Welcher Sturm auch immer in ihm tobte, er war vorbei.

Lächelnd sprang er aus dem Bett, streckte sich und sagte nach einem zufriedenen Seufzer: »Genug geredet. Wir sollten lieber den Beginn unserer eigenen Familie feiern.« Er starrte mich eindringlich an, dann nickte er. »Bleib liegen.« Er zog sich an, nahm seine Jacke und verschwand nach draußen. Als er die Tür öffnete, wehte der Geruch nach verrotteten Blättern und feuchter Erde bis zum Bett hinüber – der Geruch des sterbenden Sommers.

Als er wiederkam, war sein Gesicht gerötet, und die Augen glänzten. Eine Hand hielt er hinter dem

Rücken. Er setzte sich neben mich, dann zog er die Hand hervor. Die Faust war geschlossen.

»Manchmal im Leben müssen wir schwere Zeiten durchmachen«, sagte er. »Aber das sind nur Prüfungen, und wenn wir stark bleiben, werden wir vielleicht belohnt.« Seine Augen suchten meine. »Mach die Hand auf, Annie.« Ohne den Blick abzuwenden, drückte er mir etwas Kleines, Kühles in die Handfläche. Ich hatte Angst, es mir anzusehen.

»Vor langer Zeit habe ich das jemandem geschenkt, aber sie hatte es nicht verdient.« Meine Handfläche juckte. Er hob die Augenbrauen. »Willst du es dir nicht ansehen?« Langsam senkte ich den Blick auf die feine Goldkette, die in meiner Hand glitzerte. Mit dem Finger deutete er auf das winzige goldene Herz in der Mitte. »Ist es nicht wunderschön?« Am liebsten hätte ich die Kette so weit von mir geschleudert, wie ich konnte.

Ich sagte: »Ja, ja, das ist sie. Danke.«

Er nahm sie mir aus der Hand. »Setz dich hin, damit ich sie dir umlegen kann.« Meine Haut kribbelte, als die Kette mich berührte.

Ich wollte ihn fragen, was mit dem Mädchen passiert war, dem die Kette gehört hatte, aber ich fürchtete mich vor der Antwort.

8. Sitzung

Ich fange an, meine innere Einstellung ernsthaft zu hinterfragen, Doc. Es war mir schon klar, dass ich *irgendeine* Einstellung hatte, aber langsam wird sie mir lästig. Sie wissen schon, sie stört beim Leben und so. Klar, auch bevor das alles passierte, lief es nicht gerade blendend für mich – Schwester tot, Dad tot, Mom ewig betrunken, der Stiefvater ein Volltrottel –, aber zumindest habe ich nicht versucht, meinen Mist der ganzen Welt überzustülpen. Und jetzt? O Mann, es scheint niemanden und nichts zu geben, das mich *nicht* ankotzt. Sie, die Reporter, die Cops, der Postbote, ein Stein auf der Straße. Dabei habe ich gar nichts gegen Steine. Und Menschen mochte ich früher auch, ich konnte eigentlich sogar verdammt gut mit Leuten umgehen. Aber heute?

Nehmen Sie meine Freunde. Sie rufen an oder versuchen, mich zu besuchen, sie laden mich immer noch zu allem Möglichen ein, aber sofort denke ich, dass sie nur einen Exklusivbericht über die Ermittlungen haben wollen oder dass die Einladungen so 'n Mitleidsding sind nach dem Motto: *Wir sollten die*

Ärmste mal wieder einladen. Und wenn ich dann nein sage, sitzen sie wahrscheinlich rum und reden über mich.

Sehen Sie, und dass ich allein so etwas *denke*, geschweige denn ausspreche, ist gehässig und kindisch von mir. Ich sollte den Leuten dankbar sein, dass sie sich genug Sorgen machen, um es zumindest immer wieder zu versuchen, oder?

Die Sache ist die, es gibt nicht viel in meinem Leben, das ich mit anderen teilen möchte, und bei der Hälfte von dem, über das sie diskutieren, habe ich den Anschluss verloren. Bei Filmen, weltbewegenden Ereignissen, Trends und Technik hinke ich hinterher. Wenn ich also bei einem meiner kurzen Ausflüge in die Welt da draußen Bekannte treffe und sie nach ihrem Leben frage, schauen sie ganz erleichtert und plappern los, über ihren Stress im Job oder den neuen Freund oder eine Reise, die sie vorhaben. In solchen Momenten finde ich es fast tröstlich zu hören, dass andere Menschen jeden Morgen aufstehen und ihr Leben leben, obwohl meins total im Eimer ist. Eines Tages werde ich vielleicht auch wieder über meine Arbeit meckern können.

Aber sobald wir uns verabschiedet haben und ich ihnen nachblicke, wie sie zurückgehen in ihr nettes normales Leben, bin ich schon wieder sauer. Ich hasse sie dafür, dass es ihnen nicht so dreckig geht wie mir, hasse sie dafür, dass sie sich amüsieren können. Und ich hasse mich selbst für diesen Hass.

Ich habe es sogar geschafft, Christina zu verprellen, auch wenn sie nicht kampflos aufgegeben hat. Als ich wieder in mein Haus gezogen bin, hat sie alles dafür getan, um es wohnlich zu machen, hat Möbel zusammengesammelt und den Strom wieder angemeldet. Sie hat sogar den Kühlschrank gefüllt. Ihre Fähigkeit, die Regie zu übernehmen, war eines der Dinge, die ich früher am meisten an ihr mochte. In der Vergangenheit war ich mehr als glücklich damit, Christina mein Leben organisieren zu lassen. Aber als sie anfing, mit ihrem Fengshui-Buch in meinem Haus herumzulaufen und nach Dingen Ausschau zu halten, die sie umstellen müsste, damit die heilende Energie umgeleitet wird, und mir eine Liste mit Telefonnummern von Therapiehanseln mitbrachte – das war vor Ihrer Zeit – und Broschüren über Zufluchtsorte für Vergewaltigungsopfer, wurde ich immer streitsüchtiger und sie immer aggressiver.

Dann kam ihr Lass-uns-drüber-reden-Tick. Sie brachte literweise Wein und ihre Tarotkarten mit. Sie legte die Karten und las dann aus einem Buch die Kernsätze vor, wie zum Beispiel: »Du hast im Übermaß allein gekämpft. Es ist an der Zeit, dass du deine Last mit denen teilst, die dir nahestehen.« Für den Fall, dass ich den Wink nicht verstanden hätte, folgte auf jede Erklärung ein tiefer Blick in die Augen und eine Pause. Ich kam mit diesen Besuchen irgendwie klar, auch wenn ich sie nicht gerade genoss, aber als sie eines Tages die Karten ablegte und sagte: »Du wirst nie darüber hinwegkommen, wenn du nicht anfängst, darüber zu reden«, blaffte ich zurück: »Wie öde ist eigentlich dein Leben, Christina, dass du's nötig hast, dich an meinem Scheiß aufzugeilen?«

Sie sah mich verletzt an. Ich murmelte eine Entschuldigung, aber kurz danach ging sie.

Das letzte Mal, als wir miteinander gesprochen haben – ist schon Monate her –, machten wir aus, dass sie ein paar von ihren alten Klamotten vorbeibringen würde. Ich versuchte ihr das auszureden, aber sie bestand darauf, dass mir das guttun würde. Eine Stunde, bevor sie kommen sollte, fühlten sich meine Eingeweide vor Ärger und Verbitterung wie verknotet an. Ich piepte sie an und sagte ab, anschließend fuhr ich drei Stunden lang in der Gegend rum. Als ich nach Hause kam, wartete vor der Treppe ein großer Karton mit Klamotten auf mich, den ich geradewegs in den Keller verfrachtete.

Als sie mich am nächsten Tag anrief, ging ich nicht ran, aber sie hinterließ eine Nachricht. Sie klang überdreht und enthusiastisch, fragte, ob ich die Sachen bekommen hätte, und sagte, dass sie es nicht erwarten könne, mich darin zu sehen. Ich rief zurück und bedankte mich auf ihrer Mailbox, aber seitdem habe ich nicht mehr auf ihre Nachrichten geantwortet.

Was zum Teufel stimmt nicht mit mir? Warum bin ich so verdammt wütend auf alle und jeden?

Eines Nachts war ich sicher, der Psycho hätte irgendeinen Namen gesagt. Er sprach nicht laut genug, dass ich ihn verstanden hätte, aber ich wusste, dass es nicht meiner war. Ich war nicht so dumm, ihn danach zu fragen, aber ich machte mir so meine Gedanken.

Was den Sex anging, war er ziemlich einfach gestrickt. Gott sei Dank. Ich schätze, dass ich mit meinem Irren noch ziemliches Glück gehabt habe. Verstehen Sie mich nicht falsch, ich will ihn nicht loben oder so, aber er hat mich nie in den Arsch gefickt oder mich dazu gezwungen, ihm einen zu blasen – wahrscheinlich wusste er, dass ich versuchen würde, ihm den Schwanz abzubeißen. Inzwischen hatte ich meine Rolle im Griff. Ich wusste, wo ich ihn berühren, was ich sagen und wie ich es sagen musste. Ich tat, was immer nötig war, damit es schnell vorbeiging, und ich war verdammt gut darin.

Körperlich machte es die Sache leichter, wenn ich ihm half, aber emotional gab ein weiterer Teil von mir auf und entglitt mir.

Sobald der Psycho wusste, dass ich schwanger war, schien es ihm nicht mehr so wichtig zu sein, es jeden Abend zu tun, aber die Badezeremonie behielt er bei. Manchmal legte er nur den Kopf auf meine Brust und sprach zu mir, ehe er einschlief. Mit sanfter Stimme erläuterte er mir seine Theorien über alles, von Staub bis Kotze. Meistens ging es ihm allerdings um Liebe und die Gesellschaft. Zum Beispiel sagte er oft, in unserer Gesellschaft ginge es nur ums Aneignen und Besitzen – nicht dass ihn das davon abgehalten hatte, sich mich anzueignen und zu besitzen.

Die Vorstellung, dass sich meine Gene mit seinen vermischten und daraus etwas Neues entstand, machte mich krank. In irgendeiner Weise mit ihm verbunden zu sein war das Letzte, was ich wollte, und wenn wir nachts im Bett lagen, versuchte ich meinen Körper zu einer Fehlgeburt zu überreden. Mit jedem negativen Gedanken, der mir einfiel, zielte ich auf das Monster, das in mir heranwuchs, und stellte mir vor, wie mein Körper es abstieß. Mein Schlaf endete gewöhnlich in kalten Schweißausbrüchen, nach Albträumen über fratzenhafte Föten, die mein Inneres auseinanderrissen.

Den ganzen Winter über plagte mich die Vorstellung, da oben mit dem Psycho an meiner Seite ein Kind zur Welt zu bringen. Als ich ihm laut aus einem Buch über Hausgeburten vorlesen musste, musste ich jedes Wort aus mir herauszwingen. Wenn früher im Fernsehen eine Entbindung gezeigt wurde, hatte ich mir immer die Augen zugehalten, weil ich es nicht ausgehalten hatte, die arme Frau schreien zu sehen, während dieses Ding aus ihrem Leib gerissen wurde. Ich hatte immer gedacht, wenn ich je ein Kind bekäme, würde ich einen Haufen Medikamente schlucken, und mein Mann würde mir ermutigend etwas zuflüstern, während ich langsam wegdämmerte.

Die gute Laune des Psychos wegen meiner Schwangerschaft hielt nicht lange an. Dann war er an einem Tag sehr zufrieden damit, wie meine Nägel aussahen, und am nächsten befahl er mir, sie alle frisch zu lackieren. Einmal war es in Ordnung, um zwei Uhr zu pinkeln, beim nächsten Mal zerrte er mich von der Toilette und sagte, ich müsse bis drei warten. Für eine schwangere Frau, die ohnehin schon eine kleinere Blase hat, war es unerträglich.

Morgens zog ich das an, was er für mich ausgesucht hatte, doch nach der Hälfte des Tages musste ich mich umziehen. Wenn er bei seiner Inspektion auch nur einen winzigen Fleck auf dem Geschirr fand, musste ich alles noch einmal abwaschen. Einmal weigerte ich mich, das Badezimmer zu schrubben, und bestand darauf, dass es sauber sei. Daraufhin fing ich mir eine Rückhand ins Gesicht ein und musste den ganzen Hüttenboden von einer Wand bis zur anderen schrubben. Ich lernte, das perfekte Maß an unterwürfiger Scham zu zeigen, zwang mich, zu Boden zu blicken, und zog den Kopf ein wie ein geprügelter Hund.

Gegen Ende Januar hatten wir eines Morgens gerade das Frühstück beendet, und ich räumte auf. Der

Psycho sah mir eine Weile zu und sagte dann: »Ich verreise«, als würde er mir erzählen, dass er den Müll rausbrächte.

»Für wie lange? Wohin? Du kannst mich hier oben nicht allein lassen …«

»Ich mache die Regeln, Annie.« Sein Gesicht war ausdruckslos.

»Du kannst mich mitnehmen. Kannst du mich nicht hinten im Van fesseln oder so? Bitte?«

Er schüttelte den Kopf. »Hier bist du sicherer.«

Der Psycho holte etwas zu essen aus dem Schrank, größtenteils Vitamindrinks und Proteinpulver, das man mit Wasser mischen musste, und ließ die Sachen auf der Arbeitsplatte stehen. Kein Besteck.

Normalerweise durfte ich nicht in die Nähe des Holzofens, aber jetzt öffnete er das Vorhängeschloss und nahm den Schirm fort. Anschließend stapelte er bergeweise Holz in der Hütte auf und zündete ein Feuer für mich an. Ich hatte keine Axt, kein Zeitungspapier oder irgendetwas, um ein neues Feuer zu entzünden, also würde ich höllisch aufpassen müssen, dass es nicht ausging.

Er war ein paar Monate lang nicht fort gewesen, und so nahm ich an, dass die Nahrungsmittel langsam knapp wurden und er in die Stadt fahren würde, um die Vorräte aufzustocken. Ich hatte keine Ahnung, wo er das Essen aufbewahrte, und alles, was er hereinbrachte, befand sich in mit Reißverschlüssen verschlossenen Taschen, so dass ich nie herausfand, in welchem Laden er eingekauft hatte. Aber ich vermutete, dass es draußen irgendwo eine Tiefkühltruhe und einen Keller gab. Ich hoffte, dass tatsächlich die Vorratsbeschaffung der Grund für seine Reise war. Würde er Christina wieder besuchen? Was, wenn er eine andere Frau fand, die ihm besser gefiel, und mich vergaß? Wie lange dauerte es, bis man verhungert war? Ich fürchtete mich mehr davor, dort oben allein gelassen zu werden, als vor ihm.

Ein paar Jahre vor mir war ein Mädchen aus Clayton Falls verschwunden, und ich hatte immer Angst, ich könnte ihre Leiche finden, wenn ich mit Emma im Wald spazieren ging. Jetzt fragte ich mich, ob die Welt voll war mit Mädchen wie mir. Ihre Familien lebten ohne sie weiter. Sie waren nicht mehr auf den Titelseiten. Sie wurden von ihrem persönlichen Irren in irgendeiner Hütte oder einem Folterkeller gefangen gehalten und warteten immer noch darauf, gerettet zu werden.

Als ich eine weitere Kerbe in die Wand bohrte, versuchte ich, nicht darüber nachzudenken, wie lange ich schon hier war. Ich versuchte daran zu glauben, dass mit jedem Tag, der verstrich, der Zeitpunkt meiner Entdeckung näher rückte. Je länger ich am Leben blieb, desto mehr Zeit gab ich ihnen, mich zu finden. Ich überlegte, was wohl geschähe, wenn ich gerettet würde, solange ich noch schwanger war. Ich war fast im fünften Monat, und für eine Abtreibung war es sicherlich bereits zu spät, aber ich glaube, das hätte ich ohnehin nicht ertragen, ganz gleich, was ich für das Baby empfand. Ich fragte mich, was meine Familie und Luke wohl davon halten würden, dass ich schwanger war. Ich konnte mir nicht vorstellen, dass Luke das Kind meines Vergewaltigers in den Armen hielt und es in der Welt willkommen hieß. Es fiel mir schon schwer genug, *mich* so zu sehen.

Man hätte meinen können, ich sei froh gewesen, dass der Psycho weg war, doch stattdessen wurde ich mit jedem Tag ängstlicher. Ich wartete darauf, dass die Tür aufging, betete darum, dass sie sich öffnete. Ich hasste ihn, aber ich konnte es kaum erwarten, ihn wiederzusehen. Ich war vollkommen von ihm abhängig.

Da ich nicht wusste, wie lange er fort sein würde, rationierte ich das Essen, das er mir dagelassen hatte. Er war nicht da, um mir zu sagen, ob es Zeit zum Essen war, also versuchte ich, dem Rhythmus meines Körpers zu folgen, aber ich hatte die ganze Zeit Hunger. Ich wusste, dass vielen Schwangeren am Anfang übel ist, aber mir war nie schlecht, ich war nur müde und hatte ständig Hunger.

Mein Leben lang war ich so oft wie möglich im Freien gewesen – im Sommer bin ich jeden Abend schwimmen gegangen und im Winter am Wochenende Ski gefahren. Aber jetzt hockte ich da und starrte die vier Wände an. Unaufhörlich wanderte ich in der Hütte auf und ab. Vor Jahren hatte ich im Zoo einen Bären gesehen, der am Zaun entlanglief, von einem Ende des Käfigs zum anderen. Er hatte schon eine tiefe Furche in den Boden gelaufen. Ich weiß noch, dass ich mich fragte, ob er wohl lieber tot wäre, als so ein Dasein zu fristen.

Wenn ich nicht auf und ab lief, lehnte ich mich an die Wand und überlegte, was sich auf der anderen Seite befinden könnte, oder ich saß im Badezimmer und presste ein Auge gegen mein Loch in der Wand. Wenn die Sonne schien, warf das Loch einen kleinen Lichtpunkt auf die Badezimmertür, und ich verbrachte Stunden damit zuzusehen, wie er zentimeterweise weiterkroch, bis er schließlich verschwand.

Ohne ihn gab es auch keine Romane, also erfand ich eigene Filme. Ich malte mir aus, wie meine Mom zu Hause darum betete, dass es mir gutginge, mit der Polizei sprach, im Fernsehen um meine Rückkehr flehte. Ich sah Christina und Luke vor mir, wie sie jedes Wochenende die Wälder nach mir durchkämmten, zusammen mit Emma, die versuchte, meine Fährte aufzunehmen. Das Beste aber war das Bild, in dem Luke die Hüttentür zertrümmerte und mich in die Arme schloss.

Ich stellte mir vor, dass Mom sogar mit dem Trinken aufgehört und eine Selbsthilfegruppe gegründet hatte, um mich zu suchen und zu befreien, so wie diese Mütter von vermissten Kindern. Ich träumte davon, dass sie eine Eingebung hätte – dass sie begriff, wie sie mich mein Leben lang behandelt hatte, und alles wiedergutmachen wollte. Sobald ich gerettet war, würden wir uns durch diese Geschichte näherstehen als je zuvor.

Ich hätte nie gedacht, dass ich Waynes blöde Witze einmal vermissen würde oder die Art, wie er mir das Haar zerzauste, als wäre ich immer noch zwölf. Aber jetzt begann ich mit Gott zu feilschen und versprach ihm, dass ich mir tausend von seinen schwachsinnigen Geschäftsideen anhören würde, wenn ich einfach nur nach Hause gehen könnte.

Ich verbrachte viel Zeit damit, meinen Bauch zu berühren und mich zu fragen, wie das Baby wohl aussehen würde. In manchen der Bücher gab es Fotos von Föten in verschiedenen Stadien, und ich fand jedes einzelne davon widerlich. Ich war ziemlich sicher, dass mein Baby gut aussehen würde, aber was für ein Kind würde es wohl sein, mit dem Psycho als Vater?

Nach fünf endlosen Tagen kehrte der Psycho zurück.

»Setz dich aufs Bett, Annie«, sagte er, als er hereinkam. »Wir müssen uns unterhalten.« Ich setzte mich mit dem Rücken zur Wand, er setzte sich neben mich und ergriff meine Hand.

»Ich war in Clayton Falls, und ich wünschte wirklich, ich müsste dir das nicht sagen …« Langsam schüttelte er den Kopf. »Aber die Suche nach dir wurde eingestellt.«

Nein!

Sein Daumen beschrieb sanfte Kreise auf meiner Hand. »Alles in Ordnung, Annie? Ich bin sicher, dass es ein ziemlicher Schlag für dich ist.«

Ich nickte.

»Ich muss zugeben, dass ich überrascht war, dass dein Haus so schnell zum Verkauf angeboten wurde, aber vermutlich hatten sie das Gefühl, dass das Leben weitergehen muss.« Wut verdrängte den Schock bei dem Gedanken, dass mein Haus verkauft werden sollte – ein dreistöckiges viktorianisches Gebäude, in das ich mich verliebt hatte, kaum dass ich die großartigen bleiverglasten Fenster, drei Meter hohen Decken und die Original-Hartholzböden gesehen hatte. Würde Mom so etwas fertigbringen? Sie hatte das Haus nie gemocht, fand es alt und zugig. Hatte Wayne ihr geholfen, das Zu-verkaufen-Schild im Vorgarten aufzustellen? Wahrscheinlich war er froh, die besserwisserische Stieftochter los zu sein.

»Wie hast du es herausgefunden?«

»Das spielt keine Rolle, die Hauptsache ist, dass ich mir die Mühe mache, dir davon zu erzählen. Ich habe noch etwas erfahren, als ich dort war.« Er machte eine Pause. Ich wusste, dass er auf mein Stichwort wartete, und wollte ihm nicht in die Hände spielen. Aber ich musste es wissen, was bedeutete, dass ich fragen musste.

»Was denn?« *Wie wirst du mir als Nächstes weh tun, du Bastard?*

»Etwas sehr Interessantes über Luke …«

Dieses Mal zwang ich mich, den Mund zu halten. Nach ein paar Augenblicken gab er nach.

»Es sieht fast so aus, als sei er es leid, auf dich zu warten.«

»Ich glaube dir nicht. Luke liebt mich …«

»Nun, ich habe ihn gesehen, wie er mit einer hübschen blonden Frau im Arm spazieren ging. Er beugte sich zu ihr hinunter und flüsterte ihr etwas ins Ohr. Ich glaube nicht, dass er ihr erzählt hat, wie sehr er *dich* liebt, Annie.«

»Du lügst, er würde nie …«

»Was würde er nicht? Du willst mir doch nicht allen Ernstes erzählen, dass du dich nie gefragt hast, ob der süße Luke nicht zu gut ist, um wahr zu sein? Er ist *schwach*, Annie.«

In meinem Kopf drehte sich alles, und ich starrte auf die gegenüberliegende Wand.

Der Psycho nickte. »Aber jetzt siehst du langsam ein, wovor ich dich gerettet habe.«

War es möglich, dass Luke bereits eine andere hatte? Da war diese eine blonde Kellnerin, ich hatte ihren Namen vergessen, aber ich glaubte, dass sie total in ihn verknallt war. Er hatte gesagt, ich würde Unsinn reden.

Am Tag, bevor ich entführt wurde, hatte Luke nicht besonders begeistert geklungen, als ich ihn für den nächsten Abend zum Dinner einlud. Er war im Restaurant, und ich hatte angenommen, dass er beschäftigt sei – und vielleicht dachte, dass ich ohnehin wieder absagen würde. Hatte es damals schon eine andere Frau gegeben? Nein, das konnte nicht sein. Luke hatte mir nie gesagt, dass er unglücklich sei, und ihm fehlte jedes Talent zum Schwindeln.

Der Psycho drehte mein Kinn, so dass ich gezwungen war, ihm in die Augen zu blicken. »Ich bin der Einzige, den du noch hast, Annie.«

Er log. Das alles war nur sein neuester, bester Zug in diesem kranken Spiel. Nichts liebte er so sehr, wie mich fertigzumachen. Andere Menschen machten sich Sorgen um mich, viele Menschen. Ich war vielleicht nicht die perfekte Freundin, besonders kurz bevor ich entführt worden war, aber Luke würde mich niemals so einfach ersetzen. Und Christina liebte mich – sie war schon immer meine beste Freundin gewesen, ich wusste, dass sie mich nicht vergessen würde. Mom und ich waren vielleicht nicht gerade auf einer Welle – Daisy und sie sind immer besser miteinander ausgekommen –, aber sie würde am Boden zerstört sein, weil ich vermisst wurde. Dass sie mein Haus verkaufte, bedeutete gar nichts, wenn es denn überhaupt stimmte. Vermutlich brauchte sie das Geld für die ausgesetzte Belohnung.

Aber was, wenn der Psycho nicht log? Was, wenn sie tatsächlich nicht mehr nach mir suchten? Was, wenn einfach alle wie gewohnt weitermachten? Luke hatte vielleicht eine neue Freundin, eine, die nicht die ganze Zeit arbeitete. Mom unterzeichnete womöglich in diesem Moment den Kaufvertrag, und Emma konnte mich inzwischen vergessen haben. Jeder lebte sein Leben weiter, und ich war für immer mit einem verrückten, sadistischen Vergewaltiger eingesperrt.

Was der Psycho sagte, klang so folgerichtig, und was konnte ich schon dagegenhalten? Schließlich war ich immer noch nicht gefunden worden, oder? Ich wollte mit ihm streiten und ihn davon überzeugen, dass andere Menschen mich liebten, aber als ich den Mund öffnete, kam kein Ton über meine Lippen. Stattdessen musste ich an das Hundeheim denken.

Früher habe ich dort ausgeholfen – hauptsächlich die Zwinger gereinigt und die Hunde ausgeführt. Manche Hunde waren gequält worden und bissen jeden, der sich in ihre Nähe wagte. Andere wiederum zeigten keinerlei Zuneigung und nahmen auch keine an, egal, in welcher Form, und wieder andere wurden unterwürfig und fingen an zu pinkeln, sobald man auch nur die Stimme hob. Manche hatten aufgegeben und saßen in ihren Käfigen und starrten die Wand an, wenn potentielle neue Besitzer hereinkamen.

Einer der Hunde, Bubbles, ein hässliches kleines Ding mit einer Hautkrankheit, war jahrelang da, doch sobald jemand Neues hereinkam, hüpfte er im Käfig herum, als sei er das schönste Tier der Welt. Immer voller Hoffnung. Ich wollte ihn mit nach Hause nehmen, aber ich lebte damals in einer Wohnung. Schließlich musste ich wegen der Arbeit dort aufhören, so dass ich nie erfahren habe, ob jemand ihn adoptiert hat. Jetzt war ich der dumme Hund und wartete darauf, dass mich endlich jemand nach Hause holte. Ich hoffte, dass sie Bubbles eingeschläfert hatten, bevor er begriff, dass niemals jemand für ihn kommen würde.

9. Sitzung

Auf dem Heimweg nach der letzten Sitzung habe ich angehalten, um zu tanken, und an der Kasse standen Regale voller Süßigkeiten. Auf dem Berg durfte ich so etwas nie essen. Ich habe lange so viele Dinge vermisst, alberne kleine Alltäglichkeiten, aber im Laufe der Zeit habe ich aufgehört, sie zu vermissen, weil ich mich nicht mehr daran erinnern konnte, was mir gefiel. Ich stand da, sah auf den Süßkram, ich *erinnerte* mich, dass ich ihn mochte, und Wut kochte in mir hoch.

Das Mädchen hinter der Kasse fragte: »Darf es sonst noch etwas sein?« Und ich hörte mich selbst sagen: »Ja«, und dann schaufelte ich die Süßigkeiten tütenweise aus den Regalen – saure Drops, Weingummis, Geleebananen, einfach alles. Hinter mir standen Leute und beobachteten die Verrückte, die Süßigkeiten zusammenraffte, als sei Halloween, aber ich scherte mich nicht darum.

Im Auto riss ich die kleinen Tüten auf und begann mir den Mund mit Süßigkeiten vollzustopfen. Ich weinte – ich wusste nicht, warum, und es war mir auch egal – und aß so viel davon, dass ich zu Hause erst einmal kotzen musste und meine Zunge ganz wund war. Aber ich aß noch mehr – eine ganze Menge mehr – und schlang es herunter, als hätte ich Angst, dass irgendwer mir das jeden Augenblick verbieten könnte. Ich wollte das Mädchen sein, das Süßigkeiten so sehr geliebt hat, Doc. So sehr.

Ich saß an meinem Küchentisch – Verpackungen und leere Tüten um mich herum – und konnte nicht aufhören zu weinen. Vom ganzen Zucker hatte ich Kopfschmerzen bekommen. Ich übergab mich noch einmal. Ich weinte, weil die Süßigkeiten nicht so schmeckten, wie ich sie in Erinnerung hatte. *Nichts* schmeckt mehr so, wie ich es in Erinnerung habe.

Der Psycho hat mir nie erzählt, warum er zurück nach Clayton Falls gefahren ist oder was er dort sonst noch gemacht hat, außer meinen sogenannten Liebsten hinterherzuspionieren, aber am ersten Abend nach seiner Rückkehr war er ausnehmend gut gelaunt. Nichts verleiht einem Irren einen größeren Kick, als einer Frau zu erzählen, dass niemand sich einen Dreck um sie schert. Während er das Abendessen zubereitete, pfiff er und tanzte in der Küche herum, als träte er in einer Kochsendung auf.

Wenn ich ihn anfunkelte, lächelte er nur und machte eine Verbeugung.

Wenn er für den Weg nach Clayton Falls und zurück fünf Tage gebraucht hatte, konnte ich nicht so weit entfernt oder so hoch im Norden sein, es sei denn, er hätte den Van irgendwo abgestellt und wäre geflogen. Wie auch immer, nichts davon schien noch eine Rolle zu spielen. Ob ich fünf oder fünfhundert Meilen von zu Hause entfernt war, die Distanz war unüberbrückbar. Wenn ich an mein Haus dachte, das ich so sehr geliebt hatte, an meine Freunde und Familie, an Suchtrupps, die nicht länger suchten, spürte ich nur eine gewaltige Müdigkeit, die mich wie ein riesiges Betttuch einzuhüllen schien und nach unten zog. *Schlafen. Einfach alles verschlafen.*

Ich hätte ewig so empfinden können, aber zwei Wochen nachdem der Psycho nach Hause gekommen war, etwa Mitte Februar, als ich ungefähr im fünften Monat sein musste, spürte ich, wie das Baby sich bewegte. Das war ein absolut merkwürdiges Gefühl, als hätte ich einen Schmetterling verschluckt, und in diesem Augenblick hörte das Baby auf, ein Dämon zu sein, hörte auf, *seins* zu sein. Es gehörte mir, und ich musste es nicht teilen.

Danach gefiel es mir, schwanger zu sein. Jede Woche, während ich in die Breite ging und immer runder wurde, staunte ich darüber, dass ein neues Leben in meinem Körper heranwuchs. Ich fühlte mich innerlich nicht länger tot, ich war lebendig.

Selbst die neuerwachte Besessenheit des Psychos

von meinem Körper änderte nichts an meinen Gefühlen in Bezug auf die Schwangerschaft. Ich musste vor ihm stehen, während er mit seinen Händen über meinen Bauch und die Brüste strich. Im Laufe einer dieser »Untersuchungen«, die ich damit zubrachte, die Astlöcher in der Decke zu zählen, sagte er: »Du weißt gar nicht, was für ein Glück du hast, dass du dein Kind fernab von der heutigen Gesellschaft zur Welt bringen kannst, Annie. Menschen zerstören alles – mit Kriegen, mit ihren Regierungen und ihrer Gier vernichten sie die Natur, die Liebe und die Familie. Aber ich habe eine reine Welt geschaffen, eine *sichere* Welt, in der wir unser Kind aufziehen können.«

Während ich ihm zuhörte, dachte ich an den betrunkenen Fahrer, der meinen Dad und meine Schwester umgebracht hatte. Ich dachte daran, wie die Ärzte Mom mit Pillen abgefüllt hatten, an die Makler, die ich kannte, die für einen guten Deal alles tun würden, an meine Freunde, deren Leben einfach weiterging, an die Cops, die vollkommen vernagelt sein mussten, weil sie mich sonst schon längst gefunden hätten.

Ich hasste es, dass ich auch nur ernsthaft über die Meinung eines Verrückten nachdachte. Aber wenn dir jemand erzählt, der Himmel sei grün, selbst wenn du weißt, dass er blau ist, und alle sich so verhalten, als sei der Himmel grün, und dir tagein, tagaus sagen, dass der Himmel grün ist, als würden sie es wirklich glauben, dann kann man schon ins Grübeln kommen, ob du nicht vielleicht eine Macke hast, weil du glaubst, er sei blau.

Ich habe mich oft gefragt, warum ich? Warum hat er sich von allen Frauen, die er hätte nehmen können, ausgerechnet eine Maklerin, eine Karrierefrau ausgesucht? Das ist nicht gerade die Sorte Frauen, die freiwillig in den Bergen leben würde. Nicht dass ich das irgendeiner anderen Frau gewünscht hätte, aber warum hatte er keine genommen, die schwach werden würde? Eine Frau, von der er wusste, dass es nicht schwer sein würde, sie kleinzukriegen? Doch dann begriff ich, dass ich genau diese Frau war. Er hatte es die ganze Zeit gewusst.

Ich dachte, ich hätte meine Kindheit und meine Familiengeschichte aufgearbeitet, hätte meinen Schmerz hinter mir gelassen, aber wenn man sich lange genug im Mist wälzt, gibt es kein Entkommen mehr vor dem Gestank.

Du kannst da draußen jede verdammte Sorte Seife kaufen und dir die Haut wundscheuern, aber dann gehst du eines Tages raus, und eine Fliege landet auf dir. Dann noch eine und noch eine – weil sie es wissen. Sie wissen, dass du unter der saubergeschrubbten Haut nur Dreck bist. Nichts als Scheiße. Du kannst dich so viel waschen, wie du willst, aber die Fliegen wissen immer, wo sie landen müssen.

In diesem Winter führte der Psycho ein Belohnungssystem für mich ein. Wenn er mit mir zufrieden war, gab er mir etwas – ein extra Stück Fleisch zum Abendessen oder eine zusätzliche Pinkelpause. Wenn ich die Wäsche perfekt zusammengelegt hatte, durfte ich ein wenig Zucker in meinen Tee nehmen. Nach einem seiner Trips in die Stadt sagte er, ich sei ein braves Mädchen gewesen, und gab mir einen Apfel.

Er hatte mir so viel genommen, dass, wenn er mir irgendetwas gewährte, und sei es so etwas Banales wie einen Apfel, es mir wie ein Riesengeschenk vorkam. Ich aß ihn mit geschlossenen Augen, in meiner Vorstellung saß ich unter einem Baum, und es war Sommer – ich konnte fast die Sonne auf meinen Beinen spüren.

Sobald ich etwas falsch machte, bestrafte er mich nach wie vor, aber er hatte mich schon lange nicht mehr geschlagen, und manchmal wünschte ich mir, er täte es. Wenn ich geschlagen wurde, hatte ich das Gefühl, aufsässig zu sein. Aber diese Psychospiele? Damit trickste er mich echt aus, und während die Monate verstrichen, verblassten die Stimmen meiner Lieben zu einem Flüstern, und ihre Gesichter verschwammen. Nach und nach, Tag für Tag wurde der Himmel ein Stückchen grüner.

Auch als ich schon sichtbar schwanger war, fuhr er fort, mich zu vergewaltigen, doch irgendwie war es jetzt anders, eher so, als würde er eine Rolle spielen. Ab und zu wurde er zärtlich und liebevoll, bis er sich selbst dabei ertappte und rot wurde, als sei die Freundlichkeit verkehrt und ungehörig.

Ein paarmal hörte er einfach auf und legte sich neben mich, die Hand auf meinem Bauch, und dann stellte er mir Fragen. Wie fühlte es sich an, schwanger zu sein? Spürte ich, wie das Baby sich bewegte? Wenn er nicht in der Stimmung für Sex war, musste ich trotzdem das Kleid anziehen, und normalerweise lagen wir dann im Bett, sein Kopf auf meiner Brust.

Eines Abends löste das Gewicht seines Kopfes ein Gefühl aus, als würde ich stillen, und ich verlor mich in einem Tagtraum von dem Baby. Ohne nachzudenken, sang ich leise: »Hush little baby, don't you cry.« Ich verstummte, sobald ich begriff, was ich getan hatte. Er schob den Kopf höher, so dass er auf der Schulter ruhte, und sah mir in die Augen.

»Meine Mutter hat mir das Lied immer vorgesungen. Hat deine Mutter es dir auch vorgesungen, Annie?«

»Nicht dass ich wüsste.«

Fieberhaft überlegte ich, wie ich die Unterhaltung am Laufen halten konnte. Ich wollte mehr über ihn erfahren, aber ich konnte schlecht mit der Tür ins Haus fallen und fragen: »Wie bist du eigentlich zum Psychopathen geworden?«

»Deine Mom muss ein interessanter Mensch gewesen sein«, sagte ich und hoffte, nicht auf eine Mine getreten zu sein, aber er sagte nichts. »Möchtest du, dass ich etwas Bestimmtes für dich singe? Ich kenne nicht viele Lieder, aber ich könnte es versuchen. Als Kind habe ich Gesangsunterricht bekommen.«

»Jetzt nicht. Ich will mehr über deine Kindheit hören.«

Mist. Konnte ich ihn dazu bringen, mir aufschlussreiche Details zu erzählen, indem ich über mich redete?

»Mom war nicht der Typ, der einem Schlaflieder vorsang«, sagte ich.

»Und dieser Unterricht, war das deine Idee?«

»Nein, Moms.«

Meine gesamte Kindheit über habe ich ständig etwas Neues ausprobiert, ich hatte Unterricht in Gesang, am Klavier und im Eiskunstlaufen. Daisy hatte von klein auf Eiskunstlauf gemacht, aber ich hielt nicht lange durch. Ich habe mehr Zeit auf meinem Hintern gelegen, als dass ich durch die Luft geflogen wäre. Mom schickte mich zum Ballett, aber damit war Schluss, als ich in ein anderes Mädchen hineintanzte und ihm beinahe die Nase brach.

Selbst durch den Unfall ließ meine Mom sich nicht aufhalten. Im Gegenteil, der Tod ihres Lieblings schien ihren Ehrgeiz noch anzustacheln, *irgendetwas* aus mir zu machen. Eines allerdings hatte ich mit der Zeit richtig gut drauf: Sabotage. Erstaunlich, auf wie vielen Wegen man Instrumente kaputtbekam oder paillettenbesetzte Kostüme ruinieren konnte.

»Was für Unterricht hättest du gerne genommen?«

»Kunst hatte ich ganz gerne, Malen und Zeichnen und so, aber das mochte Mom nicht.«

»Und weil es ihr nicht gefiel, durfte es dir auch nicht gefallen?« Er hob die Augenbrauen. »Klingt, als sei sie weder besonders fair noch fröhlich gewesen.«

»Als wir jünger waren, bevor Daisy starb, konnte sie fröhlich sein. Jedes Jahr zu Weihnachten haben wir ein riesiges Pfefferkuchenhaus gebacken, und sie hat die ganze Zeit mit uns Verkleiden gespielt. Manchmal hat sie mit Daisy und mir mitten im Wohnzimmer Höhlen gebaut, und dann sind wir lange aufgeblieben und haben Gruselfilme angeschaut.«

»Mochtest *du* die Gruselfilme?«

»Ich fand es toll, mit Daisy und ihr zusammen zu sein … Sie hatten einfach nur eine andere Art von Humor. Mom stand total auf dumme Streiche. Einmal hat sie zu Halloween überall auf dem Boden vor meinem Bett Ketchup ausgekippt, und als ich hineintrat, dachte ich, es sei Blut. Sie und Daisy haben noch tagelang darüber gelacht.« Ketchup hasse ich immer noch.

»Aber du fandest es nicht witzig, oder?«

Ich zuckte die Achseln. Der Psycho sah aus, als würde er sich langweilen, und verlagerte sein Gewicht, als wollte er sich hinsetzen. Mist. Wenn ich an ihn herankommen wollte, musste ich ihm ein paar echte Gefühle zeigen.

»Ich habe geweint. Mom erzählt immer noch gerne allen Leuten, wie sie mich damals auf den Arm genommen hat. So etwas verschafft ihr einen Kick, andere hereinzulegen. An Halloween ist sie sogar mit uns verkleidet durch die Straßen gezogen.«

»Interessant. Und warum, glaubst du, gefällt es deiner Mutter, Leute ›hereinzulegen‹, wie du es nennst?«

»Keine Ahnung, aber sie ist verdammt gut darin. So kommt sie auch meistens zu ihren Kosmetika und ihrer Kleidung – sie kann jede Verkäuferin der Stadt um den Finger wickeln.«

Nur wenige Wochen mit diesem billigen Parfüm hatten ausgereicht, damit Mom sich auf die Jagd nach einer dummen Nuss in der Kosmetikabteilung eines Kaufhauses machte. Die Verkäuferinnen verpassten der hübschen trauernden Witwe nicht nur eine Verschönerungskur, sondern drückten ihr auch noch massenweise kostenlose Proben in die Hand, besonders wenn Mom jeder Frau, die zufällig vorbeikam, von den Produkten vorschwärmte.

Das war nicht alles, worin sie gut war. Moms Hände sind vielleicht klein, aber sie hat scharfe Augen, und ihre Finger sind flink. Oben auf ihrem Schrank standen massenweise halbvolle Flaschen mit Duftwässern, Schönheitstinkturen und Lotionen, deren sie überdrüssig geworden war, nachdem sie die

Flaschen im Laden eingesteckt hatte, kaum dass die Verkäuferin ihr den Rücken zudrehte. Manchmal hat sie tatsächlich etwas gekauft, aber für gewöhnlich brachte sie es in einen Laden derselben Kette in einer anderen Stadt wieder zurück. Ich erhob Einwände, aber sie erklärte mir, dass sie den Frauen helfen würde, die das Zeugs herstellten, und die eine oder andere Flasche, die sie so einsteckte, betrachtete sie als Provision.

Nachdem Mom erst einmal herausgefunden hatte, wie einfach es war, Parfüm zu stehlen, probierte sie es auch mit Kleidung und Wäsche. Auch hier nahm sie nur gutes Zeug aus Boutiquen. Als ich älter wurde, weigerte ich mich mitzukommen. Ich bin mir ziemlich sicher, dass sie immer noch stiehlt. Ich habe sie nie gefragt, aber die Frau ist besser gekleidet als manche Models.

»Manchmal denke ich, dass sie mich als Kind lieber mochte«, sagte ich. Der Psycho sah mich mit brennendem Blick an. Ich hatte einen wunden Punkt berührt.

Ohne den Blick abzuwenden, sagte ich: »Vielleicht hatte sie mehr Spaß mit mir, als ich klein war, oder es liegt daran, dass ich angefangen hatte, eigene Ansichten zu entwickeln, und sie damit in gewissem Sinn herausforderte. Aus welchem Grund auch immer, ich bin mir ziemlich sicher, dass sie enttäuscht war, als ich erwachsen wurde.«

Der Psycho räusperte sich, dann hielt er inne und schüttelte den Kopf. Er wollte etwas sagen und musste nur ein klein wenig angestupst werden. So einfühlsam, wie ich nur konnte, fragte ich: »Hast du als Kind jemals ähnlich empfunden?«

Er drehte sich auf den Rücken und starrte zur Decke hinauf. Sein Kopf ruhte immer noch auf meinem Arm. »Meine Mutter wollte nicht, dass ich erwachsen werde.«

»Vielleicht sind alle Mütter traurig, wenn ihre Kinder groß werden.«

»Nein, es war … das war es nicht.«

Ich dachte daran, dass er am ganzen Körper kein einziges Haar hatte und wie besessen er vom Rasieren war. Ich zwang mich dazu, den Arm unter seinem Kopf zu beugen und die Hand auf seine Stirn zu legen. Überrascht zuckte er zusammen, dann sah er mich an, aber er entzog sich der Berührung nicht.

»Du hast gesagt, ihr erstes Kind sei gestorben.« Ich spürte, wie er sich neben mir verkrampfte. Ich hob die Hand, um ihm übers Haar zu streicheln, damit er sich entspannen konnte, aber unsicher, wie er reagieren könnte, ließ ich sie nur auf seine Locken sinken und drückte mein Bein gegen seins, damit er die Wärme spürte. »Glaubst du, es hat etwas damit zu tun? Hattest du das Gefühl, du müsstest sein Leben leben? Du weißt schon, als Ersatzkind.« Seine Augen wurden dunkler, als er sich leicht abwandte. Ich musste verhindern, dass er dichtmachte.

»Du hast mich früher einmal nach Daisy gefragt, und ich wollte nicht darüber reden, weil es mir immer noch ziemlich schwerfällt. Sie war großartig, ich meine, sie war meine große Schwester, und ich bin sicher, dass sie sich manchmal über mich geärgert hat, aber ich fand sie perfekt. Mom glaubte das auch. Nach dem Unfall ertappte ich sie manchmal dabei, wie sie mich anstarrte, oder sie kam zu mir und berührte mein Haar, und allein an der Art, wie sie es tat, wusste ich, dass sie an Daisy dachte.«

Er wandte mir erneut das Gesicht zu. »Hat sie jemals irgendetwas gesagt?«

»Eigentlich nicht. Zumindest nichts, auf das ich sie jetzt festnageln könnte. Aber man muss nicht immer die Worte hören, um Bescheid zu wissen. Sie hat es nie zugegeben, aber ich bin ziemlich sicher, dass sie wünschte, ich und nicht Daisy wäre durch die Windschutzscheibe geflogen. Das kann ich ihr noch nicht einmal zum Vorwurf machen, denn lange Zeit wünschte ich das ebenfalls. Daisy war die Bessere von uns beiden, und als Kind glaubte ich, deswegen habe Gott *sie* gewollt.«

Ich wusste nicht, was zum Teufel mit mir los war, wahrscheinlich waren es nur die blöden Hormone, aber ich begann zu weinen. Es war das erste Mal, dass ich irgendjemandem gegenüber diese Gefühle eingestand. Er öffnete den Mund und holte Luft, als wollte er etwas sagen. Doch er schwieg, schloss den Mund wieder, tätschelte mein Bein und starrte wieder an die Decke.

Wovor hatte er Angst? Wie sollte ich ihn dazu bringen, mir zu vertrauen und sich zu öffnen? Bisher hatte ich es nur geschafft, mich selbst durch eine Gefühlshölle zu schicken, indem ich diese Geschichte ans Licht zerrte. Ich hatte gehört, dass manche Kinder Loyalität gegenüber denen empfinden, die sie missbrauchen. War es das, was ihn zurückhielt?

»Wahrscheinlich sollte ich dir das alles gar nicht erzählen«, sagte ich. »Meine Mom hat im Laufe der Jahre so viel für mich getan, dass ich das Gefühl habe, sie zu verraten, wenn ich schlecht über sie spreche.« Er drehte den Kopf in meine Richtung. »Aber ich schätze, Eltern sind auch nur Menschen, die eben auch Fehler machen.« Mein Verstand arbeitete auf Hochtouren, um jede Vergib-deinen-Eltern-Plattitüde hervorzukramen, die ich je gelesen hatte. »Ich sage mir immer, es ist okay, über diese Dinge zu reden. Ich kann meine Mutter lieben und muss trotzdem nicht alles gut finden, was sie tut.«

»Meine Mutter war eine wundervolle Frau.« Er machte eine Pause. Ich wartete. »Wir haben uns auch manchmal verkleidet.«

Endlich wurde es interessant.

»Ich war erst fünf, aber ich erinnere mich noch genau an den Tag, an dem sie mich zum ersten Mal bei meiner Pflegefamilie besuchte. Der Idiot, mit dem sie verheiratet war, war auch dabei, aber er hat mich kaum angesehen. Sie trug ein weißes Sommerkleid, und als sie mich umarmte, roch sie sauber, nicht wie diese fette Sau, meine Pflegemutter. Sie sagte mir, ich solle ein braver Junge sein und dass sie zurückkommen und mich holen würde, und das tat sie. Ihr Mann war irgendwo unterwegs, so dass wir beide allein waren, und als wir nach Hause kamen – noch nie zuvor hatte ich so ein sauberes Haus gesehen –, steckte sie mich in die Badewanne.«

Ich versuchte, meine Stimme frei von Gefühlen zu halten, als ich sagte: »Das muss schön gewesen sein.«

»Ich hatte noch nie so gebadet, es gab Kerzen, und es roch gut. Als sie mir das Haar und den Rücken wusch, war sie ganz sanft. Sie ließ das dreckige Wasser ablaufen, füllte frisches nach und stieg zu mir in die Wanne, damit sie mich besser waschen konnte. Als sie meine blauen Flecken küsste, fühlten sich ihre Lippen ganz weich an, wie Samt. Und sie sagte, dass sie den Schmerz durch meine Haut von mir zu ihr wandern lassen würde.« Er warf mir einen raschen Blick zu, und ich weiß nicht, wie ich es schaffte, aber ich nickte, als sei das, was er gerade erzählte, das Natürlichste auf der Welt.

»Sie erzählte mir, dass ich in ihrem Bett schlafen dürfte, weil sie nicht wollte, dass ich mich fürchtete.

Ich hatte noch nie die Haut eines anderen Menschen an meiner gespürt – niemand hatte mich je zuvor festgehalten –, und ich konnte ihr Herz schlagen hören.« Er klopfte sich auf die Brust. »Sie hat gerne mein Haar berührt, so wie deine Mom deines gestreichelt hat, und sie sagte, es erinnere sie an das Haar ihres Sohnes.« Meine Hand, die immer noch auf seinen Locken ruhte, juckte, doch ich widerstand dem Drang, sie fortzuziehen.

»Sie konnte keine Kinder mehr bekommen und sagte, dass sie lange habe warten müssen, bis sie einen Jungen wie mich gefunden habe. In der ersten Nacht hat sie geweint … ich versprach ihr, ein guter Junge zu sein.« Er wurde wieder still.

»Du hast erwähnt, dass ihr zusammen Verkleiden gespielt habt … So wie Cowboy und Indianer?« Es dauerte lange, ehe er antwortete. Ich wünschte, er hätte geschwiegen.

»Nach unserem Bad jeden Abend …«, *Scheiße*, »schlief ich in ihrem Bett, sie fühlte sich dann sicherer. Aber wenn *er* von einer Reise zurückkam, mussten wir früher baden, und dann half ich ihr, sich anzuziehen.« Seine Stimme flatterte. »Für ihn.«

»Da musst du dich in gewisser Weise verlassen gefühlt haben. Du hattest sie ganz für dich, doch sobald er nach Hause kam, wurdest du beiseitegeschoben.«

»Sie musste das tun, er war ihr Mann.« Er wandte mir sein Gesicht zu und sagte mit fester Stimme:

»Aber ich war etwas ganz Besonderes für sie. Sie sagte, ich sei ihr kleiner Mann.«

Ich begriff.

»Natürlich dachte sie, du seist etwas Besonderes – schließlich hatte sie dich ausgewählt.«

Er lächelte. »So wie ich dich ausgewählt habe.«

Später, als er neben mir im Bett lag und sein Kopf auf meiner Brust ruhte, stellte ich fest, dass er mir leidtat. Es war das erste Mal, dass ich etwas anderes außer Abscheu, Angst oder Hass für ihn empfand, und es erschreckte mich mehr als alles andere.

Der Kerl hat mich entführt, Doc, hat mich vergewaltigt und geschlagen. Ich hätte einen Scheiß auf seinen Schmerz geben sollen, aber als er mir das mit seiner Mutter erzählte – und ich wusste, dass da noch mehr sein musste –, tat er mir so *leid*, weil er eine beschissene Mutter hatte, die ihn total verkorkst hat. Ich hatte Mitleid, weil er bei der Pflegefamilie misshandelt worden war und weil sein neuer Dad sich anscheinend einen Dreck um ihn gekümmert hatte. Lag es daran, dass meine Familie zerstört war? Konnte ich seinen Schmerz spüren, weil ich ihn ebenfalls erlebt hatte? Ich weiß nur, dass ich es hasse, Doc, ich hasse es, wenn ich auch nur ein Fünkchen Mitgefühl für diesen Psychopathen empfinde. Ich hasse es, dass ich Ihnen das alles überhaupt erzähle.

Die meisten Leute denken, der Typ hätte mich die

ganze Zeit mit seiner Waffe bedroht, und ich widerspreche ihnen nicht. Wie sollte ich es je erklären können? Wie kann ich ihnen sagen, dass ich ihn, wenn er mir von der Welt erzählte, zum Beispiel von Gibraltar mit all den Affen, interessant und wortgewandt fand? Und dass es mir *gefiel*, wenn er mir die Füße massierte, weil sie wieder so geschwollen waren? Oder dass er während der Lesezeit so enthusiastisch und witzig sein konnte oder dass ich, wenn er kochte – jedes Mal, wenn er ein Ei aufschlug, führte er einen albernen Tanz auf und redete mit verschiedenen Akzenten –, den Typen sah, der mir zum ersten Mal bei der Besichtigung begegnet war? Wie könnte ich irgendjemandem erzählen, dass er mich zum *Lachen* brachte?

Ich war immer so stolz auf meine Stärke. Ich gehörte zu den Frauen, die sagen: »Kein Mann wird mich je verändern«, aber er schaffte es. Er hat mich verändert. Ich fühlte mich, als würde noch eine kleine Flamme meines wahren Selbst in mir brennen. Wie die Sparflamme beim Gaskocher flackerte sie im Hintergrund, aber ich befürchtete, dass sie eines Tages ganz erlöschen könnte. Ich mache mir immer noch Sorgen, dass sie eines Tages erlischt.

Es gibt so viele Bücher, in denen steht, dass wir unser Schicksal selbst bestimmen und dass das, was wir glauben, eines Tages Wirklichkeit werden wird. Man soll ständig mit aufgeklebtem Lächeln herumlaufen und nur positive Gedanken hegen, und schon herrscht nur noch Friede, Freude, Eierkuchen. Nee, sorry, aber daran glaube ich nicht. Man kann so glücklich sein wie nie zuvor in seinem Leben, und trotzdem kann jeden Moment irgendwas völlig schiefgehen.

Und ich meine richtig total vollkommen schief. Es haut dich um und zerschmettert dich am Boden, weil du so blöd warst und an Friede, Freude, Eierkuchen geglaubt hast.

10. Sitzung

Letzte Nacht ist mir vielleicht ein Ding passiert, Doc. Ich hatte geschlafen – in meinem Bett, was Sie doch bestimmt glücklich macht –, aber dann musste ich pinkeln, also stolperte ich ins Badezimmer. Auf dem Rückweg begriff ich, was ich getan hatte, und da wurde ich richtig wach. Ich war so aufgeregt, dass ich den Rest der Nacht nicht mehr schlafen konnte.

Es war nur eine alte Gewohnheit, mitten in der Nacht noch einmal aufs Klo zu gehen, aber das ist gut, weil es bedeutet, dass die alten Gewohnheiten wiederkehren, oder? Und vielleicht bedeutet es, dass ich wieder ich selbst werde. Keine Angst, ich habe nicht vergessen, dass Sie sagten, ich müsse lernen zu akzeptieren, dass ich nie wieder genau die gleiche Person sein würde wie vor der Entführung. Aber trotzdem, *irgendetwas* ist da noch.

Vielleicht hat es funktioniert, weil ich geschlafen und keine Gelegenheit hatte, zuerst darüber nachzudenken. Mir hat der Spruch immer gefallen: »Tanze so, als würde niemand zusehen.« Stell dir vor, du bist allein zu Hause, und im Radio kommt ein abgefahrener Song. Du fängst an, ein wenig im Takt zu wippen, du fühlst dich gut, findest den Rhythmus, und dann bist du mittendrin. Deine Beine bewegen sich wie von alleine, deine Hände wirbeln durch die Luft, und du wackelst wie verrückt mit dem Hintern. Aber sobald du in der Öffentlichkeit bist, denkst du, jeder würde dich beobachten und über dich urteilen. Du denkst: Wackele ich zu sehr mit dem Hintern? Bin ich noch im Takt? Lachen die anderen über mich? Und dann hörst du auf zu tanzen.

Jeden Tag auf dem Berg wurde ich aufs Neue geprüft. Wenn er zufrieden war, bekam ich Privilegien. Wenn ich etwas nicht schnell oder perfekt genug erledigte, was nicht oft geschah, da ich verdammt vorsichtig war, schlug er mich oder entzog mir die Privilegien.

Während der Psycho eifrig damit beschäftigt war, mein Benehmen zu beurteilen, wollte ich seines analysieren. Selbst nach unserem Gespräch über seine Mutter hatte ich immer noch nicht den Dreh raus, wie ich ihn knacken könnte, und jede Situation konnte mir Hinweise bieten, die gesammelt und in meinem Gedächtnis gespeichert werden mussten. Seine Bedürfnisse und Wünsche zu interpretieren wurde ein Fulltimejob für mich, ich studierte jede Nuance seines Gesichtsausdruckes, jede Veränderung in seinem Tonfall.

Die Jahre des Zusammenlebens mit meiner Mutter, in denen ich lernte, den Grad ihrer Trunkenheit daran abzuschätzen, wie tief ihre Augenlider herunterhingen, hatten meine Sinne geschärft. Andererseits hatte ich während dieser Lehrzeit auch die Erfahrung gemacht, dass ich genauso gut versuchen konnte, die Reaktionen eines Tigers vorherzusagen – es war nie sicher, ob ich gerade als Spielkamerad oder als Mahlzeit herhalten sollte. *Alles* hing von seiner Stimmung ab. Manchmal machte ich einen Fehler, und er reagierte kaum darauf, dann wiederum machte ich mich einer weit geringeren Verfehlung schuldig, und er rastete vollkommen aus.

Etwa im März, als ich im sechsten Monat schwanger war, kam er nach einem seiner Jagdausflüge herein und sagte: »Ich brauche deine Hilfe draußen.«

Draußen? Meinte er *im Freien*? Ich starrte ihn an, hielt nach einem Anzeichen Ausschau, dass er einen Witz machte oder plante, mich da draußen umzubringen, aber sein Gesicht zeigte keinerlei Emotion. Er warf mir eine seiner Jacken und ein Paar Gummistiefel zu.

»Zieh das hier an.« Ehe ich auch nur den Reißverschluss der Jacke hochgezogen hatte, packte er mich am Arm und zog mich aus der Tür.

Der Geruch frischer Luft traf mich unvermittelt, als wäre ich gegen eine Wand gelaufen, und vor Überraschung wurde meine Brust ganz eng. Als er mich zu einem Hirschkadaver etwa zwanzig Schritte von der Hütte entfernt führte, versuchte ich, meine Umgebung zu erfassen, doch es war ein sonniger Tag, und von dem hellen Schnee begannen meine Augen zu tränen. Ich konnte nur erkennen, dass wir uns auf einer Lichtung befanden.

Mein ganzer Körper brannte von der Kälte. Der Schnee bedeckte nur den unteren Teil meiner Stiefel, aber ich war es nicht gewohnt, draußen zu sein, und meine Beine waren nackt. Meine Augen gewöhnten sich an das helle Licht, aber ehe ich noch mehr erkennen konnte, stieß er mich neben den Kopf des Hirsches auf die Knie. Aus einem Loch hinter seinem Ohr und einem Schnitt in der Kehle sickerte immer noch Blut und färbte den Schnee darunter rosa.

»Hör zu. Ich möchte, dass du dich am Hinterteil des Hirsches hinkniest und seine Beine auseinander hältst, sobald wir ihn auf den Rücken gedreht haben, damit ich ihn ausweiden kann. Verstanden?«

Ich verstand, was er von mir verlangte, ich begriff nur nicht, warum er mich um Hilfe bat – das hatte er noch nie getan. Vielleicht wollte er nur, dass ich sah, zu was er fähig war, oder genauer gesagt, was er mir antun könnte.

Aber ich nickte und vermied es, in die glasigen Augen des Hirsches zu blicken. Ich ging an ihm vorbei, kauerte mich hinter dem Tier in den Schnee und packte seine steifen Hinterläufe. Der Psycho kniete sich lächelnd und summend am Kopf in den Schnee, und wir drehten das Tier auf den Rücken.

Obwohl ich wusste, dass er bereits tot war, quälte es mich, den Hirsch so hilflos und all seiner Würde beraubt mit weitgespreizten Beinen auf dem Rücken liegen zu sehen. Noch nie zuvor hatte ich ein totes Tier aus solcher Nähe gesehen. Das Baby schien meine Qual zu spüren und bewegte sich unruhig.

Ich sah zu, wie der Psycho mit der Messerspitze in die Leiste des Hirsches schnitt, als handle es sich um Butter, und mir drehte sich fast der Magen um. Meine Nase fing den metallischen Geruch von Blut ein, als er in den Innereien des Tieres herumwühlte und dann den Bauch der Länge nach aufschlitzte. Die Vorstellung, dass er mich ebenso aufschneiden könnte, mit demselben heiteren Gesichtsausdruck, überwältigte mich. Ich zuckte zusammen, und er warf mir einen Blick zu.

Ich flüsterte: »Entschuldigung«, biss die Zähne gegen die Kälte zusammen und zwang meine Muskeln stillzuhalten. Er begann von neuem zu summen und zu schneiden.

Während er abgelenkt war, schaute ich mich auf der Lichtung um. Dichtgewachsene Tannenbäume umgaben uns, deren Zweige vom Schnee nach unten gedrückt wurden. Fußspuren, Schleifspuren und etwas, das aussah wie Blut, verschwanden hinter der Hütte. Die Luft roch sauber und feucht, und der

Schnee knirschte unter meinen Füßen. Ich war schon auf ein paar Bergen überall in Kanada Ski gefahren, und in den anderen Gegenden roch der Schnee anders, irgendwie trockener, und er fühlte sich anders an. Die geringe Menge Schnee und die Art der Landschaft, zusammen mit dem Duft, ließen mich hoffen, dass ich mich immer noch auf der Insel oder zumindest irgendwo an der Küste befand.

Während er weiterschnitt, sprach der Psycho mit mir. »Es ist besser für uns, wenn wir uns von dem Essen des Landes ernähren, Essen, das rein ist und nicht von anderen Menschen berührt wurde. Als ich in der Stadt war, habe ich ein paar neue Bücher gekauft, damit du lernst, wie man Fleisch haltbar macht und Lebensmittel einmacht. Eines Tages werden wir vollkommen autark sein, und ich muss dich nie wieder allein lassen.«

Das stand auf meiner Wunschliste nicht gerade weit oben, aber ich muss gestehen, dass ich von der Idee angetan war, etwas zu tun und eine neue Aufgabe zu haben.

Als er den Hirsch aufgeschnitten hatte und die Eingeweide herausquollen, blickte er von dem Kadaver auf und fragte: »Hast du jemals getötet, Annie?« Als ob ein Messer in seiner Hand nicht schon bedrohlich genug gewesen wäre – musste er auch noch anfangen, vom Töten zu *sprechen*?

»Ich war noch nie jagen.«

»Beantworte die Frage, Annie.« Über den Hirsch hinweg starrten wir einander an.

»Nein, ich habe niemals getötet.«

Er hielt das Messer an der äußersten Spitze der Klinge fest und schwang es wie ein Pendel hin und her. Jedes Mal, wenn es nach oben schwang, wiederholte er: »Nie? Nie? Nie?«

»Niemals …«

»Lügnerin!« Er warf das Messer in die Luft, packte es, als es wieder herunterfiel, und versenkte es bis zum Griff im Hals des Tieres. Entsetzt ließ ich den Hirsch los und fiel rücklings in den Schnee. Solange ich mich wieder hochrappelte, sagte er kein Wort. Als ich wieder in der alten Position hockte, packte ich hastig die Beine des Hirschs und stellte mich darauf ein, dass er ausflippen würde, weil ich umgefallen war, aber er starrte mich nur an. Er sah auf den Schnitt im Bauch des Tieres, ließ den Blick zu meinem Bauch wandern und schaute mir anschließend wieder in die Augen. Ich begann zu stammeln.

»Als Teenager habe ich einmal eine Katze mit dem Auto erwischt. Ich habe es nicht absichtlich getan, aber ich kam spät nach Hause, und ich war echt müde, und dann hörte ich dieses dumpfe Geräusch, und sie flog durch die Luft. Ich sah, dass sie irgendwo im Unterholz landete, und hielt an.« Der Psycho starrte mich weiter an, und die Worte sprudelten weiter aus mir heraus.

»Ich bin ins Gebüsch gekrochen und habe nach ihr gesucht, ich habe geschrien und gerufen, ›Miez, Miez!‹, aber sie war verschwunden. Ich fuhr nach Hause und erzählte meinem Stiefvater davon, und er ist mit mir zurückgefahren, um mit Taschenlampen weiterzusuchen, und wir haben bestimmt eine Stunde gesucht, aber wir konnten sie nicht finden. Er sagte mir, dass sie wahrscheinlich unverletzt nach Hause gelaufen sei. Aber am Morgen habe ich unter meinem Auto nachgesehen, und da klebten jede Menge Blut und Fellstückchen an der Achse.«

»Ich bin beeindruckt«, sagte er mit einem breiten Lächeln. »Ich hätte nie gedacht, dass du so drauf bist.«

»Bin ich auch nicht! Es war ein Unfall …«

»Nein, das glaube ich nicht. Ich glaube, du hast ihre Augen im Scheinwerferlicht reflektieren sehen und dich einen Moment gefragt, wie es sich wohl anfühlen würde. Und plötzlich hast du diese Katze gehasst, und dann hast du das Gaspedal durchgedrückt. Der dumpfe Stoß beim Zusammenprall, als du wusstest, dass du sie erwischt hast, hat dir ein Gefühl der Macht gegeben, hat dich …«

»Nein! Nein, natürlich nicht! Ich habe mich entsetzlich gefühlt – ich fühle mich immer noch entsetzlich.«

»Würde es sich auch entsetzlich anfühlen, wenn die Katze ein Killer gewesen wäre? Wahrscheinlich war sie tatsächlich gerade auf der Jagd gewesen – hast du schon einmal gesehen, wie eine Katze ihre Beute quält? Was, wenn die Katze krank war und kein Zuhause und niemanden hatte, der sie liebte? Würde das die Sache besser machen, Annie? Was, wenn du auf den ersten Blick erkannt hättest, dass die Besitzer sie misshandeln, ihr nicht genug zu fressen geben, sie treten?« Seine Stimme wurde lauter. »*Vielleicht hast du ihr einen gottverdammten Gefallen getan, hast du jemals daran gedacht?*«

Es hatte fast den Anschein, als sollte ich etwas billigen, das er getan hatte. Wollte er etwas zugeben oder mich nur wieder verrückt machen? Letzteres schien mir wahrscheinlicher, also bin ich mir nicht sicher, wer von uns überraschter war, als ich schließlich sprach.

»Hast du jemals … hast du jemals einen Menschen getötet?«

Er streckte die Hand aus und liebkoste den Griff des Messers. »Eine mutige Frage.«

»Es tut mir leid, aber ich habe noch nie jemanden getroffen, der so … du weißt schon. Ich habe eine Menge Bücher gelesen und ferngesehen und Filme angeschaut, aber es ist etwas ganz anderes, mit einem Menschen zu sprechen, der es tatsächlich getan hat.« Es war leicht, aufrichtig interessiert zu klingen – Psychologie hatte mich schon immer fasziniert, besonders die Psychologie des Abartigen. Und Mörder gehörten eindeutig in diese Kategorie.

»Und wenn du, wie du es nennst, ›mit einem Menschen, der es tatsächlich getan hat‹ reden würdest, was würdest du ihn fragen?«

»Ich … ich würde wissen wollen, warum. Aber vielleicht kennt man die Gründe manchmal selbst nicht oder versteht es nicht.«

Es musste die richtige Antwort gewesen sein, denn er nickte entschlossen und sagte: »Töten ist eine komische Sache. Die Menschen machen all diese Regeln, in welchen Fällen sie es für in Ordnung halten.« Er lachte kurz auf. »Selbstverteidigung? Kein Problem. Wenn du einen Arzt findest, der dir bescheinigt, dass du verrückt bist, ist es auch okay. Eine Frau bringt ihren Mann um, aber sie hatte gerade PMS? Wenn du einen guten Rechtsanwalt hast, geht selbst das in Ordnung.«

Den Kopf mir zugewandt, wippte er auf den Fersen im Schnee vor und zurück. »Was, wenn du genau weißt, wie alles enden wird, und du kannst es verhindern? Was, wenn du etwas siehst, etwas, das kein anderer sehen kann?«

»Zum Beispiel?«

»Es ist eine Schande, dass du die Katze nicht gefunden hast, Annie. Tod ist nicht mehr als eine Ausweitung des Lebens. Und wenn du Zeuge des Todes wirst, wenn du erlebst, wie sich eine neue Dimension eröffnet, dann wirst du dir bewusst, wie unnötig es ist, dich selbst auf diese Dimension zu beschränken.«

Er hatte immer noch nicht zugegeben, tatsächlich jemanden getötet zu haben, und ich überlegte, ob ich es für diesen Moment dabei belassen sollte, aber zu wissen, wann ich mich zurückhalten muss, war noch nie meine Stärke gewesen.

»Und wie fühlt es sich an? Jemanden zu töten?«

Er legte den Kopf schräg und hob die Augenbrauen.

»Wir haben doch nicht etwa vor, jemanden umzubringen?« Bevor ich es abstreiten konnte, fuhr er fort, aber nicht so, wie ich erwartet hatte. »Meine Mutter starb an Krebs. Eierstockkrebs. Sie ist von innen her verfault, und am Ende konnte ich ihr Sterben riechen.« Er hielt eine Sekunde inne, der Blick war matt und leer. Ich versuchte zu überlegen, was ich als Nächstes fragen sollte, als er sagte: »Ich war erst achtzehn, als sie krank wurde – ihr Mann war ein paar Jahre zuvor gestorben –, aber es machte mir nichts aus, für sie zu sorgen. Ich konnte mich besser als jeder andere um sie kümmern. Aber sie hat nicht aufgehört, ihm nachzuweinen. Obwohl ich ihr sagte, dass er sie verlassen und sich nicht um sie gekümmert hatte, nicht so wie ich, wollte sie von mir nur, dass ich ihn finde. Nach all dem, was ich für sie getan habe … Ich habe gesehen, was er ihr angetan hat. Habe es mit eigenen Augen gesehen, aber sie heulte ihm nach.«

»Ich verstehe nicht, du sagtest, er sei gestorben.

Was meinst du damit, dass du ihr gesagt hast, er habe sie verlassen?«

»Er war monatelang weg, *monatelang*, und uns ging es gut. Dann ist er nach Hause gekommen, und ich wusste immer, wann er kam, weil ich ihr dann half, das Kleid für ihn anzuziehen, und sie schminkte sich. Ich sagte ihr, dass ich es nicht mochte, aber sie sagte, *ihm* gefiele es. Er ließ mich noch nicht einmal mit ihnen zusammen essen. Ich wusste, dass sie mir zu essen geben wollte, aber er zwang sie zu warten, bis er fertig war. Ich war für ihn nichts anderes als ein streunender Hund, den seine Frau aus einem Tierheim angeschleppt hatte. Später, nach dem Abendessen, gingen sie ins Schlafzimmer und schlossen die Tür, aber eines Nachts, als ich etwa sieben war, machten sie sie nicht richtig zu. Und ich sah … dass sie weinte. Seine Hände …« Seine Stimme erstarb, und sein Blick ging ins Leere.

»Hat er sie geschlagen?«

Schon vorher war mir aufgefallen, dass seine Stimme immer flacher wurde, sobald er von seiner Mom sprach, und als er antwortete, klang er fast roboterhaft.

»Ich war behutsam … ich war immer vorsichtig, wenn ich sie berührte. Ich habe sie nie zum Weinen gebracht. Es war nicht richtig.«

»Hat er ihr weh getan?«

Mit leerem Blick starrte er unbewegt auf meine

Brust. Dann schüttelte er langsam den Kopf und wiederholte: »Es war nicht richtig.«

Er strich sich über den Halsansatz. »Sie sah mich … im Spiegel. Sie sah mich.« Die Haut unter seinen Fingern rötete sich, als er für einen Moment den Griff um seine Kehle verstärkte, dann zog er die Hand zurück und rieb sich damit über den Schenkel, als wollte er etwas von seiner Hand abwischen.

Mit kratziger Stimme sagte er: »Dann lächelte sie.« Die Mundwinkel des Psychos hoben sich zu einem verzückten Lächeln, der Mund wurde breiter, bis das Gesicht fast einer Grimasse glich. Er verharrte so lange mit dieser Miene, dass es weh tun musste. Mein Herzschlag geriet ins Stocken.

Endlich sah er mir in die Augen und sagte: »Danach hat sie die Tür immer offen gelassen. *Jahrelang* hat sie die Tür offen gelassen.«

Seine Stimme wurde erneut flacher. »Als ich fünfzehn war, begann sie, mich zu rasieren, so dass ich überall so weich war wie sie, und wenn ich sie nachts zu sehr festhielt, wurde sie wahnsinnig. Manchmal, wenn ich geträumt hatte … musste ich das Laken verbrennen. Sie veränderte sich.«

Ich achtete darauf, meine Stimme weich und leise klingen zu lassen, und sagte: »Veränderte sich?«

»Eines Tages kam ich früher aus der Schule nach Hause. Aus dem Schlafzimmer kamen Geräusche. Ich dachte, er sei unterwegs. Also ging ich zur Tür.«

Jetzt rieb er sich die Brust, als bekäme er nur schwer Luft.

»Er war hinter ihr. Und ein anderer Mann, ein Fremder ... ich ging, ehe sie mich sah. Wartete draußen, unter der Veranda ...«

Unvermittelt verstummte er, und nach ein paar Herzschlägen sagte ich: »Unter der Veranda?«

»Bei meinen Büchern. Da hatte ich sie versteckt. Ich durfte nur im Haus lesen, wenn er da war. Sobald er weg war, sagte sie, sie wirkten sich störend auf unsere gemeinsame Zeit aus. Wenn sie mich mit einem erwischte, riss sie die Seiten raus.« Jetzt wusste ich, warum er so sorgsam mit seinen Büchern umging.

»Eine Stunde später, als die Männer über mir die Veranda überquerten, konnte ich immer noch ihren Duft an ihnen riechen. Sie gingen ein Bier trinken. Sie war drinnen – und *summte.*« Er schüttelte den Kopf. »Sie hätte nicht zulassen sollen, dass sie solche Dinge mit ihr taten. Sie war krank. Sie konnte nicht erkennen, dass es falsch war. Sie brauchte meine Hilfe.«

»Und das hast du getan? Ihr geholfen?«

»Ich musste sie retten, uns retten, ehe sie sich so veränderte, dass ich ihr nicht mehr helfen konnte, verstehst du?«

Ich verstand. Ich nickte.

Zufrieden fuhr er fort: »Eine Woche später war sie einkaufen, und ich bat ihn, einen Ausflug mit mir zu machen, damit ich ihm eine alte Mine oben im Wald zeigen konnte.« Er starrte hinunter auf das Messer im Hals des Hirsches. »Als sie nach Hause kam, sagte ich, dass er seine Siebensachen gepackt habe und gegangen sei, er habe jemand anders gefunden. Sie weinte, aber ich kümmerte mich um sie. Genau wie am Anfang, aber jetzt war es besser, weil ich sie nicht mehr teilen musste. Dann wurde sie krank, und ich tat alles, was sie wollte, alles, worum sie mich bat. Alles. Als sie immer kränker wurde und mich bat, sie zu töten, glaubte sie, ich würde es ohne Umstände tun. Aber ich wollte nicht. Ich konnte nicht. Sie bettelte und sagte, ich sei kein richtiger Mann, dass ein richtiger Mann es schaffen würde. Sie sagte, *er* hätte es getan, aber ich konnte einfach nicht.«

Während er erzählt hatte, war die Sonne verschwunden, und es begann zu schneien – ein feiner weißer Staub bedeckte den Hirsch und uns. Eine der blonden Strähnen war dem Psycho in die Stirn gefallen und kringelte sich, und seine Wimpern waren verklebt und glitzerten. Ich war mir nicht sicher, ob das am Schnee oder an Tränen lag, aber er sah aus wie ein Engel.

Meine Beine taten mir weh, weil ich zu lange in einer Stellung gekauert hatte, aber es war undenkbar, dass ich ihn bat, ob ich die Beine strecken durfte. Mein Körper verharrte zwar bewegungslos, aber meine Gedanken überschlugen sich.

Er schüttelte den Kopf und blickte vom Messer auf.

»Um deine Frage zu beantworten, Annie, es kann sich großartig anfühlen. Aber wir sollten besser weitermachen, sonst wittern die wilden Tiere noch das frische Blut und machen Jagd auf uns.« Jetzt klang seine Stimme heiter.

Einen Moment lang wusste ich nicht, von welcher Frage er sprach. Dann fiel es mir wieder ein. Ich hatte ihn gefragt, wie es sich anfühlte, jemanden zu töten.

Während ich weiterhin die Beine des Hirsches festhielt, steckte er die Hand in den Schlitz und hob vorsichtig den Magensack, etwa von der Größe eines Strandballs, in den Schnee. Er hing an etwas, das aussah wie eine Nabelschnur und in den Brustkorb hineinführte. Der Psycho zog das Messer aus dem Hals – es blieb einen Moment stecken und löste sich dann mit einem ploppenden Geräusch. Dann griff er damit in die Bauchhöhle und schnitt die inneren Organe heraus. Er ließ sie neben den Magensack fallen, als seien es Abfälle. Beim Geruch des rohen Fleischs kam mir die Galle hoch, aber ich würgte sie wieder herunter.

Er sagte: »Bleib hier«, und verschwand in einem großen Schuppen an der Seitenwand der Hütte. Innerhalb weniger Sekunden kehrte er mit einer kleinen Kettensäge und einem Stück Seil zurück. Mir stockte der Atem, als er sich neben den Kopf des Hirsches kniete. Die unberührte Stille der winterlichen Wildnis wurde vom Geräusch der Säge zerrissen, die sich durch den Hals des Tieres fraß. Ich wollte wegsehen, aber ich konnte es nicht. Er legte die Säge ab, hob das Messer auf und kam zur Rückseite des Hirsches. Als er nach mir griff, zuckte ich zusammen, was ihn zum Lachen brachte, aber er nahm mir nur die Beine aus der Hand. Dann schnitt er bei beiden Beinen mit dem Messer ein Loch durch die Ferse, gleich hinter der Achillessehne, und stopfte das Seil hindurch.

Wir zerrten den Kadaver zum Schuppen, jeder von uns zog an einem der Vorderbeine. Ich warf einen Blick zurück. Der Hirschkadaver hatte eine Blutspur und eine blutige Mulde im Schnee hinterlassen. Ich werde nie den traurigen Anblick vergessen, den der Kopf des Hirsches, sein Herz und die Eingeweide boten, die dort in der Kälte lagen.

Der Schuppen bestand aus solidem Metall – damit keine wilden Tiere eindrangen –, und an einer Wand stand eine große Gefriertruhe. Eine Maschine, die ich für einen Generator hielt, summte laut an der Rückwand, daneben war eine Pumpe, das musste der Brunnen sein. Sechs große Fässer mit der Aufschrift »Diesel« standen aufgereiht an der gegenüberliegenden Wand. Daneben stand ein Propangastank. Ich sah nirgends Feuerholz, woraus ich schloss, dass es woanders gelagert wurde. Die Luft roch nach einer Mischung aus Öl, Gas und Hirschblut.

Er warf das Seil, das er durch die Hinterläufe des Tieres gezogen hatte, über einen Querbalken an der Decke, dann zogen wir beide so lange daran, bis der Hirsch in der Luft hin und her schwang. Würde meine Leiche eines Tages ebenfalls hier hängen?

Ich dachte, wir hätten es geschafft, doch als er anfing, das Messer an einem Stein zu schärfen, begann ich, heftig zu zittern. Er begegnete meinem Blick, bewegte das Messer mit rhythmischen Bewegungen vor und zurück, während ein Lächeln seine Lippen umspielte. Nach einer Weile hielt er es in die Höhe.

»Was meinst du? Scharf genug?«

»Für … für was?«

Er kam auf mich zu. Ich hielt mir die Hände vor den Bauch. Unbeholfen stolperte ich in den Gummistiefeln zurück.

Er blieb stehen und sagte verwirrt: »Was ist los mit dir? Wir müssen ihn noch häuten.« Er schnitt um jeden Knöchel herum, dann nahm er ein Bein. »Steh nicht so dumm rum, nimm das andere Bein.« Wir zogen das Fell ab. Hin und wieder musste er das Gewebe mit dem Messer lösen, aber fast nur an den Beinen, und als wir am Rumpf angelangt waren, ließ es sich so leicht abpellen wie tote Haut nach einem Sonnenbrand.

Als das Fell abgelöst war, rollte er es zusammen und

steckte es in die Gefriertruhe. Dann musste ich mich draußen hinstellen, damit er mich sehen konnte, während er die Säge holte, sie zurück in den Schuppen brachte und abschloss. Ich fragte ihn, was wir mit den Innereien und dem Kopf machen würden, und er antwortete, er würde sich später darum kümmern.

Zurück in der Hütte, stellte er fest, dass ich zitterte, und befahl mir, mich neben den Ofen zu setzen, um mich aufzuwärmen. Unsere Unterhaltung schien ihn nicht weiter aufgeregt zu haben. Ich überlegte, ob ich ihn fragen sollte, ob er noch jemanden umgebracht hatte, aber allein bei der Vorstellung, was er antworten könnte, zog sich mein Magen zusammen. Stattdessen bat ich: »Bitte, darf ich mich waschen?«

»Ist es denn schon Zeit für dein Bad?«

»Nein, aber ich …«

»Dann kennst du die Antwort.«

Den Rest des Tages klebte das Hirschblut an mir. Es brachte meine Haut zum Kribbeln, aber ich versuchte, nicht daran zu denken – an Blut, tote Hirsche oder ermordete Väter. Ich konzentrierte mich nur auf das Feuer und beobachtete die tanzenden Flammen.

Später am Abend, als er schon fast eingeschlafen war, sagte er: »Ich mag Katzen.« Er *mochte* Katzen? Dieses mörderische sadistische Arschloch *mochte Katzen*? Ein hysterisches Kichern kroch in mir hoch, doch in der Dunkelheit presste ich die Hand auf den Mund.

11. Sitzung

Wissen Sie was, Doc, ich habe das Gefühl, dass ich meine Sache in letzter Zeit ziemlich gut mache. Gestern Nachmittag hätte ich mich am liebsten im Bett verkrochen, aber ich habe mir Emmas Leine geschnappt und bin mit ihr runter zum Strand, anstatt mit ihr wie üblich einen Ausflug nach oben in den Wald zu machen, wo wir so gut wie nie einer Menschenseele begegnen. Stattdessen waren wir regelrecht gesellig. Na ja, Emma war es – sie hat eine Schwäche für kleinere Hunde und muss jedes Mal anhalten und sie beschnüffeln. Bei den größeren hat sie mal Glück, mal Pech, aber zeigen Sie ihr einen Pudel, und sie ist im siebten Hundehimmel. Meistens habe ich es geschafft, jeden zwischenmenschlichen Kontakt zu verhindern, indem ich in die Ferne gestarrt habe oder auf die Hunde oder auf meine Füße, während ich an ihrer Leine zog, um Emma zur Eile zu bewegen. Aber als sie darauf bestand, mit einem Cockerspaniel Freundschaft zu schließen, blieb ich stehen und quatschte mit den Besitzern, einem älteren Ehepaar. Es war das typische Geschwafel unter

Hundebesitzern – wie heißt er? Timber. Und wie alt ist er? Aber verdammt, Doc, vor ein paar Wochen hätte ich die beiden eher ins Meer geschubst, als mit ihnen auch nur irgendwie zu kommunizieren.

Als ich zurückkam, musste ich zuerst noch bei meiner Mom wohnen, weil mein Haus vermietet war. Ich war vielleicht erleichtert, dass sie es nicht verkauft hatten! Das war nur eine weitere Lüge gewesen, die der Psycho mir aufgetischt hatte. Zum Glück war ich so paranoid gewesen, ich könnte das Haus verlieren, dass ich die gesamte Provision vom Verkauf eines Hauses auf ein extra Konto gepackt hatte, so dass ich ein Jahr lang die Kreditraten davon bezahlen konnte. Die Hypothekenbank hat einfach ihr Geld immer weiter abgebucht, Monat für Monat, und ich schätze, wenn irgendwann kein Geld mehr auf dem Konto gewesen wäre, hätten sie das Haus einfach zwangsversteigern lassen.

Ich fragte Mom, wo meine Sachen seien, und sie sagte: »Wir mussten alles verkaufen, Annie. Was glaubst du, wo wir das Geld für die Suche nach dir hergenommen haben? Die meisten Spenden sind in die Belohnung geflossen. Auch die Mieteinnahmen haben wir alle gebraucht.«

Sie machte keine Witze – sie hatten tatsächlich *alles* verkauft. Ich warte immer noch darauf, dass ich irgendeine Tussi in meiner Lederjacke herumlaufen sehe.

Mein Auto war nur geleast gewesen, und nachdem die Cops damit fertig waren, wanderte es sofort zurück zum Händler. Jetzt fahre ich diese Schrottkarre da draußen, bis ich herausgefunden habe, was ich will – ein schickes Auto kommt mir nicht mehr so wichtig vor.

Ich hatte einiges angespart, aber alle meine Rechnungen wurden direkt abgebucht, so dass nicht mehr viel davon übrig war. Mein Büro hatte Mom meine Honorarschecks von ein paar Verträgen gegeben, die ich kurz vor meiner Entführung abgeschlossen hatte, und sie hatte versucht, sie einzulösen, damit sie das Geld für die Belohnung zur Verfügung stellen konnten – die jetzt übrigens gespendet wurde –, aber man hat ihr das Geld nicht ausbezahlt, also hat sie es auf mein Konto eingezahlt. Zum Glück, sonst wäre echt alles zusammengebrochen.

Vor ein paar Tagen habe ich mit Emma auf dem Sofa geschmust, als das Telefon klingelte. Ich war nicht in der Stimmung, um mit irgendjemandem zu reden, aber ich sah Moms Nummer auf dem Display und wusste, dass sie es immer wieder probieren würde, wenn ich jetzt nicht ranginge.

»Wie geht's meiner Annie Bear heute?«

»Gut.« Ich wollte ihr sagen, dass ich müde war, weil in der Nacht zuvor – der fünften Nacht in Folge, die ich in meinem Bett verbringen wollte – ein Zweig an meinem Fenster gekratzt hatte, woraufhin ich den Rest der Nacht in meinem Schrank gekauert und mich gefragt hatte, ob ich mich jemals wieder sicher fühlen würde.

»Hör zu, ich habe großartige Neuigkeiten – Wayne hat eine *phantastische* Geschäftsidee. Ich kann dir noch keine Einzelheiten verraten, ehe alles abgeschlossen ist, aber er ist an einer richtig *großen* Sache dran.«

Man sollte meinen, dass sie endlich kapiert hätten, dass man aus Dreck kein Gold machen kann. Manchmal tat Wayne mir fast leid. Er ist kein schlechter Kerl, nicht einmal dumm, er ist einfach nur einer von diesen Typen, die unbedingt etwas sein wollen. Aber anstatt Gas zu geben und voranzukommen, ist er so beschäftigt damit zu versuchen, die schnellste Route dorthin herauszufinden, dass er am Ende nur im Kreis fährt.

Als ich ein Kind war, hat er mich ein paarmal mitgenommen, wenn er eine neue Geschäftsidee verkaufen wollte. Ich schämte mich für ihn – während er redete, stand es den Leuten bereits ins Gesicht geschrieben, und wenn sie versuchten, sich abzuwenden, sprach er eben lauter. In den ersten Tagen nach so einem Treffen lief er überglücklich im Haus rum, überprüfte tausendmal den Anrufbeantworter, und er und Mom tranken und prosteten einander zu. Keine seiner Ideen wurde jemals umgesetzt.

Hin und wieder tat er etwas, das mich auf den Gedanken brachte, dass er vielleicht doch kein totaler Loser war. Zum Beispiel als ich fünfzehn war, da gab es ein Konzert, auf das ich unbedingt gehen wollte, und ich sammelte ein ganzes Wochenende überall in der Stadt Altglas. Am Montag – dem einzigen Tag, an dem sie die Karten verkauften – brachte ich es fort, aber ich bekam längst nicht so viel zusammen, wie ich gebraucht hätte. Ich schloss mich in meinem Zimmer ein und weinte. Als ich schließlich wieder auftauchte, fand ich einen Briefumschlag unter meiner Tür mit Waynes Handschrift darauf und der Karte drin. Als ich versuchte, ihm zu danken, wurde er rot und sagte: »Mach dir keine Gedanken darüber!«

Sobald ich anfing, als Maklerin richtig gut zu verdienen, versuchte ich, ihnen unter die Arme zu greifen – neue Reifen, neuer Computer, neuer Kühlschrank, selbst Bargeld für die Einkäufe im Supermarkt bekamen sie von mir. Zuerst fühlte es sich gut an, ihnen helfen zu können, aber dann merkte ich, dass ich mein Geld genauso gut in ein tiefes Loch hätte werfen können – ein Loch, das geradewegs in der nächsten schwachsinnigen Geschäftsidee mündete. Nachdem ich mir das Haus gekauft hatte, konnte ich mir es nicht mehr leisten, ihnen so viel zu geben, also setzte ich mich hin und erklärte ihnen, wie man einen Finanzplan erstellt. Mom starrte mich nur an, als würde ich chinesisch reden. Inzwischen müssen sie es aber irgendwie hinbekommen haben, denn ihr Lebensstil hat sich nicht geändert.

Mom riss mich aus meinen Gedanken. »Du sagst ja gar nichts.«

»Tut mir leid. Ich wünsche ihm, dass es klappt.«

»Dieses Mal habe ich ein gutes Gefühl.«

»Das hast du letztes Mal auch gesagt.«

Sie schwieg einen Moment, dann sagte sie: »Deine negative Einstellung ist mir gar nicht recht, Annie. Nach allem, was der Mann für dich getan hat, nachdem du verschwunden warst – nach allem, was wir *beide* getan haben –, könntest du ruhig ein bisschen mehr Interesse zeigen. Das ist ja wohl das mindeste.«

»Tut mir leid, aber ich bin gerade nicht sonderlich gut aufgelegt.«

»Wenn du dein Haus hin und wieder mal verlassen würdest, anstatt den ganzen Tag nur Trübsal zu blasen, wärst du vielleicht auch am Telefon freundlicher.«

»Unwahrscheinlich. Wann immer ich versuche rauszugehen, stürzt sich ein schwachsinniger Reporter auf mich, ganz zu schweigen von den Hollywoodagenten mit ihren bescheuerten Angeboten.«

»Sie versuchen nur, ihren Lebensunterhalt zu verdienen, Annie. Und wenn diese Reporter, die du so sehr hasst, nicht für die Interviews zahlen würden, hättest du selbst nichts zum Leben, oder?«

Mom schafft es immer, dass ich mir richtig mies

vorkomme. Besonders, weil sie recht hat – diese Geier finanzieren tatsächlich meinen Lebensunterhalt, jetzt, wo meine Ersparnisse beinahe aufgebraucht sind. Aber ich habe mich immer noch nicht an den Ablauf gewöhnt oder daran, mich in den Zeitungen oder auf dem Bildschirm zu sehen. Mom bewahrt jeden Zeitungsausschnitt von jedem Interview auf – das war ihre Gelegenheit, ein Sammelalbum für mich anzulegen – und zeichnet jede Fernsehsendung auf. Sie hat mir Kopien gegeben, aber ich habe nur zwei von ihnen angeschaut und den Rest in die Schublade gestopft.

»Deine fünfzehn Minuten Ruhm sind fast vorbei, Annie. Was willst du dann machen, um an Geld zu kommen? Wovon willst du das Haus bezahlen?«

»Mir wird schon etwas einfallen.«

»Zum Beispiel?«

»Irgendwas, Mom, ich werde mir etwas überlegen.« Was *würde* ich machen? Mein Magen verkrampfte sich zu einem festen Klumpen.

»Vielleicht ist es gar nicht so eine schlechte Idee, mal mit einem Agenten zu reden. Womöglich können sie dir einen Vorschuss zahlen.«

»Du meinst, sie können sich selbst eine goldene Nase verdienen. Einer, mit dem ich gesprochen habe, wollte, dass ich alle Rechte abtrete – wenn ich auf ihn gehört hätte, hätten die Filmleute machen können, was immer ihnen einfällt.«

»Dann rede selbst mit einem Produzenten.«

»Ich will mit *keinem* von denen reden, Mom. Warum ist das so schwer zu begreifen?«

»Mein Gott, Annie, ich habe nur eine simple Frage gestellt, deswegen brauchst du mir doch nicht gleich den Kopf abzureißen.«

»Tut mir leid.« Ich holte tief Luft. »Vielleicht sollte ich öfter rausgehen. Wir reden besser über etwas anderes, ehe ich völlig durchdrehe.« Ich zwang mich zu einem Lachen. »Was macht dein Garten?«

Es gibt zwei Dinge, über die Mom liebend gern spricht – Gärtnern und Kochen. Beides beansprucht viel liebevolle Aufmerksamkeit, die meine Mutter schon immer leichter und verschwenderischer den Pflanzen und dem Essen entgegenbringen konnte als mir.

Ich erinnere mich, dass ich als Kind tatsächlich auf ihre Rosen eifersüchtig war – auf die Art, wie sie mit ihnen sprach, sie berührte, ständig nach ihnen sah, und wie stolz sie war, wenn eine von ihnen bei einem lokalen Wettbewerb ausgezeichnet wurde. Es war schon schlimm genug, dass ich eine Schwester hatte, die Preise gewann, ganz zu schweigen von einer Cousine, aber wie zum Teufel sollte ich mich mit *Rosen* messen? Manchmal fragte ich mich, ob es daran lag, dass sie sich bloß an Rezepte oder Pflanzanleitungen zu halten brauchte, und alles wurde so, wie sie es wollte – anders als bei den meisten anderen Dingen im Leben, vor allem Kindern.

Sie hat versucht, mir Kochen beizubringen, und ich wollte es lernen – aber mein Mangel an Talent wurde nur noch übertrumpft durch das absolute Fehlen eines grünen Daumens. Vor der Zeit auf dem Berg hatte nicht einmal eine verdammte Blumenampel eine ernsthafte Überlebenschance bei mir. Das hat sich dort oben geändert, als es Mitte April Frühling wurde und der Psycho mich nach draußen ließ, damit ich einen Garten anlegte.

Beim ersten Mal war ich etwa im siebten Monat schwanger, und meine Augen fühlten sich an, als würden sie vom Licht und der Schönheit des Frühlings explodieren. Als ich den ersten Zug der klaren Bergluft einatmete – seit Monaten hatte ich nichts als den Rauch des Holzfeuers und die Zedernholzwände gerochen –, kitzelte mich der Duft der sonnenbeschienenen Tannen, der Wildblumen und der moosbedeckten Erde unter meinen Füßen in der Nase. Ich wollte mich auf den Boden werfen und mein Gesicht darin vergraben. Am liebsten hätte ich sie *gegessen*!

Wenn ich mich weiter im Norden der Insel oder auf dem Festland befände, so nahm ich an, hätte wahrscheinlich überall noch Schnee gelegen, aber hier war es warm, und um mich herum wucherte es üppig. Das Grün hatte alle Schattierungen, die man sich vorstellen konnte – graugrün, smaragdgrün, piniengrün, moosgrün –, selbst die Luft *roch* grün. Ich konnte nicht sagen, ob es tröstlich war, dass ich so nah bei meinem Zuhause war oder ob es alles nur noch schlimmer machte.

Beim ersten Mal durfte ich mich nicht weit von der Hütte entfernen, aber er konnte mich nicht davon abhalten, alles mit meinen Blicken aufzusaugen. Die Bäume, die uns umgaben, standen so dicht, dass ich nicht erkennen konnte, ob es um uns herum noch weitere Berge gab. Ein paar Stellen der Lichtung waren mit Gras bewachsen, aber zum größten Teil war der Boden mit Moos und Steinen bedeckt. Es musste schwer gewesen sein, hier oben eine Klärgrube anzulegen, ganz zu schweigen einen Brunnen zu bohren, aber vielleicht bekamen wir das Wasser auch vom Fluss. Am Waldrand entdeckte ich ein paar Baumstümpfe, also hatte man hier in der Vergangenheit Holz geschlagen. Eine Straße konnte ich nicht sehen, aber ganz in der Nähe musste es eine Zufahrt geben.

Der Fluss verlief rechts von der Hütte – dort, wo auch die erhöhten Beete waren –, ein Stück den Abhang hinunter. Das Wasser hatte die Farbe von Jade. An manchen Stellen wurde die Strömung langsamer und das Wasser dunkelgrün, fast schwarz, so dass sich natürliche tiefe Badestellen bildeten.

Von außen sah die Hütte richtig niedlich aus, mit den geschlossenen Fensterläden und Blumenkästen davor. Zwei Schaukelstühle standen nebeneinander auf der überdachten Veranda. Vielleicht hatten ein Mann und seine Frau die Hütte vor Jahren gemeinsam erbaut. Ich dachte an diese Frau, der Blumenkästen vor den Fenstern gefielen und die Erde für den Garten herbeigeschafft hatte. Ich fragte mich, was sie wohl empfinden würde, wenn sie wüsste, wer jetzt in ihrer Hütte lebte.

Die Wehen setzten bei der Gartenarbeit ein. Er ließ mich nach draußen – natürlich nur unter seiner Aufsicht –, um das Gemüse zu wässern und Unkraut zu jäten. Das Gemüse gedieh prächtig, und ich hätte den ganzen Tag damit zubringen können, im Garten zu arbeiten. Es machte mir nicht einmal etwas aus, wenn er entschied, dass ich etwas nicht richtig gemacht hatte und ich alles noch einmal machen musste, denn das bedeutete nur, dass ich länger draußen bleiben durfte. Das Gefühl, im kühlen Dreck zu wühlen – den ich trotz der Handschuhe spürte, die er mich tragen ließ, um meine perfekten Nägel zu schonen –, und der Duft der frisch umgegrabenen Erde waren auf jeden Fall besser, als mit ihm zusammen in der Hütte eingesperrt zu sein.

Ich war ganz fasziniert davon, dass die kleinen Samen, die ich pflanzte, zu Karotten, Tomaten und Bohnen heranwuchsen, während ich in meinem Bauch meine eigene Frucht heranzog. Genau genommen war es auch seine, aber diesen Gedanken ließ ich nicht zu. Ich wurde ziemlich gut darin, nicht über bestimmte Dinge nachzudenken.

Das Einzige, das ich anscheinend niemals aufgeben konnte, war meine Sehnsucht nach einfachen, liebevollen Berührungen. Ich hatte nicht gewusst, wie wesentlich es für mein Wohlbefinden war, bis ich keine Emma mehr zum Kuscheln, keinen Luke zum Schmusen hatte und selbst auf die seltenen Umarmungen meiner Mom verzichten musste. Zuneigung schien meiner Mom immer erst im Nachhinein einzufallen, es sei denn, sie setzte sie als Belohnung ein, weswegen ich stets das Gefühl hatte, manipuliert zu werden, und mich über mich ärgerte, weil ich ihre Wärme so sehr wollte.

Nur wenn ich krank war, hatte Mom nicht mit Berührungen gegeizt. Sie zerrte mich überall hin, sprach mit Ärzten und Apothekern mit peinlicher Genauigkeit über jedes Symptom, wobei sie den Arm um meine Schulter legte und ihre kleinen Hände auf meine Stirn presste. Ich sagte nie etwas, es gefiel mir viel zu gut. Sie schlief sogar bei mir, wenn ich krank war, und bis heute erinnert mich der Geruch von Wick VapoRub an ihren warmen Körper neben mir, der sich so tröstlich und zuverlässig anfühlte.

Wann immer der Psycho an mir vorbeikam, nahm er mich in die Arme, tätschelte meinen Bauch oder streichelte meinen Rücken, und er legte immer noch jeden Abend die Arme um mich. Am Anfang ekelten diese Berührungen mich an, aber als die Monate verstrichen, konnte ich meine Gefühle so weit ausschalten, dass ich seine Umarmung erwidern konnte, ohne etwas dabei zu empfinden. Zu anderen Zeiten war die Sehnsucht nach Berührung so groß, dass ich mich an ihn lehnte, wenn er mich umklammerte, und mir mit festgeschlossenen Augen einredete, er sei jemand, den ich liebte. Ich hasste mich selbst dafür.

Ich wunderte mich, dass seine Haut nicht den Gestank seiner verrotteten Seele verströmte. Manchmal fing ich den Duft des Waschmittels auf, das wir benutzten, eine biologisch abbaubare Marke. Der frische Geruch hing in seinen Kleidern, und ein paar Minuten nach der Dusche konnte ich den leichten Duft der Seife an seinen Händen und seiner Haut riechen, doch der verflog rasch. Selbst wenn er gearbeitet hatte, konnte ich die Welt draußen nicht an ihm riechen. Er roch nie nach frischer Luft, nach Gras, Harz, Tannennadeln, nach irgendetwas – nicht einmal nach Schweiß. Selbst die Duftpartikel mochten ihn nicht berühren.

Jeden Tag musste das Wasser für den Garten mit dem Eimer vom Fluss heraufgebracht werden, aber es machte mir nichts aus, weil ich dann meine Hände in das kühle Nass tauchen und mir das Gesicht abspülen konnte. Es war beinah Mitte Juni, und ich nahm an, dass ich fast im neunten Monat sein musste, aber ich war so kugelrund, dass ich mich manchmal fragte, ob ich nicht vielleicht schon über den Termin hinaus war. Ich wusste nicht, wann genau ich schwanger geworden war, so dass es schwierig zu berechnen war. An diesem bestimmten Tag schleppte ich einen großen Eimer den Hügel hinauf und wollte ihn gerade hochheben, um das Wasser über die Pflanzen zu gießen, aber es war ein warmer Tag, und ich hatte schwer gearbeitet, so dass mir der Schweiß in die Augen lief. Ich setzte den Eimer wieder ab, um Luft zu schöpfen.

Während ich mir mit einer Hand den Rücken massierte, spürte ich einen krampfartigen Schmerz in meinem Bauch. Ich ignorierte ihn zunächst und versuchte, den Eimer hochzuheben. Der Schmerz traf mich erneut, dieses Mal heftiger. Ich wusste, dass er sauer werden würde, wenn ich meine Pflichten nicht erledigte, also holte ich tief Luft und wässerte das Beet.

Als ich damit fertig war, ging ich zu ihm auf die Veranda, wo er gerade ein Brett befestigte, und sagte: »Es ist so weit.« Wir gingen hinein, doch zuvor überprüfte er, ob alle Pflanzen genug Wasser bekommen hatten. Kaum hatten wir die Hütte betreten, hatte ich das Gefühl zu zerfließen, ein merkwürdig erleichterndes Gefühl des Loslassens, und dann rann warme Flüssigkeit an meinen Beinen herunter auf den Boden.

Der Psycho hatte alle Bücher mit mir zusammen

gelesen, also wusste er, was geschehen würde, aber er verzog entsetzt das Gesicht und blieb wie angewurzelt an der Tür stehen. Ich stand in einer Pfütze von etwas, das an meinen Beinen heruntertropfte, und wartete darauf, dass er mich deswegen anschnauzen würde. Doch als die Farbe aus seinem Gesicht wich, begriff ich, dass ich darauf wohl lange warten konnte. Obwohl ich selbst zu Tode erschrocken war, musste ich ihn beruhigen. Ich brauchte seine Hilfe.

»Das ist vollkommen normal – eine ganz gesunde körperliche Reaktion –, alles wird gutgehen.« Er begann sich zu bewegen, einen Schritt in die Hütte hinein, dann raus, dann wieder hinein. Ich musste ihn dazu bringen, sich zu konzentrieren.

»Kann ich ein Bad nehmen?« Bäder halfen bei Menstruationskrämpfen, und ich nahm an, dass ich noch genügend Zeit hätte – die Wehen kamen noch nicht sehr schnell nacheinander. Er blieb stehen und starrte mich mit wildem Blick an.

»Ist das in Ordnung? Ich glaube, es würde helfen.« Noch immer sprachlos rannte er ins Badezimmer und ließ ein Bad für mich einlaufen. Ich hatte das Gefühl, in diesem Moment hätte er zu allem ja gesagt.

»Mach es nicht zu heiß. Ich weiß nicht, ob Hitze gut ist für das Baby.« Als die Wanne voll war, ließ ich meinen gewaltigen Körper in das warme Wasser gleiten.

Der Psycho lehnte sich gegen das Waschbecken,

sein Blick huschte überall herum, erfasste alles außer mir. Er ballte die Hände zu Fäusten und lockerte sie wieder, als würden sie nach Luft schnappen. Dieser Kontrollfreak stand zitternd da und brachte keinen Ton heraus, wie ein Teenager bei seinem ersten Date.

Mit freundlicher, ruhiger Stimme sagte ich: »Du musst für mich das Bettzeug vom Bett ziehen und ein paar Handtücher darauflegen. Okay?«

Er stürzte aus dem Raum, dann hörte ich, wie er im Schlafbereich herumfuhrwerkte. Um mich zu beruhigen, versuchte ich mich an alles zu erinnern, was ich in den Büchern gelesen hatte, und konzentrierte mich auf meine Atmung anstatt auf den Gedanken, dass ich in einer Berghütte niederkommen würde, mit keinem anderen Beistand als einem ausgeflippten Irren. Ich konzentrierte mich auf die Wassertropfen am Badewannenrand und zählte die Sekunden, die sie zum Herunterlaufen brauchten. Als das Wasser lauwarm, beinahe kalt war und die Wehen schneller aufeinanderfolgten, rief ich nach ihm – er hatte sich draußen im Schlafbereich versteckt.

Mit seiner Hilfe stieg ich aus der Badewanne und trocknete mich ab. Die Wehen waren inzwischen heftig und häufig, und ich musste mich auf ihn stützen, um nicht zu fallen. Als wir zum Bett gingen, stolperte ich und packte seinen Arm, während ein weißglühender Schmerz meinen Bauch zerriss. In der Hütte war es kalt, und ich bekam eine Gänsehaut.

»Hast du Lust, den Ofen anzumachen, während ich mich hinlege?«

Nachdem ich mich vorsichtig hingelegt und ein Kissen hinter meine Schultern gestopft hatte, erinnerte ich mich an nicht sehr viel anderes als an die heftigen Schmerzen – den meisten Frauen werden Medikamente angeboten, und glauben Sie mir, ich hätte sofort zugegriffen. Der Psycho benahm sich wie der Ehemann in einer Fernsehkomödie, lief hin und her, wusste nicht, wohin mit den Händen und hielt sich jedes Mal, wenn ich schrie, die Ohren zu – was ziemlich oft vorkam. Während ich mich im Bett krümmte und in das verdammte Kissen biss, hockte er in der Ecke, den Kopf zwischen die Knie geklemmt. Er verließ sogar eine Zeitlang die Hütte, aber ich begann so laut »Hilfe!« zu schreien, dass er zurückkam.

In allen Büchern hieß es, dass ich erst beginnen sollte zu pressen, sobald ich spürte, dass ich kurz davor war, aber zum Teufel, jede Faser meines Körpers drängte mich, *ständig* zu pressen. Ich stützte mich mit dem Rücken gegen die Wand und drückte so kräftig dagegen, dass ich mir am Holz den Rücken aufgekratzt haben musste. Mit den Händen auf den Knien spreizte ich die Beine, biss die Zähne zusammen und presste. Wenn ich atmen konnte, kommandierte ich ihn herum. Je beherrschter ich war, desto ruhiger schien er zu werden. Wobei Beherrschung relativ ist, wenn man bedenkt, dass ich schweißbedeckt war und jede Anweisung zwischen zwei Wehen herausschrie.

An große Teile der eigentlichen Geburt kann ich mich nur noch vage erinnern, aber ich glaube, ich lag ein paar Stunden in den Wehen – eine glückliche Erstlingsgeburt und eines der wenigen Dinge auf dem Berg, für die ich dankbar bin. Ich erinnere mich, dass ich ihn dazu gebracht habe, sich zwischen meine Beine zu kauern und dem Baby herauszuhelfen. Er war blass und sein Gesicht schweißbedeckt, und ich fragte mich, warum zum Teufel er eigentlich so schwitzte, schließlich erledigte ich die ganze Arbeit. Ich kümmerte mich einen Dreck um seine Gefühle oder meine – ich wollte nur dieses Ding aus mir raushaben.

Als das Baby schließlich kam, tat es höllenmäßig weh, aber gleichzeitig fühlte es sich unglaublich gut an. Mit verschwommenem Blick, weil mir der Schweiß in die Augen lief, sah ich flüchtig, wie der Psycho das Baby weit von sich weg in die Luft hielt, wie er es mit meinen Stofffetzen gemacht hatte. Mist, er wusste nicht, was er als Nächstes tun sollte. Und das Baby hatte noch nicht geschrien.

»Du musst ihm das Gesicht sauberwischen und es auf meinen Bauch legen.«

Ich schloss die Augen und ließ meinen Kopf zur Seite rollen.

Das winzige Wimmern wurde zu einem richtig lauten Geschrei, und ich riss die Augen auf. Gott, was für ein unglaubliches Geräusch! Es war das erste lebende Wesen, das ich außer ihm seit mehr als neun Monaten hörte, und ich begann zu weinen. Als ich die Arme hob, reichte er mir rasch das Baby, als sei er froh, sich der Verantwortung entledigen zu können.

Ein Mädchen. Ich hatte nicht einmal daran gedacht zu fragen. Ein schleimiges, blutiges, nasses, verschrumpeltes Mädchen. Nie zuvor hatte ich etwas Schöneres gesehen.

»Hallo, Kleines, willkommen in der Welt«, sagte ich. »Ich liebe dich«, flüsterte ich ihr zu und küsste sie sanft auf die Stirn.

Ich blickte auf, und er starrte zu uns herunter. Er sah nicht länger entsetzt aus, sondern stocksauer. Dann drehte er sich um und verließ die Hütte.

Sobald er verschwunden war, kam die Nachgeburt. Ich versuchte, im Bett weiter nach oben zu rutschen, um aus der Nässe herauszukommen, aber ich saß bereits direkt an der Wand, und als ich versuchte, zur Seite zu rutschen, schmerzte jede Bewegung. Also lag ich erschöpft, mit dem Baby auf dem Bauch, in der klebrigen Masse. Die Nabelschnur musste durchgeschnitten werden. Wenn er nicht bald zurückkäme, musste ich versuchen, sie durchzubeißen.

Während ich wartete, untersuchte ich sie und

zählte ihre Finger und Zehen. Sie war so klein und zart, und obwohl ihr dunkles Haar fast lächerlich weich und seidig war, hatte es genau dieselbe Farbe wie meins. Ab und zu wimmerte sie, doch dann rieb ich ihr mit dem Daumen über die Wange, und sie wurde wieder ruhig.

Nach etwa fünf Minuten kam er zurück, und als er auf mich zukam, war ich froh, dass er nicht länger wütend aussah, sondern nur desinteressiert. Dann wandte ich den Blick von seinem Gesicht ab und sah das Jagdmesser in seiner Hand.

Das Desinteresse wurde zu Entsetzen, als er die Nachgeburt zwischen meinen Beinen sah.

»Ich muss die Nabelschnur durchschneiden«, sagte ich. Aber er blieb stocksteif stehen.

Langsam streckte ich meine freie Hand aus, und genauso langsam reichte er mir das Messer.

Ich hob das Baby hoch, um die Nabelschnur zu durchtrennen. Kaum war ich damit fertig, da begann sie zu quäken, und dieses Geräusch riss den Psycho aus seiner Trance. Seine Hand schoss nach vorn und riss mein Handgelenk zurück, bis das Messer auf das Bett fiel.

»Ich wollte es zurückgeben.«

Er griff danach und beugte sich zu mir. Ich packte das Baby und versuchte, mich im Bett zusammenzukrümmen. Er hielt inne. Ich rührte mich nicht. Ohne den Blickkontakt abzubrechen, wischte er das Messer mit einem Handtuchzipfel ab. Er hielt das Messer ins Licht, nickte und ging dann in die Küche.

Er half mir, mich zur Seite zu drehen, und bezog das Bett neu. Während er die Utensilien wegräumte, versuchte ich, ihr einen Nippel in den Mund zu schieben, aber sie nahm ihn nicht. Ich versuchte es noch einmal, mit demselben Ergebnis. Tränen brannten mir in den Augen, und ich musste schlucken. In den Büchern hatte ich gelesen, dass sie manchmal eine Weile brauchen, also versuchte ich es nach einiger Zeit noch einmal. Als ich ihr dieses Mal den Nippel in den Mund schob, kam eine wasserähnliche, gelbe Flüssigkeit heraus. Ihr kleiner rosenförmiger Mund öffnete sich, und endlich begann sie zu saugen.

Mit einem Seufzer der Erleichterung blickte ich auf, gerade als der Psycho mit einem Glas Wasser und einer Babydecke zum Bett kam. Ganz auf seine Aufgabe konzentriert, schaute er mich nicht an, ehe er das Wasser auf den Nachttisch gestellt hatte. Als er mich schließlich ansah, fiel sein Blick geradewegs auf das Baby, das an meiner nackten Brust trank. Er errötete und wandte hastig den Blick ab. Die Augen starr auf die Wand gerichtet, warf er mir die Decke zu und sagte: »Bedeck dich damit.«

Ich legte die Decke über meine Schultern und das Baby, gerade als es ein lautes schmatzendes Geräusch machte.

Er trat ein paar Schritte zurück, dann drehte er

sich abrupt um und ging ins Badezimmer. Bald darauf hörte ich, wie die Dusche angestellt wurde. Das Wasser rauschte sehr lange.

Als er zurückkam, war er still. Er stand am Fußende des Bettes und starrte mich ein paar Minuten an. Ich hatte gelernt, ihm nicht in die Augen zu schauen, wenn er in solch einer Stimmung war, also tat ich, als würde ich dösen. Ich konnte ihn immer noch durch die Wimpern erkennen. Ich kannte seinen Gesichtsausdruck, wenn er sauer war, seinen Ich-werde-dir-weh-tun-Blick, und ich hatte erlebt, wie er vollkommen dichtmachte, aber das hier war anders. Er sah nachdenklich aus.

Ich schloss meine Tochter fest in die Arme.

12. Sitzung

Heute bin ich total merkwürdig drauf, Doc. Bin nervös, mache mir über alles Mögliche Gedanken, suche nach Antworten, nach Gründen, nach irgendetwas, an das ich mich klammern könnte, an etwas *Wahrhaftiges*, aber immer, wenn ich denke, ich hab's und es gerade fein säuberlich unter »erledigt« anstatt unter »am Arsch« abheften will, stellt sich heraus, dass ich immer noch zerstört, zerstreut und zertrümmert bin. Aber wahrscheinlich ist Ihnen das auch schon aufgefallen. Zumindest Ihre Praxis wirkt ehrlich. Regale aus echtem Holz, ein echter Holzschreibtisch, echte indianische Masken an der Wand. Hier drin kann auch ich aufrichtig sein, weil ich weiß, dass Sie den Leuten nichts über mich erzählen können, aber ich frage mich, ob Sie, wenn Sie mit Ihren Therapeutenfreunden herumsitzen und sich unterhalten, worüber Leute wie Sie sich eben so unterhalten, nicht einfach mit allem rausplatzen wollen … Nein, vergessen Sie, was ich gesagt habe. Sie sehen aus, als hätten Sie den Beruf ergriffen, weil Sie den Menschen aufrichtig helfen wollen.

Vielleicht können Sie mir nicht helfen. Das macht mich traurig, aber nicht um meinetwillen, sondern um Ihretwillen. Für eine Therapeutin muss es frustrierend sein, einen Patienten zu haben, dem nicht mehr zu helfen ist. Dieser erste Therapeut, zu dem ich gegangen bin, als ich nach Clayton Falls zurückkam, sagte mir, dass niemand ein aussichtsloser Fall sei, aber ich glaube, das ist Schwachsinn. Ich glaube, dass Menschen so fertig und so gebrochen sein können, dass sie niemals wieder zu mehr werden können als dem Bruchstück einer ganzen Person.

Ich frage mich, wann das dem Psycho passiert ist. Was der entscheidende Moment war – der Moment, in dem jemand ihn endgültig zertreten und damit unser beider Leben ruiniert hat. War es, als seine leibliche Mutter ihn verlassen hat? Wäre er zu retten gewesen, wenn er eine nette Pflegefamilie gehabt hätte? Hätte er womöglich niemals jemanden getötet oder mich verschleppt, wenn seine Adoptivmutter nicht selbst ein Psycho gewesen wäre? Ist es schon im Mutterleib passiert? Hatte er jemals eine Chance? Hatte ich eine?

Einerseits war er der Psychopath, der Typ, der mich entführt, geschlagen und vergewaltigt hat, der seine sadistischen Spielchen mit mir getrieben und mir Angst gemacht hat. Aber manchmal, wenn er nachdenklich war oder glücklich oder aufgeregt, wenn sein Gesicht sich aufhellte, dann sah ich den Mann, der er hätte sein können. Dieser Typ hätte vielleicht eine

Familie gehabt und seiner Tochter das Fahrradfahren beigebracht und aus Luftballons Tiere für sie gebastelt, verstehen Sie, was ich meine? Mein Gott, vielleicht wäre er Arzt geworden und hätte anderen Menschen das Leben gerettet.

Nachdem mein Kind geboren worden war, empfand ich manchmal mütterliche Gefühle ihm gegenüber, und in diesen flüchtigen Momenten, wenn ich seine andere Seite sah, wollte ich es aus ihm herauskitzeln. Ich wollte ihm helfen, wollte ihn *heilen*. Aber dann fiel es mir wieder ein. Er war ein kleiner Junge am Rand eines Heufeldes, ein brennendes Streichholz in der Hand, und er brauchte keinen Vorwand, um es fallen zu lassen.

Gleich nachdem das Baby geboren worden war, warf mir der Psycho ein paar Stoffwindeln zu, außerdem Strampelanzüge und Decken. Fast eine Woche lang sprach er kaum mit mir, außer um mir zu sagen, was ich zu tun hatte – er ließ mich nur zwei Tage im Bett ausruhen. Am ersten Tag, als ich wieder auf den Beinen war, wurde mir beim Abwaschen schwindelig, und er erlaubte mir, mich einige Minuten hinzusetzen, aber danach musste ich alles noch einmal abwaschen, weil das Wasser kalt geworden war. Beim nächsten Mal lehnte ich mich nur an die Spüle und schloss die Augen, bis das Schwindelgefühl vorüberging.

Nie fasste er das Baby an, doch wenn ich sie wickelte oder badete, passte er genau den Moment ab, um mir etwas anderes zu tun zu geben. Wenn ich ihre Wäsche zusammenlegte, musste ich zuerst seine fertig machen. Einmal, als ich sie gerade füttern wollte, während unser Abendessen auf dem Herd köchelte, zwang er mich, sie wieder hinzulegen und ihn zu bedienen. Nur wenn ich sie stillte, ließ er uns in Ruhe. Ohne genau zu wissen, was ihn so wütend machte, nahm ich sie auf den Arm und beruhigte sie, sobald sie auch nur den leisesten Pieps von sich gab, doch sein Blick wurde finster, und sein Kiefer verspannte sich. Er erinnerte mich an eine Viper, die darauf wartete, zuschnappen zu können, und während ich mein Kind tröstete, vibrierte ich innerlich vor Furcht.

Als sie ein paar Tage alt war, hatte er noch immer kein Wort darüber verloren, wie sie heißen sollte, also fragte ich ihn, ob ich ihr einen Namen geben dürfte.

Er warf ihr einen Blick zu, wie sie in meinem Arm lag, und sagte: »Nein«, doch später flüsterte ich ihr einen geheimen Namen in das winzige Ohr. Das war alles, was ich ihr geben konnte.

Ich konnte nicht aufhören darüber nachzudenken, wie er mit seiner Eifersucht und Abneigung gegenüber seinem Adoptivvater umgegangen war. Wenn er in der Hütte war, achtete ich darauf, dass ich so tat, als wäre mir das Baby gleichgültig und als würde ich mich nur um das Nötigste kümmern – glücklicherweise war sie ein zufriedenes und fröhliches Baby, das nicht viel jammerte. Doch sobald er zur Arbeit nach draußen ging, nahm ich sie von der Decke und betrachtete jedes Fitzelchen von ihr, erstaunt, dass sie aus meinem Bauch gekommen war.

Wenn ich die Umstände bedachte, unter denen ich sie empfangen hatte, war ich überrascht, zu wie viel Liebe meiner Tochter gegenüber ich fähig war. Mit den Fingerspitzen zeichnete ich ihre Äderchen nach, staunte darüber, dass mein Blut in ihren Adern floss, und sie zuckte nie zurück. Ihre kleinen Ohren waren perfekt, um Schlaflieder hineinzusingen, und manchmal hielt ich einfach nur meine Nase an ihren Hals und sog ihren frischen und süßen Duft ein, das Reinste, was ich je gerochen habe. An ihrem pummeligen rechten Knie hatte sie ein winziges Muttermal, einen kaffeefarbenen Halbmond, und ich liebte es, sie dort zu küssen. Jedes zarte Stückchen von ihr ließ mein Herz zittern, und ich empfand den überwältigenden Drang, sie zu beschützen. Die Intensität meiner Gefühle erschreckte mich, und zusammen mit meiner Liebe wuchs die Furcht.

Der Psycho badete mich immer noch jeden Abend, doch sie durfte nie mit in die Badewanne, und nie berührte er meine Brüste. Nach dem Bad stillte ich sie auf dem Bett, während er das Badezimmer putzte.

Wenn sie satt war, legte ich sie in das Bettchen, das er für sie an das Fußende unseres Bettes gestellt hatte – es war nur ein Weidenkorb mit ein paar Decken darin, wie ein Hundekorb, aber das schien ihr nichts auszumachen.

Ich erinnerte mich daran, dass ein paar meiner Freunde, die bereits Eltern waren, sich darüber beschwert hatten, dass sie am Anfang keinen Schlaf bekommen hätten, und mir erging es nicht anders. Aber nicht wegen des Babys – sie wachte nachts nur einmal auf –, sondern weil ich solche Angst hatte, was er tun würde, wenn sie ihn aufweckte, dass ich wach blieb und auf das leiseste Geräusch oder die kleinste Unregelmäßigkeit in ihrem Atmen lauschte. Ich wurde geschickt darin, beim ersten Anzeichen, dass sie aufwachte, so vorsichtig zum Fußende zu rutschen, dass er nicht merkte, dass mein Gewicht die Matratze nicht länger eindrückte. Wie eine Hündin, die ihre Welpen säugt, hängte ich meine Brust über den Rand und stillte sie. Wenn er sich bewegte oder irgendein Geräusch machte, lag ich mit pochendem Herzen vollkommen still und fragte mich, ob sie meinen Puls durch meine Brust wahrnahm. Sobald sein Atem wieder gleichmäßig ging, glitt ich wieder nach oben.

Nachdem ich sie hingelegt hatte und wir ins Bett gingen, untersuchte er mich und cremte mich vorsichtig an den intimsten Stellen ein. Wenn ich zusammenzuckte, hielt er inne, gab beruhigende Geräusche von sich und machte ein mitfühlendes Gesicht. Er sagte, wir müssten sechs Wochen warten, ehe wir wieder »Liebe machen« könnten. Das Eincremen war weniger schmerzhaft als Geschlechtsverkehr mit ihm, aber beunruhigender. Manchmal konnte ich mich tatsächlich dazu zwingen, keine Reaktion zu zeigen, obwohl es weh tat, wenn er mich eincremte, so dass er weitermachte. Schmerzen waren für mich normal geworden.

Als sie etwas mehr als eine Woche alt war, war ich gerade am Kochen und brauchte dazu beide Hände, also wollte ich sie in ihren Korb legen. Unvermittelt stand er vor mir und sagte: »Ich nehme sie.« Mein Blick sprang zwischen ihm und dem sicheren Korb – ich stand ganz dicht dran – hin und her, doch ich wagte nicht, mich ihm zu verweigern. Nachdem ich sie ihm vorsichtig in den Arm gelegt hatte, spazierte er mit ihr umher, und mein Herz hämmerte mir in der Kehle. Er setzte sich ans Ende des Bettes.

Sie begann zu wimmern, und ich ließ fallen, was ich in der Hand hatte, und stellte mich vor ihn.

»Tut mir leid, dass sie dich gestört hat – ich lege sie in ihr Bettchen.«

»Kein Problem.« Er ließ sie in seinen Armen auf und ab wippen und sagte: »Sie weiß, dass ich ihr Vater bin, und wird ein braves Mädchen für mich sein, nicht wahr?« Sie wurde ruhig, und er lächelte.

Ich kehrte zum Herd zurück, aber meine Hände zitterten so heftig, dass ich kaum im Topf rühren konnte – immer wieder drehte ich mich um, um Gewürze zu holen, damit ich ein Auge auf die beiden haben konnte.

Zuerst starrte er nur auf sie herunter, doch dann wickelte er sie aus der Decke und zog ihr den Strampelanzug aus, so dass sie nur in ihrer Windel auf seinem Schoß lag. Ich hatte Angst, dass sie womöglich anfangen könnte zu brüllen, aber sie wackelte in der kühlen Luft nur mit den Armen und Beinen. Er inspizierte sie, packte einen Arm und bog ihn langsam nach hinten. Obwohl er dabei nicht brutal vorging, verkrampfte ich mich am ganzen Körper, weil ich darauf wartete, dass ihr Weinen den Raum füllte, aber sie blieb ruhig. Er machte dasselbe mit ihrem anderen Arm und den Beinen – es war, als hätte er nie zuvor ein Baby gesehen.

Sein Gesicht war ruhig, die Miene eher neugierig als irgendetwas anderes, und er war vorsichtig, als er ihr etwas Sabber vom Kinn wischte. Er lächelte sogar, aber der Drang, zu ihm zu gehen und sie ihm aus den Armen zu reißen, war gewaltig. Nur die Angst vor den Konsequenzen hielt mich zurück. Endlich war das Abendessen fertig, und mit weichen Knien ging ich zu ihnen, streckte die Arme nach ihr aus und sagte: »Dein Essen ist fertig.«

Das ließ er sich nicht zweimal sagen, und als er sie

mir zuwarf, tauchte ein Ausdruck in seinem Gesicht auf, den ich noch nie zuvor gesehen hatte. Er ließ sie los. Den Bruchteil einer Sekunde schien sie in der Luft zu schweben, dann fiel sie. Ich stürzte nach vorn und fing sie auf, kurz bevor sie auf den Boden aufschlug. Mein Herz hämmerte so heftig, dass es weh tat, als ich sie an mich drückte. Er lächelte und stand auf, um zu essen, wobei er leise eine Melodie summte.

Zwischen zwei Bissen hielt er inne und sagte: »Ihr Name ist Juliet.« Ich nickte, aber auf keinen Fall würde ich sie so nennen wie seine verrückte Mom. Insgeheim sprach ich sie mit ihrem geheimen Namen an, und außer Ihnen habe ich keinem Menschen erzählt, wie er sie genannt hat.

Danach nahm er sie öfter, üblicherweise, wenn ich etwas zu tun hatte, wie Wäschewaschen oder Saubermachen. Er saß immer mit ihr auf dem Bett, drehte sie auf den Bauch und bog ihre Arme und Beine zurück. Sie wimmerte nie, weshalb ich denke, dass er ihr nicht weh getan hat, aber ich wollte immer noch hinüberrennen und sie an mich reißen – nur das Wissen, dass er ihr weh tun könnte, um mich zu bestrafen, hielt mich zurück.

Schließlich legte er sie zurück in ihren Korb, doch einmal ließ er sie einfach an der Bettkante liegen wie ein Spielzeug, das ihm zu langweilig geworden war. Jedes Mal, wenn er sich ihr näherte, brach ich am ganzen Körper in kalten Schweiß aus.

Wenn ich im Garten arbeitete, erlaubte er mir, sie mit nach draußen zu nehmen. Dann hüllte ich sie in eine Decke, die ich um den Hals trug. Ich liebte es, mit ihr im Freien zu sein, das Gemüse, das ich ausgesät hatte, wachsen zu sehen, die von der Sonne erwärmte Erde zu riechen oder einfach nur mit den Händen über den weichen Flaum auf dem Kopf meines Babys zu streichen. Zu sagen, dass ich dort oben so etwas wie Glück empfand, fühlt sich falsch an, weil es ist, als würde ich sagen, es sei in Ordnung gewesen – dabei war es nie in Ordnung. Aber mit meinem Baby war ich zumindest jeden Tag eine Zeitlang unbeschwert.

Der Psycho ließ mich nie nach draußen, solange er nicht ebenfalls außerhalb der Hütte arbeitete, aber für gewöhnlich hatte er immer etwas zu tun. Er hackte Holz, machte die Fensterläden wetterfest, beizte ein paar Holzklötze, so dass ich oft nach draußen kam. Er wollte, dass ich die Schaukelstühle auf der Veranda frisch anstrich, und ich nahm sie mit hinunter zum Fluss, wo ich an ihnen arbeitete, während ich mit meiner Tochter zusammen die Sonne genoss.

Wenn er mit mir zufrieden war, ließ er mich einfach am Fluss sitzen, sobald ich meine Pflichten erledigt hatte. Das waren gute Tage, Tage, an denen ich wünschte, ich hätte einen Skizzenblock gehabt, um den Kontrast zwischen der milchig weißen Haut meiner Tochter und ihren smaragdgrünen Augen festzuhalten oder die Art, wie sie das Gesicht verzog, wenn eine Ameise auf ihr herumkrabbelte. Beim Anblick der Weidenröschen in voller Blüte, des Sonnenlichts, das auf dem Fluss tanzte, und der Spiegelungen der Tannen auf der Wasseroberfläche juckte es mich in den Fingern, diese Bilder zu malen. Ich glaubte, wenn ich all diese Schönheit auf Papier bannen könnte, würde ich mich immer daran erinnern können, dass es noch eine Welt da draußen gab, wenn die Dinge in der Hütte zu schlecht wurden, doch als ich den Psycho um einen Skizzenblock bat, sagte er nein.

Weil es warm war, musste ich alle paar Tage die Wäsche am Fluss waschen – er legte großen Wert darauf, Wasser zu sparen. Das dämliche Bad, das ich jeden Abend nehmen musste, verbrauchte literweise Wasser, aber ich sagte nie ein Wort. Es gefiel mir, dass die Kleidung hinterher nach Flusswasser und Sonne roch. Ein Seil, das vom Apfelbaum, den jemand vor Jahren gepflanzt haben musste, bis zur Hütte gespannt war, diente uns als Wäscheleine. Der Psycho und ich, wahre Pioniere.

Das erste Mal bemerkte ich die Wildente, als das Baby ein paar Tage alt war. Sie schwamm am Rand des Flusses herum, wo das Wasser langsamer floss. Manchmal gesellten sich andere Enten hinzu, aber normalerweise war sie allein. Wenn der Psycho nicht in meine Richtung schaute, hielt ich bei meiner Tätigkeit inne und bewunderte die Ente. Die ersten paar Male, wenn ich zum Fluss hinunterging, um Wäsche zu waschen oder einfach nur am Ufer zu sitzen, flog die Ente davon, sobald sie mich erblickte. Aber eines Tages, als mein Baby etwas älter war, saß ich auf einem Stein, um ein paar Laken auszuwaschen. Ich genoss das Gefühl des kalten Wassers an den Händen, und die Ente schwamm nur zum anderen Ufer, paddelte herum und pickte im Wasser nach Futter.

Der Psycho kam herunter und gab mir etwas Brot. Die Geste überraschte mich, aber ich war glücklich, dass er mir erlaubte, die Ente zu füttern.

Im Laufe der nächsten Tage lockte ich die Ente mit dem Brot immer dichter heran, und bald fraß sie mir aus der Hand. Ob sie wohl irgendwann einmal über mein Haus geflogen war? Sie erinnerte mich an das Leben jenseits meiner begrenzten Existenz, und jeden Tag konnte ich es kaum abwarten, zum Fluss zu gehen und sie wiederzusehen. Doch ich war vorsichtig genug, mir meine Aufregung nicht anmerken zu lassen. Routinierte Gleichgültigkeit wurde mir zur zweiten Natur – ich hatte es auf die harte Tour gelernt, dass ich den Psycho nur wissen lassen brauchte, dass mir etwas gefiel, und schon war es vorbei damit.

Er ließ uns niemals aus den Augen oder ließ zu, dass wir uns zu weit von ihm entfernten, aber am Fluss ließ er uns gewöhnlich allein. Manchmal gelang es mir sogar, seine Gegenwart genügend auszublenden, um mich selbst davon zu überzeugen, dass ich mich an einem typischen Sommertag einfach nur am Fluss entspannte und über meine Tochter lächelte, die immer mehr von der Welt um sich herum wahrnahm. Bevor sie geboren wurde, hatte ich mich gefragt, ob sie wohl in der Lage sein würde, all das Böse um sich herum zu spüren, aber sie war das glücklichste Baby, das ich je gesehen hatte.

Ich hatte aufgehört, die Lichtung mit Blicken nach Fluchtwegen abzusuchen. Solange ich sie tragen musste, würde ich nicht schnell genug laufen können, und ich wusste, dass meine Befürchtungen, was er uns antun könnte, wenn er uns erwischte, im Vergleich zur Realität noch harmlos waren.

Als sie zwei Wochen alt war, kam der Psycho zum Fluss herunter und hockte sich neben mich. Sobald die Ente ihn sah, wich sie zurück und schwamm zur Mitte des natürlichen Beckens. Der Psycho versuchte, sie mit Brot zu sich zu locken, aber die Ente ignorierte ihn, und der Hals des Psychos rötete sich. Mir stockte der Atem, und ich betete, dass die Ente das Brotstückchen nähme, aber das tat sie nicht. Schließlich ließ der Psycho das Brot fallen und ging zurück zur Hütte, mit der Bemerkung, er müsse etwas fürs Abendessen vorbereiten. Die Ente kam auf der Stelle zurück.

Ich hörte eine ohrenbetäubende Explosion, und ihr wunderschöner Kopf wurde vor meinen Augen weggerissen. Federn flatterten durch die Luft und landete auf mir, auf dem Baby, auf dem Fluss. Durch das Pfeifen in meinen Ohren hörte ich Schreie und begriff, dass es meine waren. Ich sprang auf und fuhr herum. Der Psycho stand mit einem Gewehr in der Hand auf der Veranda. Ich hielt mir den Mund zu, um die Schreie zu unterdrücken, und starrte ihn an.

»Bring sie rein.«

Nur mühsam gelang es mir, die Worte zu formulieren. »Warum hast du …« Aber ich befragte die Luft. Er hatte die Veranda bereits verlassen. Das Wimmern des Babys drückte meine eigenen Gefühle aus, als ich in den Fluss watete und das packte, was von der Ente übrig geblieben war. Der Kopf war völlig zerfetzt, und der blutige Kadaver trieb umgedreht flussabwärts.

An jenem Tag lernte ich, wie man eine Ente rupfte. Den Geruch werde ich nie vergessen. Tränen stiegen mir in die Augen und liefen mir die ganze Zeit, und egal, wie oft er mir sagte, ich solle mit dem Heulen aufhören – und Gott weiß, dass ich es versucht habe –, stiegen immer wieder Schluchzer in mir auf. Mit jeder Feder, die ich aus dem Leib der Ente rupfte, wuchs mein Schuldgefühl. Wenn ich sie nicht gezähmt hätte, wäre sie noch am Leben.

Als wir uns hinsetzten, um gegrillte Ente zum Abendessen zu verspeisen, saß ich stocksteif da. Der Psycho hatte mir gegenüber Platz genommen, und zwischen uns, auf einem großen Teller, lag meine Ente. Ich hatte einer Forderung nach der anderen nachgegeben, doch als ich ihm dabei zusah, wie er mein Symbol der Freiheit zerstückelte, hasste ich ihn wie nie zuvor. Meine Hand schaffte es nicht, die Gabel zum Mund zu führen. Es dauerte nicht lange, bis es ihm auffiel.

»Iss dein Abendessen, Annie.«

Das Einzige, was sich bewegte, waren die Tränen auf meinem Gesicht. Es war schlimm genug, dass ich der Grund war, warum die Ente hatte sterben müssen, ich konnte sie nicht auch noch essen. Der Psycho packte eine Handvoll Fleisch, kam zu mir herüber, zwang meinen Mund auf und schob es hinein. Während ich keuchte und würgte – ich hatte das Gefühl, an der Ente zu ersticken –, schrie er mich an.

»Kau richtig!«

Mit der anderen Hand hielt er meinen Hinterkopf fest, so dass ich mich nicht wegdrehen konnte, und sobald er mir den Mund vollgestopft hatte, presste er die Hand über meine Lippen. Ich aß meine Ente. Ich musste es tun.

Der Psycho ging zurück und aß sein Fleisch. Ich war wie hypnotisiert von dem blitzenden Metall seiner Gabel und des Messers, mit dem er die Ente auf seinem Teller sorgfältig in kleine Stücke schnitt. Er wusste, dass ich ihn beobachtete, führte die Gabel langsam zu seinem Mund und zog das Fleisch vorsichtig mit den Zähnen ab. Er schloss die Lippen darum, die Lider senkten sich, und er seufzte behaglich. Während er andächtig kaute, öffnete er die Augen und starrte mich an. Schließlich schluckte er.

Dann lächelte er.

In dieser Nacht konnte ich meine Tochter zum ersten Mal nicht ansehen, als ich sie stillte. Sie trank die Ente, trank meine wunderschöne Ente, und ich fragte mich, ob sie wohl meinen Schmerz schmeckte.

Letzte Nacht ist es mir verdammt schwergefallen, nicht in den Schrank zu kriechen, Doc. Mein Zimmer war so dunkel, kohlrabenschwarz, und ich wurde das Gefühl nicht los, dass etwas nach mir griff. Aber sobald ich die Taschenlampe einschaltete, die ich bei meinem Bett aufbewahre, war da nichts. Ich versuchte, bei Kerzenlicht einzuschlafen, aber das erzeugte nur gruselige flackernde Schatten an der Wand. Ich machte das Licht an, aber davon wurde ich vollends wach. Jetzt konnte ich jedes Knacken des Hauses noch besser hören, und es ist ein altes Haus – es knackt also ständig. Die gute Nachricht ist, dass ich letzte Nacht nicht im Schrank geschlafen habe. Die schlechte ist, dass es ziemlich viele beschissene Nachtsendungen im Fernsehen gibt.

Allerdings hatte ich so genügend Zeit, um über Angst und all das nachzudenken, was Sie mir über posttraumatische Belastungsstörungen erzählt haben und dass sie sich auf verschiedene Arten zeigen können, aber ich kann Ihnen immer noch nicht sagen, warum ich mich sicherer fühle, wenn ich im Schrank schlafe. Ich weiß nur, dass ich mich im Bett irgendwie ungeschützt fühle. Es gibt so viele Möglichkeiten, wie man an mich rankommen könnte – von den Füßen, von links, von rechts, selbst von oben. Zu viel leerer Raum, der mich erdrückt.

Je schmerzhafter die Dinge werden, die ich Ihnen erzähle, desto dringender will ich im Schrank schlafen. Sie haben mich gefragt, was ich nicht an mich herankommen lassen will und ob es nicht vielleicht ein guter Zeitpunkt sei, einmal zu überlegen, was hinter den nachklingenden Nebenwirkungen steckt – dieses paranoide Jucken zum Beispiel, das niemals verschwindet, egal, wie sehr ich kratze.

Ich scheine einfach das überwältigende Gefühl nicht abschütteln zu können, dass ich immer noch nicht in Sicherheit bin. Ich weiß, dass das bescheuert ist, weil die Cops mich echt ständig auf dem Laufenden halten, was die Ermittlungen angeht, besonders der eine, Gary – Mann, der arme Kerl wünscht sich vermutlich, er hätte mir nie seine Handynummer gegeben –, und sie haben mir gesagt, dass ich nicht länger in Gefahr bin. Was sollen sie auch sonst sagen?

Das ist ihr verdammter Job – Menschen zu beschützen und so ’n Mist. Also warum zum Teufel?

Bitte verschonen Sie mich mit Ihrem »Das liegt nur an der posttraumatischen Belastungsstörung und ist ganz normal bei Ihrer Geschichte blablabla …«-Kram. Sehen Sie, ich habe begriffen, dass ich mit riesigen Blockaden und Ängsten und all dem Scheiß nach Hause gekommen bin. Wie gesagt, ich habe über alles nachgedacht, was Sie mir erzählt haben, und sogar selber im Internet recherchiert. Verdammt, ich hatte *gehofft*, dass es nur das sei, aber das hier ist irgendwie anders. Es fühlt sich zu *echt* an.

Und hier sind Sie gefragt, Doc. Sie müssen mir helfen, diese Besessenheit loszuwerden, ich sei immer noch nicht sicher. Dass irgendjemand oder irgendetwas da draußen ist, um mich zu holen. Keine Sorge, ich erwarte jetzt kein Therapeutengeschwafel als Antwort. Denken Sie darüber nach. Vielleicht habe ich es schon selbst herausgefunden, wenn Sie in ein paar Wochen aus Ihren Ferien zurück sind – wäre doch nett, wenn’s so einfach wäre.

Danke, dass Sie mir einen anderen Therapeuten empfohlen haben, aber ich werde warten, bis Sie zurückkommen. Kaum zu glauben, aber irgendwie habe ich Probleme damit, Menschen zu vertrauen.

13. Sitzung

Schön, dass Sie wieder da sind, Doc. Zumindest eine von uns ist erholt. Ich mache es Ihnen nicht gerade einfach, was? Ganz bestimmt brauchten Sie dringend eine Pause nach den ganzen Horrorgeschichten. Sie sind gut darin, es zu verbergen, aber ich weiß, dass es Ihnen nahegeht. Gleich in der ersten Sitzung ist mir aufgefallen, dass Sie, wann immer ich etwas besonders Heftiges erzähle, eine Ecke von Ihrem Notizblock abreißen und zwischen den Fingern zu einer Kugel rollen. Je schneller Sie rollen, desto mehr berührt Sie das alles. Irgendwie verrät sich doch jeder von uns.

Wie gesagt, ich freue mich, dass Sie eine schöne Zeit hatten, aber noch wesentlich mehr freue ich mich, dass Sie wieder da sind. Letzte Woche hätte ich Sie echt gebraucht. Und nein, nicht wegen des blöden Gefühls, dass da immer noch jemand hinter mir her ist, von dem ich Ihnen beim letzten Mal erzählt habe, obwohl das dauernd wie ein Geier über allem schwebt – etwas anderes ist passiert. Ich habe meinen Ex gesehen, im Supermarkt, als er gerade mit irgendeiner Frau Äpfel aussuchte ... Verdammt, die Art, wie er sie angelächelt hat, hat mich umgebracht. Und wie sie dann den Kopf zurückgeworfen hat – in diesem enganliegenden weißen Rollkragenpullover und den Designerjeans – und über irgendeine Bemerkung von ihm gelacht hat ...

Ehe sie mich entdecken konnten und Lukes schönes Lächeln einen mitleidigen Touch bekommen hätte, habe ich mich hinter ein Regal geduckt. Ich habe meinen Korb mitten im Laden stehen gelassen, bin mit gesenktem Kopf raus und in meinen Wagen gesprungen, mein Herz raste schneller als bei einem Crack-Süchtigen. Trotz meiner Verzweiflung, so schnell wie möglich von da wegzukommen, versuchte ich, die Reifen nicht quietschen zu lassen, hielt hinter dem Laden an, weit weg von den anderen Autos, legte den Kopf auf das Lenkrad und heulte mir die Augen aus.

Sie sollte nicht dort sein. Er gehörte mir. Ich sollte die Frau sein, die mit ihm zusammen Äpfel kauft. Schließlich fuhr ich nach Hause, aber ich konnte nicht aufhören zu weinen, und ich hatte auch nichts eingekauft. An diesem Abend aß ich harten Käse mit abgelaufenen Crackern, während ich mir ausmalte, wie sie sonntags morgens im Bett schmusten oder wie er sie küsste und dabei die Finger in ihrem wunderschönen Haar vergrub. Am Ende waren sie in meiner Vorstellung so gut wie verlobt und dachten sich bereits Namen für ihre zukünftigen Kinder aus.

In diesen wenigen Sekunden hatte er so verflucht *glücklich* ausgesehen, dabei wollte ich doch die einzige Frau sein, die ihn dazu brachte, auf diese Weise zu lächeln. Ich brauche nur darüber zu reden und habe das Gefühl, verrückt zu werden. Ich weiß, dass ich mir für ihn wünschen sollte, dass es ihm gutgeht und all das – aber muss es ausgerechnet jemand wie sie sein? Miss Perfekte Blondine, so sauber mit ihrem weißen Rollkragen, dass ich sie nur anzuschauen brauchte, und schon kam ich mir dreckig vor. Früher habe ich auch solche Klamotten getragen wie sie, früher *wollte* ich solche Sachen tragen.

Ich frage mich, ob diese Frau, diese *Fremde,* alles über mich weiß. Wahrscheinlich ist sie ein netter Mensch – ich kann mir nicht vorstellen, dass er mit einer zusammen ist, die *nicht* nett ist. Vielleicht tue ich ihr leid. O Gott, ich hoffe nicht. Das kriege ich allein schon wunderbar hin.

Nachdem der Psycho die Ente umgebracht hatte, war es, als wäre ein Teil von mir herausgerissen worden und hätte ein schwarzes Loch hinterlassen. Entsetzen überkam mich und schien wie eine riesige Faust mein Herz und meine Eingeweide zu umklammern. Wann immer ich während der nächsten Tage beobachtete, wie er meine Tochter hochnahm, sie untersuchte oder auch nur an ihrem Korb vorbeiging, drückte die Faust fester zu.

Eines Morgens greinte sie in ihrem Bett, und ich wollte sie gerade auf den Arm nehmen, als er mir zuvorkam. Ein kleiner Schrei entwich dem Bündel in seinem Arm. Sie war immer noch in ihre Decke gewickelt, als er sie hochriss. Er hielt sein Gesicht ganz nah an ihres und sagte: »Hör auf.« Ich hielt den Atem an, aber sie war ruhig, und er lächelte voller Stolz. Ich wusste, dass es die Bewegung und nicht die Worte gewesen waren, die sie beruhigt hatten, aber ich war nicht selbstmörderisch genug, um ihn über seinen Irrtum aufzuklären.

»Sie gehorcht gut«, sagte er. »Aber in diesem Alter sind ihre Gehirne die reinsten Schwämme, die nur zu leicht von der Gesellschaft vergiftet werden können. Es ist gut, dass sie hier ist. Hier wird sie wahre Werte lernen, Werte, die ich ihr beibringen werde, aber vor allem wird sie Respekt lernen.«

Wie zum Teufel sollte ich darauf reagieren?

»Manchmal versuchen Kinder, die Grenzen auszutesten, und vielleicht versteht sie nicht, was du ihr … beibringen willst. Aber das bedeutet nicht, dass sie schlecht ist oder dass sie dich nicht respektiert. So etwas machen Kinder eben.«

»Nein, das machen Kinder eben nicht – die Eltern lassen es ihnen durchgehen.«

Das Gespräch schien ihn nicht aufzuregen, also sagte ich: »Vielleicht ist es gar nicht so schlecht, wenn ein Kind neugierig ist und die Autorität der Erwachsenen auf die Probe stellt. Du hast mir erzählt, dass die Frauen, die du vorher kanntest, immer schlechte Entscheidungen in Bezug auf Männer und ihre Berufe getroffen haben, aber vielleicht haben sie nur rebelliert, weil sie nicht selbst entscheiden durften, als sie jünger waren.«

Immer noch ruhig sagte er: »Hat das deine Mutter getan? Dich zum eigenständigen Denken erzogen?«

Klar, ich war immer so frei, genauso zu denken wie sie. »Nein, aber darum möchte ich, dass meine Tochter ein besseres Leben hat. Möchtest du nicht, dass dein Kind es besser hat als du?«

Er hörte auf, sie zu wiegen. »Was willst du damit sagen?«

Mist.

»Nichts! Ich mache mir nur Sorgen, dass du womöglich Erwartungen hast, die nicht …«

»Erwartungen? O ja, ich habe Erwartungen, Annie. Ich erwarte von meiner Tochter, dass sie ihren Vater respektiert. Ich erwarte von meiner Tochter, dass sie eines Tages zu einer Dame heranwächst – keiner Hure, die die Beine für jeden Mann breitmacht, der vorbeikommt. Ich glaube nicht, dass das zu viel verlangt ist. Oder versuchst du, meine Tochter zu einer Hure zu erziehen?«

»Das wollte ich damit überhaupt nicht sagen …«

»Weißt du, was mit Mädchen geschieht, die mit der Vorstellung aufwachsen, sie könnten tun, was immer ihnen gefällt? Ich habe eine Weile in einem Holzfällerlager gearbeitet.« Der Psycho war *Holzfäller*? »Und da gab es eine Hubschrauberpilotin. Sie sagte, ihr Vater habe ihr erklärt, dass sie werden könnte, was immer sie wollte. Er war ein Dummkopf. Als ich sie kennenlernte, hatte ihr Freund – einer der dämlichen Holzfäller im Camp – sie gerade sitzengelassen.«

Er schien keine besonders gute Meinung von Holzfällern zu haben, also war er vielleicht Vorarbeiter gewesen oder hatte im Büro gearbeitet.

»Sechs Monate lang habe ich ihr zugehört, wenn sie von diesem Neandertaler erzählte, und ließ sie ihre jämmerlichen Tränen an meiner Schulter ausweinen. Irgendwann sagte sie, sie wünschte, sie könnte einen netten Mann finden, also lud ich sie ein, aber sie sagte, sie sei noch nicht so weit. Ich wartete. Eines Tages erzählte sie mir, sie würde einen Spaziergang machen. Allein. Aber ein paar Minuten später sah ich *ihn* das Camp verlassen, und ich folgte ihm.«

Er schaukelte das Baby immer schneller, und es begann zu wimmern. »Sie lagen im Wald auf einer Decke, und sie ließ zu, dass dieser Mann, den sie verachtete, dieser Mann, der sie wie Müll weggeworfen hatte, Dinge mit ihr machte. Ich wartete, bis er gegangen war, und versuchte dann mit ihr zu reden, versuchte ihr zu erklären, dass er ihr nur wieder weh tun würde, aber sie sagte, ich solle mich um meine eigenen Angelegenheiten kümmern, und ließ mich stehen. *Sie ließ mich einfach stehen!* Nach allem, was ich getan hatte, um sie zu beschützen, wollte sie zurück zu diesem Mann. Ich musste sie retten. Sie ließ mir keine andere Wahl.« Er hielt das Baby fest umklammert, und ich trat auf ihn zu und streckte die Arme aus.

»Du tust ihr weh!«

»Sie hat mir *weh getan.«* Als das Baby zu jammern begann, drehte er den Kopf und starrte auf sie herunter, als wüsste er nicht, wie sie dorthin gekommen war. Er schob sie in meine Arme, ließ sie dabei fast fallen und ging zur Tür. Mit der Hand am Türrahmen sagte er über die Schulter gewandt: »Wenn sie eine von denen wird …« Er schüttelte den Kopf. »Das kann ich nicht zulassen.« Dann knallte er die Tür hinter sich zu und überließ es mir, das Baby zu beruhigen, während ich am liebsten selbst angefangen hätte zu schreien.

Nach einer Stunde kam er mit heiterer Miene wieder herein und ging hinüber zum Babykorb. »Ich denke, wenn du dir überlegst, vor was ich sie bewahre, Annie – den Krankheiten, Drogen und den Pädophilen, die blindwütig da draußen herumlaufen –, und dich dann fragst, ob du wirklich das Beste für deine Tochter willst …« Er beugte sich über sie und lächelte ihr zu. »… dann wirst du feststellen, dass es an der Zeit ist, ihr Leben über dein eigenes zu stellen.« Das Lächeln verschwand, als er aufblickte und mich streng anstarrte. »Schaffst du das, Annie?« Mein Blick fiel auf seine Hände, die auf ihrem winzigen Körper ruhten – Hände, die mindestens einen Menschen getötet und wer weiß was mit der Hubschrauberpilotin angestellt hatten.

Mit gesenktem Kopf sagte ich: »Ja, das schaffe ich.«

Für den Rest des Tages schrie jede Faser in mir danach wegzulaufen, und meine Beine schmerzten vom Adrenalin, das meinen Körper in Alarmbereitschaft versetzte, aber nicht in Bewegung münden durfte. Meine Hände zitterten, ich ließ Geschirr, Kleidung, Seife, einfach alles fallen. Je ungeduldiger er wurde, desto mehr Dinge ließ ich fallen und desto mehr verkrampften sich meine Beine. Das kleinste Geräusch ließ mich hochschrecken, und sobald er eine schnelle Bewegung machte, dröhnte mein Blut in den Adern, und ich brach in Schweiß aus.

Am nächsten Tag packte er eine kleine Tasche mit ein paar Sachen zum Wechseln und verschwand, ohne ein Wort darüber zu verlieren, wohin er ging. Meine Erleichterung wich schnell dem Entsetzen, er könnte am Ende genug von uns bekommen haben und würde nie wieder zurückkommen. Mit bebenden Fingern durchsuchte ich die Hütte von oben bis unten, aber es gab keinen Weg hinaus. Am nächsten Tag war er wieder da, und ich hatte immer noch keine Ahnung, wie ich mein Kind aus dieser Hölle herausbringen sollte.

Wo immer er gewesen war, er hatte irgendwelche Krankheitserreger mitgebracht, und bald fing er an zu husten und zu niesen. Wie nicht anders zu erwarten, war er ein anspruchsvoller Patient. Ich musste mich nicht nur um das Baby kümmern und meinen Pflichten nachkommen, jetzt durfte ich ihm auch noch alle naselang die Stirn abwischen, den Ofen in Gang halten und ihm heiße Decken aus dem Wäschetrockner bringen – das war seine Idee, nicht meine –, während er schwach im Bett lag. Ich betete, dass er eine Lungenentzündung bekäme und sterben würde.

Ich musste ihm vorlesen, bis ich heiser war. Ich wünschte, ich hätte Poker mit ihm spielen können, wie ich es mit meinem Stiefvater getan hatte. Wayne war nicht unbedingt jemand, der einem die Stirn abtupfte, und das war mir auch ganz recht, aber als ich krank war, brachte er mir Kartenspielen bei. Beim ersten Schniefen zückte er einen Packen Spielkarten, und damit waren wir für Stunden beschäftigt. Ich liebte das Gefühl der Karten in meiner Hand, die Zahlen, die Ordnung darin. Am meisten liebte ich es aber zu gewinnen, und er musste mir immer schwerere Spiele beibringen, damit er auch ab und zu mal gewann.

Am zweiten Tag wurden die Hustenanfälle des Psychos immer schlimmer, und ich hörte auf zu lesen und fragte: »Hast du irgendwelche Medikamente?«

Als hätte ich gedroht, ihm auf der Stelle irgendetwas einzuflößen, packte er meinen Arm, grub die Nägel hinein und sagte: »Nein! Keine Medikamente!«

»Vielleicht hilft es.«

»Medikamente sind *Gift.*« Die Hand an meinem Arm glühte vor Fieber.

»Vielleicht solltest du in die Stadt fahren und einen Arzt …«

»Ärzte sind noch schlimmer als Medikamente! Ärzte haben meine Mutter umgebracht! Wenn sie zugelassen hätte, dass nur ich mich um sie kümmere, hätte sie sich erholt, aber die haben sie mit Gift vollgepumpt, und sie wurde immer kränker. Sie haben sie *umgebracht.*« Trotz der verstopften Nase schwang seine Verachtung in jeder Silbe mit.

Nach ein paar Tagen hörte er auf zu husten, aber jetzt begann das Baby nachts zu schreien und wachte alle paar Stunden auf. Wenn ich sie anfasste, fühlte sie sich warm an. Sobald sie aufwachte, versuchte ich sie zu trösten, aber einmal war ich nicht schnell genug, und er warf ein Kissen nach ihrem Bettchen.

Ein anderes Mal ließ er mich nicht zu ihr, sondern sagte: »Lies weiter, sie will nur Aufmerksamkeit.« Ich wollte mich um meine Tochter kümmern, und ich wollte uns beide am Leben erhalten. Ich las weiter.

Ihr Wimmern wurde lauter. Er riss mir das Buch aus der Hand. »Bring sie zum Schweigen, oder ich werde es tun.«

Meine Stimme war so ruhig, wie ich nur konnte, als ich sie aus dem Bett hob und sagte: »Ich glaube, sie wird auch krank.«

»Ihr geht es gut. Du musst nur lernen, sie zu bändigen.« Er vergrub den Kopf unter dem Kissen. Ich hatte das irrsinnige Verlangen, zu ihm zu gehen und mit meinem ganzen Gewicht das Kissen nach unten zu drücken, doch als der Kopf wieder auftauchte und er sagte: »Bring mir ein Glas frisches Wasser, und sorg diesmal dafür, dass es kalt ist«, lächelte ich ihm freundlich zu, während in meinem Inneren ein weiteres Stück von mir absprang und davonwehte.

Am nächsten Morgen wurde ich früher als üblich von ihrem Weinen wach. Ich nahm sie hoch und lief mit ihr auf Zehenspitzen umher, aber es war zu spät. Der Psycho sprang aus dem Bett und warf seine Klamotten über, während er mich anstarrte.

»Es tut mir leid, aber ich glaube, sie ist wirklich krank.«

Er stürmte nach draußen. Ich legte mich wieder ins Bett und wollte sie stillen. Das war eine meiner Lieblingsbeschäftigungen mit ihr. Ich liebte es, wenn sie zu mir aufschaute, während eine kleine Hand auf meiner Brust ruhte, wie ihr Bauch anschwoll, wenn sie satt war, und wie ihr kleiner Po perfekt in meine Hand passte. Alles an ihr war so zierlich – ihre Hände mit den kleinen Falten und den winzigen Fingernägeln, die weichen Wangen, die seidigen, dunklen Wimpern.

Normalerweise küsste ich sie überall, wenn ich sie gestillt hatte, wobei ich mit den Füßen und den weichen Fußsohlen begann. Bei den Händen tat ich, als knabberte ich an ihren Fingern, und arbeitete mich dann langsam ihren Arm entlang nach oben. Zum großen Finale pustete ich ihr auf den Bauch, bis sie kleine glückliche Kiekser von sich gab.

Aber heute war mein sonst so zufriedenes Baby unruhig und gereizt, und jedes Mal, wenn ich versuchte, sie zu füttern, wandte sie den Mund von meinem Nippel ab. Ihre Haut fühlte sich heiß an, und die Wangen hatten rote Flecken, als hätte ihr jemand ein Clownsgesicht aufgemalt. Ihr Bauch sah aufgedunsen aus, und ich dachte, dass sie vielleicht Blähungen hätte, also ging ich mit ihr herum, bis sie sich über meine Schulter erbrach und sich in den Schlaf weinte. Noch nie zuvor in meinem Leben hatte ich mich so hilflos gefühlt. Ich hatte Angst, was der Psycho tun würde, wenn ich es ihm erzählte, aber ich musste ihr irgendwie helfen.

»Das Baby ist wirklich krank, es braucht einen Arzt«, sagte ich, sobald er wieder hereinkam.

Er warf mir einen kurzen Blick zu. »Mach das Frühstück.«

Während des Frühstücks begann sie, in ihrem Korb zu weinen, und ich wollte schon zu ihr gehen, doch er hielt seine Hand hoch und sagte: »Stopp. Wenn du jetzt zu ihr gehst, bestärkst du sie nur in ihrem schlechten Benehmen. Iss auf.«

Ihr Gebrüll zerriss die Luft, und wenn sie nach jedem kräftigen Schrei einatmete, meinte ich ein feuchtes Rasseln in ihrer Brust zu hören.

»Es geht ihr nicht gut. Können wir bitte mit ihr zum Arzt fahren? Ich weiß, dass deine Mom gestorben ist, aber sie hatte Krebs – es waren nicht die Ärzte, die sie umgebracht haben. Du kannst mich im Van fesseln und mit ihr hineingehen.« Ich zögerte kurz. »Oder ich warte hier, und du bringst sie hin, okay?« Hatte ich das tatsächlich gesagt? Sie würde *allein* mit ihm sein! Aber sie würde Hilfe bekommen.

Er kaute langsam. Schließlich hielt er inne, wischte sich den Mund mit der Serviette ab, nahm einen Schluck Wasser und sagte: »Ärzte stellen Fragen.« Ihr Geschrei hatte eine herzzerreißende Lautstärke erreicht.

»Ich weiß, aber du bist klug – klüger als jeder Arzt –, du wirst wissen, was du sagen musst, damit niemand Verdacht schöpft.«

»Genau. Ich *bin* klüger als jeder Arzt, und deshalb weiß ich, dass sie keinen braucht.« Er stapfte auf ihr Bett zu, und ich folgte ihm auf den Fersen. Er hob die Stimme, damit er gegen ihr Gebrüll ankam, und sagte: »Man muss ihr nur etwas Respekt beibringen.«

»Warum ruhst du dich nicht aus? Ich werde sie beruhigen.«

»Das glaube ich nicht, Annie. Offensichtlich hast du irgendetwas falsch gemacht.« Als er sie aus dem Bett hochhob, umklammerte ich den Stoff meines Kleides, damit ich nicht mit den Fäusten auf seinen Rücken einhämmerte, und betete, dass sie sich für ihn beruhigen würde. Aber als er sie wiegte, wurde ihr Geschrei nur noch verzweifelter.

»Bitte gib sie mir.« Ich streckte meine zitternden Hände aus. »*Bitte!* Sie hat Angst.«

Einen Augenblick starrte er mich an, das Gesicht puterrot vor Zorn, und dann waren seine Hände in der Luft, und sie fiel. Ich schaffte es, sie aufzufangen, verlor das Gleichgewicht und stürzte auf die Knie. Entweder vor Überraschung oder weil endlich die Müdigkeit gesiegt hatte, gab das Baby nur noch ein paar erschöpfte Hickser von sich und wurde in meinen Armen still. Er ging in die Knie, bis sein Gesicht dicht vor meinem war, so dicht, dass ich seinen Atem spürte.

»Du hast meine Tochter gegen mich aufgehetzt. Das ist nicht gut, Annie. Überhaupt nicht gut.«

Meine Stimme war nur noch ein zittriges Flüstern, als ich sagte: »So etwas würde ich *nie* tun – sie ist nur durcheinander, weil es ihr nicht gutgeht. Sie liebt dich. Ich weiß, dass sie dich liebt. Ich weiß es.« Totaler Schwachsinn, aber er *musste* es mir einfach abkaufen.

Für eine lange quälende Minute bohrte er seinen Blick in meinen, dann klatschte er in die Hände und sagte: »Komm schon, dein Frühstück wird kalt.« Ich legte sie in den Korb und folgte ihm, angespannt lauschte ich auf ihre Schreie. Zum Glück war sie eingeschlafen.

Nach dem Frühstück streckte er die Hände nach oben und klopfte sich auf den Bauch. Ich musste es noch einmal versuchen.

»Wenn du mir erlauben würdest, in den Büchern nachzulesen, könnte ich vielleicht herausfinden, welche Kräuter und Pflanzen, die hier oben wachsen, sich als Medizin eignen. Das ist ganz natürlich, und du könntest auch nachlesen, was man ihr geben kann.«

Er warf einen Blick auf ihr Bett und sagte: »Ihr fehlt nichts.«

Aber das stimmte nicht. In den nächsten Tagen litt sie unter heftigem Fieber. Ihre seidige Haut glühte, und ich hatte keine Ahnung, was ich für sie tun konnte. Sie hustete so heftig, bis sie nach Luft rang, und ich legte ihr warme Waschlappen auf die Brust in dem Versuch, ihre Verstopfung zu lösen, doch davon schrie sie nur umso mehr, und bei kalten Waschlappen wurden die Schreie noch lauter. Nichts half. In der Nacht wachte sie jede Stunde auf, und ich schlief gar nicht mehr richtig – ich lag halbwach in einem permanenten Zustand der Furcht. Manchmal hörte ich, wie ihr Atem aussetzte, und mein Herz stand still, bis ich sie wieder Luft holen hörte.

Der Psycho entschied, dass wir sie ignorierten, wenn sie tagsüber schrie, damit sie lernte, sich zu beherrschen, aber für gewöhnlich hielt er es vielleicht zehn Minuten aus, ehe er hinausstürmte und schrie: »Erledige du das!« Wenn sie nachts weinte, nahm ich sie rasch hoch, doch wenn er aufwachte, warf er mit dem Kissen – auf sie, auf mich, oder er legte es sich über den Kopf. Manchmal boxte er auf das Bett.

Sobald er wieder eingeschlafen war, versteckte ich mich mit ihr im Badezimmer, bis sie sich beruhigt hatte. Eines Nachts stellte ich die Dusche an, in der Hoffnung, der warme Dampf könnte ihr das Atmen erleichtern, doch ich fand nie heraus, ob es geholfen hätte. Wie rasend stürzte er herein und brüllte mich an, das Wasser abzudrehen.

Nach wenigen Nächten glich ich einem Zombie. In der vierten Nacht kam es mir vor, als würde sie alle halbe Stunde aufwachen, und ich hatte immer größere Mühe, wach zu bleiben. Ich erinnere mich, dass meine Lider so schwer waren, dass ich mich nur für eine Sekunde ausruhen wollte, doch dann musste ich eingeschlafen sein, denn ich wachte mit einem Ruck auf. Mein erster Gedanke war, wie still es in der Hütte war, und froh, dass sie endlich zur Ruhe gekommen war, ließ ich die Lider wieder sinken. Dann stellte ich fest, dass ich den Psycho nicht neben mir spürte, und schreckte hoch.

In der Hütte war es dunkel. Obwohl es Sommer war, war es in der Nacht zuvor kalt gewesen, und er hatte ein kleines Feuer entfacht. Im Schimmer der glühenden Asche konnte ich seine Umrisse am Fußende des Bettes ausmachen. Er hatte sich leicht vorgebeugt, so dass ich dachte, er würde sie hochnehmen, doch als er sich umdrehte, sah ich, dass er sie bereits im Arm hielt. Erschöpft streckte ich die Arme aus. »Tut mir leid, ich habe sie nicht schreien gehört.«

Er reichte sie mir, schaltete das Licht an und begann sich anzuziehen. Ich begriff nicht, warum. War es schon Zeit aufzustehen? Warum hatte er nichts gesagt? Das Baby lag ruhig in meinen Armen, und ich zog die Decke von ihrem Gesicht.

Zum ersten Mal seit Tagen war es nicht vor Unwohlsein verzogen, und ihre Wangen waren nicht mehr rot oder verschwitzt. Doch ihre Blässe schien auch nicht richtig zu sein, und ihr rosenförmiger Mund hatte einen bläulichen Schimmer. Ich hielt mein Ohr an ihren Mund, und meine Brust war wie eingeschnürt, als ich selbst nach Luft rang. Ich hörte nichts. Spürte nichts. Dann legte ich mein Ohr auf ihre Brust. Ich war mir der wimmernden Geräusche im Raum bewusst. Mein Herz wurde von Freude überflutet – bis mir klarwurde, dass es mein eigenes

Wimmern war. Zwischen den Versuchen, sie wiederzubeleben, presste ich mein Ohr an ihren Mund.

»Bitte, o bitte, *atme! Gott, bitte hilf mir, bitte!*«

Es war zu spät. Sie war schon kalt.

Steif saß ich auf dem Bett und versuchte verzweifelt, die Tatsache zu leugnen, dass ich meine tote Tochter in den Armen hielt. Der Psycho starrte mit unbewegter Miene auf uns herunter.

»Ich habe dir gesagt, dass sie einen Arzt braucht. Ich habe es dir gesagt!« Ich schrie ihn an, während ich mit einer Hand auf seine Beine einhämmerte und mit der anderen mein Kind an mich drückte.

Er schlug mich ins Gesicht und sagte mit tonloser Stimme: »Gib mir das Baby, Annie.«

Ich schüttelte den Kopf.

Mit einer Hand packte er mich an der Kehle, die andere griff nach ihrem Leichnam. Wir starrten uns an. Die Hand an meiner Kehle begann zuzudrücken.

Ich ließ los.

Er nahm sie mir aus dem Arm und hielt sie sich an die Brust, dann stand er auf und ging zur Tür.

Ich wollte etwas sagen, irgendetwas, um ihn zum Stehenbleiben zu bewegen, aber ich konnte meinen Mund nicht dazu bringen, Worte zu bilden. Schließlich hielt ich die Decke in die Höhe, warf sie in Richtung seines Rückens und stieß krächzend hervor: »Kalt – ihr ist kalt.«

Er blieb stehen, kam zurück und stellte sich vor mich. Er nahm die Decke, starrte sie jedoch nur in seiner Hand an, sein Gesichtsausdruck war nicht zu entschlüsseln. Mit bittendem Blick streckte ich die Arme nach meinem Baby aus. Sein Blick traf meinen, und einen Moment lang meinte ich, etwas in seiner Miene zu erkennen, ein leichtes Zögern, aber in der nächsten Sekunde wurde sein Blick wieder finster, und die Gesichtszüge verhärteten sich. Er zog ihr die Decke über den Kopf. Ich begann zu schreien.

Er war zur Tür raus. Ich sprang vom Bett, aber es war zu spät.

Meine Fingernägel kratzten verzweifelt und vergeblich an der Tür. Ich trat und warf mich dagegen, bis ich so mit blauen Flecken übersät war, dass ich nicht mehr vom Boden aufstehen konnte. Schließlich hockte ich, die Wange an die Tür gepresst, auf dem Boden und schrie ihren geheimen Namen, bis meine Kehle wund war.

Er blieb mehr als zwei Tage fort. Ich weiß nicht, wie lange ich an die Tür gepresst dort gekauert habe, schreiend und ihn anbettelnd, er möge sie zurückbringen. Ich riss mir die Finger blutig, ruinierte alle meine Nägel, als ich an der Tür kratzte, ohne auch nur die geringsten Spuren darauf zu hinterlassen. Schließlich schleppte ich mich zurück ins Bett und weinte, bis keine Tränen mehr in mir waren.

In einem kläglichen Versuch, den Schmerz hinauszuzögern, versuchte mein Verstand, herauszufinden, was geschehen war, und einen Sinn in das Geschehen zu bringen, doch ich konnte nur daran denken, dass es meine Schuld war, dass sie gestorben war, denn ich war eingeschlafen. Hatte sie geschrien? Ich war so auf jeden Ton von ihr eingestimmt, dass ich sie bestimmt gehört hätte. Oder war ich so erschöpft gewesen, dass ich einfach weitergeschlafen hatte? Es war meine Schuld, alles war mein Fehler, ich hätte wach bleiben und in der Nacht auf sie aufpassen sollen.

Als er die Tür öffnete, saß ich auf dem Bett, mit dem Rücken an der Wand. In diesem Moment wäre es mir egal gewesen, wenn er mich auf der Stelle umgebracht hätte. Aber als er auf mich zuschlenderte, sah ich, dass er etwas in der Hand hielt, und mir wurde ganz leicht ums Herz. *Sie war noch am Leben!* Er reichte mir das Bündel. Es war ihre Decke, nur ihre Decke.

Ich warf mich auf den Psycho und hämmerte auf seine Brust ein. Bei jedem Schlag wiederholte ich: *»Du krankes Arschloch, du krankes Arschloch, du krankes Arschloch!«* Er packte mich am Oberarm, zog mich hoch und hielt mich von sich fort. Wie ein rasender Straßenkater zerkratzte ich die Luft.

»Wo ist sie?« Speichel sprühte aus meinem Mund. »Sag es mir auf der Stelle, du Bastard. *Was hast du mit ihr gemacht?«*

Er sah tatsächlich irritiert aus, als er sagte: »Aber ich habe dir doch gerade …«

»Du hast mir ihre Decke gebracht. Eine Decke! Glaubst du, das wird mir meine Tochter ersetzen? *Du Idiot!*« Hysterisches Kichern sprudelte aus mir heraus und wurde zu Lachen.

Er ließ meine Arme los, mit einem dumpfen Aufprall landeten meine Füße auf dem Boden, und ich stolperte nach vorn. Ehe ich das Gleichgewicht wiederfand, holte er aus und knallte mir die Faust ans Kinn. Als der Boden auf mich zuraste, wurde der Raum schwarz.

Als ich aufwachte, lag ich allein auf dem Bett, wohin er mich gelegt haben musste, und mein Kiefer pochte. Die Decke meines Babys lag fein säuberlich zusammengelegt auf dem Kissen neben mir.

Bis heute kennt niemand den Namen meines Babys, nicht einmal die Cops. Ich habe versucht, ihn laut auszusprechen, nur für mich selbst, aber er bleibt mir in der Kehle stecken und in meinem Herzen.

Als der Psycho mit ihrem Leichnam zur Tür hinausging, nahm er alles mit sich, was von mir übrig geblieben war. Sie war erst vier Wochen alt gewesen, als sie starb – oder umgebracht wurde. Vier Wochen. Das ist nicht lange genug für ein Leben. Sie hat neunmal länger in meinem Bauch gelebt als in der Welt.

In den Zeitschriften sehe ich Bilder von Kindern

im gleichen Alter, in dem sie jetzt wäre, und ich frage mich, ob sie ebenso ausgesehen hätte. Wäre ihr Haar immer noch dunkel? Welche Farbe hätten ihre Augen? Wäre sie als Erwachsene eher ein fröhlicher oder ein ernster Mensch geworden? Ich werde es niemals wissen.

Meine deutlichste Erinnerung an jene Nacht ist das Bild, wie er mit ihr auf dem Arm am Fußende vom Bett sitzt, und ich denke: *Hat* er *es getan?* Dann denke ich, selbst wenn er es nicht vorsätzlich getan hat, so hat er sie zumindest getötet, weil er sich geweigert hat, Hilfe für sie zu holen. Es ist leichter, ihn zu hassen und ihm die Schuld zu geben. Sonst gehe ich diese Nacht immer wieder in Gedanken durch, versuche mich zu erinnern, wie sie gelegen hat, als ich sie zuletzt ins Bett zurückgelegt hatte. Eine Weile war ich überzeugt, dass ich sie auf den Rücken gelegt hatte und dass es mein Fehler war, weil sie wahrscheinlich eine Lungenentzündung hatte und an ihrem Schleim erstickt ist. Dann denke ich, nein, ich muss sie auf den Bauch gelegt haben, und ich überlege, ob sie womöglich erstickt ist, während ich keine zwei Meter von ihr entfernt schlief. Ich habe gehört, dass eine Frau es fühlt, wenn ihr Kind in Schwierigkeiten steckt. Aber ich habe *nichts* gespürt. Warum habe ich es nicht gemerkt, Doc?

14. Sitzung

Sorry, dass ich die letzten Sitzungen verpasst habe, aber ich bin Ihnen sehr dankbar, dass Sie so verständnisvoll waren, als ich abgesagt habe. Außerdem war ich total überrascht, als Sie letzte Woche angerufen haben, um zu fragen, wie es mir geht – ich wusste nicht, dass Therapeuten so was machen. Das war echt nett.

Nach unserer letzten Sitzung musste ich mich erst einmal eine Weile zurückziehen. Sieht so aus, als sei ich inzwischen bei einer ausgewachsenen Depression angelangt – oder besser, als hätte sie mich erwischt. Und sie hat nicht gerade freundlich angeklopft. Nein, dieses Mistvieh hat sich auf mich geworfen, mich umgeschmissen und sich sicherheitshalber noch schön an mir festgeklammert. Ich habe nie zuvor über meine Gefühle nach dem Tod meines Babys geredet – die Cops wollen nur Fakten, und ich weigere mich, darüber mit Reportern zu reden. Die meisten Menschen wissen, dass sie mich nicht nach ihr fragen dürfen, ich schätze, die Leute haben vielleicht doch ein gewisses Einfühlungsvermögen, aber ab und zu überschreitet ein schwachsinniger Reporter die Grenze.

Manchmal frage ich mich, ob die Leute nur deswegen keine Fragen über sie stellen, weil es ihnen gar nicht in den Sinn kommt, dass ich sie geliebt haben könnte. Als ich gerade wieder zu Hause war und noch bei Mom wohnte, dachte sie, ich würde schlafen, aber ich hörte sie und Tante Val in der Küche flüstern. Tante Val sagte irgendetwas über das Baby, und dann sagte Mom: »Ja, es ist traurig, dass sie tot ist, aber wahrscheinlich ist es das Beste so.«

Es ist das Beste? Ich wollte in die Küche stürmen und ihr sagen, wie sehr sie sich irrte, aber ich wusste nicht einmal, wo ich hätte anfangen sollen. Ich presste das Kissen gegen die Augen und weinte mich in den Schlaf.

Ich komme mir wie eine Heuchlerin vor, wenn ich alle in dem Glauben lasse, er hätte sie umgebracht und ich sei das unschuldige Opfer – und die ganze Zeit weiß, dass es meine Schuld ist, dass sie starb. Ja, ich weiß, wir haben bereits am Telefon darüber gesprochen, und den Artikel über die Schuldgefühle von Überlebenden, den Sie mir gemailt haben, fand ich auch gut. Das leuchtet mir ein, aber ich denke immer noch: *Wie schön für die Leute, die es betrifft.* Es ist egal, wie viele Bücher oder Artikel ich lese oder wie oft ich schon versucht habe, mich nicht dafür zu verurteilen, dass ich sie nicht beschützt habe.

Ich habe probiert, Ihrem Vorschlag zu folgen und meinem Baby einen Brief zu schreiben, aber als ich den Notizblock und Stift herausgeholt hatte, saß ich einfach nur am Küchentisch und starrte auf das leere Blatt Papier. Nach ein paar Minuten schaute ich aus dem Fenster auf meinen Pflaumenbaum und beobachtete, wie die Kolibris über den Blüten schwebten, dann starrte ich zurück auf das Blatt. All diese Gedanken, die ich in der ersten Zeit der Schwangerschaft hatte, sie sei ein Monster, quälten mich – hatte sie das in meinem Bauch gespürt? Ich versuchte, mich auf die glücklichen Erinnerungen aus dem Leben mit ihr zu konzentrieren und nicht darauf, wie sie starb, aber mein Verstand spielte nicht mit, er beschäftigte sich nur immer wieder mit jener Nacht. Schließlich stand ich auf und machte mir eine Tasse Tee. Der verdammte Notizblock und der Stift lagen immer noch da. »Es tut mir leid«, schien das Blatt niemals füllen zu können.

In den ersten Tagen nach unserer letzten Sitzung habe ich außer weinen nicht viel anderes gemacht. Es brauchte gar keinen besonderen Anlass für mich, um wieder anzufangen. Emma und ich konnten im Wald spazieren gehen, und der Schmerz traf mich so heftig, dass ich mich unter der schieren Wucht zusammenkrümmte. Auf einem unserer Spaziergänge hörte ich etwas, das klang wie Babygeschrei, aber als ich auf dem Pfad herumfuhr, sah ich, dass es ein junger Rabe oben in einer Tanne war. Als Nächstes erinnere ich mich daran, wie ich mitten auf dem Pfad lag, die Hände in den Dreck gekrallt, und in die Erde weinte, während Emma versuchte, ihre Schnauze an meinem Hals entlangzuschieben und mir das Gesicht sauberzuschlecken.

Als könnte ich meinem Schmerz davonlaufen, sprintete ich nach Hause, und es fühlte sich gut und vertraut an, als meine Füße dumpf auf die Erde trommelten. Emma lief vor mir, und das Klimpern ihres Halsbands brachte die Erinnerung daran zurück, wie wir früher zusammen gejoggt sind, eine weitere Sache, die mir einmal Spaß gemacht und die ich vergessen hatte. Jetzt laufe ich jeden Tag. Ich laufe, bis ich schweißüberströmt bin und nur noch an den nächsten Atemzug denken kann.

Luke hat eine Woche, nachdem ich hier war, angerufen – er hatte vorher schon Nachrichten hinterlassen, ich möge ihn doch bitte zurückrufen, wenn mir danach sei, aber ich hatte nicht darauf reagiert. Er hörte auf, Nachrichten zu hinterlassen, aber er rief immer noch alle paar Wochen an, obwohl ich nie ans Telefon ging. Seit dem letzten Anruf ist ein Monat vergangen, kurz bevor ich ihn mit dieser Frau gesehen habe, und ich hätte nicht gedacht, dass er es noch einmal versuchen würde.

Als das Telefon klingelte, war ich gerade unten in meiner Waschküche, und ich musste rumrennen, um das schnurlose Ding zu finden. Sobald ich seine Nummer sah, legte mein ohnehin schon rasendes Herz den Turbogang ein, und ich hätte das Telefon beinahe wieder hingeschmissen, aber mein Finger lag schon auf dem grünen Knopf, und er sagte: »Hallo?«, ehe ich recht begriff, was ich getan hatte. Ich merkte gar nicht, dass ich nicht geantwortet hatte, bis er sagte: »Annie?«

»Hallo.«

»Du bist rangegangen! Ich wusste nicht, ob du abnehmen würdest …« Er schwieg, und ich wusste, dass ich etwas sagen sollte, irgendetwas, das freundlich klang, etwas, das bedeutete, *ich freue mich, dass du anrufst.*

»Ich habe gerade die Wäsche gemacht.« Klasse, genauso gut hätte ich ihm sagen können, ich sei auf dem Klo gewesen.

»Störe ich?«

»Nein, ich meine ja, aber das ist okay. Die Wäsche kann warten.«

»Ich habe dich vor ein paar Wochen gesehen und wollte dich gleich anrufen, aber ich wusste nicht, ob es dir recht wäre.«

»Du hast mich gesehen?«

»Als du gerade aus dem Supermarkt gegangen bist. Ich habe noch versucht, dich einzuholen, aber du warst zu schnell.« Mein Gesicht brannte. Mist, er hatte mich tatsächlich gesehen.

Ich wartete darauf, dass er etwas über die Frau sagte, doch als er es nicht tat, erwiderte ich: »Wirklich? Ich habe dich gar nicht bemerkt. Ich hatte es eilig und wollte nur schnell was holen, aber in dem Laden gab es das nicht.«

Wir schwiegen beide ein paar Takte, dann sagte er: »Und was treibst du so? Ich hatte erwartet, deine Schilder in irgendwelchen Vorgärten zu sehen.« Ich unterdrückte den Drang, schäbig zu sein und zu erklären, die letzten Schilder, die ich in meinem Leben aufgestellt hätte, wären die bei der Open-House-Besichtigung gewesen, auf der ich verschleppt worden war. Ich wusste, dass er mir nicht weh tun wollte.

»Da kannst du lange warten.«

»Ich vermisse es, an ihnen vorbeizufahren. Wenn ich dein vierblättriges Kleeblatt gesehen habe, musste ich immer lächeln.«

Ich hatte mich für clever gehalten, vierblättrige Kleeblätter auf meine Schilder, Visitenkarten und die Autotür drucken zu lassen. Mein Werbespruch lautete »Annie O'Sullivan – mit dem Glück der Iren«. Daraus hatte meine ganze Marketingstrategie bestanden. Wenn das keine Ironie ist!

»Eines Tages vielleicht – aber womöglich mache ich auch was ganz anderes.« Von der Brücke springen, zum Beispiel.

»Du wirst in allem Erfolg haben, egal, was du anfängst, aber wenn du wieder als Maklerin arbeitest, wirst du sofort wieder drin sein. Du warst so gut in dem Job!«

Nicht so gut, wie ich sein wollte, nicht so gut, wie meine Mom fand, dass ich hätte sein sollen – die ganze Zeit, in der ich als Maklerin gearbeitet habe, hat sie mir die Anzeigen der anderen Makler der Stadt gezeigt und mich gefragt, warum ich diese oder jene Immobilie nicht vermittle. Und ich war nicht so gut wie Christina, die einer der Hauptgründe war, warum ich überhaupt ins Immobiliengeschäft eingestiegen bin. Nach der Highschool hatte ich eine ganze Reihe ätzender Jobs – Kellnerin, Kassiererin, Sekretärin –, aber dann hatte ich einen, der mir gefallen hat. Ich saß im Hinterzimmer einer Zeitung und dachte mir Anzeigenlayouts aus. Viel Geld war damit allerdings nicht zu verdienen, und als ich Ende zwanzig war, hatte ich es satt, ständig pleite zu sein. Besonders, da Christina und Tamara ein Heidengeld verdienten, worauf Mom nicht müde wurde hinzuweisen, und zum Teufel, ich wollte auch ein schickes Auto fahren.

»Ich mache jetzt eine Therapie.« Super, zuerst die Wäsche, jetzt meine Therapie – dabei wollte ich nur nicht mehr über Immobilien reden müssen.

»Das ist großartig!«

Ja, jetzt kann ich tagsüber öfter pinkeln, ich kann

tatsächlich essen, wenn ich hungrig bin, und so weiter, und bis ich über meine tote Tochter sprechen musste, hatte ich diese Macke mit Im-Schrank-Schlafen auf ein paarmal in der Woche reduziert. *Großartig,* was? Doch ich würgte meine bitteren Worte runter – er versuchte nur, nett zu sein, und wem zum Teufel wollte ich etwas vormachen? Ich brauche eine Therapie.

»Bist du noch dran?« Und dann sagte er seufzend: »Mist, es tut mir leid, Annie. Ich sage immer genau das Falsche, stimmt's?«

»Nein, nein, es liegt nicht an dir, es ist nur, na ja, du weißt schon … Aber wie läuft es bei euch im Restaurant?«

»Wir haben eine neue Speisekarte. Du solltest bei Gelegenheit mal vorbeikommen. Den Gästen scheint es zu gefallen.«

Wir redeten noch eine Weile über das Restaurant, aber es fühlte sich an, als würden wir eine unserer alten Unterhaltungen durch einen Zerrspiegel wiederholen – alles war wie entstellt, und keiner von uns wusste, welche Tür sicher war. Ich öffnete eine unsichere.

»Luke, ich habe es dir nie gesagt – und ich weiß, ich hätte es schon längst tun sollen –, aber es tut mir wirklich leid, wie ich dich behandelt habe, als du zum ersten Mal ins Krankenhaus gekommen bist. Es ist nur so, dass …«

»Annie.«

»Der Typ, der mich gefangen gehalten hat, hat mir Dinge erzählt, und …«

»Annie …«

»Ich habe die Wahrheit erst später herausgefunden.«

Als ich mich weigerte, Luke zu sehen, wollte Mom den Grund dafür wissen. Dann sagte sie mir, dass Luke nicht nur keine Freundin hatte, sondern dass er in seinem Restaurant bis eine Woche vor meiner Wiederkehr mit Christina zusammen Spenden gesammelt hatte, um die Suche nach mir zu finanzieren. Mom erzählte mir außerdem, dass die Polizei ihn ein paar Tage lang verhört hätte, aber er konnte beweisen, dass er im Restaurant gewesen war, als ich entführt wurde. Sie sagte, dass eine Menge Leute ihn behandelt hätten, als sei er in die Sache verstrickt, selbst nachdem die Cops ihn laufengelassen hatten.

Ich dachte an meine Reaktion, als der Psycho mir erzählt hatte, Luke habe eine neue Freundin – während er zu Unrecht beschuldigt wurde und in Wirklichkeit nicht aufgehört hatte, nach mir zu suchen. Da hätte ich doch zumindest einwilligen müssen, ihn zu sehen.

Ich sagte: »Und dann habe ich auch noch den Besuch vermasselt.«

»*Annie!* Schhh, es ist okay, du musst nicht darüber reden.«

»Doch. Als du mich bei Mom besucht hast …« Ich wusste nicht, wie ich anfangen sollte zu erklären, was damals geschehen war. Ich war seit zwei Wochen aus dem Krankenhaus raus und schlief in meinem alten Zimmer, als ich in der Küche Stimmen hörte und nach draußen schwankte, um sie und Wayne zu bitten, leise zu sein.

Mom stand mit dem Rücken zu mir am Herd, vor sich einen großen Topf mit irgendetwas Essbarem und einen Mann neben sich. Der Mann, der mir ebenfalls den Rücken zukehrte, beugte sich vor, als sie ihn von einem Löffel probieren ließ. Ich wollte rückwärts aus dem Zimmer raus, aber der Boden quietschte. Luke drehte sich um.

Wie aus weiter Ferne hörte ich Mom sagen: »Gut, du bist gerade rechtzeitig aufgewacht! Luke hat gerade meine Spaghetti Surprise probiert, er will das Rezept für sein Restaurant. Aber ich hab ihm gesagt, wenn er es will, dann muss er das Gericht nach mir benennen.« Ihr raues Lachen erfüllte den Raum, dessen Luft mit Oregano, Basilikum, Tomaten und Anspannung getränkt war.

Lukes ehrliches Gesicht war eines der Dinge gewesen, die ich an ihm geliebt hatte, und jetzt war es blass vor Entsetzen. Er hatte mich im Krankenhaus gesehen, und ich bin sicher, dass er mein Foto in der Zeitung gesehen hatte, aber ich hatte noch mehr abgenommen, und in Waynes altem Trainingsanzug sah ich wahrscheinlich noch dünner aus, als ich ohnehin schon war. Ich hatte dunkle Ringe unter den Augen, und ich hatte seit Tagen mein Haar weder gewaschen noch gebürstet. Natürlich sah Luke noch besser aus, als ich ihn in Erinnerung hatte. Sein weißes T-Shirt brachte die gebräunten Unterarme und die Brustmuskeln gut zur Geltung. Sein dunkles Haar, länger als vor meiner Entführung, war perfekt zerzaust und schimmerte im hellen Licht der Küchenlampe.

»Ich habe dir Blumen mitgebracht, Annie.« Mit der Hand deutete er auf eine Vase mit Rosen auf der Arbeitsplatte. *Rosa* Rosen.

»Ich habe sie für dich ins Wasser gestellt, Annie Bear.« Mom betrachtete die Rosen mit schmalen Augen – nur leicht geschlossen, kaum wahrnehmbar für andere, aber ich kannte meine Mutter. Sie hatte die Rosen bereits mit ihren eigenen verglichen und für mangelhaft befunden.

Ich sagte: »Danke, Luke, sie sind sehr hübsch.«

Ein paar Sekunden, die sich wie Stunden anfühlten, war das einzige Geräusch in der Küche das Blubbern der Soße auf dem Herd, dann stapfte Wayne herein und klopfte Luke auf die Schulter.

»Luke! Schön, dich zu sehen, Junge. Bleibst du zum Abendessen?«

Mom, Wayne und ich sahen Luke an, dessen Gesicht rot anlief. Er schaute mich an und sagte: »Wenn Annie …«

»Natürlich möchte Annie, dass du bleibst«, sagte Wayne. »Glaub mir, es tut dem Mädchen gut, ein paar Freunde um sich zu haben.« Ehe ich auch nur irgendetwas sagen konnte, hatte Wayne schon den Arm um Lukes Schulter gelegt und führte ihn aus der Küche. »Ich wollte dich sowieso fragen, was du davon hältst …«

Mom und ich blieben zurück und starrten einander an. »Du hättest mir sagen können, dass er hier ist, Mom.«

»Und wann hätte ich das tun sollen? Du verlässt dein Zimmer doch nie.« Sie schwankte leicht und stützte sich mit der Hand an der Arbeitsplatte ab.

Jetzt sah ich es – Moms Gesicht glühte nicht nur, weil sie am heißen Herd stand. Die Lider hingen leicht nach unten, eines – das rechte, wie immer – war etwas tiefer gesackt. Mein Blick fand, wonach ich gesucht hatte, hinter dem Behälter mit der Pasta, aber in Griffweite; ein Glas, von dem ich wusste, dass es Wodka enthielt.

Mir war aufgefallen, dass Moms Vorliebe für einen benebelten Zustand in meiner Abwesenheit neue Höhen erreicht zu haben schien. Als ich erst ein paar Tage wieder zu Hause war, tauchte ich einmal aus meinem Zimmer auf, weil es verbrannt roch. Im Backofen entdeckte ich etwas, das ich für Erdnussplätzchen hielt, und Mom wie ohnmächtig vor dem Fernseher, wo gerade ein Interview mit mir wiederholt wurde. Es war entstanden, kurz nachdem ich freigekommen war und mit niemandem hätte reden sollen. Ich hatte den Kopf zur Seite abgewandt, so dass das Haar mein Gesicht wie ein Vorhang vor der Kamera verbarg. Ich schaltete den Fernseher aus.

Ihr rosa Morgenmantel – oder wie sie mit fürchterlichem französischen Akzent sagen würde, ihr *Peignoir* – klaffte weit offen und entblößte ihren Hals und ihre kleinen Brüste. Ich stellte fest, dass ihre Haut, die immer ihr ganzer Stolz gewesen war, obwohl es nicht viele Körperstellen gab, auf die sie nicht stolz gewesen wäre, langsam runzelig wurde. Ihre Hand umschloss eine Wodkaflasche – das erste Anzeichen für mich, dass die Dinge sich geändert hatten; früher hatte sie das Zeug zumindest immer verdünnt. Sie musste gerade erst eingeschlafen sein, denn die Zigarette zwischen ihren vollen Lippen brannte noch. Die Aschesäule war mehr als zwei Zentimeter lang, und während ich dastand, begann sie zu zittern, fiel und landete auf Moms entblößter Brust. Wie gelähmt beobachtete ich, wie die orangerote Glut immer näher an ihre Lippen kroch, und fragte mich, ob sie überhaupt aufwachen würde, wenn sie sich verbrannte, doch dann nahm ich die Zigarette vorsichtig fort. Ohne Mom zu berühren, beugte ich mich vor und blies die Asche von ihrer Brust, dann nahm ich die Kekse aus dem Ofen und ging wieder ins Bett. Ich nahm an, mit ihrer Trinkerei würde es etwas besser werden, sobald ich eine Weile zu Hause wäre.

Jetzt, als wir in ihrer Küche standen, bemerkte sie, dass ich den Drink entdeckt hatte, und stellte sich so hin, dass ich ihn nicht mehr sehen konnte. Mit Blicken forderte sie mich auf, etwas zu sagen.

»Du hast recht. Entschuldigung.« Es war einfacher so.

Ich hatte keine Idee, wie ich mich elegant aus der Affäre ziehen sollte, also half ich ihr, das Essen aufzutragen, wobei ich versuchte, Lukes Blick auszuweichen. Er streckte die Hände aus, um einen heißen Teller von mir entgegenzunehmen, und ich erinnerte mich an diese Hände auf meinem Körper, dann dachte ich an die Hände des Psychos auf mir und ließ den Teller fallen. Luke fing ihn reflexartig auf, ehe er auf den Tisch krachte, aber Mom hatte es trotzdem bemerkt.

»Alles in Ordnung, Annie Bear?«

Ich nickte, aber es war alles andere als in Ordnung. Ich saß Luke gegenüber und schob die Pasta auf meinem Teller hin und her. Ich war mir der Uhr über meinem Kopf nur allzu sehr bewusst, die mir sagte, dass ich um diese Zeit nichts essen durfte, und mein leerer Magen rollte sich in einer Ecke zusammen.

Während des Abendessens versuchte mein Stiefdad, Luke von seiner neusten Geschäftsidee zu erzählen, bis Mom ihn unterbrach und Luke fragte, ob ihm aufgefallen sei, dass sie frische Petersilie in ihr selbstgebackenes Knoblauchbrot getan hatte. Ach, und hatte sie schon erwähnt, dass die Petersilie aus ihrem eigenen Garten kam? Wayne wurde zwei weitere Sätze los, dann schwieg er und nahm einen Bissen. Mom war inzwischen richtig in Fahrt. Sie ließ sich über die Feinheiten der Zubereitung einer perfekten Spaghettisoße aus, was es erforderlich zu machen schien, dass sie alle zwanzig Sekunden Luke am Arm berührte und ihm ermutigend zulächelte, wenn er eine Frage stellte.

Nachdem alle ihren Teller leergegessen hatten, entstand eine Gesprächspause, als den anderen auffiel, dass mein Teller immer noch voll war. Dann sagte Wayne: »Annie geht es schon viel besser.«

Wir starrten ihn an, und ich dachte: *Verglichen womit?*

Luke sagte: »Lorraine, das war phantastisch, und du hast recht, unsere Spaghetti im Restaurant sind nicht halb so gut.«

Mom tätschelte seinen Arm und sagte: »Ich habe es dir doch gesagt. Wenn du nett zu mir bist, zeige ich dir vielleicht ein paar von meinen Tricks.« Sie lachte kehlig.

»Es wäre mir eine Ehre, wenn du mir dein Rezept verraten würdest, aber im Moment wäre ich gerne ein paar Minuten mit Annie allein, wenn es dir recht ist.« Er wandte sich an mich, aber die Vorstellung, mit Luke allein zu sein, ließ mir das Blut in den Adern gefrieren und offensichtlich auch in meinen Lippen, denn sie schienen nicht die Worte formen zu können, *nein, es ist mir nicht recht, es ist mir überhaupt nicht recht.*

Ich war nicht die Einzige, die es unvorbereitet getroffen hatte. Moms und Waynes Köpfe fuhren in die Höhe wie bei zwei Marionetten. Moms Hand ruhte immer noch auf Lukes Arm. Sie zog sie zurück, als hätte sie sich verbrannt.

»Dann sollte ich wohl besser die Küche aufräumen.« Als niemand Anstalten machte, sie aufzuhalten, schob sie ihren Stuhl so schnell zurück, dass er über das Linoleum schrammte, und schnappte sich ein paar Teller. Wayne stand auf, um ihr zu helfen, und als sie in der Küche waren, hörte ich ihn etwas darüber sagen, dass sie den Kindern etwas Privatsphäre gönnen sollten und draußen eine rauchen könnten. Ihre gedämpfte Antwort klang alles andere als glücklich, aber kurz darauf hörte ich, wie die Küchentür geöffnet und wieder geschlossen wurde, und dann die Schritte der beiden draußen auf der Veranda. Mom lugte durch die Schiebetür, die vom Essbereich ins Freie führte, doch als ich es bemerkte, verschwand sie außer Sichtweite.

Ich fuhr fort, meine Spaghetti mit der Gabel aufzudrehen. Dann stieß Luke mich unterm Tisch mit dem Fuß an und räusperte sich. Meine Gabel fiel scheppernd auf den Teller und bespritzte mich mit Tomatensoße und, was noch schlimmer war, sein weißes Hemd, wie mit Blutstropfen.

Ich sprang auf und griff nach dem Küchenpapier, aber Luke beugte sich vor und ergriff meine Arme.

»Es ist nur Spaghettisoße.« Ich starrte auf seine Hände herunter, die meine Handgelenke umklammerten, und versuchte sie wegzuziehen. Er ließ mich auf der Stelle los. »Mist. Bitte entschuldige, Annie.«

Ich rubbelte meine Arme mit den Händen ab.

»Darf ich dich überhaupt nicht anfassen?«

Ich blinzelte verzweifelt, um die Tränen zurückzuhalten, aber eine entwischte, als ich die Antwort in seinen Augen aufflackern sah. Ich ließ mich auf den Stuhl sacken.

»Ich kann einfach nicht. Noch nicht …«

Seine Augen flehten mich an, es ihm zu erklären, meine Gefühle mit ihm zu teilen, wie ich es immer getan hatte, aber ich konnte nicht.

»Ich will dir nur helfen, Annie – ich komme mir so verdammt nutzlos vor. Gibt es denn gar nichts, was ich für dich tun kann?«

»Nein!« Das Wort klang wütend, es klang *gemein*, und sein Gesicht zuckte, als hätte ich ihn geschlagen. Er konnte nichts tun, niemand konnte etwas tun. Es war dieses Wissen, das mich dazu brachte, ihn in jener Sekunde zu hassen – und mich selbst in der nächsten, weil ich so empfand.

Seine Lippen verzogen sich zu einem wehmütigen Lächeln, dann schüttelte er den Kopf und sagte: »Ich bin echt ein totaler Idiot, was? Ich hatte gedacht, wir könnten einfach reden, ich würde alles verstehen …«

In meinem Schmerz legte ich es darauf an, auch ihn zu verletzen. »Du *kannst* es nicht verstehen. Du wirst es *niemals* verstehen.«

»Nein, du hast recht, wahrscheinlich nicht. Aber ich möchte es versuchen.«

»Ich will einfach nur in Ruhe gelassen werden.« Die Worte hingen im Raum zwischen uns wie Fliegen auf dem Kadaver von dem, was von unserer Beziehung übrig geblieben war. Er nickte und stand auf. Innerlich schrie ich: *Es tut mir leid. Ich nehme es zurück. Ich habe es nicht so gemeint. Bitte bleib.*

Aber er hatte bereits die Schiebetür geöffnet. Er dankte Mom für das Abendessen und sagte, dass er zurück ins Restaurant müsse. Wahrscheinlich würde er das Rezept bekommen, so höflich, wie er war. So höflich. Während ich mit rotem Kopf dasaß, mit meiner Scham und meinem Bedauern.

Dann stand er an der Tür, die Hand am Knauf, drehte sich noch einmal um und sagte: »Es tut mir so leid, Annie.« Die Aufrichtigkeit in seiner Stimme tat mir tief drinnen weh, an Stellen, von denen ich geglaubt hatte, sie seien so voller Schmerz, dass ich unmöglich noch mehr spüren könnte, und ich wandte mich ab, wandte mich ab von seiner Schönheit und seiner Freundlichkeit und ging an ihm vorbei durch den Flur, ohne auch nur den Anstand zu haben, ihm in die Augen zu schauen. In meinem Zimmer hörte ich, wie die Vordertür zufiel, und dann, wie er mit seinem Truck davonfuhr. Nicht einmal schnell vor Wut, wie ich es getan hätte, sondern langsam. Traurig.

Jetzt, Monate später, unterbrach er mich am Telefon und sagte: »Bitte hör auf, Annie. Du schuldest mir keine Entschuldigung, mir zuallerletzt. *Ich* habe es vermasselt. Ich hätte nicht einfach so aufkreuzen dürfen. Ich habe dich gedrängt. Ich könnte mich tausendmal dafür ohrfeigen. Deshalb habe ich immer wieder angerufen. Ich wusste, dass du dir die Schuld dafür geben würdest.«

»Ich war so gemein zu dir.«

»Du hattest alles Recht dazu – ich war ein unsensibler Trottel. Darum habe ich versucht, auf Distanz zu bleiben, aber vielleicht bist du immer noch nicht bereit, mit mir zu reden? Ich wäre dir nicht böse, wenn du nein sagst. Versprochen.« Das war immer so ein Spiel zwischen uns gewesen – er sagte, ich liebe dich, und ich, selbst nach einem Jahr nicht gewillt, es ebenfalls auszusprechen, erwiderte: *versprochen?*

»Ich möchte mit dir reden, aber ich kann nicht über das sprechen, was geschehen ist.«

»Das musst du auch nicht. Wie wäre es, wenn ich

einfach ab und zu mal anrufe, und wenn dir danach ist, gehst du ran, und wir quatschen, über was immer du willst. Meinst du, das geht? Ich will dich nicht noch einmal bedrängen.«

»Das geht. Ich meine, ich werde es versuchen. Langsam wird es langweilig, immer nur mit Emma und meiner Therapeutin zu reden.«

Sein leises Lachen löste die Spannung.

Danach quasselten wir eine Weile über Emma und Diesel, seinen schwarzen Labrador. Schließlich sagte er: »Ich ruf dich bald wieder an, okay?«

»Fühl dich nicht verpflichtet dazu.«

»Das tue ich nicht. Und du fühl dich nicht verpflichtet, ans Telefon zu gehen.«

»Werde ich nicht.«

In der nächsten Woche rief er wieder an, und diese Woche auch, Doc, und wir haben uns kurz unterhalten, meistens über das Restaurant oder unsere Hunde, aber ich weiß immer noch nicht, was ich davon halten soll. Es gefällt mir, aber manchmal verspüre ich Wut ihm gegenüber. Wie kann er immer noch so freundlich zu mir sein? Ich verdiene es nicht – das wird er bald kapieren. Seine verdammte Güte bringt mich dazu, ihn zu lieben und gleichzeitig zu hassen. Ich *will* ihn hassen. Ich bin wie eine Wunde, die gerade vernäht worden ist, und jedes Mal, wenn wir miteinander reden, reißen die Nähte und die Wunde wieder auf, und ich muss sie wieder zusammennähen.

Am schlimmsten von allem ist, dass ich mir durch seine Freundlichkeit noch bescheuerter vorkomme, denn meine größte Angst ist, dass er mich anfassen könnte, wenn wir uns wiedersehen. Allein beim *Gedanken* daran breche ich in Schweiß aus. Und so reagiere ich von allen Männern ausgerechnet auf Luke? Luke, der Spinnen aus meiner Spüle gerettet und sie nach draußen getragen hat? Das ist mehr als lächerlich. Wenn ich es nicht einmal schaffe, mich in Gegenwart eines Menschen wie Luke wohl zu fühlen, dann bin ich echt vollkommen im Arsch. Dann kann ich genauso gut meinen Kram einpacken und in die Penthouse-Suite im Hotel Wahnsinn ziehen.

15. Sitzung

Noch einmal danke, dass Sie akzeptiert haben, dass ich beim letzten Mal nicht über den Berg reden wollte. Die letzte Woche war die Hölle, und ich weiß nicht, ob ich heute darüber reden kann – ich muss sehen, wie ich mich fühle. Meine Trauer gleicht einem Sturm. Manchmal kann ich darin aufrecht stehen, und wenn ich wütend bin, kann ich mich ihm sogar entgegenstemmen und ihn herausfordern, mich umzuwehen. Zu anderen Zeiten muss ich mich hinkauern und klein machen und ihn auf meinen Rücken einhämmern lassen. In letzter Zeit bin ich meistens im Hinkauer-Modus.

Zum Teufel, vermutlich brauchen Sie selbst eine Pause – verdammt deprimierend, der ganze Mist, was? Ich wünschte, ich könnte Ihnen glückliche Geschichten erzählen oder Sie zum Lächeln bringen, indem ich etwas Geistreiches sage. Wenn ich von hier weggehe, habe ich immer ein schlechtes Gewissen, weil Sie sich meinen ganzen Scheiß anhören mussten – ich fühle mich so egoistisch. Aber nicht genug, um etwas daran zu ändern. Dieser Scheiß *macht* mich egoistisch. Meine Traurigkeit ist berechtigt.

Als ich zu Ihnen kam, sagte ich, dass ich ein paar Gründe hatte, um es noch einmal mit einer Therapie zu versuchen, aber ich habe Ihnen nie erzählt, was diese Danke-ich-komme-sehr-gut-allein-zurecht-Blase hat platzen lassen, in der ich schwebte.

Es passierte in einem Supermarkt. Ich bin nur spätabends mit einer Baseballkappe auf einkaufen gegangen und hatte sogar überlegt, nur noch übers Internet zu bestellen, aber wer weiß, wen sie losschicken, um die Bestellungen auszuliefern, und ich hatte die Schnauze voll von Reportern, die jeden Trick benutzen, um in mein Haus zu kommen. Wie dem auch sei, eine Frau bückte sich und holte etwas aus dem untersten Regal. Nicht weiter merkwürdig, außer dass ihr Kinderwagen ein paar Meter von ihr entfernt stand, unbeaufsichtigt und mit einem Baby darin. Ich versuchte, einfach vorbeizugehen, versuchte, nicht auf die kleinen weißen Zähne des Mädchens oder auf ihre rosigen Wangen zu starren, doch als ich vorbeiging, streckte sie ihren winzigen Arm nach mir aus, und ich blieb stehen. Wie von einem Magneten angezogen, bewegten sich meine Füße auf sie zu und streckte ich meine Hand aus. Ich wollte diese winzige Hand berühren, nur für eine Sekunde! Das war alles, was ich brauchte, sagte ich mir, nur eine Sekunde. Aber die Hand des Kinds umklammerte meinen ausgestreckten Finger, und es gluckste, als es zudrückte. Als sie das Giggeln hörte, sagte ihre Mutter: »Samantha, hier bin ich, Mommy ist gleich wieder da.«

Samantha, ihr Name war Samantha. Er hallte in meinem Kopf wider, und ich wollte dieser Frau, die sich hingekniet hatte, um, wie ich jetzt sah, Gläser mit Babynahrung auszuwählen, erzählen, dass ich auch ein Baby hatte, und zwar das schönste Baby, das man je gesehen hatte. Aber dann würde sie mich fragen, wie alt mein Baby sei, und ich wollte nicht sagen, dass es tot ist, und mitkriegen, wie die Frau ihre Tochter erleichtert und dankbar ansah, weil es nicht ihr Kind war, und dann würde ich in ihrem Blick die Gewissheit sehen – die unerschütterliche Gewissheit einer Mutter –, dass *ihrer* Tochter *niemals* so etwas Schreckliches widerfahren würde.

Als ich versuchte, meinen Finger wegzuziehen, drückte Samantha noch fester zu, und an ihrem Mund bildete sich ein winziges Speichelbläschen. Meine Nase nahm ihren Geruch auf – Babypuder, Windeln und das leicht süßliche Aroma von Milch. Ich wollte sie. Meine Hände brannten darauf, sie aus dem Sitz zu heben, auf den Arm zu nehmen und in mein Leben zu holen.

Verstohlen sah ich mich nach beiden Seiten im Gang um – leer –, und mein Verstand arbeitete auf Hochtouren, um zu berechnen, wie viele Schritte ich bräuchte, um zu entkommen. Ich wusste, dass so spät nur eine Kasse geöffnet war. *Ein Kinderspiel.* Ich trat näher an den Wagen heran. Das Herz pochte mir bis in die Ohren, und im flimmernden Licht der Leuchtstoffröhren registrierte ich jedes einzelne der feinen blonden Haare des Kindes und streckte die Hand aus, um eine der seidigen Strähnen zu berühren. Mein Baby hatte dunkles Haar. Das war nicht mein Baby. Mein Baby war tot.

Ich trat zurück, gerade als die Mutter sich erhob, mich sah und auf den Wagen zukam.

»Hallo«, sagte sie mit einem zögernden Lächeln.

Ich wollte sagen, *was haben Sie sich denn dabei gedacht? Drehen Ihrem Kind auf diese Weise den Rücken zu. Wissen Sie nicht, was passieren könnte? Wie viele Verrückte herumlaufen? Wie verrückt ich bin?*

»Was für ein fröhliches Kind«, sagte ich. »Und so hübsch.«

»Im Moment sieht sie ganz zufrieden aus, aber Sie hätten sie vor einer Stunde erleben sollen! Es hat ewig gedauert, bis ich sie endlich beruhigt hatte.« Während sie sich über ihren Stress als Mutter ausließ, Stress, für den ich meine Seele verkaufen würde, wollte ich sagen, *weißt du eigentlich, wie viel Glück du hast? Du undankbare Schlampe, sei froh um jeden Schrei, der aus dem Mund deines Kindes kommt.* Stattdessen blieb ich wie gelähmt stehen, lächelte gelegentlich oder nickte der Frau zu, bis sie schließlich an

Schwung verlor und abschließend fragte: »Haben Sie Kinder?«

Ich spürte, wie mein Kopf hin und her schwang, fühlte, wie meine Lippen sich nach einem Lächeln wieder zusammenzogen, spürte sogar meine Kehle vibrieren, als ich sagte: »Nein, keine Kinder.«

Meine Augen mussten etwas verraten haben, denn sie lächelte freundlich und sagte: »Das kommt schon noch.«

Ich erwiderte ihren Blick. Ich wollte ihr sagen, dass es sehr wohl *gekommen* war, nur um mir wieder *genommen zu* werden. *Na, wie schmeckt dir das, du eingebildete, selbstzufriedene Kuh?* Aber ich sagte nichts. Ich lächelte nur, nickte und wünschte ihr einen angenehmen Abend, als ich sie dort in dem Gang stehenließ. In diesem Moment habe ich begriffen, dass ich vielleicht doch nicht so gut allein zurechtkam. Ich schaffte es noch eine Weile, den Moment zu verdrängen, hinter all die anderen Momente, in denen ich dem Wahnsinn nahe war. Bis ich eine Anzeige in der Zeitung sah, dass eine der Frauen, mit denen ich früher einmal zusammengearbeitet hatte, einen Sohn bekommen hatte. Ich schickte eine Karte, aber ich wusste, dass ich nicht in die Nähe des Babys kommen durfte. Allein die Karte auszusuchen war schon Quälerei genug gewesen. Ich bin mir nicht sicher, warum ich sie überhaupt geschickt habe, außer dass es ein weiterer jämmerlicher Versuch war, mir zu beweisen, dass ich mit dem Scheiß allein klarkam, obwohl ich es ganz offensichtlich nicht schaffte.

»Wayne und ich würden uns freuen, wenn du heute Abend zum Essen vorbeikämst«, sagte Mom, als sie letzten Dienstag am späten Nachmittag anrief. »Ich habe einen Braten gemacht.«

»Ach Mensch, ich habe schon gegessen. Hätte ich das bloß früher gewusst!« Ich hatte noch nichts gegessen, aber lieber würde ich meinen Körper auf glühenden Kohlen wälzen – zum Teufel, ich würde lieber heiße Kohlen *essen* –, als rüberzugehen und mir anzuhören, was ich jetzt schon wieder vermurkst hatte. Nur Mom schaffte es, dass ich mich mies fühlte, weil ich mich mies fühlte. Ich hatte bereits schlechte Laune wegen dieses einen bescheuerten Filmproduzenten, der nicht aufhörte, mir Angebote an meine Tür zu kleben – er stand sogar da und versuchte, durch das Holz mit mir zu reden, wobei er mit der Summe alle paar Minuten höherging, als sei er auf einer gottverdammten Auktion. Er verschwendete seinen Atem.

Ich erinnere mich, wie ich vor Jahren den Film *Titanic* gesehen habe. Die Leute hatten sich mit Popcorn vollgestopft und unterhielten sich auf dem Weg nach draußen über die super Spezialeffekte und wie realistisch alles gewirkt habe, vor allem die auf dem Meer treibenden Leichen. Und ich? Ich ging auf die

Toilette und übergab mich, weil die Menschen tatsächlich so gestorben waren – Aberhunderte Menschen – und es mir falsch vorkam, dazusitzen und Süßigkeiten zu essen, sich das Salz von den Fingern zu lecken und die authentische Darstellung der Erfrorenen im Wasser zu bewundern.

Ich will auf gar keinen Fall, dass die Leute sich mit Popcorn vollstopfen, während sie mein Leben nach seinem Unterhaltungswert beurteilen.

»Ich *habe* versucht, dich früher anzurufen, aber du bist nicht rangegangen.« Mom sagte nie: »Du warst nicht zu Hause«, es hieß immer: »Du bist nicht rangegangen«, in einem anklagenden Ton, als hätte ich das Telefon klingeln lassen, nur um sie zu ärgern.

»Emma und ich haben einen Spaziergang gemacht.«

»Und warum hast du eine Mailbox, wenn du sie nie abhörst?«

»Du hast recht – tut mir leid. Aber ich bin froh, dass du anrufst, ich wollte dich nämlich etwas fragen. Ich habe gestern Abend meine Sachen durchgesehen, auf der Suche nach meinen Bildern von Dad und Daisy, aber ich konnte sie nicht finden.«

Nicht dass ich jemals viele Fotos besessen hätte. Die meisten hatte ich von Verwandten bekommen, und der Rest wurde von Mom in ihren Einklebebüchern und Alben in Geiselhaft gehalten, mit dem vagen Versprechen, dass ich sie »eines Tages« bekäme.

Besonders sauer war ich wegen eines Bildes, das ein Nachbar mir nach der Beerdigung gegeben hatte, nur mit Dad, Daisy und mir – es war ungewöhnlich, ein Bild zu finden, auf dem Mom nicht mit drauf war.

»Ich bin sicher, dass ich sie dir rausgesucht habe, als du wieder in dein Haus gezogen bist.«

»Daran kann ich mich nicht erinnern, und ich habe gestern Abend überall nach ihnen gesucht …« Ich wartete ein paar Sekunden, aber sie bot keine Erklärung für die fehlenden Bilder, und ich wusste, dass sie es auch nicht tun würde, solange ich nicht genauer nachbohrte. Aber da war noch etwas, das ich sie fragen wollte, und ich hatte gelernt, dass ich mir meine Kämpfe mit Mom klug auswählen musste. Russisches Roulette war vermutlich weniger risikoreich.

»Mom, denkst du manchmal noch an Dad und Daisy?«

Ein gereizter Seufzer kam zischend aus dem Telefon. »Natürlich! Was für eine dumme Frage. Also, wie viel hast du gegessen? Diese Dosensuppen, von denen du lebst, sind doch keine richtige Mahlzeit. Du wirst zu dünn.«

»Ich versuche, mit dir über etwas zu reden, Mom.«

»Wir haben bereits darüber geredet …«

»Ehrlich gesagt, nein, das haben wir nicht. Ich wollte es immer tun, weil ich die ganze Zeit an sie denke, besonders, als ich da oben war, aber wann immer ich das Thema zur Sprache bringe, lenkst du entweder ab, oder du sprichst über Daisys Eiskunstlaufen und all ihre …«

»Warum tust du das? Willst du mir weh tun?«

»Nein! Ich will nur … na ja, ich dachte … Weil ich eine Tochter verloren habe und du auch, dachte ich, dass wir darüber reden könnten, und vielleicht kannst du mir einen Rat geben, wie ich damit fertigwerden könnte.« Einen Rat? Was zum Teufel glaubte ich denn? Diese Frau hatte noch nie eine Erkenntnis gehabt, die tiefer ging als ein Fingerbreit Wodka.

»Ich glaube nicht, dass ich dir helfen kann, Annie. Das Kind, das du hattest … Es ist einfach nicht dasselbe.«

Meine Stimme verwandelte sich in Stahl, während mein Puls sich beschleunigte. »Und warum nicht?«

»Du würdest es nicht verstehen.«

»Nicht? Nun, wie wäre es, wenn du mir erklärst, warum der Tod meiner Tochter nicht mit dem deiner Tochter zu *vergleichen* ist, damit ich es *versteh*e?« Meine Stimme zitterte vor Wut, und ich hielt den Hörer so fest umklammert, dass mir die Hand weh tat.

»Du drehst mir die Worte im Mund um. Natürlich ist es tragisch, was mit deiner Tochter passiert ist, Annie, aber du kannst es nicht mit dem vergleichen, was mir zugestoßen ist.«

»Meinst du nicht, was *Daisy* zugestoßen ist?«

»Das ist so typisch für dich, Annie – ich rufe an,

um dich zum Abendessen einzuladen, und irgendwie schaffst du es, den Anruf in einen deiner Angriffe zu verwandeln. Ehrlich, manchmal glaube ich, du legst es darauf an, dir das Leben schwerzumachen.«

»Wenn ich das vorhätte, müsste ich nur mehr Zeit mit dir verbringen, *Mom.*«

Auf ihr schockiertes Schnaufen folgte das laute Klicken, als sie den Hörer auflegte. Die Wut trieb mich wie eine Rakete mit Emma vor die Tür, aber nachdem ich eine halbe Stunde gerannt war, war mein kurzes Hochgefühl, weil ich mich Mom widersetzt hatte, schon wieder verflogen. Ich dachte an das nächste Telefongespräch. Wenn Wayne mir erklären würde, wie sehr ich sie verletzt hatte, dass sie ganz außer sich sei, dass ich mich wirklich bei ihr entschuldigen und versuchen sollte, mehr Verständnis für sie aufzubringen – sie sei die einzige Mutter, die ich in diesem Leben hätte, und die arme Frau habe bereits so viel durchgemacht. Unterdessen hockte ich da und fragte mich: *Warum zum Teufel versucht sie nicht,* mir *Verständnis entgegenzubringen? Was ist mit dem, was* ich *durchgemacht habe?*

Nachdem mein Baby auf dem Berg gestorben war, wachte ich auf und starrte auf ihre zusammengelegte Decke. Aus meinen Brüsten quoll Milch und durchnässte mein Kleid, als weinten sie um sie. Selbst mein Körper hatte ihren Tod noch nicht akzeptiert. Als der

Psycho merkte, dass ich wach war, kam er herüber, setzte sich hinter mich aufs Bett und rieb mir den Rücken.

»Ich habe etwas Eis für dein Gesicht.« Er legte eine Eispackung neben meinen Kopf.

Ich ignorierte sie, drehte mich um und setzte mich auf, damit ich ihm ins Gesicht sehen konnte. »Wo ist mein Baby?«

Er starrte auf den Boden hinunter.

»Es tut mir leid, dass ich dich angeschrien habe, aber ich will nicht ihre Decke, ich will *sie*.« Ich rutschte vom Bett und kniete mich vor ihn. »Bitte, ich *flehe* dich an. Ich tue alles dafür.« Er hatte mich immer noch nicht angesehen, also schob ich mein Gesicht direkt in sein Blickfeld. »Alles, was du willst, sag mir nur, wo du sie …« Mein Mund konnte die Worte »begraben hast« nicht formen.

»You can't always get what you want, but if you try sometime, you might find you get what you need …« Du kannst nicht immer bekommen, was du willst, aber wenn du es versuchst, stellst du vielleicht fest, dass du bekommst, was du brauchst …« Er verstummte und summte die letzten Takte vom Song der Rolling Stones.

»Wenn du auch nur einen Funken Mitgefühl im Leib hast, musst du mir sagen …«

»Wenn ich einen Funken Mitgefühl im Leib habe?« Er sprang auf, stemmte die Hände in die Hüften und

lief hin und her. »Habe ich dir nicht immer wieder bewiesen, wie mitfühlend ich bin? Bin ich nicht immer für dich da gewesen? Und bin ich nicht jetzt da für dich, selbst nachdem du so schreckliche Dinge zu mir gesagt hast? Ich bringe dir ihre Decke, damit du ein wenig Trost hast, und alles, was du willst, ist *sie*? Sie hat dich *verlassen*, Annie. Begreifst du das nicht? Sie hat dich verlassen, aber ich bin geblieben.« Verzweifelt hielt ich mir die Ohren zu, um seine scheußlichen Worte nicht zu hören, aber er riss meine Hände weg und sagte: »Sie ist fort, fort, fort, und zu wissen, wo sie hin ist, wird dir kein bisschen helfen.«

»Aber sie ist so schnell gestorben, ich wollte nur … ich muss …« Mich von ihr verabschieden.

»Du brauchst nicht zu wissen, wo sie ist, weder jetzt noch später.« Er beugte sich näher zu mir. »Du hast immer noch mich, und das ist das Einzige, was zählen sollte. Und jetzt ist es Zeit für dich, das Abendessen zu kochen.«

Wie sollte ich das durchstehen? Wie sollte ich die nächsten Tage …

»Es ist *Zeit*, Annie.«

Entgeistert starrte ich ihn an.

Er schnippte mit den Fingern und deutete auf die Küche. Ich hatte erst ein paar Schritte gemacht, als er sagte: »Du darfst heute ein extra Stück Schokolade zum Nachtisch haben.«

Der Psycho hat mir nie erzählt, wo die Leiche meines Babys ist, Doc, und ich weiß es immer noch nicht – die Cops haben sogar Leichenspürhunde eingesetzt, aber sie konnten sie nicht finden. Ich stelle mir gerne vor, dass er ihren Leichnam in den Fluss geworfen hat und dass sie friedlich flussabwärts getrieben ist. Daran versuche ich mich festzuhalten, wenn ich nachts wach im Schrank liege und daran denke, dass sie ganz allein da oben auf dem Berg ist, oder wenn ich schreiend und schweißgebadet aufwache, weil ich wieder einen Albtraum von wilden Tieren hatte, die sie mit ihren Zähnen zerfleischen.

Ich habe keinen Ort, an dem ich um mein Baby trauern kann – kein Grab, keinen Gedenkstein. Die örtliche Kirche wollte einen Stein für sie aufstellen, aber ich lehnte ab, weil ich wusste, dass Journalisten und Leute, die von so morbidem Scheiß ganz besessen sind, nur Fotos davon machen würden. Ich habe mich selbst zu ihrem Friedhof gemacht. Darum hat es mich auch so getroffen, als Mom sagte, ich wolle mir unbedingt das Leben schwermachen. Da ist eine Menge Wahres dran.

Als Luke neulich wieder einmal angerufen hat, habe ich tatsächlich ein paar Sekunden gelacht, als ich ihm erzählte, wie Emma auf unserem Spaziergang ins Wasser gefallen ist. Ich hörte sofort wieder auf, aber es war draußen, mein Lachen war mir entwischt. Und ich schämte mich, als hätte ich mein

Baby im Stich gelassen, nur weil ich einen Augenblick unbeschwerten Vergnügens genossen hatte. Ihr Leben war ihr genommen worden, und mit dem Leben die Chance, jemals zu lächeln, zu lachen oder zu fühlen, und sobald ich lache und lächle, verrate ich sie.

Ich sollte feiern, dass ich in der letzten Woche kein einziges Mal im Schrank geschlafen habe – vielleicht hat es etwas mit unserer Unterhaltung darüber zu tun, dass ich wahrnehmen kann, wann ich paranoid werde, ohne darauf reagieren zu müssen. Obwohl ich letzte Nacht nicht widerstehen konnte, die Vorder- und die Hintertür zu überprüfen, um sicherzugehen, dass sie abgeschlossen sind, schaffte ich es, nicht alle Fenster zu kontrollieren, indem ich mir sagte, dass sie nicht geöffnet worden waren, seit ich am Tag zum letzten Mal nachgesehen hatte. Es war die erste Nacht, seit ich wieder zu Hause bin, dass ich einen Teil meines Zu-Bett-geh-Rituals habe ausfallen lassen.

Das mit dem Pinkeln klappt immer besser – die Yoga-CD, die Sie mir gegeben haben, hilft mir riesig. An den meisten Tagen kann ich gehen, wenn ich muss, auch ohne die Atemübungen zu machen oder meine Mantras zu wiederholen. Wie gesagt, ich sollte stolz auf meine Fortschritte sein, und das bin ich auch, aber das fügt meinen Schuldgefühlen nur noch eine weitere Schicht hinzu. Wenn es mir bessergeht, fühlt sich das an, als würde ich meine Tochter zurücklassen, und das habe ich schon einmal getan.

16. Sitzung

Ich habe über Ihren Vorschlag nachgedacht, Doc, und ich bin nicht angetan davon. Ich kenne niemanden, der *tatsächlich* versucht, mir zu schaden, das findet alles in meinem Kopf statt. Eine Liste zu machen mit allen, die mir etwas Übles wollen könnten, kommt mir zum Davonlaufen albern vor. Aber ich sage Ihnen, was ich tun werde. Wenn ich das nächste Mal paranoid werde, mache ich im Geiste eine Liste, und wenn mir kein einziger Name einfällt, den ich draufsetzen könnte, werde ich mir wie ein Volltrottel vorkommen, was angenehmer ist, als paranoid zu sein.

Übrigens, das blaue Tuch, das Sie umhaben, passt großartig zu Ihren Augen. Für eine ältere Frau sind Sie ziemlich stylish, Sie wissen schon, mit den schwarzen Rollkragenpullovern und den langen engen Röcken. Sehr stilvoll – nein, puristisch, als hätten Sie nichts für irgendwelchen Schnickschnack übrig, selbst, wenn es um Ihr Äußeres geht. Ich habe immer zu eher konservativer Kleidung geneigt, das genaue Gegenteil von Moms Stil – Typ Hollywood-Hausfrau.

Christina, mein persönlicher Einkaufsguru, hatte versucht, mich zu etwas Peppigerem zu überreden, bevor ich entführt wurde.

Aber die Ärmste hatte bei mir nicht viel Glück. Normalerweise habe ich es vermieden, shoppen zu gehen, und schon gar nicht in den schicken Boutiquen, die sie so mochte. Der Kauf meines Lieblingskostüms war das Ergebnis eines seltenen Moments, in dem ich zufällig etwas im Schaufenster sah und es sofort haben wollte. Wenn ich auf eine wichtige Veranstaltung musste, brauchte ich nur rüber zu Christina zu gehen. Sie sprang herum, riss die Klamotten aus ihrem Schrank und behängte mich mit Tüchern und Ketten, sagte mir, wie hübsch ich in diesem Kleid oder mit jener Farbe aussah. Sie liebte es; und ich liebte es, jemanden zu haben, der für mich entschied.

Auch mit ihren gebrauchten Kleidungsstücken war sie wirklich großzügig – die Klamotten, die Christina sich kauft, langweilen sie schon nach einer Woche –, und ein Großteil meiner Garderobe stammte aus ihren Ausmistaktionen. Darum verstehe ich immer noch nicht, warum ich so sauer auf sie bin, weil sie versucht hat, mir Klamotten zu schenken, als ich vom Berg zurückkam. Als ich herausfand, dass Mom alle meine Sachen verkauft hatte, kleidete ich mich im Secondhandshop neu ein. Sie hätten Moms Gesicht sehen sollen, als sie die übergroßen Jogginganzüge und Sporthosen sah, mit denen ich nach Hause kam. Es war mir egal, welche Farbe die Sachen hatten, sie mussten nur weich und warm sein, je schlabberiger, desto besser.

Als ich da oben ständig in diesen Mädchenkleidern rumlaufen musste, die dem Psycho so gefielen, habe ich mich so entblößt gefühlt. Ein Gutes hat der Stil, in dem ich mich jetzt anziehe: Niemand wird dazu verleitet, zweimal hinzugucken.

Sonntag hat Luke angerufen und gefragt, ob ich Lust hätte, mit ihm und den Hunden einen Spaziergang zu machen. Das erste Wort, das mir über die Lippen kam, war *nein!* Ehe ich meine Antwort durch eine Erklärung abmildern konnte – egal, wie unglaubwürdig sie ausgefallen wäre –, gab er schon die Kurzfassung von etwas zum Besten, das im Restaurant passiert war.

Der Gedanke, ihn zu sehen, erschreckte mich. Was, wenn er versuchen würde, mich zu berühren, und ich mich erneut zurückzog? Ich könnte den verletzten Ausdruck in seinem Blick kein drittes Mal ertragen. Was, wenn er nicht versuchte, mich zu berühren? Würde das bedeuten, dass er sich nichts mehr aus mir machte? Jetzt, nachdem ich nein gesagt hatte, fragte ich mich, ob er noch einmal vorschlagen würde, spazieren zu gehen – ich war mir nicht sicher, ob ich beim nächsten Mal mutiger sein würde, aber ich wusste, dass ich nicht wollte, dass er aufhört zu fragen. Als ich schließlich meinen Hintern hochbekam und mit Emma rausging, dachte ich immer noch an Luke und überlegte, wie es wohl wäre, wenn er bei mir wäre.

Anstatt mich am nächsten Morgen erneut in einem formlosen Jogginganzug zu verstecken, schleppte ich den Karton mit den Klamotten aus dem Keller nach oben, den Christina mir Monate zuvor auf die Veranda gestellt hatte. Erst als ich probierte, wie mir eine ausgeblichene Jeans und ein graugrüner Pullover standen, fiel mir auf, wie lange ich nicht mehr in den Spiegel geschaut hatte.

Es war nicht gerade ein aufreizender Look – die Jeans saß bequem, und der Pullover war nicht eng –, aber ich konnte mich nicht daran erinnern, wann ich zum letzten Mal etwas ausgesucht hatte, weil mir die Farbe gefiel, oder irgendetwas angezogen, das auch nur den leisesten Hinweis auf irgendwelche Kurven lieferte. Einen Moment lang, als ich die Fremde im Spiegel anstarrte, die Christinas Kleidung trug, sah ich fast den Schatten der Frau, die ich früher einmal war, und das machte mich so wahnsinnig, dass ich mir die Sachen sofort runterreißen wollte. Aber Emma – begierig auf ihren Morgenspaziergang – winselte herum, und so behielt ich sie an. Mir ist es egal, wie Emma aussieht, und ihr ist es egal, wie ich aussehe.

Emma war bei meiner Mom, als ich vermisst wurde – definitiv nicht meine erste Wahl und ganz bestimmt auch nicht Emmas. Später fand ich heraus, dass Luke und ein paar von meinen Freunden angeboten hatten, sie zu nehmen, aber meine Mom hatte nein gesagt. Als ich sie fragte, warum sie Emma genommen habe, erwiderte sie: »Was sollte ich denn sonst mit ihr machen? Kannst du dir vorstellen, was die Leute gesagt hätten, wenn ich sie fortgegeben hätte?«

Der arme Hund hat sich so gefreut, als er mich wiedergesehen hat, dass er vor Aufregung einfach losgepinkelt hat – das hatte er noch nie gemacht, nicht einmal als Welpe –, und so heftig zitterte, dass ich glaubte, er hätte einen Krampfanfall. Als ich in die Hocke ging, um Emma zu umarmen, schob sie ihre Schnauze an meine Brust und winselte ewig, als wollte sie mir ihren ganzen Kummer erzählen. Und sie hatte das Recht, sich zu beschweren. Sie war an dem japanischen Mandelbaum in Moms Garten angebunden, dabei war Emma noch nie in ihrem Leben irgendwo festgebunden gewesen. Mom sagte, sie hätte die Gartenbeete umgegraben. Klar – vermutlich hatte sie geglaubt, in der Hundehölle gelandet zu sein, und hatte versucht, sich nach draußen zu buddeln.

Emmas langen Krallen nach zu urteilen, hatte sie das letzte Jahr ihres Lebens hauptsächlich an diesen Baum festgebunden verbracht. Ihr Fell war matt und die wunderschönen glänzenden Augen stumpf. Auf der Veranda entdeckte ich einen Sack mit Hundefutter – den billigsten Mist, den es zu kaufen gibt –, das schon schimmelig roch.

Dieser Hund war es gewohnt, jede Nacht bei mir zu schlafen, und ich bin zwei-, manchmal dreimal am Tag mit ihr rausgegangen. Sie hatte jedes Hundespielzeug und jedes Leckerli bekommen, das jemals hergestellt worden war, und hatte einen weichen Korb, für den Fall, dass es ihr bei mir zu warm wurde. Ich hatte meine Arbeitszeiten so geplant, dass sie nie zu lange alleine war.

Wütend über die Art und Weise, wie sie behandelt worden war, wollte ich etwas sagen, aber ich war gerade erst zurückgekommen, und wenn das Zusammensein mit Menschen sich anfühlte, als würde ich bergauf in einem Sumpf schwimmen, dann war ein Gespräch mit Mom wie bergauf im Sumpf zu schwimmen, mit einem schweren Rucksack auf dem Rücken. Außerdem, was hätte ich sagen sollen? Hey Mom, nächstes Mal, wenn ich entführt werde, bekommst du meinen Hund aber nicht?

Als ich endlich in mein Haus zurückkehrte, wollte Emma am liebsten immer draußen sein, aber es dauerte nur ein paar Tage, bis sie sich wieder an das gute Leben erinnerte, und im Moment liegt sie wahrscheinlich auf dem Sofa und sabbert die Kissen voll. Ihr Fell glänzt wieder richtig golden, und die Augen sind wieder voller Leben. Trotzdem ist sie nicht mehr derselbe Hund wie vorher. Beim Spaziergang bleibt sie viel mehr in meiner Nähe als früher, und wenn sie rumstromert, kommt sie alle paar Minuten zurück, um sich zu vergewissern, dass ich noch da bin.

Ich glaube nicht, dass Mom meinen Hund absichtlich schlecht behandelt hat, und wenn ich ihr Grausamkeit vorwerfen würde, wäre sie entsetzt. Aber sie hat ihr ein Jahr lang keine Liebe geschenkt, und meiner Meinung nach hinterlässt das ebensolche Wunden wie körperliche Schläge. Mom würde nie begreifen, dass der Mangel an Zuneigung eine Form von Misshandlung ist.

Nachdem mein Baby gestorben war, verdrängte ich meine Trauer, indem ich mich auf meinen Hass auf den Psycho konzentrierte, während er mich zwang, mit der täglichen Routine fortzufahren, als hätte meine Tochter nie existiert.

Eines Tages, nachdem es etwa eine Woche so gegangen war, ging er am späten Vormittag hinaus, um Holz für den Wintervorrat zu hacken. Ich glaubte, es sei etwa Ende Juli, aber ich war mir nicht sicher. Zeit bedeutet nur etwas, wenn man ein Ziel hat. Manchmal vergaß ich, die Markierungen an der Wand anzubringen, aber das machte nichts – ich wusste, dass ich seit fast einem Jahr dort war, denn als er die Tür öffnete, nahm ich den Duft heißer Erde und warmer Tannen wahr, derselbe Geruch, der an jenem Tag in der Luft gelegen hatte, als er mich entführt hatte.

Während er Holz hackte, war ich in der Hütte und nähte Knöpfe an seinem Hemd an. Immer wieder musste ich zum Babykorb hinüberschauen, aber dann fiel mein Blick auf ihre Decke, die er ordentlich darübergelegt hatte, und ich stach mir in den Finger anstatt in den Stoff.

Nach vielleicht zwanzig Minuten kam er zurück und sagte: »Ich brauche dich draußen.«

Das einzige andere Mal, das er mich um Hilfe gebeten hatte, war damals bei dem Hirsch gewesen, und als er mir bedeutete, ihm nach draußen zu folgen, fühlten sich meine Beine an, als wären sie aus Gummi. Ich hielt immer noch das Hemd umklammert, und die Nadel schwebte in der Luft, während ich ihn anstarrte. Sein gerötetes Gesicht glänzte unter einem dünnen Schweißfilm – ich konnte nicht sagen, ob vor Ärger oder vor Anstrengung, aber seine Stimme klang neutral, als er sprach.

»Komm schon, wir haben nicht den ganzen Tag Zeit.« Während ich ihm nach draußen zu einem Stapel riesiger Tannenholzscheite folgte, sagte er über die Schulter gewandt: »Pass auf. Deine Aufgabe ist es, die Stücke aufzusammeln, sobald ich sie geschlagen habe, und sie dort drüben aufzustapeln.« Er deutete auf einen ordentlichen Holzstapel, der die Hälfte der Hüttenwand verdeckte.

Ab und zu, wenn ich in der Hütte war und er draußen, hatte ich das Geräusch der Kettensäge gehört, aber ich konnte keine frischen Stümpfe am Rand unserer Lichtung oder irgendwelche Schleifspuren entdecken. Eine Schubkarre lehnte an dem Haufen, den er gerade hackte, und daraus schloss ich, dass er einen Baum im Wald gefällt und die größeren Blöcke hierhergekarrt haben musste.

Der Haufen war nur etwa vier Meter vom Holzstapel an der Hüttenwand entfernt. Mir schien es, als wäre es einfacher gewesen, entweder den Baum an der Stelle in kleinere Stücke zu zerhacken, wo er ihn geschlagen hatte, oder zumindest die größeren Stücke gleich dorthin zu bringen, wo sie später aufgestapelt werden sollten. Ähnlich wie bei dem Hirsch hatte ich das Gefühl, dass er nur angeben wollte.

Seit das Baby gestorben war, war ich nicht viel draußen gewesen, und als ich das Holz zur Hüttenwand trug, suchte ich mit Blicken die Erde nach Anzeichen ab, dass irgendwo vor kurzem etwas vergraben worden war. Ich fand nichts, aber ich konnte nicht lange zum Fluss schauen, ehe die Erinnerungen an mein Baby auf seiner Decke in der Sonne mich überwältigten.

Nachdem wir etwa eine Stunde gearbeitet hatten, stapelte ich eine Armladung voll auf und blieb hinter ihm stehen, bis er die Axt geschwungen hatte und es ungefährlich für mich war, den Stapel aufzuheben. Er hatte das Hemd ausgezogen, und sein Rücken glänzte vor Schweiß. Er machte eine Pause, um Luft zu holen, mit dem Rücken zu mir, die Axt auf der Schulter.

»Wir dürfen nicht zulassen, dass uns das von unserem Ziel ablenkt«, sagte er. »Die Natur hat einen Plan.« Wovon zum Teufel redete er? »Aber ich auch.« Die funkelnde Axtklinge ragte hoch in die Luft. »Es ist besser, dass wir so früh herausgefunden haben, wie schwach sie war.«

Dann begriff ich, und mein gefrorenes Herz zersprang in meiner Brust. Er begann weiterzuhacken. Jedes Mal, wenn die Axt nach unten sauste, ließ er ein leises Grunzen hören, und zwischen den Hieben sprach er weiter.

»Das Nächste wird stärker sein.«

Das Nächste.

»Es ist noch keine sechs Wochen her, aber du bist bereits abgeheilt, und ich will, dass du so schnell wie möglich wieder schwanger wirst. Heute Abend fangen wir an.«

Absolut reglos stand ich da, aber in meinem Kopf begann es laut zu schreien. Es würde noch mehr Babys geben. Es würde nie aufhören.

Das Metall der Axt blitzte silbrig im hellen Sonnenlicht auf, als er sie für den nächsten Schlag erneut über die Schulter hob.

»Du sagst nichts, Annie?«

Mir blieb eine Antwort erspart, als die Axt in dem Holzklotz stecken blieb. Er stemmte seinen Fuß dagegen, um die Klinge herauszuziehen, dann lehnte er sie gegen den Holzstapel zu seiner Rechten. Er stützte einen Fuß auf die eine Seite des Klotzes, wobei er sich leicht von der Axt abwandte, beugte sich vor und versuchte, das halbabgehackte Stück von Hand abzubrechen.

Mit leisem Schritt stellte ich mich rechts hinter ihn – ich hätte nur die Hand ausstrecken müssen und hätte eine der Schweißperlen auf seinem Rücken anschnipsen können. Er grunzte, während er sich mit dem Holzklotz abmühte.

»Autsch!« Ich hielt den Atem an, als er den Finger in den Mund nahm und an einem Splitter saugte. Wenn er sich jetzt umdrehte, würden wir uns Auge in Auge gegenüberstehen.

Er beugte sich wieder vor und nahm seinen Kampf gegen das Holz wieder auf. Ich hielt meinen Körper direkt hinter seinem und schaute in dieselbe Richtung, konzentrierte mich ganz auf seinen Rücken und hielt nach dem kleinsten Anzeichen Ausschau, dass er sich umdrehen könnte, dann griff ich nach der Axt. Meine Hände liebkosten den warmen glatten Holzgriff, der noch glitschig von seinem Schweiß war, und umklammerten ihn mit festem Griff. Das Gewicht fühlte sich gut und massiv an, als ich sie hochhob und auf meine Schulter legte.

Seine Stimme klang angespannt vor Anstrengung,

als er sagte: »Im Frühling werden wir ein neues haben.«

Ich hob die Axt in die Höhe.

Ich schrie: *»Halt's Maul, halt's Maul, halt's Maul!«*, während ich die Axt mit Wucht auf seinen Hinterkopf niedersausen ließ.

Es gab ein seltsames Geräusch, einen nassen, dumpfen Laut.

Ein paar Sekunden lang blieb sein Körper vornübergebeugt stehen, dann kippte er mit dem Gesicht nach unten um und begrub die Arme und den Holzklotz unter sich. Er zuckte ein paarmal, dann lag er still.

Zitternd vor Wut beugte ich mich über seinen Körper und brüllte: *»Du krankes Schwein!«* Der Wald war still.

Das Blut lief seitlich am Kopf herunter, hinterließ eine rote Spur in den blonden Locken und traf mit einem Plopp, Plopp, Plopp auf den trockenen Boden, bis sich eine Pfütze gebildet hatte. Dann hörte es auf zu tropfen.

Ich wartete darauf, dass er sich umdrehte und mich schlug, aber als aus den Sekunden Minuten wurden, beruhigte sich mein Herzschlag langsam, und ich schaffte es, ein paarmal tief Luft zu holen. Der Hieb hatte keinen tiefen Spalt in seinem Kopf hinterlassen, aber das blonde Haar um den Axtkopf – der bis zur Hälfte im Schädel steckte – war eine glitzernde scharlachrote Masse. Eine Fliege landete auf der Wunde und kroch darauf herum, dann gesellten sich zwei weitere hinzu.

Auf wackeligen Beinen ging ich rückwärts zur Hütte und umschlang meinen bebenden Körper mit den Armen. Wie hypnotisiert starrte ich auf den in den Himmel ragenden Axtgriff und den roten Glorienschein um seinen Kopf.

Im sicheren Inneren der Hütte riss ich mir das verschwitzte Kleid vom Leib und stellte die Dusche an, bis das Wasser so heiß war, dass ich mich fast verbrühte. Heftig zitternd kauerte ich mich in die Duschwanne, die Knie unter mein Kinn gezogen und die Arme eng darum geschlungen, um die Muskelkrämpfe unter Kontrolle zu bekommen. Das Wasser prasselte wie bei einer glühend heißen Taufe auf meinen gesenkten Kopf, während ich hin und her schaukelte und zu begreifen versuchte, was ich getan hatte.

Ich konnte es nicht fassen, dass er wirklich tot sein sollte. Jemand wie er konnte nur durch eine Silberkugel, ein Kreuz oder einen Pflock durchs Herz sterben. Was, wenn er *nicht* tot war? Ich hätte nach dem Puls tasten sollen. Was, wenn er in diesem Moment auf dem Weg in die Hütte war? Trotz des heißen Wassers begann ich zu zittern.

In der Erwartung, dass er sich auf mich stürzen würde, öffnete ich langsam die Badezimmertür. Dampf waberte hinaus in den leeren Raum. Langsam hob ich das Kleid vom Boden auf und zog es über meinen Kopf. Langsam schlich ich zur Hüttentür. Langsam legte ich das Ohr an die kühle Metalltür. Stille.

Ich probierte den Türgriff, betete, dass die Tür nicht hinter mir ins Schloss gefallen war. Er ließ sich drehen. Ich öffnete die Tür einen Spaltbreit und spähte hinaus. Sein Körper lag noch in genau derselben Position in der Mitte der Lichtung, aber die Sonne war weitergewandert, und der Stiel der Axt warf einen Schatten wie eine Sonnenuhr.

Mit angespannten Muskeln, für den Fall, dass ich losrennen musste, schlich ich mich an ihn heran. Alle paar Schritte blieb ich stehen und lauschte auf jedes Geräusch und achtete auf die kleinste Bewegung. Als ich schließlich vor ihm stand, sah er merkwürdig linkisch aus, mit den Armen unter sich, und die Körperhaltung ließ ihn kleiner wirken.

Ich hielt den Atem an, griff an seinen Hals, auf der dem Blutstrom gegenüberliegenden Seite, und tastete nach seinem Puls. Er war tot.

Langsam wich ich zurück, setzte mich auf der Veranda auf einen der Schaukelstühle und versuchte, meine nächsten Schritte zu planen. Im Takt mit dem Knarren des Stuhls wiederholte ich in Gedanken den Satz: *Er ist tot. Er ist tot. Er ist tot. Er ist tot.*

An diesem heißen Sommernachmittag war die Lichtung die reinste Idylle. Der Fluss, der ohne die heftigen Frühjahrsregenfälle ruhig dahinfloss, murmelte leise, und gelegentlich trällerten Rotkehlchen, Schwalben und Blauhäher. Der einzige Hinweis auf Gewalt war das Schwirren der rasch größer werdenden Anzahl von Fliegen, die seine Wunde und die Blutpfütze bedeckten. Seine Worte tröpfelten in meinen Tagtraum: *Die Natur hat einen Plan.*

Ich war frei, aber ich fühlte mich nicht frei. Solange ich ihn noch sehen konnte, existierte er noch. Ich musste etwas mit seiner Leiche machen. Aber was?

Die Versuchung, diesen Hurensohn zu verbrennen, war riesig, aber es war Sommer, die Lichtung war trocken, und ich wollte keinen Waldbrand entfachen. In der trockenen, festen Erde ein Loch zu graben, um ihn zu verscharren, war nahezu unmöglich. Aber ich konnte ihn nicht einfach da liegen lassen. Obwohl ich mich überzeugt hatte, dass er hundertprozentig tot war, weigerte mein Verstand sich, zu akzeptieren, dass er mir nichts mehr antun konnte.

Der Schuppen. Ich konnte ihn in den Schuppen sperren.

Zurück bei seiner Leiche, drehte ich ihn leicht auf die Seite und durchsuchte die Taschen nach den Schlüsseln. Den Schlüsselbund zwischen den Zähnen, packte ich seine beiden Knöchel – und ließ sie hastig fallen, als ich die warme Haut berührte. Ich wusste nicht, wie lange es dauerte, bis eine Leiche kalt wurde, und er lag in der Sonne, aber es jagte mir genügend Angst ein, um seinen Puls ein zweites Mal zu überprüfen.

Ich packte die Knöchel erneut, ignorierte die Wärme und versuchte, ihn rückwärtszuziehen, aber ich konnte ihn gerade mal so weit bewegen, dass sein Leichnam vom Hackklotz glitt, und als er auf den Boden aufschlug, *wackelte* der Axtgriff in seinem Kopf. Ich würgte die Galle, die in meiner Kehle aufstieg, herunter, kehrte ihm den Rücken zu und versuchte, ihn auf diese Weise weiterzuziehen. Ich schaffte es, ihn vielleicht einen halben Meter vorwärtszuzerren, ehe ich anhalten und Luft holen musste – mein Kleid war bereits feucht, und der Schweiß lief mir in die Augen. Bis zum Schuppen war es nicht weit, aber genauso gut hätte er am anderen Ende der Lichtung stehen können. Ich schaute mich um, auf der Suche nach einer Alternative, und mein Blick fiel auf die Schubkarre.

Ich schob sie zu seiner Leiche und wappnete mich gegen das Gefühl seiner Haut auf meiner. Den Blick von der Axt abgewandt, packte ich ihn an den Oberarmen und schaffte es, sie unter seinem Körper hervorzuziehen. Den Blick immer noch abgewandt, griff ich unter die Achselhöhlen, und obwohl ich die Fersen in die Erde bohrte und mein gesamtes Gewicht nach hinten lehnte, um ihn hochzuzerren, konnte ich ihn nur wenige Zentimeter vom Boden anheben. Ich stellte mich breitbeinig über seinen Rücken und versuchte, ihn an der Taille hochzuheben, aber ich schaffte vielleicht dreißig Zentimeter, ehe meine Arme vor Anstrengung zu zittern begannen. Die einzige Möglichkeit, ihn auf die Schubkarre zu schaffen, hätte darin bestanden, dass er wieder lebendig würde und selbst hineinkletterte.

Halt. Wenn ich etwas hätte, auf das ich seine Leiche rollen könnte, etwas, das über den Boden glitte, wäre ich vielleicht in der Lage, ihn zu bewegen. Der Teppich vor dem Bett war nicht glatt genug. Ich hatte keine Plane in der Nähe des Brennholzes gesehen, aber irgendwo musste er eine haben, vielleicht im Schuppen.

Nachdem ich fünf Schlüssel an seinem Riesenschlüsselbund ausprobiert hatte, gelang es mir, das Vorhängeschloss zu öffnen. Es dauerte eine Weile, weil meine Hände zitterten wie die eines Einbrechers vor seinem ersten Bruch.

Halb erwartete ich, den Hirsch immer noch an der Decke hängen zu sehen, aber es gab keine Spur von ihm, und auf einem Regal über der Gefriertruhe fand ich eine orange Plane. Ich faltete sie neben seiner Leiche auseinander und überlegte, wie ich sie mit der Axt im Kopf auf die Plane rollen sollte. Verdammt. Die Axt musste erst raus.

Ich schlang die Hände um den Griff, schloss die Augen und zog, aber nichts rührte sich. Ich versuchte es mit etwas mehr Kraft, und das Gefühl, dass das Fleisch und die Knochen sich weigerten, ihre Beute freizugeben, ließ mich würgen. Es musste schnell gehen. Ich stützte mich mit dem Fuß an seinem Hals ab, kniff die Augen zusammen, holte tief Luft und riss die Axt heraus. Ich ließ sie fallen und übergab mich.

Sobald sich mein Magen wieder beruhigt hatte, kniete ich mich neben die Leiche, an der Seite, wo kein Blut war, und rollte sie auf die Plane. Er fiel auf den Rücken, glasige blaue Augen starrten in den Himmel, und ein blutiger Streifen, der von seinem Kopf ausging, beschmutzte die orange Plane. Sein Gesicht war bereits fahl und der Mund erschlafft.

Hastig schloss ich seine Augen – nicht aus Respekt vor dem Toten, sondern weil ich daran dachte, wie oft ich mich hatte zwingen müssen, sie anzusehen.

Mit dem Rücken zu ihm, packte ich den Rand der Plane, beugte mich vor wie ein Ochse mit einer grauenhaften Fracht und zog ihn hinüber in den Schuppen. Ihn über die Türschwelle zu bekommen war knifflig, weil er auf der Plane immer weiter nach unten rutschte. Schließlich musste ich sie wieder herausziehen, ihn darauf nach oben zerren und die Enden über ihm zusammenschlagen wie eine Serviette. Mit beiden Enden in den Händen ruckelte, zerrte, schob und zog ich ihn hinein. Einmal rutschte seine Hand heraus und streifte mein Knie. Ich ließ die

Plane fallen, sprang zurück und stieß mit dem Kopf an einen Pfosten. Es tat höllisch weh, aber ich war zu sehr auf meine Aufgabe konzentriert, um dem Pochen irgendwelche Aufmerksamkeit zu schenken.

Ich schob seinen Arm zurück unter die Plane und stopfte sie um ihn herum fest. Ich fand ein paar Gummischnüre, die ich fest um seine Beine und seinen Oberkörper schlang. Während ich ihn wie eine Mumie einwickelte, sagte ich mir unablässig, dass er mir nie mehr weh tun würde. Ich glaubte es keine Sekunde.

Ausgedörrt, schweißüberströmt, mit dröhnendem Kopf und am ganzen Körper von der körperlichen Anstrengung zitternd, schloss ich den Schuppen ab und ging in die Hütte, um etwas Wasser zu trinken. Sobald ich meinen Durst gestillt hatte, legte ich mich aufs Bett, umklammerte die Schlüssel und starrte auf die Taschenuhr am Schlüsselring. Es war fünf Uhr – zum ersten Mal seit fast einem Jahr konnte ich selbst die Zeit ablesen.

Zuerst dachte ich gar nichts, ich lauschte nur dem Ticken des Sekundenzeigers, bis der dröhnende Kopfschmerz nachließ, dann dachte ich: *Ich bin frei. Ich bin verdammt nochmal endlich frei.* Aber warum fühlte ich mich nicht frei? *Ich habe einen Menschen umgebracht. Ich bin eine Mörderin. Ich bin genau wie er.*

Ich war nur seinen Körper losgeworden.

Während einer der ersten Pressekonferenzen, die ich nach meiner Heimkehr gegeben habe – ich war so blöd, zu glauben, dass sie, wenn ich das einmal hinter mich brachte, tatsächlich aufhören würden, mich anzurufen und draußen vor dem Trailer herumzuschleichen –, hielt ein kahlköpfiger Typ im Publikum eine Bibel hoch und psalmodierte: »*Du sollst nicht töten. Du wirst in die Hölle kommen. Du sollst nicht töten. Du wirst in die Hölle kommen.*« Die Menge schnappte kollektiv nach Luft, während die Umstehenden ihn fortzerrten, dann wandte sie sich wieder mir zu. Blitze zuckten, und jemand hielt mir ein Mikrofon unter die Nase.

»Wie antworten Sie darauf, Annie?«

Als ich über die Menge blickte und den Rücken des Glatzkopfes sah, der immer noch seinen Spruch vor sich hin leierte, dachte ich: *Ich bin bereits in der Hölle, du Arschloch.*

Manchmal wünschte ich, ich könnte mit meiner Mom über diese Dinge sprechen, Doc, über Schuld und Bedauern und Scham, aber so wie ich ein Talent dafür habe, mir die ganze Schuld zu geben, ist Mom äußerst begabt darin, sich davor zu drücken. Das ist einer der Gründe, warum ich seit unserem Streit immer noch nicht mit ihr geredet habe, und sie hat es auch nicht versucht. Das überrascht mich nicht, aber ich hätte gedacht, dass Wayne sich inzwischen gemeldet hätte.

Verdammt, ich bin zurzeit so einsam, dass ich es vielleicht sogar einmal ernsthaft mit Ihrem »Sieh-deinen-Ängsten-in-die-Augen«-Experiment versuchen sollte. Es ist einfach nur dumm, dass ich immer noch das Gefühl habe, in Gefahr zu schweben. Der Psycho ist *tot*. Ich bin so sicher, wie ich nur sein kann. Aber kann das vielleicht mal jemand meiner Psyche erklären?

17. Sitzung

Wissen Sie, Doc, die ganze Zeit, selbst wenn Sie mir irgendwelche Techniken erläutern, damit ich mit meinen Ängsten umzugehen lerne, oder wenn Sie mir erklären, was sie verursacht haben könnte, sage ich mir, dass sie irgendwann schon von allein verschwinden werden – besonders nachdem ich das ganze Zeug über Trauerarbeit gelesen habe. Doch dann ist letzte Woche irgendein Arschloch in mein Haus eingebrochen. Ich kam von meinem Morgenlauf zurück, nur um festzustellen, dass der Alarm plärrte, die Cops in meiner Auffahrt standen, meine Hintertür aufgebrochen war und mein Schlafzimmerfenster offen stand. Den abgebrochenen Zweigen in der Hecke nach zu urteilen, ist der Bastard auf diesem Weg getürmt. Es schien nichts zu fehlen, und die Cops sagten, sie könnten nicht viel tun, solange ich nicht feststellte, dass irgendetwas verschwunden ist. Außerdem sagten sie, es hätte in letzter Zeit ein paar Einbrüche in der Nachbarschaft gegeben, aber sie hätten nie irgendwelche Fingerabdrücke gefunden – als würde ich mich dadurch besser fühlen.

Nachdem alle weg waren und ich nicht mehr am ganzen Körper zitterte, sondern es mich nur noch gelegentlich schüttelte, ging ich in mein Schlafzimmer, um mich umzuziehen. Ein Gedanke ließ mich mitten in der Diele stehen bleiben. *Warum sollte jemand das Risiko eingehen und irgendwo einbrechen, ohne etwas mitzunehmen?* Irgendwas stimmte hier nicht.

Langsam ging ich durch das Haus und versuchte, mich in den Einbrecher hineinzuversetzen. Also, ich trete die Hintertür ein, renne nach oben, und dann? Ich laufe ins Wohnzimmer – nichts Wertvolles zu sehen, die Stereoanlage und der Fernseher sind zu groß, um sie sich schnell zu schnappen, besonders, wenn man zu Fuß unterwegs ist. Vom Wohnzimmer laufe ich ins Schlafzimmer – durchsuche ich die Schubladen nach Wertsachen?

Ich überprüfte jede einzelne von ihnen sorgfältig, alle waren fest verschlossen und meine Sachen fein säuberlich zusammengelegt. Alles hing noch ordentlich im Schrank, und die Tür war gleichmäßig geschlossen, manchmal klemmt die eine Seite. Ein Wäschekorb mit Sachen, die ich gerade aus dem Trockner geholt hatte, stand noch an derselben Stelle auf dem Fußboden, das große T-Shirt, in dem ich schlafe, lag noch am Fußende des Bettes, wo ich es hingepfeffert hatte. Das Bett.

War da nicht eine kleine Einbuchtung an der Kante? Hatte ich dort gesessen, als ich mir die Socken angezogen hatte? Ich trat näher und untersuchte jeden Zentimeter des Bettes. Überprüfte jedes Haar. Stammte es von mir? Oder von Emma? Ich hielt meine Nase an den Bettbezug und schnüffelte. War da nicht ein leiser Hauch von Rasierwasser? Ich stand wieder auf.

Ein Fremder hatte sich gewaltsam Zutritt zu meinem Haus verschafft, war in meinem Schlafzimmer gewesen, hatte meine Sachen angeschaut, hatte sie berührt. Meine Haut juckte.

Ich zog das Bett ab, packte mein T-Shirt, stopfte alles zusammen mit viel Waschmittel in die Waschmaschine und wischte jede Oberfläche im Haus ab. Nachdem ich die Hintertür und das Fenster zugenagelt hatte – das Haus sah jetzt aus wie ein Armeebunker –, packte ich das schnurlose Telefon und versteckte mich für den Rest des Tages im Dielenschrank.

Gary, der Cop, von dem ich Ihnen erzählt habe, hat mich später angerufen, um sich zu vergewissern, dass es mir gutging, was ziemlich nett von ihm war, da er mit Einbrüchen eigentlich nichts zu tun hat. Er bestätigte, was die anderen Cops gesagt hatten, dass es höchstwahrscheinlich ein Zufall war und dass der Kerl reingestürmt ist, um sich zu schnappen, was er konnte, und dann in Panik geraten ist und das Haus auf dem schnellsten Weg wieder verlassen hat. Als ich mit ihm stritt und darauf beharrte, dass das doch völlig schwachsinnig sei, sagte er, dass Kriminelle eine Menge idiotischer Sachen machten, wenn sie Angst bekämen. Außerdem schlug er vor, ich solle jemanden anrufen, damit er oder sie bei mir bliebe, oder zu einer Freundin fahren, bis die Hintertür repariert sei.

Ich mochte vielleicht zu Tode erschrocken sein, aber auf gar keinen Fall würde ich zu meiner Mutter gehen, und Freunde? Zum Teufel, selbst wenn ich nicht paranoider wäre als Howard Hughes, bin ich mir nicht sicher, wie viele überhaupt noch übrig geblieben sind. Luke ist der Einzige, der immer noch anruft.

Als ich zurückgekommen bin, haben alle – Freunde, alte Arbeitskollegen, Leute, mit denen ich zur Schule gegangen bin, die ich aber seit Jahren nicht mehr gesehen hatte – so einen Riesenwirbel veranstaltet, dass ich damit überhaupt nicht umgehen konnte. Aber wissen Sie, die Leute versuchen es eine Zeitlang, doch wenn man ihnen immer wieder die Tür vor der Nase zuschlägt, ziehen sie sich schließlich zurück.

Christina ist die Einzige, die ich eventuell fragen könnte, aber Sie wissen ja, was da passiert ist, oder zumindest wissen Sie darüber genauso viel wie ich, weil ich immer noch nicht kapiere, warum ich so böse auf sie reagiert habe. Wahrscheinlich versucht sie nur, mir eine gute Freundin zu sein, indem sie mich jetzt allein lässt, aber manchmal wünschte ich, sie würde mich zwingen und raus ins Licht zerren; würde mich tyrannisieren, wie sie es früher getan hat.

Natürlich habe ich auch daran gedacht umzuziehen, aber verdammt, ich liebe dieses Haus, und wenn ich es jemals verkaufen sollte, dann bestimmt nicht wegen eines beschissenen Einbrechers. Nicht dass ich es überhaupt könnte. Wie soll ich denn einen neuen Kredit bekommen? Ich habe schon daran gedacht, mir eine Arbeit zu suchen. Ich habe eine ganze Reihe neuer Fertigkeiten, aber ich hasse die Vorstellung, was für einen Job mir die bescheren würden.

All das führt mich zu Lukes Anruf, als ich nach der letzten Sitzung nach Hause kam.

»Mein Buchhalter hat gekündigt, Annie. Könntest du den Job vielleicht übernehmen, bis ich jemand anders gefunden habe? Du könntest auch Teilzeit arbeiten, und …«

»Ich brauche deine Hilfe nicht, Luke.«

»Wer redet davon, dass du Hilfe brauchst? Es geht hier um mich, ich brauche *deine* Hilfe … Buchführung ist für mich ein Buch mit sieben Siegeln. Ich habe ein schlechtes Gewissen, weil ich überhaupt frage, aber du bist der einzige Mensch, den ich kenne, der gut mit Zahlen umgehen kann. Ich kann dir die Unterlagen nach Hause bringen, du müsstest nicht einmal ins Restaurant kommen.«

Ich glaube, ich habe schließlich aus lauter Verlegenheit ja gesagt, ich könnte es ja mal versuchen, ehe ich begriff, auf was ich mich da eingelassen hatte. Später sah es natürlich ganz anders aus. *Ich bin noch nicht bereit dazu.* Beinahe hätte ich angerufen und abgesagt. Aber ich holte ein paarmal tief Luft, sagte mir, dass ich erst einmal darüber schlafen könnte. Und dann wurde am nächsten Morgen prompt in mein Haus eingebrochen. Bei dem ganzen Drama und der anschließenden Panikattacke habe ich meine Unterhaltung mit Luke ganz vergessen. Gestern Abend hat er eine Nachricht hinterlassen, dass er an diesem Wochenende vorbeikommen würde, um ein Buchführungsprogramm auf meinem Computer zu installieren. Er klang so verdammt erleichtert und dankbar, dass ich nicht wusste, wie ich da wieder rauskommen sollte. Und ich war mir auch nicht sicher, ob ich es überhaupt wollte.

Ich sagte mir, dass es für Luke bestimmt nur eine geschäftliche Angelegenheit ist, aber ich bin sicher, dass ich nicht der einzige Mensch bin, der ihm bei der Buchführung helfen könnte – im Telefonbuch sind massenweise Buchhalter zu finden.

Letzten Montag hatte ich eine Erkältung, die immer schlimmer zu werden drohte, und saß angeschlagen in einem verschossenen blauen Flanellpyjama und meinen Igelhausschuhen auf dem Sofa, eine Schachtel Taschentücher auf dem Schoß. Am Ende meiner

Auffahrt fiel eine Autotür ins Schloss. Eine Sekunde hielt ich den Atem an und lauschte. Waren da Schritte auf dem Kies? Ich spähte aus dem Fenster, konnte aber in der Dunkelheit nichts erkennen. Ich packte den Schürhaken vom Kamin.

Leise Schritte auf den Stufen, dann Stille.

Den Schürhaken fest umklammert, lugte ich durch den Spion, konnte jedoch nichts sehen. Scharrende Geräusche am unteren Ende der Tür. Emma bellte.

Ich schrie: »Ich weiß, dass Sie da draußen sind. Sie sagen mir besser, wer Sie sind! Auf der Stelle!«

»Um Himmels willen, Annie, ich habe doch nur deine Zeitung aufgesammelt.«

Mom.

Ich entriegelte das Bolzenschloss – als der Schlosser hier war, um die Hintertür zu reparieren, habe ich ein zusätzliches Schloss einbauen lassen –, Emma beschnüffelte Mom und verschwand schnurstracks in meinem Zimmer, wo sie sich vermutlich unterm Bett verkroch. Am liebsten hätte ich es genauso gemacht.

»Mom, warum hast du nicht vorher angerufen?«

Mit einer schwungvollen Kopfbewegung, die ihren Pony aufschimmern ließ, drückte sie mir die Zeitung in die Hand und ging wieder raus. Ich packte sie an den Schultern.

»Warte – ich meinte nicht, dass du gehen sollst, aber du hast mich zu Tode erschreckt. Ich war gerade … eingedöst.«

Sie drehte sich um, ihre großen blauen Puppenaugen fixierten die Wand hinter mir, und sagte: »Tut mir leid.«

Das haute mich echt um. Das »Tut mir leid« hörte sich zwar ziemlich mickrig an, aber ich kann mich nicht erinnern, wann meine Mom sich das letzte Mal bei mir für irgendetwas entschuldigt hätte.

Ihr Blick wanderte nach unten auf meine Igelhausschuhe, und sie hob die Augenbrauen. Meine Mom trägt sommers wie winters hochhackige Slipper mit Marabu-Federn, und ehe sie einen Kommentar über meine Schuhe abgeben konnte, sagte ich: »Möchtest du hereinkommen?«

Als sie im Flur stand, stellte ich fest, dass sie mit einer Hand eine braune Papiertüte an ihre Brust gepresst hielt. Eine Sekunde lang überlegte ich, ob sie ihren Fusel mitgebracht hatte, aber nein, das Päckchen war flach und rechteckig. In der anderen Hand hielt sie eine Tupperdose, die sie mir jetzt entgegenstreckte.

»Wayne hat mich auf dem Weg in die Stadt mitgenommen – ich habe ein paar Annie-Bear-Kekse für dich gebacken.«

Erdnussbutterkekse in Form einer Bärentatze, mit Schokoladenüberzug für die Ballen. Als ich Kind war, hat sie die Kekse für mich gebacken, wenn ich traurig war oder sie sich wegen irgendetwas schuldig fühlte, was nicht häufig der Fall war. Sie musste ein schlechtes Gewissen wegen unseres Streits haben.

»Das ist wirklich lieb von dir, Mom. Ich habe sie vermisst.«

Sie erwiderte nichts, stand nur da und ließ den Blick durch mein Haus schweifen, dann ging sie zu dem Farn auf dem Kamin und strich mit den Fingern über seine trockenen Blätter.

Ehe sie meine Fähigkeiten als Zimmergärtnerin kritisieren konnte, sagte ich: »Ich weiß nicht, ob du länger bleiben willst – ich bin erkältet –, aber wenn ja, dann könnte ich uns Tee machen.«

»Du bist krank? Warum hast du das nicht gleich gesagt?« Sie wurde munter, als hätte sie das große Los gezogen. »Wenn Wayne zurückkommt, fährt er dich zu meinem Arzt. Wo ist dein Telefon? Ich kann in der Praxis anrufen.«

»Ich habe genug von Ärzten.« Verdammt, ich hörte mich an wie der Psycho. »Wenn ich entscheide, dass ich einen brauche, kann ich auch selbst hinfahren, aber es ist ohnehin egal, es ist schon spät, und heute werden wir keinen Termin mehr bekommen.«

»Unsinn – natürlich wird mein Arzt dich empfangen.« Mein ganzes Leben lang war es Mom niemals in den Sinn gekommen, auf etwas zu warten – auf einen Termin beim Arzt, einen Tisch im Restaurant, in der Schlange am Supermarkt –, und im Allgemeinen bekommt sie tatsächlich innerhalb einer Stunde einen Termin, den besten Tisch, und der Ladeninhaber macht für sie eine neue Kasse auf.

»Mom, hör auf, es geht mir *gut*. Bei einer Erkältung kann ein Arzt nichts machen …«, ich hob die Hände, als sie den Mund öffnete, um mich zu unterbrechen. »Aber ich verspreche dir, wenn es mir schlechter geht, suche ich mir einen Arzt.« Sie seufzte, legte ihre Tasche und das Paket auf meinen Beistelltisch und klopfte auf das Sofa.

»Warum legst du dich nicht hin, während ich dir einen heißen Zitronentee mit Honig mache?«

Ihr zu sagen, dass ich durchaus in der Lage sei, mir selbst Wasser heiß zu machen, hätte mir nur einen tadelnden Blick eingebracht, also ließ ich mich auf das Sofa sinken.

»Gerne, der Tee ist über dem Herd.«

Sobald sie mir einen Becher mit dampfender Flüssigkeit und einen Teller mit Annie-Bear-Keksen gebracht und sich selbst ein großzügiges Glas von dem Rotwein eingeschenkt hatte, der noch in der Küche stand, setzte sie sich ans andere Ende der Couch und breitete meine Decke über uns beide aus.

Sie nahm einen tiefen Schluck Wein, reichte mir das Paket und sagte: »Ich habe das Fotoalbum gefunden, von dem du geredet hast, es muss irgendwie zwischen meine Sachen geraten sein.« Natürlich. Aber ich sagte nichts dazu. Sie hatte die Bilder zurückgebracht, und der heiße Tee verbreitete eine angenehme Wärme in meinem Körper. Selbst meine Füße an ihrem Bein fühlten sich ganz warm an.

Als ich das Album durchzublättern begann, nahm Mom einen Umschlag aus ihrer Handtasche und reichte ihn mir. »Diese hier hattest du nicht, also habe ich Abzüge für dich machen lassen.«

Überrascht von der unerwarteten Geste betrachtete ich das erste Bild. Es zeigte Daisy und sie in einer der Eissporthallen der Stadt. Sie trugen das gleiche Outfit, die gleichen Pferdeschwänze und die gleichen Schlittschuhe. Daisy muss etwa fünfzehn gewesen sein, also war das Foto kurz vor dem Unfall aufgenommen worden, und in dem rosafarbenen Glitzeroutfit sah Mom genauso alt aus wie Daisy. Ich hatte vergessen, dass sie manchmal zusammen mit Daisy Schlittschuhlaufen ging, wenn sie Unterricht hatte.

»Die Leute haben mir ständig erzählt, dass wir gut Schwestern hätten sein können«, sagte sie.

Ich wollte sagen: *Wirklich? Das sehe ich überhaupt nicht.* »Du warst hübscher.«

»*Annie,* deine Schwester war großartig.« Ich sah ihr ins Gesicht. Ihre Augen glänzten, und ich wusste, dass sie sich freute. Sie war meiner Meinung.

Während sie aufstand und sich noch mehr Wein holte, sah ich mir die übrigen Fotos an, und als sie mit einem vollen Glas in der Hand wieder Platz nahm – dieses Mal hatte sie die halbvolle Flasche gleich mitgebracht und auf den Tisch gestellt –, hielt ich gerade das letzte Bild in der Hand, von Dad und ihr an ihrem Hochzeitstag.

Als ich ihr einen kurzen Blick zuwarf, starrte sie in ihr Glas. Möglicherweise lag es nur am Licht, aber ihre Augen schimmerten feucht.

»Dein Kleid war wunderschön.« Ich betrachtete den gefälligen Ausschnitt und den langen perlenbesetzten Schleier über ihrem blonden Haar. Dann blickte ich wieder auf.

Sie beugte sich zu mir und sagte: »Ich habe es nach einem Muster genäht, das Val eines Tages für ihr eigenes Hochzeitskleid benutzen wollte. Ich hab ihr gesagt, dass sie nicht den richtigen Busen dafür hat.« Mom lachte. »Kannst du dir vorstellen, dass sie mir das *nie* verziehen hat? Das oder dass ich mit deinem Vater ausgegangen bin.« Sie zuckte die Achseln. »Als sei es *mein* Fehler gewesen, dass er mich lieber mochte.«

Das war mir neu. »Tante Val war mal mit Dad zusammen?«

»Sie sind nur ein paarmal miteinander ausgegangen, aber vermutlich glaubte sie, sie seien schon mehr als Freunde. Auf der Hochzeit war sie einfach schrecklich und hat kaum mit mir gesprochen. Habe ich dir schon einmal von unserer Hochzeitstorte erzählt? Sie war dreistöckig, und …«

Während Mom Schritt für Schritt ihre Hochzeitsfeier durchging, mit allen Details, die ich schon millionenmal gehörte hatte, dachte ich über Tante Val nach. Kein Wunder, dass sie ständig versuchte, es

Mom heimzuzahlen. Vielleicht erklärte das auch ihre Haltung Daisy und mir gegenüber. Als wir klein waren, haben sie und Mom am Wochenende oft abwechselnd auf die Kinder aufgepasst. Daisy und mir graute davor. Mich hat Tante Val meistens ignoriert, aber ich könnte schwören, dass sie Daisy hasste. Jeder Grund war ihr recht, um sich über sie lustig zu machen, während Tamara und ihr Bruder kicherten.

Nach dem Unfall haben unsere Familien nicht mehr viel miteinander unternommen. Wayne und Onkel Mark hatten nicht viel gemeinsam, sie mochten sich nicht einmal, und so blieb es meistens an Tante Val und Mom hängen. Wenn sie uns Kinder mitnahmen, ärgerte mich mein Cousin Jason bis zur Weißglut, aber Tamara ging auf Distanz – ich hielt sie für hochnäsig. Jetzt kapierte ich, dass ihre Mutter mich vermutlich genauso schlechtgemacht hat wie meine Mom sie.

Eines Nachmittags, nachdem ich mein Haus gerade frisch bezogen hatte, schauten Mom und Tante Val nach einem Shopping-Ausflug herein. Tante Val schaute sich um, dann fragte sie mich, wie mir der Job als Maklerin gefiele.

»Gut. Ich mag die Herausforderung.«

»Tamara blüht dabei auch regelrecht auf. Sie hat in diesem Quartal eine Auszeichnung für den höchsten Umsatz in ihrer Firma erhalten, eine Flasche Dom Perignon und einen Wochenendausflug nach Whistler gewonnen. Bietet dein Büro auch so etwas an, Annie?«

Netter Versuch, wenn auch alles andere als subtil. Für Clayton Falls war mein Büro groß, aber es reichte nicht annähernd an Tamaras Firma in der City von Vancouver heran – wir konnten uns glücklich schätzen, wenn wir eine Flasche Wein und eine Plastikmedaille bekamen.

Ehe ich antworten konnte, sagte Mom: »Ach, macht sie immer noch Verkauf? Annie übernimmt jetzt die Leitung für ein riesiges Projekt, ein Apartmentkomplex direkt am Wasser. Hast du nicht gesagt, es würde das größte Gebäude in Clayton Falls werden, Annie Bear?«

Ich hatte bis dahin nur mit einem Bauunternehmer gesprochen, hatte noch nicht einmal meine Präsentation vorgestellt, was Mom sehr wohl wusste, doch sie genoss es einfach, das Messer in der Wunde umzudrehen. Ich brachte es nicht übers Herz, ihr das Messer aus der Hand zu nehmen.

Ich sagte: »Es ist ein Riesending.«

»Ich bin sicher, dass Tamara eines Tages auch ein eigenes Projekt bekommt, Val. Vielleicht kann Annie ihr ein paar Tipps geben?« Mom lächelte Tante Val zu, die aussah, als hätte sich der Tee in ihrem Mund gerade in Gift verwandelt. Doch natürlich fing sich Tante Val rasch wieder.

»Das ist lieb von dir, aber Tamara ist der Meinung,

dass sich mit dem Verkauf von Häusern mehr Geld verdienen lässt, und will nicht Jahre damit zubringen, ein Projekt zu vermarkten, das sich womöglich noch nicht einmal verkauft. Aber ich bin sicher, dass Annie ihre Sache phantastisch machen wird.«

Moms Gesicht wurde so rot, dass ich mir tatsächlich einen Moment Sorgen machte, aber dann schaffte sie es, ein Lächeln hervorzuzwingen, und wechselte das Thema. Weiß der Teufel, wie die beiden es als Kinder zusammen ausgehalten hatten.

Mom sprach nie viel von ihrer Kindheit, aber ich weiß, dass ihr Dad sich von ihrer Mutter trennte, als sie noch ziemlich klein war, und ihre Mom einen anderen Versager heiratete. Sie hat einen älteren Stiefbruder, Dwight, der im Gefängnis sitzt. Mit neunzehn hat er eine Bank überfallen, kurz vor Moms Hochzeit, saß seine Strafe ab und wurde einen Monat nach dem Unfall entlassen. Er schaffte es jedoch, eine Woche später erneut verhaftet zu werden. Beim letzten Mal hat der Idiot sogar einem Wachmann ins Bein geschossen. Ich habe ihn nie kennengelernt, und Mom weigert sich, über ihn zu sprechen. Einmal habe ich den Fehler begangen und sie gefragt, ob wir ihn nicht mal besuchen könnten, und sie ist ausgeflippt. »*Denk* nicht einmal daran, in die Nähe dieses Mannes zu kommen!« Als ich einwandte: »Aber Tamara hat gesagt, dass Tante Val mit ihnen hingegangen ist, warum also könn–«, bescherte mir das eine zugeknallte Tür.

Nachdem wir in das beschissene kleine Haus gezogen waren, kam ich eines Tages aus der Schule und fand Mom auf dem Sofa, einen Brief in der Hand und eine halbleere Flasche Wodka neben sich. Sie sah aus, als hätte sie geweint.

»Was ist los, Mom?« Sie starrte nur weiter auf den Brief. »Mom?«

Ihre Stimme klang erbittert. »Ich werde nicht zulassen, dass das noch einmal vorkommt. Ich werde es nicht zulassen.«

Eine plötzliche Angst durchfuhr mich. »Was … was wirst du nicht noch einmal zulassen?«

Sie hielt ein Feuerzeug an den Brief und warf ihn in den Aschenbecher. Als das Papier verbrannt war, nahm sie die Flasche und torkelte in ihr Zimmer. Auf dem Küchentisch fand ich einen Briefumschlag mit einem Gefängnis als Absender. Am nächsten Morgen war der Briefumschlag verschwunden, doch danach verließ Mom das Haus eine volle Woche lang nicht.

Ich landete wieder in der Gegenwart, als Mom sagte: »Weißt du, Luke ist deinem Vater sehr ähnlich.«

»Findest du? Manchmal bestimmt. Er ist genauso geduldig wie Dad, das auf jeden Fall. Wir haben in der letzten Zeit öfter telefoniert. Ich werde ihm bei seiner Buchführung helfen.«

»Buchführung?« Sie sprach das Wort aus, als hätte ich gerade verkündet, Prostituierte zu werden. »Du *hasst* Buchführung.«

Ich zuckte die Achseln. »Irgendwie muss ich Geld verdienen.«

»Du hast also noch nicht mit einem Agenten oder Produzenten gesprochen?«

»Ich habe beschlossen, dass ich kein Geld mehr aus dem herausschlagen will, was mir zugestoßen ist. Es macht mich krank, dass irgendwer, einschließlich mir, überhaupt jemals Geld damit verdient hat.«

Als ich zum ersten Mal eine ehemalige Mitschülerin von der Highschool im Fernsehen gesehen hatte, hatte ich wie betäubt auf dem Sofa gesessen, während diese Frau, die ich seit mehr als zehn Jahren nicht gesehen hatte, in einer Talkshow erzählte, wie wir das erste Mal gekifft hatten. Anschließend plauderte sie über die Party, auf der ich zum ersten Mal betrunken gewesen war und auf die Rückbank des Autos gekotzt hatte, das dem Jungen gehörte, auf den ich total scharf war. Zum Schluss las sie noch laut aus den Briefchen vor, die wir uns damals im Unterricht zugesteckt hatten. Das war noch nicht einmal das Schlimmste – der Typ, der mich entjungfert hatte, hat seine Geschichte später dem bekannten Männermagazin verkauft. Der Mistkerl hat denen sogar Fotos gegeben, auf denen wir zusammen zu sehen waren. Auf einem davon trage ich nur einen Bikini.

Mom sagte: »Annie, du solltest wirklich noch einmal darüber nachdenken. Du kannst dir den Luxus nicht leisten, dir noch mehr Zeit zu lassen.« Sie machte ein besorgtes Gesicht. »Du bist nie aufs College gegangen. Verkaufen ist alles, was du kannst, aber wenn du jetzt versuchen würdest, irgendetwas zu verkaufen, würden die Leute in dir nur ein Vergewaltigungsopfer sehen. Und Buchführung für Luke? Wie lange soll das gehen?«

Ich erinnerte mich an den Anruf einer Filmproduzentin vor ein paar Tagen. Ehe ich auflegen konnte, sagte sie: »Ich weiß, dass Sie es leid sein müssen, ständig belästigt zu werden, aber ich verspreche Ihnen, wenn Sie mir nur ein paar Minuten schenken und mir zuhören und Sie dann immer noch nein sagen, werde ich Sie nie wieder anrufen.« Sie klang, als würde sie keinen Stuss erzählen, und etwas an ihrem Ton rührte mich, also sagte ich ihr, sie solle fortfahren.

Ihre Idee war, dass ich die Sache aus meiner Sicht richtigstellen könnte, und sie sagte, dass meine Geschichte Frauen überall auf der Welt Mut machen würde. Dann fragte sie: »Was hält Sie davon ab? Wenn Sie mir erzählen, wovor Sie sich fürchten, kann ich vielleicht sehen, was ich für Sie machen kann.«

»Sorry, Sie können gerne reden, aber Ihnen meine Gründe offenzulegen war kein Teil der Vereinbarung.«

Also redete sie, und es war, als wüsste sie genau, wovor ich Angst hatte und was ich hören wollte – sie sagte sogar, ich bekäme das letzte Wort beim Drehbuch und hätte ein Vetorecht bei den Schauspielern. Und sie sagte, dass das Geld für den Rest meines Lebens reichen würde.

Ich sagte: »Ich bleibe bei meinem Nein, aber wenn sich daran irgendetwas ändert, werde ich Sie als Erste anrufen.«

»Ich hoffe, Sie werden es tun, aber hoffentlich verstehen Sie auch, dass dieses Angebot nicht unbegrenzt gültig ist.«

Sie hatte recht, und Mom hatte ebenfalls recht. Wenn ich noch länger wartete, würde ich richtig pleite sein. Aber ich war mir nicht sicher, was schlimmer war, mit wehenden Fahnen unterzugehen, wie Mom es mir voraussagte, oder ihren Rat tatsächlich anzunehmen.

Mom wandte den Blick vom Fernseher ab, nahm einen weiteren Schluck Wein. Ich sagte: »Hast du einer Filmproduzentin meine Nummer gegeben?«

Sie hielt inne, das Glas schwebte in der Luft, und sie runzelte die Stirn. »Hat dich jemand angerufen?«

»Ja, deshalb frage ich ja. Meine Nummer steht nicht im Telefonbuch.«

Sie zuckte die Achseln. »Solche Leute finden immer einen Weg.«

»Rede nicht mit denen, Mom. Bitte.« Einen Moment sahen wir einander in die Augen, dann ließ sie den Kopf auf die Rückenlehne meines Sofas sinken.

»Ich weiß, dass ich hart zu euch Mädchen war,

aber ich wollte doch bloß, dass ihr es einmal besser habt als ich.« Ich wartete darauf, dass sie noch mehr sagte, aber sie deutete nur mit dem Weinglas in der Hand auf den Fernseher. »Erinnerst du dich noch, wie ich Daisy und dich aufbleiben ließ, damit ihr euch das da ansehen könnt?« Jetzt erst sah ich, dass sie auf die Ankündigung von *Vom Winde verweht* starrte – einem ihrer Lieblingsfilme.

»Klar. Du bist mit uns zusammen aufgeblieben, und wir haben alle im Wohnzimmer geschlafen.«

Bei der Erinnerung daran lächelte sie, aber ihre Miene war traurig. Als sie sich zu mir umwandte, sah sie nachdenklich aus. »Er fängt in einer Stunde an. Wenn du krank bist, kann ich über Nacht hierbleiben.«

»Ich weiß nicht, ich wollte um sieben aufstehen und laufen, und …«

Sie wandte sich wieder dem Fernseher zu. Ihr plötzliches Desinteresse schmerzte mehr, als ich zugeben wollte. »Okay, klar, vielleicht ist es ganz nett, mal etwas Gesellschaft zu haben. Und wahrscheinlich wäre es ohnehin dumm, in meinem Zustand zu laufen.«

Sie schenkte mir ein Lächeln und tätschelte mein Bein unter der Decke. »Dann bleibe ich hier, Annie Bear.« Sie zerrte die Kissen vom anderen Sofa und begann, mitten auf dem Wohnzimmerboden ein Bett zu bauen. Als sie mich mit vor Aufregung rosigen

Wangen fragte, wo ich meine Bettwäsche aufbewahrte, kapierte ich, worauf ich mich da eigentlich eingelassen hatte. Das übertraf glatt eine weitere Nacht im Schrank, während der ich dachte: *Warum hat der Einbrecher nichts mitgenommen?*

Später am Abend, nachdem Mom Wayne nach Hause geschickt hatte, als er vorbeikam, um sie abzuholen, nachdem wir Popcorn, Annie-Bear-Kekse und Eis gegessen hatten, während wir *Vom Winde verweht* schauten, presste Mom ihren schmalen Körper gegen meinen Rücken, und ihre Knie schmiegten sich in die Mulde meiner Beine. Als ihr Atem mich am Rücken kitzelte und ihr Arm auf mir lag, starrte ich auf ihre zierliche Hand, die meine Haut berührte, und begriff, dass es das erste Mal war, dass ich jemanden so nah körperlich an mich heranließ, seit ich vom Berg zurückgekommen war. Ich drehte meinen Kopf weg, damit sie meine Tränen nicht auf ihrem Arm spürte.

Mir fällt gerade ein, Doc, dass ich jedes Mal, wenn ich etwas Schlechtes über Mom sage, den Drang verspüre, anschließend sofort ihre guten Eigenschaften aufzulisten – meine Version von auf Holz klopfen. Mom ist nicht *nur* schlecht, aber genau das ist das Problem. Es wäre einfacher, wenn ich sie hassen könnte, weil es genau die seltenen Male sind, in denen sie so liebevoll ist, die die anderen Zeiten nur umso schwerer machen.

18. Sitzung

Auf dem Weg zu Ihrer Praxis bin ich an einer Anschlagtafel vorbeigekommen, und eine Konzertankündigung ist mir ins Auge gefallen. Ich habe das Plakat genauer betrachtet, während ich an meinem Kaffee nippte, und dabei einen Teil eines anderen Flyers entdeckt, der darunterklebte. Irgendetwas daran kam mir bekannt vor, also zog ich ihn hervor. Und verdammt, Doc, es war ein Flyer mit meinem Gesicht darauf – *meinem* Gesicht – und darüber die Worte: *Maklerin vermisst.* Ich hab auf den Zettel gestarrt, und bis ein Tropfen auf meiner Hand landete, merkte ich nicht einmal, dass ich weinte.

Vielleicht sollte ich einen eigenen Flyer entwerfen: *Immer noch vermisst.* Das lächelnde Gesicht gehörte der Frau, die ich früher einmal war, nicht der Frau, die ich jetzt bin. Luke muss denen das Foto gegeben haben – er hatte den Schnappschuss an unserem ersten gemeinsamen Weihnachtsmorgen gemacht. Er hatte mir gerade eine wunderschöne Karte geschenkt, und ich hatte ihn total glücklich angegrinst.

Meine Hände haben gezittert, als würde ich ein Stück Eis statt eines Bechers warmen Kaffee halten.

Der Flyer steckt jetzt in der Mülltonne draußen vor Ihrer Praxis, aber ich würde am liebsten zurückgehen und ihn wieder rausholen. Weiß der Teufel, was ich damit anstellen würde.

Jetzt, wo der Schock, den der Anblick meines Bildes ausgelöst hat, sich langsam legt, möchte ich darüber reden, was dabei herausgekommen ist, als ich mich endlich doch hingesetzt und eine Liste mit allen Menschen in meinem Leben gemacht habe, wie Sie es vorgeschlagen haben. Jawohl, Ms Freud, ich habe tatsächlich einen Ihrer Vorschläge ausprobiert. Irgendetwas musste ich schließlich tun – ich konnte nicht immer nur herumsitzen und mich wegen dieses Einbruchs selbst verrückt machen.

Mein ganz privater Ohrwurm, mit dem ich mich in den Wahnsinn treibe, geht etwa so: *Mein Wagen stand in der Auffahrt, also muss der Einbrecher gesehen haben, wie ich mit Emma weggegangen bin. Wie lange beobachtet er das Haus schon? Seit Tagen, Wochen oder gar Monaten? Was, wenn es gar kein Einbrecher war?*

Dann verbringe ich die nächste Stunde damit, mir zu sagen, ich sei ein Idiot – die Cops haben recht, es war nur ein Zufall, ein dämlicher Einbrecher, dem die Alarmanlage einen Heidenschreck eingejagt hat. Doch dann fängt die innere Stimme wieder an zu flüstern: *Jemand beobachtet dich in diesem Moment. Wenn du auch nur für eine Sekunde unaufmerksam wirst, wird er dich schnappen. Du kannst niemandem vertrauen.*

Wie gesagt, ich musste etwas tun.

Ich begann mit denen, die mir am nächsten stehen – Luke, Christina, Mom, Wayne, alle Familienangehörigen wie Tamara, Jason, Tante Val und ihr Mann Mark –, und ließ hinter den Namen Platz, um alle Gründe aufzulisten, die der Betreffende haben könnte, mir zu schaden. Ich kam mir ziemlich bescheuert vor, denn natürlich gibt es nichts, das ich dort eintragen könnte.

Als Nächstes erweiterte ich die Liste um alle Leute, die ich vielleicht irgendwann einmal vergrätzt habe – frühere Klienten, Kollegen, Exfreunde. Ich bin nie verklagt worden, und der einzige Makler, der vielleicht ein Problem mit mir haben könnte, ist der »geheimnisvolle« Konkurrent bei der Bewerbung um das Apartmenthaus-Projekt, an dem ich vor meiner Entführung dran war. Ich habe vielleicht dem einen oder anderen Kerl Liebeskummer beschert, aber ich habe nie etwas getan, das eine verspätete Rache verdient hätte. Ich habe sogar die Namen von ein paar von Lukes Exfreundinnen aufgeschrieben – eine war noch schwer in ihn verliebt, als wir schon anfingen, miteinander auszugehen, aber zum Teufel, sie ist noch vor meiner Entführung nach Europa gezogen. Ich setzte sogar den Psycho auf die Liste, und dann schrieb ich »tot« hinter seinen Namen.

Ich saß an meinem Tisch und starrte auf diese lächerliche Liste von Gründen wie »habe das Grundstück bekommen, das sie wollte«, »habe nicht zurückgerufen«, »habe ihr Haus nicht schnell genug verkauft«, »habe eine seiner CDs behalten«. Als ich versuchte, mir vorzustellen, dass irgendjemand von diesen Leuten draußen vor meinem Haus herumschleicht oder bei mir einbricht, um mich zu »erwischen«, schüttelte ich den Kopf. Wie hirnrissig war das denn?

Natürlich war es nur ein Einbrecher gewesen, wahrscheinlich irgendein Junkie im Teenageralter, der sich seinen nächsten Schuss beschaffen musste, und er wird nicht noch einmal wiederkommen, jetzt, wo er weiß, dass ich eine Alarmanlage habe.

Obwohl ich mir total blöd vorgekommen bin, als ich diese Liste gemacht habe, bin ich froh, dass ich es getan habe. Ich habe danach sogar gut in meinem Bett geschlafen. Als Luke am Samstagnachmittag vorbeikam, um die Buchführungssoftware zu installieren, war ich so bereit, wie ich nur sein konnte.

Auf der Suche nach etwas Lässigem, aber nicht Schlampigem, wühlte ich in Christinas Karton mit den Klamotten und fand eine beige Cargohose und ein lavendelblaues T-Shirt. Ein Teil von mir hätte sich am liebsten in einen Jogginganzug geworfen und das Haus wieder in Unordnung gebracht, aber als ich in den Spiegel blickte, fand ich das, was ich sah, gar nicht mal so übel.

Ich habe es immer noch nicht gepackt, mir die Haare schneiden zu lassen, also wusch ich sie nur und band sie zurück. In letzter Zeit hatte ich sogar ein bisschen zugenommen – ich hätte nie gedacht, dass ich mich darüber mal freuen würde –, und mein Gesicht sah nicht mehr ganz so eingefallen aus.

Ich erwog sogar, mich zu schminken – Mom hatte mir einen ganzen Beutel Kosmetika ins Krankenhaus mitgebracht –, aber keine Farbe oder Marke davon gefiel mir. Egal, selbst wenn ich nicht die Stimme des Psychos im Ohr gehabt hätte, der mir sagte, dass nur Huren sich schminkten, konnte ich mich nicht dazu überwinden, so viel Aufmerksamkeit auf mein Gesicht zu lenken. Ich begnügte mich mit Feuchtigkeitscreme, hellrosa Lippenstift und Mascara. Wahrscheinlich sah ich nicht so gut aus wie früher, aber ich hatte eindeutig schon einmal schlimmer ausgesehen.

Luke dagegen sah umwerfend aus, als ich auf sein Klopfen hin die Tür öffnete. Er musste direkt von der Arbeit gekommen sein, denn er trug eine schwarze Anzugshose und ein helles oranges Hemd, das seine warme olivfarbene Haut und die bernsteinfarbenen Flecken in seinen braunen Augen betonte.

Emma tobte wie eine Wilde herum und rannte ihm ständig um die Füße. Auf sein »Hi« antwortete ich mit einem kaum hörbaren »Hallo«, dann trat ich zurück, damit er hereinkommen konnte. Verlegen standen wir in meiner Diele. Er hob einen Arm, als wollte er mich berühren oder für eine Umarmung an sich ziehen, dann ließ er ihn wieder sinken. Angesichts meiner Reaktion bei den letzten beiden Malen, als er versucht hatte, mich zu berühren, überraschte mich das nicht. Er hockte sich hin, um Emma zu streicheln.

»Sie sieht klasse aus, was? Ich hatte überlegt, ob ich Diesel mitbringen soll, aber ich wusste nicht, ob das nicht zu viel Chaos wäre.«

Ich sagte zu seinem Haarschopf: »Ich bin kein Pflegefall.«

»Das habe ich auch nie behauptet.« Immer noch am Boden hockend, blickte er auf und sah mir lächelnd in die Augen. »Also, sollen wir uns dieses Programm einmal ansehen? Übrigens, du siehst ebenfalls klasse aus.«

Ich starrte ihn an, während meine Wangen heiß wurden. Ein Grinsen breitete sich auf seinem Gesicht aus. Ich fuhr so schnell herum, dass ich beinahe über Emma stolperte, und sagte: »Lass uns in mein Arbeitszimmer gehen.«

Die nächste Stunde ging im Nu vorbei, während er mir zeigte, wie ich das Programm einrichten musste, und wir es uns gemeinsam anschauten. Ich genoss es, etwas Neues zu lernen, und war froh, dass wir uns auf etwas anderes außer auf uns konzentrieren konnten – es fiel mir schon schwer genug, dass er neben mir saß. Er war gerade dabei, mir einen Menüpunkt zu erklären, als ich herausplatzte: »Als du damals gesehen hast, wie ich aus dem Supermarkt gegangen bin, hatte ich dich mit einer Frau gesehen. Darum hatte ich es so eilig.«

»Annie, ich …«

»Und als du mich im Krankenhaus besucht hast, warst du so verdammt *lieb*, mit diesen Blumen und dem Golden-Retriever-Stofftier, aber ich konnte damit einfach nicht umgehen, mit dir nicht, mit *gar nichts*. Danach habe ich die Schwester gebeten, dir zu sagen, dass ich nur Besuch von der Familie und der Polizei bekommen darf. Ich hab mich dafür gehasst, es war so lieb von dir, du bist immer so lieb, und ich bin so eine …«

»Annie, an dem Tag, an dem du entführt wurdest, bin ich zu spät zum Abendessen gekommen.«

Das hatte ich nicht gewusst.

»Im Restaurant war viel los gewesen, und ich hatte nicht auf die Zeit geachtet – ich hatte nicht einmal angerufen, als die Open-House-Besichtigung vorbei war, wie ich es sonst immer getan habe, und als ich schließlich bei dir anrief, während ich mit einer halben Stunde Verspätung unterwegs zu dir war, und du nicht rangegangen bist, dachte ich, du wärst einfach nur sauer. Als dein Auto nicht da war, nahm ich an, ein Klient hätte dich aufgehalten, also bin ich nach Hause gefahren, um zu warten. Erst als du nach einer Stunde immer noch nicht ans Telefon gegangen bist, bin ich zu der Adresse gefahren, wo die Open-House-Besichtigung stattgefunden hatte …« Er holte tief Luft. »O Gott, als ich deinen Wagen in der Auffahrt sah und deine Sachen auf dem Tresen … ich habe auf der Stelle deine Mom angerufen.«

Mom war es schließlich auch gewesen, die die Cops dazu gebracht hatte, die Sache ernst zu nehmen. Sie traf sich mit Luke auf der Polizeistation, überzeugte den wachhabenden Officer davon, dass ich meinen Freund niemals sitzenlassen würde, und war mit im Haus, als die Cops meine Handtasche in einem Schrank fanden, wo ich sie wie immer sicherheitshalber versteckt hatte. Da es keine Anzeichen eines Kampfes gab, war Luke am Anfang ihr Hauptverdächtiger.

»Nach ein paar Wochen habe ich fast jeden Abend nach der Arbeit im Restaurant getrunken.«

»Aber du hast doch so gut wie nie …«

»Ich habe eine Menge dummer Sachen gemacht, Dinge, die ich nie getan hätte …«

Ich fragte mich, von welchen dummen Sachen er

sprach, aber mit dem roten Kopf sah er so verlegen aus, dass ich sagte: »Mach dich nicht selbst fertig, du hast besser reagiert, als ich es wahrscheinlich hingekriegt hätte. Trinkst du immer noch viel?«

»Nach ein paar Monaten hab ich gemerkt, dass ich ständig leicht angesäuselt war, also hab ich wieder aufgehört. Inzwischen glaubten die meisten Leute, du wärst tot. Es hat sich für mich nicht angefühlt, als seist du gestorben, aber jeder benahm sich, als würdest du niemals gefunden werden. Ich war ziemlich oft wütend auf dich. Ich wusste, dass es irrational ist, aber in gewisser Weise gab ich dir die Schuld. Ich habe es dir nie gesagt, aber es hat mir nie gefallen, dass du diese Open-House-Besichtigungen veranstaltet hast – deshalb habe ich dich normalerweise hinterher angerufen. Du warst so offen und freundlich, Männer hätten das leicht falsch verstehen können.«

»Aber das war mein *Job,* Luke. Du bist freundlich im Restaurant …«

»Aber ich bin ein Mann! Aber egal, da war einiges, mit dem ich selbst zurechtkommen musste. Ich bin ziemlich durchgedreht.«

Emma schob ihren Kopf zwischen uns und löste die Spannung. Wir streichelten sie ein paarmal, dann fragte ich sie, wo ihr Ball sei, und sie zog wieder ab.

»Ich bin ein paarmal mit der Frau ausgegangen,

die du gesehen hast, aber am Ende habe ich nur über dich und den Fall geredet, und da wusste ich, dass ich noch nicht so weit bin. Was ich versuche zu sagen, Annie, ist, dass ich immer noch genauso durcheinander bin wie du – und dass wir uns beide verändert haben. Ich wünschte, ich könnte dir mehr helfen. Früher hast du mir immer gesagt, wie sicher du dich bei mir fühlst.«

Er lächelte mich traurig an.

»Ich habe mich bei dir sicher gefühlt, aber jetzt fühle ich mich bei *niemandem* mehr sicher. Da muss ich ganz alleine durch.«

Er nickte. »Das kann ich verstehen.«

»Gut. Kannst *du* mir dann bitte helfen, dein blödes Programm zu verstehen?«

Er lachte.

Etwa zwanzig Minuten später waren wir fertig, und gerade als ich noch überlegte, ob ich ihn zum Abendessen einladen sollte, sagte er, dass er zurück zum Restaurant müsste. An der Tür trat er auf mich zu, zögerte eine Sekunde, hob dann die Augenbrauen und – ganz leicht – seine Arme. Ich ging zu ihm, und er schloss mich in die Arme. Einen Moment lang kam ich mir vor wie in einer Falle und wollte mich loswinden, aber ich vergrub meine Nase in seinem Hemd und inhalierte die Gerüche seines Restaurants – Oregano, frisch gebackenes Brot, Knoblauch.

Er roch nach langen Dinnerabenden mit Freunden, nach zu viel Wein und Gelächter, nach Glück.

Gegen mein Haar gepresst, murmelte er: »Es war wirklich schön, dich zu sehen, Annie.« Ich nickte, und als wir uns langsam wieder voneinander lösten, hielt ich den Blick gesenkt, bis ich die Tränen weggeblinzelt hatte.

Später fragte ich mich, ob er zum Abendessen geblieben wäre, wenn ich ihn gebeten hätte, aber mein Bedauern hielt sich die Waage mit der Erleichterung darüber, dass ich ihn nicht nein hatte sagen hören. Früher war es mir leichtgefallen, mich schnell zu entscheiden, aber seit ich den Psycho getötet habe, lebe ich in einem Zustand ständigen Zögerns. Ich weiß noch, wie ich einmal gelesen habe, dass ein Vogel, der lange Zeit in einem Käfig gelebt hat, nicht sofort davonfliegt, sobald man die Tür öffnet. Ich habe das vorher nie verstanden.

Ich schlief auf dem Bett ein, auf dem ich zusammengebrochen war, nachdem ich den Psycho umgebracht hatte. Das Pochen meiner Brüste weckte mich auf – meine Milch war immer noch nicht ganz versiegt. Als Erstes wurde mir bewusst, dass ich die Schlüssel umklammert hielt. Während ich schlief, hatte ich sie so festgehalten, dass sie Abdrücke in meiner Haut hinterlassen hatten. Im Halbschlaf war ich verwirrt, weil ich die Schlüssel hatte, und bekam Angst, der Psycho könnte mich damit erwischen, also ließ ich sie los. Das Geklimper, mit dem sie auf das Bett fielen, riss mich aus meinem Dämmerzustand. Er war tot. Ich hatte ihn umgebracht.

Meine Blase trieb mich ins Badezimmer, aber ich überprüfte die Uhrzeit und stellte fest, dass ich noch zehn Minuten warten musste. Als ich versuchte, trotzdem zu pinkeln, war meine Blase wie gelähmt. Zehn Minuten später, kein Problem.

Auf meinem Weg zurück ins Bett streifte ich mit dem Bein die Babydecke in ihrem Korb. Ich hob sie auf und drückte sie ans Gesicht, atmete die letzten Spuren ihres Dufts ein. Meine Tochter war immer noch da draußen – allein. Ich musste sie finden.

Ich zog ein weißes Kleid an und stopfte den BH mit Stofffetzen aus, die ich in kaltes Wasser getaucht hatte. Ich schnappte mir ein Paar Latschen, ging hinunter zum Fluss und suchte das Ufer in beide Richtungen ab, bis mir Bäume oder kahle Felsbrocken den Weg versperrten. Beim Anblick jedes fahlen Brockens in der Ferne, der die Größe eines Babys hatte, stockte mir der Atem, bis ich näher herangekommen war. Ein Stoffbündel, das sich in einem Baum in der Mitte des Flusses verfangen hatte, ließ meine Knie weich werden, bis ich hinüberwatete und feststellte, dass es nichts als Lumpen waren. Als ich am Fluss keine Spur von ihr fand, überprüfte ich jeden Zentimeter der Lichtung nach Anzeichen von frisch umgegrabener Erde, aber ich konnte nichts finden.

Ich grub sogar mit bloßen Fingern in der weichen Gartenerde rund um die Hütte – ich hätte es dem kranken Bastard durchaus zugetraut, dass er sie dort beerdigt hatte, wo wir unser Essen anpflanzten – und kroch unter die Veranda. Der einzige Ort, den ich am Ende nicht durchsucht hatte, war der Schuppen.

Die Sommersonne hatte den ganzen Morgen über dem Metallschuppen gestanden, und als ich die Tür öffnete, wehte mir der Gestank seines bereits verwesenden Leichnams in einer übelkeiterregenden Wolke entgegen. Ich riss einen nach Diesel stinkenden Lumpen von der Werkbank und hielt ihn mir vors Gesicht. Dann konzentrierte ich mich darauf, durch den Mund zu atmen, und schlich auf Zehenspitzen um seine Leiche herum. Fliegen, die sich am Tag zuvor auf seinem Leichnam in den Schuppen gemogelt hatten, umflogen brummend die Plane und machten ebenso viel Lärm wie der Generator.

Mit zitternden Händen räumte ich die Gefriertruhe aus. Sie war nicht darin, und in den Regalen befand sich nichts außer Laternen, Batterien, Kerosin und Seilen. Ich entdeckte eine Falltür und darunter Stufen, die in einen Rübenkeller führten. Der nasskalte Geruch wirkte frisch im Vergleich zum Gestank des Todes oben. Im Keller gab es lediglich ein paar eingemachte Lebensmittel, Haushaltsgegenstände, einen Verbandskasten, einige Kartons und in einer alten Kaffeekanne eine Geldrolle, die mit einem rosa Haargummi zusammengehalten wurde. Ich hoffte, das Haargummi gehörte nicht einer anderen Frau, der er etwas angetan hatte. Es war nicht viel Geld, also nahm ich an, dass er irgendwo anders noch mehr gebunkert hatte. Seine Brieftasche war noch nicht aufgetaucht, weder in seiner Tasche, als ich die Schlüssel herausgeholt hatte, noch in einem der Schränke in der Hütte, aber ich hatte ihn auch nie mit einer gesehen. Einer der Schlüssel hatte bisher noch zu keinem Schrank gepasst, und ich hoffte, dass er zu dem Van gehörte, den er irgendwo versteckt hatte, und dass seine Brieftasche darinlag.

In einer Holzkiste entdeckte ich ein Gewehr, eine Pistole und Munition. Ich starrte darauf hinunter. Ich hatte die Waffe, mit der er mich am ersten Tag bedroht hatte, nie richtig angeschaut, sie nur in meinem Rücken gespürt und ihren Griff in seinem Hosenbund gesehen. Neben dem Gewehr wirkte sie klein, aber ich hasste sie alle beide. Eines hatte die Ente getötet, mit der anderen hatte er mich in diese Hölle gezwungen. Einen Moment lang schwebte meine Hand über der Stelle am Rücken, wo er die Waffe an meine Wirbelsäule gepresst hatte. Ich schloss die Kiste und schob sie hinter ein paar andere.

Jedes Mal, wenn ich einen Karton öffnete, hatte ich Angst, ich könnte die Leiche meines Babys darin entdecken, als sei es etwas, das sorgfältig verstaut und fein säuberlich mit dem Etikett »Testversion« bezeichnet werden musste. Aber der letzte Karton enthielt nur mein gelbes Kostüm und all meine Bilder und Zeitungsannoncen. Als ich ihn öffnete, fing ich den Duft meines Parfüms ein, und ich hielt den weichen Stoff an meine Nase. Ich zog den Blazer über das Kleid, aber es fühlte sich falsch an, ihn zu tragen – als hätte ich das Kleid einer toten Frau angezogen. Ich ließ das Kostüm im Karton, nahm nur das Foto mit, das aus meinem Büro stammen musste, und ging zurück nach oben und ans Licht.

Das einzige Gebiet, das ich nicht durchsucht hatte, war der Wald, der uns umgab, also trank ich etwas kaltes Wasser und packte dann Proteinriegel, den Verbandskasten und eine Thermoskanne mit Wasser in den alten Rucksack, den ich im Keller gefunden hatte. Ich wollte gerade gehen, als ich auf dem Küchentresen das Foto von mir neben der Decke meines Babys und einem der Strampelanzüge sah. Ich tat alles zu den anderen Schätzen in meinen Rucksack.

Kurz nachdem ich den Wald rechts von der Hütte betreten hatte, verklang das stetige Rauschen des Flusses und das Vogelgezwitscher, das die Lichtung für gewöhnlich erfüllte. Ein Teppich aus Tannennadeln bedeckte den Boden und dämpfte das Geräusch meiner Schritte. Sonst war es still. Den Rest des Nachmittags verbrachte ich damit, über und unter tote

Baumstämme zu kriechen, in jeder kleinsten Erhebung zu graben und in der Luft nach irgendwelchen Anzeichen von Verwesung zu schnüffeln. Ich war nie mehr als fünfzehn Minuten von der Hütte entfernt und arbeitete mich in einem weiten Radius bis zum höchsten Punkt der Lichtung vor.

Als ich die Kuppe schließlich erreicht hatte, entdeckte ich am Beginn der Baumreihe einen schmalen Pfad, der in den Wald hineinführte. Von Salal und Farnen überwuchert, bildete er eine undeutliche Linie, nur erkennbar an den seltsam verblassten Machetenspuren an den Baumstümpfen. Manche der Bäume, Douglasien, die höher hinaufreichten, als ich sehen konnte, hatten einen Umfang von mehreren Fuß, und ihre Stämme waren unter dem Moos fast verschwunden, was bedeutete, dass es ein feuchter Wald war. Wahrscheinlich war ich immer noch auf Vancouver Island.

Ich schaute mich ein letztes Mal auf der Lichtung um und betete darum, dass, wenn es einen Himmel gab – und nie zuvor wollte ich daran stärker glauben als in jenem Moment –, mein Baby dort sein möge, bei meinem Dad und bei Daisy.

Als ich den Pfad entlangging, entdeckte ich in der Ferne etwas, das wie eine Schneise aussah, und nach weiteren fünf Minuten trat ich aus dem Wald heraus auf eine alte Schotterpiste. Den Schlaglöchern und dem Fehlen von Reifenspuren nach zu urteilen, war sie längere Zeit nicht benutzt worden. Etwa drei Meter weiter vorn fiel die Böschung leicht nach unten ab.

Als ich auf den Rand zuging, stellte ich fest, dass es sich bei der Böschung um einen schmalen Weg handelte, der von der Hauptpiste abzweigte. Der Freak musste den Van nahe bei der Hütte versteckt haben, und so beschloss ich, dem Pfad zu folgen. Nicht viel breiter als ein Truck, war er völlig mit Gras überwachsen, und wenn man hier entlangfuhr, würde man ihn wahrscheinlich gar nicht bemerken. Der Weg beschrieb eine Kurve und verlief dann parallel zur Hauptpiste, wobei mehr als sieben Meter, dicht mit Bäumen bewachsen, zwischen beiden Straßen lagen.

Nach einer Weile kam ich an einem kleinen weißen Knochen vorbei, und ich blieb stehen. Mein Herz setzte aus. Zentimeter für Zentimeter suchte ich den Boden ab, dann entdeckte ich einen Knochen, der zu groß war, als dass er von meinem Baby hätte stammen können, und nach wenigen Schritten stolperte ich über das Skelett eines Hirsches.

Ich folgte dem Weg, bis er vor einer Wand aus toten Brombeeren und Zweigen endete. Am Boden glänzte ein Stück Metall in der Sonne. Fieberhaft riss ich die Zweige weg und starrte auf die Rückseite des Vans.

Ein schneller Blick ins Handschuhfach förderte keine Brieftasche oder Fahrzeugpapiere zutage, nicht einmal eine Karte gab es. Ich spähte durch die Sitze auf die dämmrige Ladefläche des Vans, entdeckte etwas Stoff, der zu einem Ball zusammengeknüllt war, und griff danach. Es war die graue Decke.

Das Gefühl des rauen Stoffes in meiner Hand, zusammen mit dem Geruch im Van, war mir nur zu vertraut. Ich ließ die Decke fallen, als hätte sie Feuer gefangen, und schnellte auf dem Sitz herum. Ich versuchte, nicht an das zu denken, was dort auf der Ladefläche geschehen war, und konzentrierte mich darauf, den Schlüssel im Zündschloss umzudrehen. Nichts.

Ich hielt den Atem an. Bitte spring an, bitte spring an … und drehte den Schlüssel erneut. Nichts. In der Gluthitze des Vans war ich schweißgebadet, und dort, wo mein Kleid hochgerutscht war, klebten meine Beine an den Kunststoffsitzen. Die Stirn gegen das heiße Lenkrad gestützt, atmete ich ein paarmal ruhig ein und aus, dann öffnete ich die Motorhaube. Ich entdeckte das gelöste Batteriekabel auf Anhieb, befestigte es wieder und versuchte erneut, den Motor zu starten. Dieses Mal sprang er sofort an, und aus dem Radio plärrte Countrymusik. Es war so lange her, seit ich das letzte Mal Musik gehört hatte, dass ich lachte. Als der Moderator sprach, fing ich die Worte auf: »… zurück zu einer werbefreien Stunde.« Aber es folgte kein Hinweis darauf, wo ich war, und als ich versuchte, einen anderen Sender einzustellen, drehte der Knopf durch.

Ich legte den Rückwärtsgang ein, setzte auf dem engen Weg zurück, fegte über die Schösslinge hinweg und schoss hinauf auf den Hauptweg. Der Schotterweg war schon lange nicht mehr ausgebessert worden und mit Schlaglöchern übersät, also dauerte es eine Weile, bis ich vom Berg herunter war. Nach vielleicht einer halben Stunde hatte ich Asphalt unter den Reifen, und etwa zwanzig Minuten später wurde die Straße gerade.

Endlich erfasste meine Nase den vertrauten Geruch des Meeres, vermischt mit dem Schwefelgestank eines Stahlwerks, und ich erreichte eine kleine Stadt. Als ich an einer roten Ampel stoppte, entdeckte ich rechts von mir einen Coffeeshop. Der Duft von gebratenem Speck zog durch mein geöffnetes Fenster, und sehnsüchtig sog ich das Aroma auf. Der Psycho hatte mich nie Speck essen lassen, er sagte, davon würde ich fett werden.

Mir lief das Wasser im Mund zusammen, als ich einen alten Mann beobachtete, der in der Nähe des Fensters saß und sich ein Stück Speck in den Mund schob, rasch kaute und dann ein anderes hinterherschob. Ich wollte Speck – einen Teller voll, nichts sonst, nur ein Streifen Speck nach dem anderen –, und dann würde ich jedes Stück langsam kauen, den salzigen und zugleich leicht süßlichen Saft auskosten, den jeder Bissen freigab. Ein großes Speckfest, und der Psycho konnte mich mal.

Der alte Mann wischte sich die fettigen Finger an der Schulter seines Hemds ab. In meinem Kopf flüsterte der Psycho: *Du willst doch kein Schwein sein, oder, Annie?*

Ich wandte den Blick ab. Auf der anderen Straßenseite war ein Polizeirevier.

19. Sitzung

Ich hoffe, Sie fühlen sich diese Woche wieder besser, Doc. Ich kann es Ihnen wohl schlecht übelnehmen, dass Sie letzte Woche abgesagt haben, immerhin war ja ich vermutlich diejenige, von der Sie die Erkältung bekommen haben. Ich selbst fühle mich besser, wegen einer Menge Dinge. Begonnen hat es damit, dass die Cops Anfang der Woche angerufen und mir erzählt haben, sie hätten den Kerl geschnappt, der all diese Einbrüche auf dem Kerbholz hatte, und ja, es sei nur ein Teenager gewesen.

Es wird Sie freuen zu hören, dass ich nicht mehr im Schrank geschlafen habe, seit ich das letzte Mal bei Ihnen war, und ich habe aufgehört, jeden Abend zu baden. Jetzt kann ich meine Beine beim Duschen rasieren, und meine Haare brauche ich auch nicht mehr zweimal zu waschen und auszuspülen. Mehr als die Hälfte der Zeit kann ich ohne irgendeine Atemübung pinkeln, und ich kann essen, wenn ich es brauche. Manchmal höre ich nicht einmal die Stimme des Psychos, wenn ich eine seiner Regeln breche.

Das Einzige, was weiter an mir nagt, ist dieses blöde Foto, das der Psycho von mir hatte – dieses ältere. Ich hatte nicht weiter darüber nachgedacht, als ich nach Hause kam. Zu viele andere Dinge waren wichtiger gewesen, aber dann, nachdem ich es neulich Ihnen gegenüber erwähnt hatte, bin ich in der kleinen Schachtel darauf gestoßen, in der ich das Zeug aufbewahre, das ich vom Berg mitgebracht habe. Das war während eines meiner vielen Anfälle, als ich das ganze Haus durchsucht habe, weil ich meinte, der Bastard müsste mir etwas gestohlen haben.

An meinem Arbeitsplatz bei der Immobilienfirma, für die ich gearbeitet hatte, hatte ich an der Pinnwand über meinem Schreibtisch eine Menge Fotos, und daraus hatte ich geschlossen, dass der Psycho es sich möglicherweise dort unter den Nagel gerissen hatte. Wenn er gesagt hätte, er sei auf der Suche nach einem Haus, hätte er mit irgendeinem der Makler ins Büro kommen können. Soweit ich wusste, könnte das sogar passiert sein, ehe er mich überhaupt gesehen hat. Aber warum hätte ich an meinem Arbeitsplatz ein altes Foto von mir aufhängen sollen? Und warum mache ich mich verrückt, indem ich versuche, das herauszufinden? Es ist nicht so, dass es noch irgendetwas ausmachen würde. Manchmal glaube ich, mein Verstand sucht sich auch noch den letzten Mist aus, um davon besessen zu sein. Es ist, als würde ich versuchen, eine Horde Kids ins Bett zu bringen – sobald eine Sorge endlich eindämmert, entwischt mir eine andere und tobt rum.

In dieser Woche habe ich darüber nachgedacht, wie Christina und ich früher jede Minute von Lukes Besuch durchgegangen wären, dass wir ihn Szene für Szene analysiert hätten, und plötzlich vermisste ich sie. Ich dachte daran, wie erleichtert ich gewesen war, nachdem ich meine Liste gemacht hatte, und wie stolz ich gewesen war, als ich Luke endlich gegenüberstand, und wählte ihre Handynummer, ehe ich wieder kneifen konnte.

»Sie sprechen mit Christina, was kann ich für Sie tun?«

»Hallo, ich bin's.«

»Annie! Warte eine Sekunde …« Ich hörte ihre gedämpfte Stimme, als sie mit jemandem sprach, dann war sie wieder dran. »Tut mir leid, Annie, ist ein hektischer Morgen, aber ich bin *so* froh, dass du anrufst!«

»Mist, heute ist dein Besichtigungstag. Soll ich später noch mal anrufen?«

»Nein, auf keinen Fall, Lady – so einfach kommst du mir nicht davon. Ich habe zu lange darauf gewartet, dass du endlich zum Hörer greifst.« Wir schwiegen beide.

Ich wusste nicht, wie ich erklären sollte, warum ich

ihr und jedem anderen aus dem Weg gegangen war, also sagte ich: »Und, wie geht's so?«

»Mir? Wie immer, wie immer.«

»Und Drew?«

»Dem geht's gut ... dem geht's gut. Du kennst uns, bei uns ändert sich nie was. Aber wie geht es *dir*?«

»Ganz gut, schätze ich ...« Ich suchte nach irgendetwas Interessantem in meinem Leben, das ich erzählen könnte. »Ich mache jetzt ein bisschen Buchführung für Luke.«

»Ihr beide redet wieder miteinander?« Mit einem gespielten russischen Akzent fuhr sie fort: »Nun, das iist serrr, serrr gutt. Gutte Neuigkeit.«

»So ist es *nicht* – es ist rein geschäftlich«, sagte ich, schneller als beabsichtigt.

Sie lachte ihr Ich-weiß-dass-du-es-faustdick-hinter-den-Ohren-hast-Lachen, dann sagte sie: »Wenn du es sagst. Hey, wie geht's deiner Mom? Ich habe sie und Wayne neulich in der Stadt gesehen, und sie sah etwas, hm ...«

»Stockbesoffen aus? Scheint in letzter Zeit öfter vorzukommen. Aber vor ein paar Wochen war sie hier und hat mir mein Fotoalbum und ein paar Bilder von Dad und Daisy gebracht, die ich noch nie gesehen hatte. Das hat mich ziemlich umgehauen.«

»Sie dachte, sie hätte dich verloren – wahrscheinlich versucht sie immer noch, mit der ganzen Geschichte klarzukommen.«

»Ja.« Mir war nicht danach, darauf einzugehen, also sagte ich: »Ich frage mich, was mein Haus wohl im Moment wert ist.«

»Warum, du denkst doch nicht daran, es zu verkaufen, oder?«

Ich wollte nicht über den Einbruch reden und erklärte: »Es ist nicht mehr dasselbe, seit Mom es vermietet hat – es riecht nicht einmal mehr nach mir.«

»Ich finde, du solltest dir etwas mehr Zeit lassen, ehe du …« Eine Stimme im Hintergrund sagte etwas zu Christina. »Verflixt, mein Klient ist gerade aufgekreuzt. Wir sind schon spät dran, aber ruf mich heute Abend noch einmal an, okay? Ich möchte *wirklich* mit dir sprechen!«

Während und nach dem Telefongespräch vermisste ich Christina mehr denn je zuvor, und ich dachte daran, sie an diesem Abend anzurufen, aber beim Abschied hatte sie so geklungen, als wollte sie mir nur wieder erzählen, was ich alles tun und lassen sollte, und damit kam ich einfach nicht klar. Als ich also am Samstagnachmittag das Klopfen an meiner Tür hörte und durchs Fenster Christina erspähte, die mit einem weißen Overall, einer Baseballkappe und einem selbstzufriedenen Grinsen auf meiner Veranda stand, wusste ich nicht, was ich davon halten sollte. Ich machte die Tür auf und sah, dass sie ein paar Pinsel in der einen und einen riesigen Farbeimer in der anderen Hand hielt. Sie reichte mir einen Pinsel.

»Mal sehen, was sich wegen deines Hauses machen lässt.«

»Ich bin etwas müde. Wenn du angerufen hättest ...« Sie fegte an mir vorbei und ließ mich die Unterhaltung mit der Türschwelle weiterführen.

Über die Schulter gewandt sagte sie: »Ich bitte dich, als würdest du ans Telefon gehen.« Sie hatte mich ertappt. »Hör auf zu jammern und setz deinen Hintern in Bewegung, Süße.« Sie begann, am einen Ende meiner Couch zu schieben, und wenn ich nicht wollte, dass sie mir den Fußboden ruinierte, blieb mir kaum etwas anderes übrig, als ihr dabei zu helfen, den ganzen Kram aus meinem Wohnzimmer zu räumen. Ich hatte die beigen Wände schon längst streichen wollen, hatte mich jedoch nie dazu aufraffen können. Als ich das phantastische Cremegelb sah, das sie ausgesucht hatte, hing ich am Haken.

Wir strichen ein paar Stunden lang, dann machten wir eine Pause und setzten uns mit einem Glas Rotwein draußen auf die Veranda. Christina trinkt nichts, das nicht mindestens zwanzig Dollar die Flasche kostet, und bringt immer ihr eigenes Zeug mit. Die Sonne war gerade untergegangen, und ich schaltete die Verandalampen ein. Ein paar Minuten saßen wir schweigend da, sahen Emma zu, wie sie an ihrem Rohlederknochen nagte, dann sah Christina mir direkt in die Augen.

»Also, was ist zwischen uns passiert?«

Ich spielte mit dem Stiel meines Glases und zuckte die Achseln. Mein Gesicht fühlte sich heiß an.

»Ich weiß nicht. Es ist nur …«

»Nur was? Ich finde, wenn Menschen befreundet sind, sollten sie ehrlich zueinander sein. Du bist meine beste Freundin.«

»Ich versuche es, ich brauche nur …«

»Hast du irgendeinen meiner Vorschläge umgesetzt, oder hast du die auch alle abgeblockt? Es gibt ein neues Buch von einer Überlebenden, das du unbedingt lesen solltest, es geht darum, dass die Opfer Mauern bauen müssen, um zu überleben, aber danach können sie nicht …«

»Genau *das* ist es. Der Druck. Dieses endlose, ständige ›du musst‹. Ich will nicht darüber reden, aber du kannst einfach nicht damit aufhören. Als ich versucht habe, dir zu sagen, dass ich die Kleider nicht will, bist du wie eine Dampfwalze über mich rübergerollt.« Ich hielt inne, um Luft zu holen. Christina sah mich verblüfft an.

»Du hast versucht zu helfen, das verstehe ich, aber Mensch, Christina, manchmal solltest du dich einfach ein bisschen *zurückhalten.*«

Eine Minute lang schwiegen wir beide, dann sagte

Christina: »Wenn du wenigstens gesagt hättest, warum du die Kleider nicht wolltest.«

»Ich *kann* es nicht erklären, das ist das Problem, und wenn du helfen willst, dann musst du mich einfach so akzeptieren, wie ich bin. Hör auf zu versuchen, mich dazu zu bringen, *darüber* zu reden, und hör mit den Versuchen auf, mich zu heilen. Wenn du das nicht schaffst, können wir es gleich bleibenlassen.«

Ich stellte mich auf ein Riesentheater ein, aber Christina nickte ein paarmal und sagte: »Okay, ich werde es auf deine Art versuchen. Ich brauche dich in meinem Leben, Annie.«

»Oh«, machte ich. »Dann … gut. Ich meine, das ist klasse, weil ich dich auch in meinem Leben haben möchte.«

Sie lächelte, dann wurde sie wieder ernst. »Aber eine Sache gibt es, die ich dir erzählen muss. Eine Menge Dinge sind geschehen, während du fort warst … Alle waren aufgewühlt, und niemand wusste, wie er damit umgehen sollte. Und …«

Ich hob die Hand. »Stopp. Ich will keine Probleme wälzen. Das ist die einzige Möglichkeit, wie ich es schaffen kann.«

»Aber Annie …«

»Nein, kein Aber.« Ich hatte das Gefühl, dass sie mir erzählen würde, dass sie jetzt den Apartmentkomplex am Wasser betreute – ich habe vor kurzem ihr Logo gesehen, als ich daran vorbeifuhr –, aber der Immobilienmarkt war das Letzte, worüber ich reden wollte. Außerdem war es einleuchtend, dass sie es bekommen hatte, und ich freute mich für sie. Ich wünschte ihr diesen Erfolg tausendmal mehr als dem unbekannten Konkurrenten, wer immer das auch gewesen sein mochte.

Sie starrte mich zwei Sekunden lang eindringlich an und schüttelte dann den Kopf.

»In Ordnung, du hast gewonnen. Aber wenn du mich nicht reden lässt, dann musst du noch ein bisschen streichen.«

Stöhnend folgte ich ihr zurück ins Haus, und wir strichen den Rest des Wohnzimmers.

Nachdem wir uns auf der Veranda verabschiedet hatten und sie gerade in ihren BMW steigen wollte, drehte sie sich noch einmal um.

»Annie, vorhin habe ich mich dir gegenüber einfach genauso verhalten wie immer.«

»Ich weiß. Aber ich bin nicht mehr dieselbe.«

Sie sagte: »Niemand von uns ist das«, und schloss die Tür.

Am nächsten Nachmittag beschloss ich, ein paar Kartons mit meinem Zeug durchzusehen, die ich in Moms Garage gefunden hatte, als ich mir Gartengeräte ausleihen wollte. Der erste war voll mit Preisen und Auszeichnungen, die ich als Maklerin bekommen hatte, die ich schon in meinem Büro weggeräumt hatte, ohne sie jemals aufzuhängen. Der zweite Karton mit meinen alten Mal- und Zeichensachen, Skizzen und Bildern interessierte mich wesentlich mehr. Zwischen den Blättern eines Skizzenblocks fand ich die Broschüre einer Kunstschule. Ich hatte ganz vergessen, dass ich einmal dorthin gewollt hatte. Ausnahmsweise war die Straße der Erinnerung nicht mit schreienden Geistern gesäumt, und der Geruch der Kohlestifte und Ölfarben brachte mich zum Lächeln.

Ich zog den Skizzenblock und die Broschüre heraus, packte meine Stifte, schenkte mir ein Glas Shiraz ein und setzte mich auf die Veranda. Eine Zeitlang starrte ich nur auf das leere Blatt Papier. Emma lag in den letzten Strahlen der untergehenden Sonne, die ihr Fell zum Leuchten brachten und die Schatten auf ihr akzentuierten. Mit dem Stift folgte ich der Linie ihres Körpers auf dem Papier, und auf einmal fiel mir alles wieder ein. Ich schwelgte in dem Gefühl, mit der Hand über das spröde Papier zu streichen, sah zu, wie meine einfachen Striche langsam eine Form schufen, und verwischte einige von ihnen mit der Fingerspitze für den Schatten. Ich arbeitete weiter daran, veränderte das Gleichgewicht zwischen Hell und Dunkel, dann hielt ich inne, um kurz den singenden Vogel im Baum neben mir zu beobachten. Als ich mich wieder meinem Block zuwandte, war ich überrascht – nein, betroffen. Ich hatte von der Skizze eines Hundes aufgeschaut, doch als ich erneut hinsah, erblickte ich Emma. Bis hin zum kleinen Haarwirbel in ihrer Schwanzspitze.

Ich saß da und freute mich ein paar Minuten lang über meine Skizze, wünschte, ich hätte jemanden, dem ich sie zeigen könnte. Dann wandte ich meine Aufmerksamkeit der Broschüre zu. Als ich darin blätterte, lächelte ich über die Notizen, die ich am Rand gemacht hatte. Doch das Lächeln verblasste, als ich feststellte, dass ich das Schulgeld eingekringelt und ein großes Fragezeichen dahintergesetzt hatte.

Als meine Grandma starb, hatte Mom eine kleine Erbschaft erhalten, aber als ich darum bat, ein bisschen davon für die Schule zu bekommen, erklärte sie, es sei alles ausgegeben. Was immer davon noch übrig geblieben war, als sie sich Wayne angelte, war zweifelsohne verschwunden, noch ehe die Tinte unter der Heiratsurkunde getrocknet war.

Ich hatte daran gedacht, einen Teilzeitjob anzunehmen, um mir die Kunstschule selbst finanzieren zu können, aber Mom erzählte mir immer wieder, dass Künstler überhaupt kein Geld verdienten. Ich war unsicher, was ich tun sollte, und fing einfach an zu arbeiten. Ich stellte mir vor, dass ich mir eines Tages, wenn ich genug angespart hätte, die Sache mit der Schule ja noch einmal überlegen könnte, doch dazu war es nie gekommen.

Als Luke gestern Abend anrief, erzählte ich ihm

von der Skizze. »Das ist klasse, Annie. Du hast Kunst schon immer gerne gemocht.« Er hat nicht gefragt, ob er die Zeichnung sehen dürfte, und ich habe nicht gefragt, ob er wollte.

Christina ist ein paarmal vorbeigekommen, um mir dabei zu helfen, den Rest des Hauses zu streichen. Sie hat nicht über Probleme geredet, wie ich sie gebeten hatte, aber irgendwie fühlte es sich verkrampft an. Nicht angespannt, einfach nur komisch. Aber wenn ich auch nur eine Sekunde darüber nachdenke, ihr von irgendetwas zu erzählen, was auf dem Berg geschehen ist, überrollt mich eine riesige Angstwelle. Im Moment ertrage ich gerade mal die neuesten Gerüchte über Hollywoodstars und die Leute, mit denen wir früher zusammengearbeitet haben. Beim letzten Mal hat sie mir von diesem vertrottelten Cop erzählt, der ihren Selbstverteidigungskurs unterrichtet.

Das erinnerte mich direkt an den Cop, an den ich geriet, als ich vom Berg kam. Sagen wir mal so, da meine Erwartungen sich auf Wiederholungen im Fernsehen stützten, hoffte ich auf Lennie Briscoe, aber ich bekam Barney Fife.

Ich war froh, eine Frau hinter dem Tresen der Polizeiwache zu sehen, aber sie schaute nicht einmal von ihrem Kreuzworträtsel auf. »Was wollen Sie?«

»Einen Polizisten, glaube ich.«

»Glauben Sie?«

»Nein, ich meine ja, ich möchte einen Polizisten sprechen.« Eigentlich wollte ich am liebsten wieder gehen, aber da winkte sie schon einen Typen heran, der gerade von der Toilette kam und sich die Hände an der Uniformhose abwischte.

»Constable Pepper wird Ihnen weiterhelfen«, sagte sie.

Es war gut, dass er kein Sergeant war, der Typ hatte es auch so schon schwer genug. Er war mindestens einen Meter achtzig groß und hatte einen ziemlichen Bauch, war sonst aber eher mager – sein Revolvergurt sah aus, als würde er demnächst den Kampf verlieren, sich irgendwie an den schmalen Hüften festzuklammern.

Er sah mich an, schnappte sich ein paar Akten vom Tresen und sagte: »Kommen Sie.«

An einer schrabbeligen Kaffeemaschine blieb er stehen, um sich einen Kaffee einzuschenken – ohne mir einen anzubieten –, und versenkte Zucker und Sahne in dem Becher. Er bedeutete mir, ihm zu folgen, und wir gingen an einem durch eine Glaswand abgetrennten Büro und an drei Cops vorbei, die im Hauptbereich des Raumes um einen Tisch herum saßen und in einem kleinen tragbaren Fernseher ein Spiel anschauten.

Er schob einen Stapel Akten auf seinem Schreibtisch zur Seite, setzte den Kaffeebecher ab und zeigte auf den Stuhl ihm gegenüber. Er wühlte zwei Minuten lang in seiner Schublade herum, ehe er einen Stift gefunden hatte, der schrieb, und ein paar weitere Minuten gingen dafür drauf, dass er diverse Formulare hervorzog und wieder zurückschob. Endlich war er so weit, mit einem funktionierenden Stift und einem Formular vor sich.

»Ihr Name, bitte?«

»Annie O'Sullivan.«

Er sah mich an und suchte jeden Winkel meines Gesichts ab, dann stand er so hastig auf, dass er seinen Kaffee umkippte.

»Einen Moment – ich muss jemanden holen.«

Während der Kaffee seine Papiere durchtränkte, verschwand er in dem Glasbüro und begann mit einem Typen mit kurzen grauen Haaren zu reden, den ich für wichtig hielt, da er der Einzige war, der ein eigenes Büro hatte. Seinen herumwedelnden Händen nach zu urteilen, war Pepper ziemlich aufgeregt. Als er auf mich deutete, drehte sich der ältere Typ um und sah mich an, und unsere Blicke trafen sich. Inzwischen hatte ich das Gefühl, hier rauszumüssen, und zwar auf der Stelle.

Die Cops beim Fernseher hatten das Gerät leiser gestellt und schauten zwischen mir und dem Büro hin und her. Als ich zum Empfangstresen blickte, stellte ich fest, dass die Frau mich ebenfalls beobachtete. Ich schaute wieder zum Büro. Der ältere Typ nahm den Telefonhörer und redete hinein, dabei lief er auf und ab, so weit die Schnur reichte. Er legte auf, zog eine Akte aus dem Regal hinter sich, dann schauten er und Pepper in die Akte, sprachen miteinander, starrten mich an, blickten erneut in die Akte. Unauffällig waren diese Kerle nicht gerade.

Schließlich verließen der ältere Cop und Pepper, der die Akte trug, das Büro. Der Alte beugte sich tief zu mir runter, stützte eine Hand auf das Knie und streckte mir die andere entgegen. Er redete langsam und sprach jedes Wort überdeutlich aus.

»Hallo, mein Name ist Sergeant Jablonski.«

»Annie O'Sullivan.« Ich gab ihm die Hand. Seine war kühl und trocken.

»Schön, Sie kennenzulernen, Annie. Wir würden gerne in Ruhe mit Ihnen reden – wenn das in Ordnung ist?« Warum zum Teufel zog er die Wörter so in die Länge? *Englisch ist keine Fremdsprache für mich, du Schwachkopf.*

»Ich denke schon.« Ich stand auf.

Pepper schnappte sich ein paar Notizblöcke und Stifte von seinem Schreibtisch und sagte: »Wir würden Sie gerne in eines unserer Vernehmungszimmer bringen.« Zumindest er redete mit normaler Geschwindigkeit.

Als wir uns von dem Schreibtisch entfernten, standen alle Cops im Raum still. »Meine« beiden beeilten sich, an meinen Seiten zu gehen, und Pepper versuchte, meinen Arm festzuhalten, aber ich riss ihn zurück. Man hätte meinen können, ich würde zum elektrischen Stuhl eskortiert – ich schwöre, dass selbst die Telefone aufgehört hatten zu klingeln. Pepper schaffte es, seinen Bauch ein wenig einzuziehen, und ging mit zurückgezogenen Schultern und geschwollener Brust neben mir her, als hätte er mich höchstpersönlich zur Strecke gebracht.

Es war eindeutig ein Kleinstadtrevier. Bisher hatte ich nur ein paar Cops gesehen, und der kalte Raum mit Betonfußboden, in den sie mich führten, hatte die Größe eines durchschnittlichen Badezimmers. Gerade als wir an einem Metalltisch einander gegenüber Platz genommen hatten, stand Pepper erneut auf und antwortete auf das Klopfen an der Tür. Die Frau vom Empfang reichte ihm zwei Kaffeebecher und versuchte, um ihn herumzuspähen, aber er baute sich vor ihr auf und schloss die Tür. Der ältere Typ nickte mir zu.

»Möchten Sie einen Kaffee? Oder eine Cola?«

»Nein, danke.«

Eine der Wände war mit einem riesigen Spiegel bedeckt. Ich hasste die Vorstellung, dass jemand, den ich nicht sehen konnte, jede meiner Bewegungen beobachtete.

Ich zeigte auf den Spiegel. »Sitzt jemand dahinter?«

»Im Moment nicht«, sagte Jablonski. Bedeutete das, dass später jemand dort sitzen würde?

Ich deutete mit einem Kopfnicken in die linke obere Ecke. »Wofür ist die Kamera da?«

»Wir werden Video- und Tonbandaufzeichnungen von der Befragung machen – das ist die Standardprozedur.«

Das war genauso schlimm wie der Spiegel. Ich schüttelte den Kopf. »Sie müssen sie ausschalten.«

»Sie werden vergessen, dass sie überhaupt da ist. Sind Sie Annie O'Sullivan aus Clayton Falls?«

Ich starrte auf die Kamera. Pepper räusperte sich. Jablonski wiederholte die Frage. Die Stille hielt vielleicht eine Minute an, dann machte Jablonski eine rasche schneidende Bewegung an seinem Hals. Pepper verließ kurz den Raum, und als er wieder da war, war das kleine rote Licht an der Kamera aus.

Jablonski sagte: »Das Tonband müssen wir laufen lassen, wir dürfen keine Befragung ohne Aufzeichnung durchführen.« Ich fragte mich, ob er nicht totalen Blödsinn erzählte – in den Fernsehsendungen benutzten sie es manchmal und manchmal nicht –, aber ich ließ es dabei bewenden.

»Versuchen wir es also noch einmal. Sind Sie Annie O'Sullivan aus Clayton Falls?«

»Ja. Bin ich auf Vancouver Island?«

»Wissen Sie das nicht?«

»Sonst würde ich wohl kaum fragen.«

Jablonski sagte: »Ja, Sie sind auf der Insel.« Seine langsame, präzise Sprechweise verschwand mit der nächsten Frage. »Warum erzählen Sie uns nicht einfach, wo Sie gewesen sind?«

»Ich weiß es nicht, außer, dass es eine Hütte war. Ich weiß nicht, wie ich dorthin gekommen bin, weil ich diese Besichtigung hatte, und ein Typ …«

»Was für ein Typ?«, fragte Pepper.

»Kannten Sie den Mann?«, fragte Jablonski.

Als die beiden gleichzeitig fragten, sah ich plötzlich den Psycho vor mir, wie er aus dem Van sprang und auf das Haus zukam.

»Es war ein Fremder. Die Besichtigung war fast vorbei, und ich ging nach draußen, um …«

»Was für einen Wagen fuhr er?«

»Einen Van.« Ich sah, wie der Psycho mich anlächelte. So ein nettes Lächeln. Mein Magen zog sich zusammen.

»Welche Farbe? Erinnern Sie sich an die Marke und das Modell? Haben Sie den Van vorher schon einmal gesehen?«

»Nein.« Ich begann, die Mauersteine in der Wand vor mir zu zählen.

»Erinnern Sie sich nicht an die Marke und das Modell, oder meinten Sie nein, Sie haben ihn nie zuvor gesehen?«

»Es ist ein Dodge, Caravan, glaube ich, hellbraun und neuer – mehr weiß ich nicht. Der Typ hatte eine Immobilienanzeige dabei. Er hatte mich beobachtet und wusste Sachen …«

»Er war kein ehemaliger Kunde oder vielleicht jemand, den Sie einmal in einer Bar abgewiesen oder mit dem Sie im Internet gechattet haben?«, fragte Jablonski.

»Nein, nein und nein.«

Er hob die Augenbrauen. »Verstehe ich Sie richtig, Sie wollen uns also erzählen, dass dieser Mann Sie einfach so aus dem Nichts ausgesucht hat?«

»Ich will Ihnen gar nichts erzählen. Ich weiß nicht, warum er mich ausgewählt hat.«

»Wir wollen Ihnen helfen, Annie, aber zuerst müssen wir die Wahrheit wissen.« Er lehnte sich in seinem Stuhl zurück und verschränkte die Arme vor der Brust.

Meine Arme fegten über den Tisch und wischten ihren albernen kleinen Notizblock und die Kaffeebecher zu Boden, ich stand auf, stützte beide Hände auf die Tischplatte, beugte mich vor und brüllte in ihre schockierten Gesichter. »ICH *SAGE* DIE WAHRHEIT!«

Pepper hielt beide Hände in die Höhe. »Ganz ruhig! Regen Sie sich nicht auf …«

Ich schmiss den Tisch zur Seite. Als sie versuchten, mir aus dem Weg zu gehen, und in Richtung Tür hasteten, schrie ich ihnen hinterher: »Ich werde kein verdammtes Wort mehr sagen, ehe Sie nicht ein paar *richtige* Cops rangeschafft haben!«

Danach ließen sie mich in dem Raum allein. Entsetzt starrte ich auf das Chaos – ich hatte sogar einen ihrer Kaffeebecher zerbrochen. Ich stellte den Tisch wieder hin, sammelte den Notizblock auf und versuchte, den Kaffee mit ein paar Blatt Papier aufzuwischen. Nach ein paar Minuten schlich Pepper herein und schnappte sich den Notizblock. Eine Hand hielt er vor sich ausgestreckt, mit der anderen presste er den Block an seine Brust, während er langsam rückwärts zur Tür ging.

»Beruhigen Sie sich, wir haben ein paar Leute angefordert, die sich mit Ihnen unterhalten werden.«

Die Vorderseite seiner Hose hatte etwas Kaffee abbekommen, als ich den Tisch umgekippt hatte. Ich war kurz davor, ihm die Scherben der Tasse in die Hand zu drücken und mich zu entschuldigen, aber er war bereits blitzartig wieder verschwunden.

Ich lachte ein paar Sekunden, dann legte ich den Kopf auf den Tisch und weinte.

20. Sitzung

Ich weiß nicht, ob Sie am Wochenende den Artikel in der Zeitung gelesen haben, Doc, aber man hat in einem Schuppen auf dem Grundstück des Teenagers ein paar der gestohlenen Sachen entdeckt. Na ja, eigentlich war es das Grundstück seiner Eltern. Egal, ich habe den Cop angerufen, der für meinen Einbruch zuständig ist, weil ich wissen wollte, ob irgendetwas davon vielleicht mir gehört, aber er sagte, dass alles zugeordnet werden konnte. Später erinnerte ich mich an etwas anderes, das in dem Artikel stand, dass nämlich alle Einbrüche nachts verübt worden seien.

Warum sollte ein Einbrecher, noch dazu ein jugendlicher Einbrecher, sein Muster ändern, nur um in mein Haus einzubrechen? Er musste es perfekt geplant haben, weil er genau wusste, wann ich laufen gehe, und dann hat er nichts mitgenommen?

Ich begann darüber nachzudenken, wie der Psycho meine Entführung geplant hatte, wie er an einem langen Wochenende in letzter Minute bei einer Open-House-Besichtigung aufgetaucht war, als er genau wusste, dass es nicht gut lief. Der Psycho hatte gesagt, dass es nicht einfach gewesen sei, die Hütte einzurichten. Möglicherweise hat ihm jemand dabei geholfen.

Was, wenn er einen Partner hatte?

Er könnte einen Freund gehabt haben oder meinetwegen auch einen verrückten Bruder, der jetzt sauer ist, weil ich ihn umgebracht habe. Ich hatte einfach angenommen, dass die Person, die bei mir eingebrochen ist, mich hatte weggehen sehen. Aber was, wenn er geglaubt hatte, ich sei *zu Hause*? Mein Wagen stand in der Auffahrt, und es war ziemlich früh. Aber warum sollte jemand um diese Uhrzeit zu mir kommen?

Am Montag war ich so besessen von der Vorstellung, dass ich beschloss, Gary anzurufen und ihn zu fragen, ob der Psycho eventuell einen Helfer gehabt haben könnte. Dieses Dreckszeug ist wie Krebs, wenn man nicht auch noch die letzte befallene Zelle erwischt, kommt er mit einem nur noch größeren Tumor zurück. Aber Garys Handy war ausgeschaltet, und als ich auf dem Revier anrief, sagte man mir, er sei bis einschließlich dieses Wochenende fort.

Ich war überrascht, dass er mir nichts davon gesagt hatte, dass er wegfahren würde, da wir normalerweise ein paarmal pro Woche telefonieren. Er ist immer freundlich, wenn ich anrufe, sagt nie etwas Dummes wie »Was kann ich für Sie tun?«. Zum

Glück, denn ich bin mir nicht immer ganz sicher, warum ich ihn anrufe. Am Anfang war es nicht einmal eine bewusste Entscheidung. Alles in meiner Welt fühlte sich an, als sei es außer Kontrolle geraten, und dann war da das Telefon in meiner Hand. Manchmal konnte ich nicht einmal sprechen – gute Sache, diese Anrufererkennung. Er wartete ein paar Sekunden, und wenn ich dann immer noch nichts gesagt hatte, fing er an, über den Fall zu reden, und wenn er keine Neuigkeiten mehr für mich hatte, erzählte er mir witzige Anekdoten über Cops, bis ich mich besser fühlte und auflegte, manchmal ohne auch nur auf Wiedersehen zu sagen. Einmal musste er ganz genau beschreiben, wie man eine Waffe ordentlich putzt, ehe ich ihn schließlich entließ. Ich kann es kaum glauben, dass der Typ meine Anrufe trotzdem noch angenommen hat.

Seit ein paar Monaten sind unsere Unterhaltungen Dialoge anstatt hauptsächlich Monologe, aber er hat mir nie etwas Persönliches von sich erzählt, und irgendetwas an seiner Art hält mich davon ab nachzubohren. Wahrscheinlich ist er deswegen weg; es hat etwas mit seinem Privatleben zu tun. Vermutlich haben auch Cops eins.

Die Cops, die ich zum Teufel gejagt hatte, ließen mich ein paar Stunden allein in dem Raum, lange genug, damit ich jeden Mauerstein mehrmals zählen konnte, und ich fragte mich, ob sie meine Familie angerufen hatten und wer kommen würde, um mit mir zu reden. Ich nahm den Rucksack ab und hielt ihn auf dem Schoß, streichelte den rauen Stoff – irgendwie beruhigte mich diese Geste. Keiner von diesen Schwachköpfen kam auf die Idee zu fragen, ob ich mal auf Toilette müsste, und jetzt kam es mir zugute, dass ich so gut trainiert war, denn es wäre mir nie in den Sinn gekommen, einfach aufzustehen und zu gehen.

Endlich öffnete sich die Tür, und ein Mann und eine Frau kamen herein, beide machten ernste Gesichter und steckten in dunklem Anzug und Kostüm – im Fall des Mannes war es ein sehr guter Anzug. Wegen seines kurzen grauen Haares schätzte ich ihn auf Anfang fünfzig, aber sein Gesicht sah eher nach Mitte vierzig aus. Er war mindestens einen Meter achtzig groß, und die Art und Weise, wie er seine Schultern durchdrückte und den Rücken streckte, sagte mir, dass er stolz auf seine Größe war. Er wirkte zuverlässig. Ruhig. Wenn dieser Typ auf der Titanic gewesen wäre, hätte er zuerst seinen Kaffee ausgetrunken.

Er sah mir in die Augen, kam auf mich zu, sein Gang war geschmeidig und ohne Hast, und streckte mir die Hand entgegen.

»Hallo, Annie, ich bin Staff Sergeant Kincade vom Dezernat für Kapitalverbrechen bei der Polizei in Clayton Falls.«

Nichts an diesem Typ sah nach Clayton Falls aus, und ich hatte keine Ahnung, was ein Staff Sergeant war, aber offensichtlich stand er eine Stufe über Jablonski und seinem Handlanger. Sein Griff war kräftig, und als seine Hand aus meiner glitt, ertastete ich Schwielen. Aus irgendeinem Grund war ich erleichtert.

Die Frau hatte bis jetzt an der Tür gewartet und schritt jetzt forsch auf mich zu. Ich schätzte sie auf Ende fünfzig, sie war leicht dicklich mit riesigem Busen, aber in dem Rock und dem Blazer standen ihr die Kurven gar nicht schlecht. Die Haare waren kurz und ordentlich geschnitten, und ich hätte darauf gewettet, dass sie ihre Strumpfhose jeden Abend auswusch und immer einen extrastabilen BH trug.

Sie gab mir die Hand, lächelte und sagte mit einem leichten Quebec-Akzent: »Ich bin Corporal Bouchard. Es ist schön, Sie endlich kennenzulernen, Annie.«

Sie nahmen mir gegenüber Platz. Der Blick des Staff Sergeants wanderte zur Tür, wo der ältere Typ gerade versuchte, einen dritten Stuhl hereinzubugsieren.

»Wir kommen gut zurecht, danke«, sagte Kincade. Jablonski blieb mit dem Stuhl mitten in der Tür stehen. »Könnten wir vielleicht etwas Kaffee bekommen?«

Kincade wandte sich wieder mir zu. Ich schluckte

ein Lächeln herunter oder zumindest das, was einem Lächeln am nächsten kam, seit mein Baby gestorben war.

Sie hatten mich mit meinem Vornamen angesprochen, als wären wir dicke Kumpel, hatten mir ihre aber nicht genannt.

»Kann ich bitte Ihre Visitenkarten haben?«, sagte ich.

Die beiden sahen sich an. Der Typ hielt ein paar Sekunden lang den Blickkontakt, dann schob er seine Karte über den Tisch. Ihre Karte folgte prompt. Sein Vorname war Gary und ihrer Diane. Gary sprach zuerst.

»Also Annie, wie ich schon sagte, wir gehören beide zum Dezernat für Kapitalverbrechen in Clayton Falls, und ich habe die Ermittlungen in Ihrem Fall geleitet.« Was mir auch unheimlich viel genützt hat.

»Sie sehen nicht aus, als kämen Sie aus Clayton Falls«, sagte ich.

Er hob eine Augenbraue. »Nein?« Als ich nichts erwiderte, sagte er: »Ein Arzt wird bald hier sein. Er wird Sie …«

»Ich brauche keinen Arzt.«

Wir sahen einander in die Augen. Dann ging er zu allgemeinen Fragen über wie Geburtsdatum, Adresse, Job und so weiter. Die Anspannung in meinen Schultern ließ nach.

Er begann über den Tag zu reden, an dem ich entführt wurde, dann machte er eine Pause.

»Macht es Ihnen etwas aus, wenn wir den Videorekorder wieder einschalten, Annie?«

»Ja, *Gary.*« Die Art, wie er mich weiterhin mit meinem Vornamen ansprach, erinnerte mich an den Psycho. »Und ich möchte auch nicht, dass irgendjemand hinter dem Spiegel sitzt.«

»Ich wollte Sie nicht aufregen.« Das Kinn gesenkt und den Kopf zur Seite geneigt, schaute er aus blaugrauen Augen zu mir auf. »Aber es würde mir die Arbeit erheblich erleichtern, Annie.«

Netter Versuch. Aber ich hatte gerade erst seinen Job erledigt, indem ich allein zurückgekommen war, und verspürte keinerlei Neigung, ihm noch einmal zu helfen. Die beiden warteten schweigend auf meine Zustimmung, aber ich sagte nichts.

»Annie, was haben Sie am vierten August vor einem Jahr gemacht?« Ich konnte mich nicht an das Datum meiner Entführung erinnern.

»Ich weiß es nicht, *Gary.* Wenn Sie von dem Tag sprechen, an dem ich verschwunden bin, dann habe ich eine Open-House-Besichtigung gemacht, es war ein Sonntag, und es war das erste Wochenende des Monats. Ich schätze, den Rest müssen Sie sich selbst zusammenreimen.«

»Ist es Ihnen lieber, wenn ich Sie nicht mit Ihrem Vornamen anspreche?«

Überrascht von seinem respektvollen Tonfall, suchte ich in seinem Gesicht nach Anzeichen, dass er sich mit mir anlegen wollte. Alles, was ich sah, war Aufrichtigkeit, woraufhin ich überlegte, ob das nur ein Trick war, um mein Vertrauen zu gewinnen, oder ob es ihm tatsächlich nicht scheißegal war.

»Es ist schon in Ordnung«, sagte ich.

»Wie lautet der mittlere Name Ihrer Mutter, Annie?«

»Sie hat keinen.« Ich beugte mich über den Tisch und fragte in einem übertriebenen Flüsterton: »Habe ich den Test jetzt bestanden?«

Mir war schon klar, dass er meine Identität überprüfen musste, aber verdammt, sie hatten Bilder, und ich bin ziemlich sicher, dass ich nicht gerade wie eine Frau aussah, die ein tolles Jahr hinter sich hatte. Ich bestand nur noch aus Haut und Knochen, die Haare waren strähnig und das Kleid schweißgetränkt.

Endlich begann er, mich geradeheraus zu fragen, was passiert sei. Ich erklärte, der Psycho habe mich bei der Besichtigung geschnappt. Ich benutzte seinen richtigen Namen oder zumindest den, den er mir genannt hatte. Ich wollte noch mehr erklären, aber Gary unterbrach mich.

»Wo ist er jetzt?«

»Er ist tot.« Die beiden starrten mich eindringlich an, aber ich würde nichts mehr sagen, ehe sie nicht ein paar von *meinen* Fragen beantwortet hatten.

»Wo ist meine Familie?«

»Wir haben Ihre Mutter angerufen, sie wird morgen hier sein«, sagte Gary.

Bei dem Gedanken, meine Mutter wiederzusehen, schien etwas in mir zu zerreißen, und ich starrte auf den Rucksack und zählte die Weblinien des Stoffes. Aber warum war sie jetzt nicht hier? Es war Stunden her, dass ich in diesem Laden hier aufgelaufen war. Wie lange brauchte man bis hierher? Die beiden Nasen vor mir hatten auch nicht ewig gebraucht.

»Ich möchte wissen, wo ich bin.«

»Tut mir leid«, sagte Gary, »ich dachte, Sie wüssten, dass Sie in Port Northfield sind.«

»Können Sie mir das auf der Karte zeigen?«

Gary nickte Diane zu, die daraufhin den Raum verließ. Als sie mit einer Karte zurückkehrte, zeigte er auf einen Ort nordwestlich von Clayton Falls – etwa auf drei Viertel der Strecke über die Insel und direkt an der Westküste. Die Straßen zu den Städten fernab der Hauptstraßen waren für gewöhnlich ziemlich holprig, und man musste langsam fahren. Ich schätzte, dass man für die Fahrt von Clayton Falls hierher mindestens vier Stunden bräuchte.

»Wie sind Sie so schnell hierhergekommen?«

»Hubschrauber«, sagte Gary. Zu sehen, wie dieser Schwachkopf hier eingeflogen wurde, musste den Ort in hellen Aufruhr versetzt haben.

Ich hatte also recht gehabt, ich war nie weit von zu

Hause fort gewesen. Ich starrte auf Garys Finger, der immer noch auf dem Punkt für Port Northfield ruhte, und blinzelte meine Tränen weg.

»Wie sind Sie hierhergekommen?«, fragte Gary.

»Ich bin gefahren.«

»Woher sind Sie gekommen?« Er trommelte mit den Fingern auf der Tischplatte.

»Von einer Hütte auf einem Berg.«

»Wie lange haben Sie hierher gebraucht, Annie?«

»Etwa eine Stunde.«

Er nickte und zeigte mir auf der Karte einen Berg in der Nähe des Punktes für die Stadt.

»Ist es dieser hier? Green Mountain?« Jemand ohne jede Phantasie hatte diesen Namen ausgesucht.

»Ich weiß nicht. Ich war auf dem Berg, habe aber nie heruntergeschaut.«

Er schickte Diane los, um eine Karte von der Gegend zu holen. Gary und ich musterten uns stumm, bis sie zurückkam. Das einzige Geräusch war das Tappen seines Fußes unterm Tisch. Als sie zurück war und Gary die Karte reichte, gab er mir einen Stift und bat mich, die Route einzuzeichnen, die ich gefahren war. Ich versuchte sie, so gut es ging, zu skizzieren.

»Können Sie uns dorthin bringen?«

»Auf keinen Fall werde ich jemals dorthin zurückkehren.« Ich hielt immer noch die Schlüssel für den Van umklammert, und jetzt schob ich sie über den Tisch Gary entgegen.

»Der Van steht auf der anderen Straßenseite.«

Er schickte Diane mit den Schlüsseln raus. Sie musste sie jemandem draußen weitergegeben haben, denn innerhalb von zwei Sekunden war sie zurück. Irgendetwas nagte am Rande meines Bewusstseins an mir. Wenn ich nur vier Stunden entfernt war, hätte Mom auf der Stelle aufbrechen und noch heute Abend in Port Northfield ankommen können.

»Warum dauert es so lange, meine Mutter herzubringen?«

»Ihr Stiefvater arbeitet heute Abend, und sie können nicht vor morgen aufbrechen.« Gary verkündete das wie eine Tatsache, also nahm ich es auch so, aber ich fragte mich, warum sie nicht allein losgefahren war. Ganz abgesehen davon – seit wann arbeitete Wayne abends? Es war ungewöhnlich genug, dass er überhaupt einen Job hatte. Ich nahm an, dass Gary ihnen gesagt hatte, sie sollten nicht vor morgen kommen, damit er mich ohne sie befragen konnte.

Gary entschuldigte sich und ließ mich ein paar Minuten mit Diane allein. Ich starrte die Wand über ihrem Kopf an.

»Ihre Mutter wird bald hier sein. Sie war so glücklich, als sie hörte, dass man Sie gefunden hat – sie hat Sie sehr vermisst.« Ich war nicht *gefunden* worden – ich hatte *sie* gefunden.

Als Gary zurückkam, sagte er, er hätte ein paar Leute losgeschickt, um nach der Hütte zu suchen –

einer der Cops hatte früher in dem Gebiet gejagt und glaubte zu wissen, wo sie lag. Ich hatte ihnen immer noch nicht gesagt, dass ich den Psycho umgebracht hatte oder irgendetwas von meinem Baby erzählt, und bei dem Gedanken an die Fragen, die sie stellen könnten, verkrampfte sich mein Herz. Ich musste allein sein. Ich musste fort von diesen Leuten.

»Ich möchte keine Fragen mehr beantworten.«

Gary sah aus, als wollte er mich drängen, aber Diane sagte: »Wie wäre es, wenn wir uns jetzt alle erst einmal eine Nacht lang ausruhen, und dann können wir morgen früh weitermachen. Ist das in Ordnung für Sie, Annie?«

»Klar, meinetwegen.«

In einem Motel buchten sie ein Zimmer für mich und nahmen die Zimmer links und rechts von meinem. Diane fragte, ob es mir lieber wäre, wenn sie bei mir bliebe, aber ich schlug das Angebot rasch aus – es würde kein nächtliches Herzausschütten von Frau zu Frau geben. Sie fragte mich, was ich gerne essen würde, aber mein Magen fühlte sich an wie verknotet, und es gelang mir, höflich abzulehnen. Mir war nicht danach, den Fernseher anzuschalten, und in dem Zimmer gab es kein Telefon, also lag ich auf dem Bett und starrte an die Decke, bis es dunkel wurde und ich das Licht ausschaltete. Als ich gerade am Einschlafen war, spürte ich das Gewicht der Dunkelheit, die sich auf mich legte, und dann hörte ich etwas – eine Tür quietschte, ein Fenster wurde *geöffnet*? Ich sprang aus dem Bett, aber als ich das Licht anmachte, war da nichts. Ich packte ein flaches Kissen, eine Decke und den Rucksack und kroch in den Kleiderschrank, in dem ich unruhig schlief, bis ich am Morgen das Zimmermädchen mit seinem Wagen auf dem Flur hörte.

Ein paar Minuten später klopfte Diane an meine Tür, hellwach und mit Kaffee und einem Muffin in der Hand. Sie setzte sich auf die Bettkante und redete so laut, dass ich Kopfschmerzen davon bekam, während ich den Muffin zerkrümelte. Ich wollte nicht duschen, solange sie hier war, also spritzte ich mir nur etwas Wasser ins Gesicht und fuhr mir zweimal mit der Bürste durchs Haar.

Sie brachte mich zurück in das kleine Vernehmungszimmer auf der Polizeistation, wo Gary bereits mit einem Tablett voller Styroporbecher mit Kaffee wartete. Als Diane und ich Platz genommen hatten, brachte eine junge, hübsche Polizistin ein paar Papierblöcke und reichte sie Gary, während sie ihn verstohlen musterte und errötete. Er sah sie an und dankte ihr, dann wandte er seinen Blick mir zu. Enttäuscht zog die Polizistin ab. Er trug wieder einen schicken Anzug, dunkelblau mit hellgrauen Nadelstreifen, und ein blaugraues Hemd, das sein silbriges Haar hervorhob. Ich überlegte, ob er es wohl deswegen ausgesucht hatte.

Als er sah, dass ich in den Spiegel starrte, sagte Gary: »Niemand ist dahinter, und wir werden die Kamera nur einschalten, wenn Sie uns sagen, dass es in Ordnung ist.« Ich starrte angestrengt in Richtung Spiegel und wünschte, ich könnte hindurchsehen, dann umklammerte ich den Rucksack vor meiner Brust.

»Wäre Ihnen wohler zumute, wenn Sie selbst nachschauen könnten?«

Das Angebot überraschte mich. Ich blickte in sein Gesicht, entschied, dass er es ernst meinte, so dass es unnötig war, den Raum zu überprüfen, und schüttelte den Kopf.

Er begann damit, dass er mich bat, so detailliert wie möglich zu beschreiben, wie der Psycho mich entführt hatte. Wann immer er eine Frage stellte, lehnte er sich auf dem Stuhl zurück, beide Hände flach vor sich auf dem Tisch, und wenn ich mit der Antwort an der Reihe war, beugte er sich zu mir, die Unterarme auf dem Tisch und den Kopf leicht geneigt.

Ich versuchte, ein Muster in seinen Fragen zu erkennen, aber ich konnte nie voraussagen, was als Nächstes kommen würde, verstand bei einigen nicht einmal die Bedeutung. Das Haar an meinem Hinterkopf war schweißnass.

Ich erzählte, was an jenem Tag geschehen war, und beschrieb den Psycho, wovon ich einen trockenen

Mund bekam und mein Herz wie wild in meiner Brust hämmerte. Ich bekam es ganz gut hin, bis Gary mir sagte, dass die Cops, die »den Tatort« untersucht hätten, die Leiche des Psychos gefunden hätten.

»Es sieht aus, als sei ihm mit irgendetwas der Kopf eingeschlagen worden. Ist er so gestorben, Annie?«

Ich schaute zwischen ihnen hin und her und wünschte, ich könnte ihre Gedanken lesen. Gary hatte nicht anklagend geklungen, aber ich konnte die Spannung im Raum spüren.

Ich hatte nicht einmal darüber nachgedacht, wie einige meiner Entscheidungen oder Handlungen auf jemanden wirken könnten, der nicht dabei gewesen war. Der Raum kam mir heiß vor, und Dianes Parfüm in dem kleinen Zimmer war erdrückend. Ich fragte mich, wie Gary sich fühlen würde, wenn ich ihm auf seinen schicken Anzug kotzte. Ich hob meinen Blick und sah ihm in die Augen.

»Ich habe ihn umgebracht.«

Gary sagte: »Ich muss Sie an dieser Stelle darauf hinweisen, dass Sie das Recht haben, die Aussage zu verweigern, und dass alles, was Sie sagen, später vor Gericht gegen Sie verwendet werden kann. Sie haben das Recht, einen Anwalt hinzuzuziehen. Wenn Sie sich keinen Anwalt leisten können, können wir Ihnen ein paar Telefonnummern von Pflichtverteidigern nennen. Haben Sie das verstanden?«

Die Worte klangen nach Routine, und ich glaubte

nicht, dass ich in Schwierigkeiten steckte, aber ich erwog, nach einem Anwalt zu fragen. Bei der Vorstellung, diesen Prozess hinauszuzögern und mit einem weiteren Anzugträger zu reden, wurde mir das Herz schwer.

»Ich habe verstanden.«

»Wollen Sie einen Anwalt?« Er sagte es in einem beiläufigen Ton, aber ich wusste, dass er nicht wollte, dass ich mir einen nahm.

»Nein.«

Gary machte sich eine Notiz. »Wie haben Sie es gemacht?«

»Ich habe ihn mit einer Axt in den Hinterkopf geschlagen.« Ich schwöre, dass meine Stimme nachhallte, und obwohl es höllisch heiß war, bekam ich eine Gänsehaut. Gary durchbohrte mich mit seinem Blick, als versuchte er, meine Gedanken zu lesen, und ich lenkte mich ab, indem ich anfing, meinen Styroporbecher in kleine Fetzen zu reißen.

»Hat er Sie zu diesem Zeitpunkt angegriffen?«

»Nein.«

»Warum haben Sie ihn umgebracht, Annie?« Ich blickte auf und sah ihm in die Augen. Was für eine saublöde Frage.

»Vielleicht, weil er mich entführt hat, mich geschlagen hat, mich so ziemlich jeden Abend vergewaltigt hat, und …« Ich bremste mich, ehe ich irgendetwas über das Baby sagte.

»Möchten Sie lieber mit Constable Bouchard allein darüber sprechen?« Garys Gesicht war ernst, als er auf meine Antwort wartete.

Während ich die beiden abwechselnd anstarrte, hätte ich Diane mit ihrer mitfühlenden Miene am liebsten ins Gesicht gespuckt. Ich wusste, dass ich mit Garys hartnäckiger kompromissloser Art besser zurechtkam und keinen einzigen verständnisvollen Blick von ihr mehr ertragen könnte.

Ich schüttelte den Kopf, und Gary machte sich eine weitere Notiz. Dann beugte er sich so weit über den Tisch, dass ich das Zimtaroma in seinem Atem riechen konnte.

»Wann haben Sie ihn getötet?« Seine Stimme war leise, aber nicht sanft.

»Vor ein paar Tagen.«

»Warum sind Sie nicht sofort gegangen?«

»Ich konnte nicht.«

»Warum nicht? Waren Sie gefesselt?« Gary trommelte mit den Fingern auf dem Tisch und hatte den Kopf schräg gelegt.

»Das meinte ich nicht.« Ich wollte aufstehen und durch die Tür gehen, aber die Bestimmtheit seiner Stimme hatte mich auf dem Stuhl festgenagelt.

»Warum konnten Sie nicht gehen?«

»Ich habe nach etwas gesucht.« Galle sammelte sich in meiner Kehle.

»Nach was?«

Mein Körper wurde noch kälter, und Garys Bild verschwamm vor meinen Augen.

»Wir haben einen Korb gefunden«, sagte er. »Und Babysachen.«

Der bescheuerte, wackelige Deckenventilator quietschte bei jeder Umdrehung, und ich fragte mich kurz, ob er mir wohl auf den Kopf fallen würde. Es gab kein Fenster, und ich konnte nicht richtig atmen.

»Gibt es ein Baby, Annie?«

Mein Kopf dröhnte. Ich werde *nicht* weinen.

»Gibt es ein Baby, Annie?« Gary würde seine verdammte Fresse nicht halten.

»Nein.«

»*Gab* es ein Baby, Annie?« Seine Stimme war freundlich.

»Ja.«

»Wo ist das Baby jetzt?«

»Sie … mein Baby. Ist tot.«

»Das tut mir sehr leid, Annie.« Seine Stimme war immer noch freundlich, leise und tief. Es klang, als meinte er es ehrlich. »Das ist eine schreckliche Geschichte. Wie ist Ihr Baby gestorben?« Er war der erste Mensch, der mir kondolierte. Der Erste, der sagte, dass es etwas ausmachte, dass sie tot war. Ich betrachtete die zerfetzten Styroporschnipsel auf dem Tisch. Jemand antwortete ihm, aber es fühlte sich nicht so an, als sei ich es gewesen.

»Er hat einfach … ich weiß nicht.«

Ich klammerte mich an die Freundlichkeit in Garys Stimme, als er sehr behutsam sagte: »Wo ist ihre Leiche, Annie?«

Die fremde Stimme antwortete ihm: »Als ich aufwachte, hatte er sie. Sie war tot. Ich weiß nicht, wo er sie hingebracht hat, er hat es mir nicht gesagt. Ich habe überall gesucht. *Überall.* Sie müssen nach ihr suchen, bitte! Bitte, können Sie sie finden, können Sie …« Meine Stimme überschlug sich, und ich verstummte.

Gary versteifte sich, sein Gesicht rötete sich unter der gebräunten Haut, und er ballte die Hände auf dem Tisch zu Fäusten, als wollte er jemanden schlagen. Zuerst dachte ich, er sei sauer auf mich, aber dann begriff ich, dass er auf den Psycho wütend war. Dianes Augen schimmerten im Neonlicht. Die Wände kamen immer näher. Ich war am ganzen Körper schweißgebadet, und Schluchzer versuchten aus meiner Kehle aufzusteigen, aber ich bekam keine Luft, und so häuften sie sich auf und erstickten mich. Als ich versuchte aufzustehen, kippte der Raum zur Seite, also ließ ich den Rucksack los und packte die Stuhllehne, aber sie begann wegzurutschen. In meinen Ohren klingelte es.

Diane sprang an meine Seite und ließ mich langsam runter, bis ich auf dem Boden lag, halb auf ihr drauf, mit meinem Kopf an ihrer Brust und ihren Armen um mich. Je heftiger ich versuchte, Luft in meine Lungen zu bekommen, desto enger wurde meine Kehle. Ich würde hier auf dem kalten Betonfußboden sterben.

Weinend und würgend zur gleichen Zeit, schob ich Dianes Hände weg und versuchte, mich von ihr loszumachen, aber je kräftiger ich mich wehrte, desto enger umschlang sie mich. Ich hörte jemanden schreien, begriff, dass ich das war. Ich konnte nicht aufhören zu schreien, und die Schreie wurden von den Wänden zurückgeworfen und hallten in meinem Kopf wider.

Der Kaffee und der Muffin kamen wieder hoch, landeten auf mir und auf Diane. Sie ließ mich immer noch nicht los. Mein Kopf ruhte an ihrem riesigen Busen, der nach warmen Vanillekeksen roch. Gary hockte vor uns, sagte etwas, was ich nicht hören konnte. Als Diane mich in den Armen wiegte, wollte ich mich wehren und die Kontrolle zurückerlangen, aber mein Verstand und Körper spielten nicht mit. Ich lag da, schluchzend und schreiend.

Schließlich hörten die Schreie auf, aber mir war so kalt, und alle Stimmen schienen aus weiter Ferne zu kommen. Diane flüsterte: »Alles wird wieder gut, Annie – Sie sind jetzt in Sicherheit.«

Was für ein absoluter Schwachsinn. Ich wollte ihr sagen, dass für mich nie wieder alles gut werden oder dass ich mich nie wieder sicher fühlen würde, doch als ich die Worte zu formen versuchte, waren meine Lippen wie gelähmt. Dann tauchte ein neues Paar

Füße vor mir auf, neben Garys hockender Gestalt. Eine Stimme sagte: »Sie hyperventiliert. Annie, mein Name ist Dr. Berger. Versuchen Sie, tief einzuatmen.« Aber ich konnte nicht. Und dann erinnere ich mich an nichts mehr.

21. Sitzung

Endlich habe ich wieder etwas von Gary gehört, Doc, aber ich bin mir nicht sicher, ob es mir jetzt besser geht. Er hat mir nicht gesagt, wo er gewesen ist – ich habe nicht gefragt, und er hat nichts von sich aus erzählt –, worüber ich mich etwas geärgert habe. Als ich ihm das mit der Uhrzeit der Einbrüche und von meiner neuen Theorie über den Freund des Psychos erzählte, sagte er, der Junge könnte sein Muster geändert haben, um die Cops zu verwirren, oder es könnte ein Gelegenheitsdieb gewesen sein – vielleicht ist er gerade vorbeigekommen und hat mich mit Emma weggehen sehen.

Ich dachte immer noch darüber nach, als er sagte: »Solche Leute arbeiten normalerweise allein.« *Normalerweise?* Ich fragte ihn, was zum Teufel er damit meinte, und er sagte, er wisse von ein paar Fällen, bei denen zwei Männer zusammengearbeitet hätten – einer sei in der Regel der Planer und der andere der Macher –, aber er bezweifle, dass das beim Psycho der Fall sei, da es nicht zu dessen Profil passe. Er sagte: »Und bis auf diesen einen Kommentar, dass es nicht leicht war, die Hütte einzurichten, hat er niemals etwas getan oder gesagt, das auf einen Partner schließen ließe, oder?«

»Vermutlich nicht. Aber er hatte ein älteres Foto von mir, und das kommt mir reichlich merkwürdig vor.«

»Was für ein Foto? Sie haben nie von einem Foto gesprochen.«

Dann begann er, mich mit Fragen zu bombardieren, die ich mir selbst schon gestellt hatte. Woher konnte der Psycho es bekommen haben? Warum wollte er genau das haben? Und dann sagte er etwas, dessen Sinn ich immer noch nicht begreife. »Also hatte jeder leichten Zugang zu dem Foto, wenn es sich tatsächlich in Ihrem Büro befand.« Seine letzte Frage lautete: »Weiß irgendjemand, dass Sie das Bild mit zurückgebracht haben?« Als ich verneinte, bat er mich, es auch weiterhin niemandem zu sagen.

Es war das erste Mal, dass ich mich schlechter fühlte, nachdem ich mit ihm geredet hatte. Ich hatte so schlechte Laune, dass ich sie an Luke ausließ. Ich weiß sowieso nicht, was da gerade zwischen uns läuft. Ich hatte angenommen, der Besuch und die aufrichtige Aussprache würden uns einander näherbringen, aber als wir neulich telefoniert haben, gab's eine Menge unangenehme Pausen, und als er das letzte Mal anrief, hab ich das Gespräch abgewürgt und ihm gesagt, ich wolle gerade ins Bett gehen. Dabei war ich nicht einmal müde.

Es geht mir einfach nicht aus dem Kopf, dass Luke an jenem Tag zu spät gekommen ist. War er gerade besonders freundlich zu einem Gast, während ich entführt wurde? Warum ist er nicht zu der Open-House-Besichtigung gefahren, sobald er merkte, dass ich nicht zu Hause war? Und warum zum Teufel hat er nicht auf der Stelle die Cops angerufen, als ihm klarwurde, dass irgendetwas nicht stimmte? Mom zu informieren hätte warten können. Ich bin schrecklich voreingenommen, weil ich keine Ahnung habe, wie ich reagiert hätte, wenn ich in seiner Haut gesteckt hätte, aber ich muss einfach ständig daran denken, dass sein Zögern die Chance, dass ich gefunden wurde, verringert hat.

Als wir ein Paar waren, fand ich ihn immer cool und lässig, aber jetzt frage ich mich, ob er nicht einfach nur passiv ist. Er beschwert sich über eine Kellnerin oder einen seiner Köche, aber er *unternimmt* nichts deswegen.

Die ganze Zeit, in der wir zusammen waren, war er nie anders als geduldig, liebevoll, ehrlich – einfach *nett*. Manchmal, wie zum Beispiel kurz bevor ich entführt wurde, hatte ich mich gefragt, ob ich womöglich mehr als einen netten Mann wollte, doch auf dem Berg habe ich immer nur daran gedacht, wie wunderbar er ist. Jetzt ist er immer noch geduldig, liebevoll und ehrlich – er ist der netteste Mann, den ich kenne. Was also zum Teufel stimmt nicht mit mir?

Das Erste, was ich sah, als ich nach meinem Zusammenbruch auf dem Polizeirevier die Augen aufschlug, waren Mom und Gary, die am Fußende des Krankenhausbettes standen. Keine Spur von Wayne. Ich merkte nicht, dass Diane auf einem Stuhl neben mir saß, bis ich sie sagen hörte: »Wer ist denn da aufgewacht?«

Sie schenkte mir ein freundliches Lächeln, und ich erinnerte mich daran, wie sie mich gewiegt hatte, woraufhin meine Wangen zu brennen begannen. Dann begriff Mom, dass ich wach war, und riss fast den Infusionsschlauch aus meinem Arm, als sie, »Mein Baby, arme Annie Bear« schluchzend, halb auf mich draufkroch.

Was immer das für ein Mist war, den sie mir gegeben hatten, mir wurde langsam schlecht davon, also sagte ich: »Ich muss kotzen«, und brach in Tränen aus. Ein Arzt griff nach meinem Arm, und ich stieß ihn fort. Dann waren da noch mehr Hände, die mich festhielten, und ich kämpfte gegen alle. Ich spürte einen Stich in meinem Arm. Als ich das nächste Mal aufwachte, saß mein Stiefvater neben mir und klammerte sich an seinen Cowboyhut. Sobald ich die Augen aufschlug, sprang er von seinem Stuhl auf.

»Ich hole Lorraine – sie musste nur kurz telefonieren.«

»Lass sie den Anruf beenden.« Ich flüsterte. Meine Kehle war rau vom Schreien, und die Medikamente hatten sie ausgedörrt. »Kannst du mir etwas Wasser geben?«

Er tätschelte mir die Schulter und sagte: »Ich suche besser nach einer Schwester.« Und schon war er aus der Tür. Die Medikamente wirkten noch nach, und als sie zurückkamen, war ich schon wieder eingeschlafen.

Krankenhäuser sind merkwürdige Orte – Ärzte und Schwestern berühren und pieksen einen an Stellen, an die man niemals einen gewöhnlichen Fremden ranlassen würde. Am ersten Tag hatte ich mindestens zwei Panikattacken. Sie gaben mir irgendwas gegen meine Angstzustände, dann etwas für die Nacht, von dem ich nach dem Aufwachen total verkatert war, und etwas gegen die Übelkeit. Es war ein kleines Krankenhaus, so dass ich normalerweise immer dieselbe Schwester hatte, und sie nannte mich immer in einfühlsamstem Ton »Liebes«. Es brachte mich jedes Mal fast zum Heulen, und ich wollte ihr sagen, sie solle damit aufhören, aber ich wandte nur beschämt den Kopf ab, bis sie fertig war. Ehe sie das Zimmer verließ, strich sie mir noch mit ihrer warmen Hand über den Arm und drückte meine Hand.

An meinem zweiten Tag im Krankenhaus, als ich ein wenig ruhiger war, erzählte Gary mir, dass die Staatsanwaltschaft alle Informationen überprüfe, die ich ihnen auf dem Revier gegeben hatte, und dass demnächst entschieden werde, ob man Anklage gegen mich erheben würde.

»Man will mich *anklagen*? Weswegen?«

»Es hat einen Toten gegeben, Annie. Unabhängig von den Umständen müssen wir das übliche Verfahren einhalten.«

»Werden Sie mich verhaften?«

»Ich glaube nicht, dass die Staatsanwaltschaft das vorhat, aber es ist meine Pflicht, Sie über die Situation zu informieren.« Zuerst bekam ich Angst und hätte mir selbst in den Hintern treten können, weil ich keinen Anwalt verlangt hatte, doch als ich Garys gerötetes Gesicht sah, wurde mir klar, dass es ihm total peinlich war.

»Na ja, falls die Staatsanwaltschaft beschließt, mich anzuklagen, werden sie wie ein Haufen Idioten dastehen.«

Gary grinste und sagte: »Das sehen Sie ganz richtig.«

Er fing an, mir ein paar Fragen über den Psycho zu stellen, und als ich mich am Hals kratzte, stellte ich fest, dass die Halskette weg war.

»Die Ärzte haben sie Ihnen abgenommen, als Sie aufgenommen wurden. Sie werden sie zurückbekommen, wenn Sie entlassen werden – sie ist bei Ihren persönlichen Sachen.«

»Die Halskette gehörte nicht mir. Er gab sie mir – er sagte, er habe sie für eine andere Frau gekauft.«

»Welche andere Frau? Warum sagen Sie das erst jetzt?«

Verletzt von seinem scharfen Ton, sagte ich: »Ich hatte mich so daran gewöhnt, sie zu tragen, dass ich es vergessen hatte – wenn Sie sich mit Ihren Fragen mal einen Moment zurückgehalten hätten, hätte ich vielleicht die Gelegenheit gehabt, es Ihnen zu erzählen. Außerdem, für den Fall, dass es Ihnen noch nicht aufgefallen ist, war ich ein wenig abgelenkt.« Ich streckte ihm meinen Arm mit dem Infusionsschlauch entgegen.

Mit ruhigerer Stimme sagte er: »Tut mir leid, Sie haben recht, Annie. Wir haben Sie mit heftigen Fragen bombardiert, aber es ist wirklich wichtig, dass Sie uns *alles* erzählen.«

Während der nächsten Tage versuchte ich, ihm alles zu erzählen, was ich über die Geschichte des Psychos wusste – einschließlich seiner Mom, seines Stiefvaters und der Pilotin. Gary unterbrach mich oft mit Fragen, und manchmal war sein Körper starr vor Anspannung, wenn er sich zu mir beugte, aber er achtete sorgfältig darauf, seiner Stimme einen ruhigen Klang zu verleihen, und ließ mich die Geschichte in meinem Tempo erzählen. Wenn wir über die Vergewaltigungen sprachen oder über den Stundenplan des Psychos und das System aus Strafen, verkrampften sich seine Finger um den Stift, während er sich Notizen machte, aber er war gut darin, einen neutralen Gesichtsausdruck beizubehalten. Die Hälfte der Zeit konnte ich ihn nicht anschauen. Ich starrte an die Wand, zählte die Risse und trug meine Misshandlungen vor, als würde ich die Zutaten für ein Rezept aus der Hölle auflisten.

Mom bestand darauf, bei mir zu bleiben, wenn er mit mir sprach, und normalerweise schickte sie meinen Stiefvater los, um Kaffee zu holen – ich habe noch nie einen Mann so erleichtert gesehen. Wenn ich auch nur eine Sekunde zögerte, nachdem Gary mich etwas gefragt hatte, ging Mom dazwischen und sagte, ich sähe müde oder blass aus, und schlug vor, den Arzt zu rufen, besonders, als ich über die Vergewaltigungen sprach. Und sie machte es sich zur Gewohnheit, das Laken um mich herum festzuklemmen. Je heftiger die Worte, desto enger steckte sie das Laken fest, als versuchte sie, die Worte in meinem Inneren in Schach zu halten. So viel Fürsorglichkeit gefiel mir gar nicht, aber ich wusste, dass sie sich ziemlich hilflos fühlen musste, weil sie sich anhören musste, was ich durchgemacht hatte, und zum Teufel, wenn sie sich dadurch besser fühlte … Außerdem hatte ich gar nicht die Kraft, mich ihr zu widersetzen.

An meinem dritten Tag im Krankenhaus informierte Gary mich, dass die Einrichtung der Hütte sie davon überzeugt habe, dass ich ihnen die Wahrheit erzählt hätte, und er sei ziemlich sicher, dass die Staatsanwaltschaft keine Anklage erheben würde. Diane kam inzwischen gar nicht mehr, und Gary erklärte, dass sie nach Clayton Falls zurückgefahren sei, um »andere Aspekte der Ermittlungen« zu klären.

Ich versuchte, geduldig zu sein, wenn Gary mich bat, dieselben Dinge wieder und wieder zu beschreiben, weil ich wusste, dass sie Schwierigkeiten damit hatten, den Psycho zu identifizieren. Es half nicht gerade, dass er keine Fingerkuppen mehr und somit auch keine Abdrücke hinterlassen hatte. Sie hatten eine DNA-Probe genommen, aber Gary sagte, das würde nur weiterhelfen, wenn sie etwas hätten, womit sie die Probe vergleichen könnten, und in ihrem System gab es keine Treffer. Das Gesicht des Psychos sah nicht mehr so gut aus, nachdem er in einem heißen Metallschuppen gelegen hatte, also machten sie ein Foto davon und überarbeiteten es am Computer, aber auch das führte zu keinen verwertbaren Spuren. Als ich nach den Zahnarztberichten fragte, erklärte Gary, sie seien nicht beweiskräftig. Selbst der Van half ihnen nicht weiter. Er war, zusammen mit den Nummernschildern eines anderen Vans, vom Parkplatz eines kleinen Einkaufszentrums gestohlen worden, der nicht videoüberwacht wurde.

»Glauben Sie, wir werden jemals herausfinden, wer er war?«, fragte ich eines Tages. »Oder wer die anderen Frauen waren, denen er etwas angetan hat?«

»Alles, woran Sie sich erinnern, kann uns helfen.«

Ich setzte mich auf, so dass ich ihm direkt ins Gesicht blicken konnte.

»Sagen Sie mir nichts aus dem Polizeihandbuch auf – ich möchte wissen, was Sie denken. Was Sie *wirklich* denken.«

»Ehrlich, ich weiß es nicht, Annie, aber ich werde alles in meiner Macht Stehende tun, um Ihnen eine Antwort darauf zu geben. Das haben Sie verdient.« In seinem Blick lag eine inbrünstige Entschlossenheit, die ich nie zuvor gesehen hatte. »Es wäre wesentlich leichter, wenn Ihre Mom bei unseren Gesprächen nicht dabei wäre. Wäre das für Sie in Ordnung?«

»Ja. Es ist ziemlich schwer, in ihrer Gegenwart zu reden.«

Als Mom, nach Zigaretten stinkend, wieder hereinkam, sagte Gary: »Ich glaube, es ist besser, wenn ich die Befragung allein durchführe, Lorraine.«

Sie ergriff meine Hand. »Annie braucht ihre Familie.«

»Es regt dich viel zu sehr auf, Mom.« Ich drückte ihre Hand. »Es ist schon okay.«

Sie blickte zwischen Gary und mir hin und her.

»Wenn du meinst, Annie Bear. Aber Wayne und ich sitzen draußen, falls du uns brauchst.«

Zwischen den Befragungen durch Gary und den tyrannischen Ärzten verschwammen die nächsten Tage. Schlimm genug, dass ich nicht einfach gehen durfte, weil ich dehydriert war, unter anderem. Nach meinem Zusammenbruch auf dem Revier und meinen Reaktionen im Krankenhaus fürchteten die Ärzte, ich könnte eine Gefahr für mich selbst darstellen und wollten mich unter Beobachtung halten. Aber nach ein paar wilden Albträumen und einer weiteren Panikattacke, die durch eine von Garys Befragungen ausgelöst worden war, begannen sie, an den Medikamentendosierungen herumzuspielen – es ging auf und ab mit mir, und es fiel mir immer schwerer, meine Träume von der Wirklichkeit zu unterscheiden. Ich hörte ein Baby weinen und dachte, sie hätten meins gefunden, oder ich wachte auf, wenn sich ein Arzt über mich beugte, und stieß ihn voller Panik fort, weil ich dachte, es sei der Psycho. Ich erlebte das Entsetzen noch einmal ganz von vorn, als die Medikamente mich des letzten Rests Kontrolle beraubten.

In diesem heillosen Durcheinander aus Fragen, einer überfürsorglichen Mutter und mit Medikamenten um sich werfenden Ärzten kam es zu diesem scheußlichen Wiedersehen zwischen Luke und mir. Christina blieb diese Behandlung erspart, da sie zu dieser Zeit eine Kreuzfahrt im Mittelmeer machte. Tante Val war ebenfalls gekommen und hatte mir einen riesigen Blumenstrauß mitgebracht, aber Mom gestand ihr nur fünfzehn Minuten Smalltalk mit mir zu, ehe sie ihr erklärte, ich müsse mich ausruhen. Ich fand, Tante Val war tatsächlich sensibler als gewöhnlich, sie fragte sogar, ob sie irgendetwas für mich tun könnte, »egal, was«. Sie muss etwas gesagt haben, über das Mom sich geärgert hatte, denn ich sah sie nicht mehr, bis ich wieder nach Hause kam.

Ich war etwa acht Tage im Krankenhaus, als Mom und Wayne nach Clayton Falls zurückfuhren – das Hotel war zu teuer für sie. Als sie fort waren, wurde mir klar, dass ich Mom, die Cops und die Ärzte darüber hatte entscheiden lassen, was das Beste für mich sei. Es war Zeit, dass ich ein paar eigene Entscheidungen fällte.

Am nächsten Morgen bremste ich die Schwester, als sie mir meine Medikamente geben wollte. Der Doktor, den sie rief, stellte mich vor die Wahl, entweder die Tabletten zu nehmen oder einzuwilligen, einen Psychiater zu sehen. Bis zu diesem Zeitpunkt hatte ich mich geweigert, zu einem Therapiehansel zu gehen, aber inzwischen wäre ich zu allem bereit gewesen, nur um da rauszukommen.

Es war ein so kleines Krankenhaus, dass sie nicht einmal einen Psychotherapeuten oder festangestellten Psychiater hatten, also holten sie so ein halbes Kind, das frisch von der Uni gekommen sein musste. Obwohl seine Fragen einfach lächerlich waren, schaffte ich es, ganz normal zu klingen, während ich gleichzeitig genug Tränen vergoss, damit er nicht auf die Idee käme, ich hätte die Dinge *zu* gut im Griff. Ich wäre lieber über heiße Kohlen gelaufen, als diesem Typen zu erzählen, wie ich mich wirklich fühlte.

Die Ärzte hatten mir Zeitungen verboten, und die Langeweile ließ mich zickig werden. Vermutlich als ein Akt der Selbstverteidigung, begann Gary mir Modemagazine mitzubringen, wenn er mich besuchte.

»Soll ich ein paar Bilder von Designeranzügen für Sie ausschneiden?«, fragte ich, als er mir zum ersten Mal eines mitbrachte.

Grinsend warf er ein paar Schokoriegel aufs Bett. »Hier, damit Ihr vorlauter Mund etwas zu tun hat.«

Außerdem begann er, mir Kaffee, vermischt mit heißer Schokolade, mitzubringen, und einmal hatte er ein Kreuzworträtselheft dabei. Mir machten die Fragen nicht so viel aus, wenn er ein Geschenk dabeihatte. Seine Besuche wurden sogar zum Höhepunkt meines Tages. Seine tiefe sanfte Stimme tat mir gut. Manchmal schloss ich einfach die Augen und konzentrierte mich nur auf seine Stimme. Manche Fragen musste er mehr als einmal wiederholen, aber er klang nie verärgert – amüsiert, aber nicht verärgert.

Als ich ihn bat, mir zu erklären, was genau sein Job und sein Rang war, erzählte er mir, dass ein Sergeant, zwei Corporals und ein paar Constables unter ihm arbeiteten. Also war er tatsächlich der Obermacker – nicht von der ganzen Polizei, aber vom Dezernat für Kapitalverbrechen, und das war beruhigend. Wenn ich ihm jedoch konkrete Fragen über die Ermittlungen stellte, machte er jedes Mal dicht und meinte, er würde es mir sagen, wenn er »konkrete Informationen« hätte.

Einmal kam er am Schluss einer meiner Sitzungen mit dem Therapeutenazubi und wollte schon wieder verschwinden, doch ich bat ihn zu bleiben. Der Psychiater sagte: »Glauben Sie, dass Sie möglicherweise Ärger gegenüber dem Mann verspüren, der sie entführt hat?« Gary stand hinter seinem Rücken, sah mich an und zog die Augenbrauen hoch, und ich musste mich zusammenreißen, um nicht zu lachen.

Nach zwei Wochen Ärzten, Krankenhausfraß und stundenlangen Wanderungen in meinem Zimmer kam der Psychiater endlich zu einem Urteil und sagte, er sehe keinen Grund, warum ich nicht nach Hause gehen sollte, aber die Ärzte mussten sein Gutachten noch bestätigen, ehe ich entlassen werden konnte. Ich war genauso wenig frei, wie ich es auf dem Berg gewesen war.

Offensichtlich war der Psychiater zu dem Schluss gekommen, dass meine Aktionen »vereinbar« mit dem Trauma seien, das ich erlitten hatte, und die Staatsanwaltschaft hatte offiziell beschlossen, keine Anklage zu erheben. Also war dieses Würstchen am Ende doch noch zu etwas nütze. Doch von den Ärzten kam immer noch kein Wort über meine Entlassung.

Gary erzählte mir, dass die Behörden meinem Fall große Bedeutung beimaßen und die Polizei so viel wie möglich über den Psycho erfahren musste, nicht nur, um alte Fälle aufzuklären, sondern auch für zukünftige Ermittlungen. Manchmal machten wir bei den Gesprächen über den Berg eine Pause, und er brachte mich beim Weltgeschehen auf den neuesten Stand, oder wir lösten zusammen ein Kreuzworträtsel. Seit dem Gutachten des Psychiaters waren Tage vergangen.

»Sie müssen mich hier rausbringen«, sagte ich, als Gary eines Morgens mit zwei Kaffees hereinspaziert kam. »Der Seelenklempner hat gesagt, es gehe mir gut genug, um nach Hause gehen zu können. Die Ärzte verplempern nur ihre Zeit, und ich werde *verrückt.* Ich werde wie eine verdammte Gefangene behandelt. Dabei sollte ich doch eigentlich das Opfer sein – Scheiße ist das.«

Er stellte die Kaffees auf den Nachttisch und machte mit einem entschlossenen Nicken kehrt. Eine halbe Stunde später stand er am Fußende des Bettes.

»Eine Nacht müssen Sie noch durchhalten. Morgen früh werden Sie entlassen.«

Ich setzte mich aufrecht hin und sagte: »Sie haben nicht zufällig irgendjemanden erschossen oder so?«

»So dramatisch war es nun nicht. Ich habe ihnen nur ein wenig Feuer unterm Hintern gemacht.«

Irgendetwas sagte mir, dass mehr dahintersteckte, aber ehe ich nach Einzelheiten bohren konnte, nahm er das Kreuzworträtselheft vom Nachttisch, setzte sich auf den Stuhl und sagte: »Hm. Vielleicht sind Sie ja doch nicht so schlau – das hier haben Sie wohl nicht geschafft, was?«

»Hey, Sie sind hier reingeplatzt und haben mich unterbrochen. Ich war ganz gut bis dahin.«

Als er seine langen Beine ausstreckte und übereinanderschlug, fiel mir das unterdrückte Grinsen in seinem Gesicht auf, und ich begriff, dass er gerade geschickt das Thema gewechselt hatte.

Im Krankenhaus hatte Mom mir erzählt, dass mein Haus vermietet war, und ich war so froh zu hören, dass sie es nicht verkauft hatte, dass ich gar nicht daran dachte, dass ich keinen Platz zum Wohnen hatte, bis Gary sagte, ich würde entlassen werden. Ich dachte daran, Christina zu fragen, ob ich bei ihr wohnen könnte, aber sie war noch nicht wieder zurück, und dann rief Mom an und sagte, sie würden kommen und mich abholen. Ich wusste, dass es ein Riesentheater geben würde, wenn ich ihr sagte, ich wollte nicht bei ihnen im Trailer wohnen, also beschloss ich, mich darum zu kümmern, sobald ich nach Hause käme.

Am Morgen meiner Entlassung warnte Gary uns, dass draußen wahrscheinlich Fotografen warten würden, und schlug vor, den Hinterausgang zu benutzen, aber Wayne und Mom waren durch den Vordereingang gekommen und hatte keine gesehen. Natürlich stürzte sich ein ganzer Schwarm auf uns, sobald wir aus der Tür raus waren. Mom ging vor mir und bat die Presse »uns etwas Zeit zu lassen«. Aber man konnte sie kaum verstehen, als wir uns unseren Weg durch die wogende Menge bahnten.

Außerhalb von Port Northfield hielten wir an einer Tankstelle an, und während Wayne tankte, ging Mom hinein, um zu zahlen. Ich versteckte mich auf dem Rücksitz. Als Mom zurückkam, warf sie eine Zeitung nach hinten und sagte kopfschüttelnd: »Da konnte jemand den Mund nicht halten.«

Vermisste Maklerin aus dem Krankenhaus entlassen! Unter der Überschrift auf der ersten Seite war ein altes Bewerbungsfoto von mir abgedruckt. Als Wayne von der Tankstelle losfuhr, las ich entsetzt weiter. Eine »ungenannte Quelle« habe die Zeitung informiert, dass ich heute aus dem Krankenhaus entlassen würde. Laut Aussage von Staff Sergeant Gary Kincade aus Clayton Falls würde nicht gegen mich ermittelt, ich sei eine mutige junge Frau, man arbeite fieberhaft daran, den verstorbenen Täter zu identifizieren …

Ich hatte den Cops nie den Namen meines toten Babys verraten, aber irgendjemand hatte den Zeitungen gesteckt, dass ich eines gehabt hatte, denn der Artikel zitierte einen Spezialisten, welchen Effekt der Tod meines Babys auf mich gehabt haben könnte. Ich schmiss die Zeitung auf den Boden und trampelte mit den Füßen darauf herum.

22. Sitzung

Gut, dass Sie heute für mich Zeit haben, Doc. Wenn ich mit dem ganzen Scheiß, der gerade auf mich einstürmt, allein hätte klarkommen müssen, hätten Sie mich in der Klapse besuchen können. Aber andererseits ist es da drin vermutlich wesentlich sicherer. Wahrscheinlich haben Sie mich wieder einmal in den Nachrichten gesehen. Wer hätte das nicht?

Vor ein paar Abenden habe ich das Foto hervorgekramt, das der Psycho von mir hatte. Es hatte keine Spuren von Heftzwecken, und ich konnte mir beim besten Willen nicht vorstellen, warum ich ausgerechnet dieses Bild in meinem Büro hätte aufhängen sollen. Aber wie sehr ich auch versuchte, mich darauf zu konzentrieren, wo es sonst herkommen könnte, das Einzige, was mir in den Sinn kam, war der Psycho, der das Foto wie eine Trophäe in die Höhe hielt.

Am nächsten Morgen ging ich raus, um eine Runde zu laufen. Am Ende meiner Auffahrt bog ich rechts auf die Straße ab, und als ich an einem weißen Van vorbeilief, der an der Seite parkte, rief ich Emma, die vor mir war, damit sie auf mich wartete, ehe sie die nächste Straße überquerte.

Ich war so mit den Gedanken bei Emma, dass ich kaum mitbekam, wie die Seitentür des Vans aufging. Als ich daran vorbeilief, nahm ich aus den Augenwinkeln wahr, wie sich jemand Großes, in schwarzen Klamotten und mit einer Skimaske, auf mich stürzte. Ich sprang zur Seite und trat dabei auf losen Kies, so dass ich mir den Knöchel verknackste. Ich stürzte hart auf den Gehweg, biss mir auf die Zunge, als ich mit dem Kinn aufschlug, und schrammte mir die Hand auf dem rauen Pflaster auf.

Als ich versuchte aufzustehen, packte eine Hand meinen Knöchel und begann mich zurückzuzerren. Ich krallte mich an die Gehwegsteine und versuchte, mein Bein freizustrampeln. Einen Moment lang war ich frei und kam auf die Knie, bereit loszurennen. Da legte sich eine riesige Hand über meinen Mund, und ein Arm schlang sich um meinen Brustkorb, ich wurde hochgehoben und gegen einen kräftigen Oberkörper gedrückt. Die Hand auf meinem Mund drückte meinen Kopf an eine Schulter, während der Arm die Luft aus mir rauspresste. Der andere begann, mich rückwärts zu zerren. Meine Absätze schleiften über den Gehweg. Emma rannte bellend die Straße herauf.

Ich wollte schreien, ich wollte kämpfen, aber ich war vor Angst wie gelähmt. Alles, was ich sehen konnte, war das Lächeln des Psychos, und alles, was ich spürte, war seine Waffe, die sich in meinen Rücken bohrte.

Wir waren am Van. Der Mann verlagerte das Gewicht auf ein Bein und packte mich fester, als wollte er in den Van hineinsteigen. Ich erinnerte mich, wie der Psycho die Tür geöffnet hatte, vorn um das Auto herumging, einstieg …

Konzentrier dich, verdammt! Du hast ein paar Sekunden, mehr nicht! Lass nicht zu, dass er dich in den Van bekommt!

Ich biss in die Hand über meinem Mund und trat mit den Beinen nach hinten. Hörte ein Grunzen. Ich drosch mit dem Ellbogen drauflos, wo immer ich konnte, schlug zu und traf etwas, das ich für ein Kinn hielt. Ich wurde so heftig geschubst, dass ich der Länge nach hinknallte und mit der Schläfe auf der harten Bordsteinkante landete. Es tat höllisch weh, aber ich rollte mich auf den Rücken. Als der Kerl nach mir griff, begann ich so laut zu schreien, wie ich konnte, und schaffte es, ihm einen Tritt in den Magen zu verpassen. Er stöhnte, versuchte aber noch einmal, mich zu packen.

Ich rollte von einer Seite zur anderen, boxte ihn auf die Arme und brüllte: »Hilfe! Hört mich denn niemand!«

Ich hörte Geknurre und Gebell. Der Mann wich zurück.

Emma hatte sich sein Bein geschnappt, und er trat nach ihr.

»Rühr meinen Hund nicht an, du verdammtes Arschloch!«

Immer noch auf dem Boden liegend, stützte ich mich auf den Ellenbogen auf und trat ihn mit aller Kraft zwischen die Beine. Er krümmte sich zusammen, taumelte zurück und schnappte nach Luft, dann fiel er auf die Knie.

Von irgendwoher schrie eine Frau: »Lass sie in Ruhe!«

Der Mann kam schwankend wieder auf die Beine und versuchte, an mir vorbei zum Van zu kommen, aber Emma hatte sich immer noch in seiner Hose verbissen. Ich schnappte mir das andere Bein. Er schüttelte uns beide ab und kletterte hinein. Emma konnte gerade noch zur Seite springen, als der Van mit quietschenden Reifen die Straße entlangraste. Ich versuchte, das Nummernschild zu erkennen, aber ich konnte nicht scharf sehen, und der Wagen war zu schnell.

Mein Atem klang, als würde mich jemand erdrosseln. Auf allen vieren kniend, wurde ich langsam wieder ruhiger und blickte über meine Schulter. Ich sah gerade noch, wie meine Nachbarin von gegenüber mit einem Telefon in der Hand auf uns zugerannt kam. Mein Blick verwischte, und ich brach auf dem Gehweg zusammen.

»Ist sie verletzt?«

»Die Polizei ist unterwegs.«

»Mein Gott, was ist passiert?«

Ich wollte den Stimmen antworten, aber ich zitterte unkontrolliert am ganzen Körper, ich atmete in schnellen, harten Zügen und konnte nicht klar sehen. Emmas Fell strich über meine Wange, und mit ihrer warmen Zunge leckte sie mir das Gesicht ab. Jemand zog sie weg, dann sagte eine Frauenstimme: »Können Sie mir Ihren Namen sagen?«

»Annie. Ich heiße Annie.«

»Okay, Annie, Hilfe ist unterwegs, bleiben Sie einfach ruhig liegen.«

Sirenen. Uniformen. Jemand deckte mich mit einer Decke zu. Ich antwortete bruchstückhaft auf Fragen. »Ein Mann … schwarze Kleidung … weißer Van.«

Mehr Sirenen, andere Uniformen.

»Wo tut es weh, Annie?«

»Versuchen Sie, tief einzuatmen.«

»Wir werden Ihren Hals stützen.«

»Können Sie uns Ihr Geburtsdatum sagen?«

Hände auf meinem Körper. Finger an meinem Handgelenk. Zahlen wurden gerufen. Als ich auf eine Trage gelegt und festgeschnallt wurde, hörte ich eine bekannte Stimme.

»Sie ist meine Nichte, lassen Sie mich zu ihr!« Dann blickte das besorgte Gesicht meiner Tante auf mich herunter. Ich packte ihren Arm und brach in Tränen aus.

Tante Val fuhr mit mir ins Krankenhaus.

»Annie, es wird alles wieder gut. Mark ruft deine Mom an, damit sie ins Krankenhaus kommt – er nimmt Emma mit zu uns nach Hause.« Danach erinnere ich mich nicht mehr an viel, nur an das Gefühl, schnell zu fahren und ihrer Hand in meiner.

Im Krankenhaus begann ich erneut zu hyperventilieren – zu viele brüllende Menschen, weinende Babys, helle Lichter, Schwestern, die Fragen stellten –, also legten sie mich in ein Beobachtungszimmer, wo ich auf den Arzt wartete, aber ich konnte noch sehen, wie die Cops auf dem Gang mit den Schwestern und meiner Tante sprachen.

Ich begann, die Deckenkacheln zu zählen. Eine Schwester kam und bat mich, ihre Hand zu drücken, dann maß sie meinen Blutdruck und überprüfte meine Pupillen. Ich hörte nicht auf zu zählen. Als der Arzt endlich auftauchte und dieselben Fragen noch einmal stellte, zählte ich immer noch. Als sie mich zum Röntgen brachten, zählte ich die Maschinen. Als sie mich zurück in das Zimmer brachten und die Cops mit ihren Fragen kamen – was hatte der Mann an, wie groß war er, welche Marke hatte der Van –, zählte ich schneller. Doch als ein großer Krankenpfleger hereinkam und nach meinem Arm griff, begann ich zu schreien.

Alle mussten den Raum verlassen. Der Arzt befahl einer Schwester, »auf der Stelle« das Krisenteam herzubringen. Ich schloss die Augen und zählte die Schläge meines rasenden Herzens, während sie über mich sprachen. Jemand gab mir eine Spritze. Mehr Gerede, ich hörte nicht zu. Finger pressten gegen mein Handgelenk, zählten meinen Puls. Ich zählte mit.

Ich hörte Absätze über den Flur rennen, dann Moms Stimme, aber ich klinkte mich aus.

Eins, zwei, drei …

Als ich die Augen aufschlug, standen Mom und Tante Val am Fenster. Sie hatten mir den Rücken zugekehrt und unterhielten sich leise.

»Mark hat mich gefahren, um die Laborergebnisse abzuholen, und wir haben den Menschenauflauf gesehen. Sie lag einfach nur da …« Meine Tante schüttelte den Kopf. »Ich musste mich zu ihr durchkämpfen. Die Presse war innerhalb weniger Minuten da, sie müssen dem Krankenwagen gefolgt sein. Und jetzt sieh sie dir an da draußen.«

Mom sagte: »Was hast du ihnen erzählt?«

»Der Presse? Gar nichts, ich habe mir mehr Sorgen um Annie gemacht, aber Mark hat ihnen vielleicht ein paar Fragen beantwortet.«

»Mark?« Mom seufzte. »Val, ihr müsst vorsichtig sein, was ihr diesen Leuten erzählt. Man kann nie wissen …«

Ich räusperte mich, und sie drehten sich um und sahen mich an. Ich begann zu weinen.

Mom stürzte zu mir und nahm mich in die Arme. Ich schluchzte an ihrer Schulter.

»Ich hatte solche Angst, Mom, solche Angst.«

Als der Arzt wieder zurückkam, hatte ich mich wieder beruhigt. Es stellte sich heraus, dass ich mir nichts gebrochen hatte, allerdings hatte ich ein paar Prellungen, Kratzer und Schürfwunden davongetragen, ganz zu schweigen von einem mörderischen Kopfweh. Vor Schmerz und Entsetzen hatte ich einen Schock erlitten. Na, kaum zu glauben.

Die Hauptsorge der Ärzte galt einer möglichen Kopfverletzung vom Sturz auf die Schläfe, deshalb wollten sie mich über Nacht dabehalten. Das Krisenteam wollte mich ebenfalls am Morgen noch einmal begutachten. Während der Nacht kam alle paar Stunden die Nachtschwester herein, um mich zu wecken, für den Fall, dass ich eine Gehirnerschütterung hatte, aber ich war meistens ohnehin wach, verkrampfte mich jedes Mal, wenn ich Schritte auf dem Flur hörte, zuckte bei jedem lauten Geräusch zusammen. Manchmal starrte ich nur Moms zierliche schlafende Gestalt auf der Pritsche neben mir an und zählte ihre Atemzüge.

Mein letzter Aufenthalt im Krankenhaus hatte mich gelehrt, dass ich umso länger bleiben musste, je mehr ich mich querstellte. Also spielte ich mit, als das Krisenteam am nächsten Morgen vorbeikam, um meine emotionale Stabilität zu begutachten. Vor allem wollten sie wissen, welche Unterstützung ich draußen hätte. Ich sagte ihnen, dass ich regelmäßig zur Therapie gehe, und sie gaben mir eine Krisentelefonnummer und eine Liste von Selbsthilfegruppen.

Sie entschieden, dass ich stabil genug sei, um mit den Cops zu reden, also beantwortete ich ihre Fragen, so gut ich konnte – nein, ich habe sein Gesicht nicht gesehen, nein, ich habe das Nummernschild nicht erkannt, nein, ich weiß nicht, warum das bescheuerte Arschloch versucht hat, mich zu verschleppen.

Ich dachte, sie würden mein Haus jetzt rund um die Uhr überwachen, aber das Einzige, was sie mir versprechen konnten, waren vermehrte Patrouillenfahrten und die Installation einer speziellen Anlage, die direkt auf der Polizeiwache Alarm auslösen würde. Sie ermahnten mich, das Handy überallhin mitzunehmen, parkenden Vans auszuweichen – im Ernst! – und »auf meine Umgebung zu achten«, aber gleichzeitig mein Leben wie gehabt weiterzuleben, während sie die Ermittlungen durchführten. Welches Leben? Dieser Scheiß *ist* mein Leben.

Die Ärzte sagten, ich könne das Krankenhaus verlassen, aber während der nächsten vierundzwanzig Stunden solle jemand ein Auge auf mich haben. Mom bestand darauf, dass ich mit zu ihr kam, und ich war immer noch so aufgewühlt, ganz zu schweigen davon, wie wund und kaputt ich war, dass ich die Idee ganz gut fand. Mom verbrachte den Tag damit, mit mir auf dem Sofa zu sitzen und fernzusehen, mir Eisbeutel für die Prellungen und unzählige Tassen Tee zu bringen. Es machte mir nichts aus, dass sie so einen Wirbel um mich veranstaltete.

Später brachte Onkel Mark Emma vorbei, und Mom ließ sie sogar ins Haus, sagte ihr, sie solle »auf Annie aufpassen«. Und das tat sie. Obwohl sie gestern den ganzen Tag bei Onkel Mark gewesen war, fürchtete sie sich vor ihm, bellte beim geringsten Geräusch und begann zu winseln, sobald Mom das Zimmer betrat. Wayne hielt sich fern, um ihr Gelegenheit zu geben, sich wieder zu beruhigen.

In dieser Nacht schlief Mom bei mir im Bett, als wäre ich ein Kind, aber sie war die Einzige, die etwas Ruhe fand. Stunden später, als ich immer noch nicht schlafen konnte, schlich ich mich mit dem Handy in der Hand und Emma auf den Fersen in den Schrank in der Diele. Gary, der einzige Cop, mit dem ich wirklich reden wollte, hatte sich an dem Morgen, an dem der Kerl mich überfallen hatte, nicht blicken lassen und auch nicht am nächsten Tag. Ich hatte im Krankenhaus nach ihm gefragt, aber sie sagten schon wieder, er sei nicht in der Stadt. Vom Schrank aus versuchte ich ihn anzurufen, aber ich landete direkt bei seiner Mailbox.

Mit schmerzenden Gliedern kauerte ich mich in dem Schrank zusammen, aber dieses Mal fühlte ich mich nicht sicher. Alles, woran ich denken konnte, war: *Werde ich mich jemals wieder sicher fühlen?* Schließlich schlief ich ein, und das Bild des weißen Vans verfolgte mich bis in meine Albträume.

Als ich letztes Jahr nach Hause kam, bin ich oft zum Polizeirevier in Clayton Falls gegangen, um mir Verbrecherfotos anzusehen, aber nachdem ich mir monatelang Bilder von Übeltätern angeschaut hatte, ohne den Psycho zu entdecken, war ich vollkommen entmutigt. Das Foto, das die Cops vom Psycho gemacht hatten, wurde überall im Fernsehen und den Zeitungen gezeigt, sogar auf der Website der Polizei für unidentifizierte Leichen, aber für mich sah es nur aus wie das Bild von irgendeinem Toten. Verdammt, selbst wenn es ihm ähnlich sähe, der Psycho war einfach zu gut darin, sich unsichtbar zu machen.

Sie hatten herausgefunden, dass die Hütte und das Land drum herum ein paar Monate vor meiner Entführung gekauft und bar bezahlt worden waren, aber es gab keinen Beweis, dass der Typ, der es gekauft hatte, überhaupt existierte – sie hatten keine Kreditkarte, keinen Führerschein, nichts. Der Psycho musste eine falsche Identität gehabt haben. Er hatte sogar ein Konto unter falschem Namen eröffnet, damit er die Grundstückssteuern bezahlen konnte, aber auch in der Bank erinnerte sich niemand an ihn.

Der Vorbesitzer hatte den Käufer nie getroffen, da der Verkauf von Anwälten in Clayton Falls abgewickelt worden war. Eine einzige Unterschrift war nötig gewesen, und der Rechtsanwalt musste an dem Tag völlig weggetreten gewesen sein, denn er konnte den Käufer überhaupt nicht beschreiben. Zu seiner Entschuldigung brachte er vor, dass er sechzig Kaufverträge im Monat ausstelle, und ich fragte mich, ob er sich überhaupt irgendwelche Ausweispapiere hatte zeigen lassen.

Gary hat mich ein paar Tage nach dem Überfall auf der Straße angerufen – ich war immer noch bei Mom – und mir gesagt, dass die Alarmanlage installiert sei. Außerdem entschuldigte er sich, dass er sich nicht früher gemeldet hatte. Er hatte in einem Fall in einem Anglercamp im Norden ermittelt, wo er nur Radio empfangen konnte. Wir gingen alles noch einmal zusammen durch, dann fragte er mich wieder wegen dieses verdammten Fotos, und als ich sagte, dass mir immer noch nicht eingefallen sei, wo ich es aufbewahrt hatte, grummelte er nur. Er sagte, sie hätten zuerst gedacht, der Psycho sei aus der Gegend, weil er mir hinterherspioniert hätte, aber jetzt nahm er an, dass er in einem Hotel gewohnt haben und nach Clayton Falls gefahren sein könnte.

»Im letzten Monat habe ich jedes Wochenende damit zugebracht, alle Hotels und Motels im Umkreis von einer Stunde abzuklappern und das Bild von seiner Leiche herumzuzeigen«, sagte Gary. Clayton Falls liegt in der Mitte der Insel, also hatte er ein ziemlich großes Gebiet abgedeckt.

»Warum haben Sie das Bild nicht einfach an die Hotels gefaxt? Und warum müssen Sie sich selbst darum kümmern? Haben Sie keine Constables, die Sie schicken können?«

»Erstens, wenn ich das Foto per Fax schicken würde, würde es vermutlich sofort im Müll landen. Über den Winter wird ein großer Teil des Personals entlassen, aber jetzt, wo die Touristensaison losgeht, kommen sie zurück, und ich möchte persönlich mit den Leuten reden. Zweitens, ich schicke niemanden anders, weil die meisten an aktuellen Fällen arbeiten. Ich mache diese Arbeit meistens in meiner Freizeit, Annie.«

Ich war beeindruckt und fühlte mich verlegen, weil ich jeden Abend vor dem Fernseher gehockt hatte, während er sich da draußen die Hacken ablief. War das der Grund, warum er nicht verheiratet war?

»Ich schätze, Ihre Freundin ist nicht besonders gut auf mich zu sprechen«, sagte ich. Einen Augenblick war er still, und als ich spürte, wie meine Wangen heiß wurden, war ich froh, dass er mein Gesicht nicht sehen konnte.

»Ich weiß, dass Sie von den bisherigen Ermittlungen enttäuscht sind, aber jetzt, nach dem zweiten Entführungsversuch, sollten Sie noch einmal aufs Revier kommen und sich ein paar Fotos anschauen.«

Wegen meiner unerwiderten Bemerkung über eine Freundin kam ich mir immer noch wie ein Trottel vor und sagte: »Sie glauben also, dass wer immer mich überfallen hat, in Verbindung mit dem Psycho stand?«

»Ich denke, wir dürfen keine Möglichkeit ausschließen.«

»Das heißt?«

»Ein paar Dinge in diesem Fall passen nicht zum typischen Profil, wie die Sache mit dem Foto, zum Beispiel – wir müssen herausfinden, woher er es hatte und warum er es brauchte, obwohl er so viele hatte, die er selbst gemacht hatte. Wenn Sie einen Verdächtigen für uns identifizieren könnten, wird sich der Rest hoffentlich von allein klären.«

Ich sagte ihm, dass ich am nächsten Tag vorbeikäme.

Dieses eine Mal, als Gary mich im Krankenhaus besuchte, geht mir nicht aus dem Kopf, Doc. Er war draußen »auf der Jagd« gewesen, was immer das zu bedeuten hatte, und trug Jeans und eine schwarze Jacke mit dem Logo der Royal Canadian Mountain Police. Außerdem hatte er eine Baseballkappe auf. Ich fragte ihn, ob alle seine Anzüge in der Reinigung seien, aber in Wahrheit fand ich, dass er ziemlich cool aussah. Er strahlte aus, dass man sich besser nicht mit ihm anlegen sollte.

Letzte Nacht war ich auch noch bei Mom, und nachdem ich sie und Wayne die ganze Zeit über habe streiten hören – Mom säuft seit dem Überfall wie ein Loch –, hatte ich einen weiteren Albtraum über den weißen Van, aber diesmal endete er gut: Ein Mann hielt mich beschützend in den Armen. Als ich aufwachte, stellte ich fest, dass es Garys Arme gewesen waren.

Ich fühlte mich entsetzlich schuldig. Ich meine, da ist der arme Luke, der so geduldig ist und es immer wieder probiert, und ich träume von dem Cop, der ihn durch die Hölle geschickt hatte.

Manchmal wünsche ich mir, Gary könnte irgendwo mit mir hingehen, wie ein Bodyguard. Dann trete ich mir im Stillen in den Hintern, weil ich weiß, dass ich mich bei niemandem die ganze Zeit sicher fühlen würde. Es ist komisch, ich dachte immer, bei Luke würde ich mich sicher fühlen, aber das war eine andere Art von Sicherheit – eine ruhige, *naive* Sicherheit. Gary hingegen ist alles andere als naiv.

Nachdem ich heute Morgen nach Hause zurückgekehrt bin, kontrollierte ich mit Emma, die vor jedem Schatten zurückschreckte, die nähere Umgebung und überprüfte x-mal die Alarmanlage. Um mich abzulenken, blätterte ich wieder in der Broschüre der Kunstschule, von der ich Ihnen erzählt habe. Sie liegt in den Rocky Mountains, ein wunderschöner Campus – so hatte ich mir immer Harvard vorgestellt. Ich habe mir sogar ein paar Formulare von der Website runtergeladen. Weiß der Teufel, warum. Das Einzige, das mir geblieben ist und das mir wirklich wichtig ist, ist mein Haus. Ich bin vielleicht durchgeknallt, aber ich wäre ja völlig unzurechnungsfähig, wenn ich es verkaufen würde, um mir einen Jugendtraum zu erfüllen. Was, wenn ich es versuche und als Künstlerin nie irgendetwas erreiche? Was dann?

In diesem Sinne, Doc, sollten wir besser mit dieser Sitzung Schluss machen. Auf dem Rückweg muss ich zur Polizei und noch mehr Fotos durchsehen. Zumindest habe ich dann eine gute Entschuldigung, um Gary heute Abend anzurufen.

23. Sitzung

Tut mir leid, dass ich Sie so kurzfristig um einen Termin gebeten habe, Doc, aber in den letzten paar Tagen ist so viel passiert, dass ich nicht bis zu unserem regulären Termin warten konnte.

Nach der letzten Sitzung bin ich direkt aufs Polizeirevier in Clayton Falls gefahren und habe mir eine Stunde lang Bilder angesehen. Ich wollte gerade gehen, weil mein Rücken schon schmerzte und die ganzen Kerle langsam alle gleich aussahen. Nur ein Typ kam mir bekannt vor, aber ich erinnerte mich, dass ich ihn vor kurzem in der Zeitung gesehen hatte. Dann dachte ich an Gary, wie er das Bild da draußen herumzeigte, und zwang mich weiterzumachen. Beinahe hätte ich das Bild von einem Typ mit rasiertem Kopf und Vollbart überblättert, aber irgendwas an den unschuldigen blauen Augen, die so gar nicht zum Rest des Gesichts zu passen schienen, ließ mich genauer hinsehen. Er war es.

Ich brach in kalten Schweiß aus, und mein Blickfeld verschwamm. Um nicht ohnmächtig zu werden, riss ich mich von dem Anblick los und legte den Kopf auf die Tischplatte. Ich konzentrierte mich auf meinen rasenden Herzschlag, holte ein paarmal tief Luft und murmelte im Takt der hämmernden Schläge: »*Er ist tot … Er ist tot … Er ist tot.*« Als mein Blick wieder klarer wurde und der Puls ruhiger, betrachtete ich das Bild erneut.

Ich winkte einem der Cops, und als ich ihm sagte, ich hätte ihn gefunden, rief er Gary auf dem Handy an. Unter keinem der Bilder stand ein Namen, und der Cop antwortete mir nicht auf meine Fragen, also bestand ich darauf, mit Gary zu sprechen.

»Ich verstehe nicht, warum niemand mir sagt, wer er ist – er ist immerhin vorbestraft. Ich habe mir stundenlang diese verdammten Bilder angesehen, da ist es ja wohl das Mindeste, dass Sie mir seinen Namen sagen.«

»Es ist großartig, dass Sie das Bild identifiziert haben, Annie, aber wir müssen die Information zuerst überprüfen. Ich möchte nicht, dass Sie sich zu sehr aufregen, nur um dann festzustellen, dass es der falsche Mann ist …«

»Er ist es. Ich habe ein *ganzes* Jahr mit ihm verbracht.«

»Ich glaube Ihnen aufs Wort, und ich werde Sie anrufen, sobald ich seine Geschichte kenne. Bis dahin gehen Sie bitte nach Hause und versuchen, sich auszuruhen, okay? Und ich möchte, dass Sie eine

Liste von allen Personen erstellen, die Ihnen vielleicht schaden wollen.«

»Da gibt es *niemanden*, ich habe so eine Liste bereits für meine Therapeutin gemacht und jeden einzelnen Menschen aufgezählt, den ich kenne. Der Psycho muss einen Freund haben, der …«

»Genau das muss ich herausfinden. Gehen Sie jetzt nach Hause, schicken Sie mir die Liste, die Sie gemacht haben, und dann sehen wir weiter.«

Am nächsten Tag – gestern – lief ich unruhig durchs Haus und wartete darauf, dass Gary anrufen würde, doch das tat er nicht, und genauso wenig ging er ans Handy. Ich schlug ein paar Stunden mit Putzen tot, dann war ich neugierig wegen des Typen, der mir bekannt vorgekommen war, und ging alle alten Zeitungen Seite für Seite durch. Auf der allerletzten Seite entdeckte ich eine Schlagzeile über einen »kürzlich entlassenen Kriminellen, der in Zusammenhang mit einem Raubüberfall auf einen Lebensmittelladen« gesucht wurde, und nahm den Artikel genauer unter die Lupe. Kaum hatte ich seinen Namen gelesen, wusste ich, wer es war. Moms Stiefbruder. Aus dem Datum des Artikels schloss ich, dass er vor ein paar Wochen entlassen worden war, und ich fragte mich, ob Mom davon wusste oder ob ich es ihr erzählen sollte. Den ganzen Nachmittag überlegte ich hin und her, ob ich diejenige sein wollte, die ihr diese Neuigkeit mitteilte. Gegen fünf fühlte ich mich wie ein Eichhörnchen auf Speed, so dass ich, als meine Mom anrief und mich zum Pastaessen einlud, ja sagte.

Das Abendessen lief gar nicht mal so übel, aber als wir fertig waren und ich immer noch mit mir rang, ob ich ihr von ihrem Stiefbruder erzählen sollte, begann Mom von einem kleinen Mädchen zu erzählen, das gerade in Calgary verschwunden war. Ich sagte ihr, dass ich es nicht hören wollte. Sie machte weiter, ohne die Gelegenheit auszulassen, über die Mutter herzuziehen, die im Fernsehen flehte, ihre Tochter freizulassen. Mom fand, dass sie nicht richtig mit den Reportern umging.

»Sie ist zu unhöflich zu ihnen – wenn sie Hilfe und ihre Tochter zurückhaben will, sollte sie ihre Einstellung besser ändern.«

»Reporter können ziemlich gemein sein, Mom, das weißt du doch.«

»Die Presse ist im Moment ihr geringstes Problem – die Polizei befragt den Vater, offensichtlich hat er eine Freundin. Eine *schwangere* Freundin.«

»*Mom,* können wir bitte über etwas anderes reden?«

Sie öffnete den Mund, doch ehe sie weitermachen konnte, platzte ich heraus: »Ich habe Dwights Foto in der Zeitung gesehen.«

Sie klappte den Mund wieder zu und starrte mich an.

»Deinen Stiefbruder. Er ist entlassen worden, Mom, aber er wird in Zusammenhang mit einem Raubüberfall …«

»Möchtest du noch etwas essen?« Für einen Moment begegneten sich unsere Blicke.

»Tut mir leid, ich wollte dich nicht aufregen, ich dachte nur …«

»Es gibt noch Soße.« Ihr Gesicht verriet keinerlei Emotion, aber die Hand, mit der sie die Serviette umklammerte, riet mir, es gut sein zu lassen.

»Nein, ich bin satt. Mir ist ohnehin schon schlecht, weil ich heute endlich ein Foto auf der Polizeiwache identifiziert habe. Gary hat mir seinen Namen noch nicht genannt, aber er schaut sich den Lebenslauf von dem Typen an – er sagte, er hätte bald mehr Informationen für mich.«

Mom hielt einen Moment inne, nickte dann und sagte: »Gut. Vielleicht kannst du es dann hinter dir lassen, Annie Bear.« Sie tätschelte meine Hand. Wayne stand auf und ging zum Rauchen nach draußen.

Als er weg war, sagte ich: »Na ja, noch nicht. Gary glaubt, dass der Kerl einen Partner gehabt haben könnte, den Mann, der neulich versucht hat, mich zu entführen.«

Mom runzelte die Stirn. »Warum um alles in der Welt versucht Gary, dir solche Angst einzujagen?«

»Er versucht nicht, mir Angst einzujagen. Es ist wegen dieses Fotos, das der Psycho von mir hatte. Ich hatte angenommen, dass er es aus meinem Büro hatte oder so, aber Gary fragt sich, warum er genau das genommen hat, verstehst du? Ich sollte ihm sogar diese Liste faxen …« Mist. In meinem Eifer, Gary zu verteidigen, habe ich nicht nur Mom von dem Foto erzählt, sondern war auch noch kurz davor, die höchst private Liste meiner mutmaßlichen Feinde zu verraten.

»Was für eine Liste?«

»Nur so ein dummer Vorschlag von meiner Therapeutin – nichts Besonderes.«

»Wenn es nichts Besonderes ist, warum will Gary sie dann haben? Was steht auf dieser Liste?« Verdammt. Sie würde nicht lockerlassen.

»Nur ein paar Leute von früher, die mir möglicherweise noch irgendetwas nachtragen oder so.«

»Wer zum Beispiel?«

Auf gar keinen Fall wollte ich ihr erzählen, dass ich jeden aufgelistet habe, der mir nahesteht, also sagte ich: »Ein paar Exfreunde und alte Kunden. Ach ja, und dieser ›mysteriöse‹ Makler, mein Konkurrent.«

»Du meinst Christina.«

»Nein, den Makler, der sich mit mir um den Apartmentkomplex am Wasser beworben hat.«

Ihre Augen wurden schmal. »Hat sie es dir nicht erzählt?«

»Wer hat mir was nicht erzählt?«

»Ich will keine schlafenden Hunde wecken.«

»Komm schon, Mom, was ist los?«

»Ich denke, du solltest es wissen.« Sie holte tief Luft. »Erinnerst du dich an meine Freundin Carol? Ihre Tochter Andrea arbeitet in deinem Büro, und sie ist mit Christinas Assistentin befreundet …«

»Und weiter?«

»Christina war die ganze Zeit deine Mitbewerberin bei dem Projekt. Es gab niemals einen anderen Makler.«

»Das kann nicht sein, Christina hätte es mir erzählt. Der Bauunternehmer hat sie nur deshalb genommen, weil ich weg war.«

Sie zuckte die Achseln. »Das dachte ich auch, aber dann erzählte Andrea, dass Christinas Assistentin sich schon vorher die Wochenenden um die Ohren geschlagen hatte, um die Entwürfe fertigzubekommen. Sie sagte, sie habe sogar die Marketingkonzepte gesehen, die Christina für den Bauunternehmer entwickelt hatte.«

Ich schüttelte den Kopf. »Christina würde mich nie derart hintergehen. Freunde sind ihr tausendmal wichtiger als Geld.«

»Apropos Geld. Ich habe gehört, dass ihr Mann in finanziellen Schwierigkeiten steckt. Das Haus, das er ihr gekauft hat, war nicht gerade billig, und sie scheint ihre Ausgaben kein Stück reduziert zu haben. Er muss übrigens ein sehr verständnisvoller Gatte sein – Luke und sie hatten einen sehr vertrauten Umgang miteinander, während du fort warst.«

»Sie haben versucht, mich zu finden, und natürlich waren sie da oft zusammen. Und Drew hat das Haus nicht *für sie* gekauft, sie haben es *zusammen* gekauft. Und sie gönnt sich gerne mal ein bisschen Luxus, was ist denn falsch daran? Christina arbeitet hart für ihr Geld …«

»Warum gehst du denn gleich in die Defensive?«

»Du hast angedeutet, dass Luke und Christina etwas miteinander hätten!«

»Das habe ich nie behauptet – ich habe dir nur erzählt, was ich gehört habe. Sie war jeden Abend im Restaurant, noch lange, nachdem sie schlossen. Da fällt mir ein, wusstest du, dass das Restaurant nicht so gut lief, bevor du verschwunden bist? Wayne hat eines Tages mit dem Barkeeper im Pub geredet, er kennt Lukes Chefkoch, und der sagte, dass es schon Gerüchte gegeben hätte, dass das Restaurant vielleicht dichtmachen muss, aber nachdem du weg warst, wurde in den Nachrichten dauernd über den Laden berichtet, und alles kam wieder ins Lot. Also hatte die Geschichte doch noch was Positives.«

Die Pasta Alfredo, die ich gerade gegessen hatte, lag mir wie ein riesiger Klumpen im Magen.

»Ich muss mal ins Badezimmer.«

Einen Augenblick lang dachte ich, ich müsste mich übergeben. Ich ließ etwas kaltes Wasser über meine

Hände laufen, bespritzte mein Gesicht damit und stützte meine Stirn gegen den Spiegel, bis das Gefühl vorübergegangen war. Meine Nackenhaare waren heiß und nass, also wühlte ich in einer Schublade herum und nahm mir ein rosa Gummiband, um es zurückzubinden. Als ich aus dem Badezimmer kam, schenkte Mom sich gerade einen neuen Drink ein.

»Ich muss los, Mom. Danke fürs Abendessen.«

»Ruf mich an, wenn du irgendwas herausfindest.« Sie strich mir mit der Hand über den Rücken und sagte: »Ich bin sicher, dass sich alles aufklären wird.«

Als ich zu Hause ankam, hatte sich das Gefühl von Übelkeit in ruhelose Energie verwandelt, deshalb beschloss ich, eine Runde zu laufen. Es war noch nicht spät, aber ich hätte nicht schlafen gehen können, selbst wenn es Schlafenszeit gewesen wäre – ich war total aufgekratzt. Während meine Füße auf den Gehweg trommelten, überschlugen sich meine Gedanken.

Lief da was zwischen Luke und Christina? Ich konnte mich nicht erinnern, dass sie übermäßig vertraulich miteinander gewesen wären, wenn wir in der Vergangenheit zusammen gewesen waren. Andererseits hatte ich auch nicht mitbekommen, dass sie sich ebenfalls für dieses Projekt beworben hatte und somit meine Konkurrentin gewesen war. Hatte sie es von Anfang an gewusst? Wollte sie mir *das* sagen, als ich sie neulich unterbrochen hatte? Oder hatte sie versucht, mit mir über sich und Luke zu reden? Und warum hatte Luke mir nie erzählt, dass das Restaurant in Schwierigkeiten steckte? Die Fragen jagten einander in meinem Kopf, krachten aufeinander und setzten noch mehr Fragen frei.

Nach einer halben Stunde Laufen war ich ein ganzes Stück ruhiger geworden, aber ein Gefühl des Unbehagens verfolgte mich bis nach Hause und unter die Dusche. Wenn ich nur ihre Stimmen hören könnte, würden all die verrückten Gedanken verschwinden. Nur in das Handtuch gewickelt, rief ich Luke im Restaurant an. Er ging sofort ran.

»Ist es gerade ungünstig?«, fragte ich.

»Ein bisschen Zeit habe ich.«

»Ich wollte dir nur erzählen, dass ich heute bei der Polizei ein Foto von dem Kerl identifiziert habe. Ich habe noch keine Namen, aber Gary sagt mir Bescheid, sobald er kann.«

»Hey! Das sind gute Neuigkeiten!«

»Vermutlich. Ich muss abwarten, was dabei herauskommt.«

»Halt mich auf dem Laufenden, aber jetzt muss ich Schluss machen – tut mir leid, aber hier ist jede Menge los, der Laden ist rappelvoll.«

Ich fühlte mich immer noch unbehaglich und hätte ihm beinahe gesagt, dass ich noch auf einen Drink vorbeikäme, damit wir reden könnten, aber ich zögerte zu lange, und dann hatte er aufgelegt.

Ich rief Christina auf ihrem Handy an, aber sie sagte, sie würde mich zurückrufen, weil heute Abend der Apartmentkomplex am Meer eingeweiht würde und sie an der Tür stehe, um die Gäste zu begrüßen. Nachdem wir aufgelegt hatten, starrte ich das Telefon in meiner Hand an. Emma lag mir zu Füßen und schaute mit ihren großen braunen Augen zu mir hoch.

»Ich bin ein Trottel, was?« Sie wedelte wie wild mit dem Schwanz. Ich nahm das als ein Ja.

Und dann, auf dem Weg ins Schlafzimmer, fiel mir endlich ein, woher das Bild stammte.

Es dauerte eine Weile, bis Gary ans Telefon ging. Ich hatte nicht gemerkt, dass sich mein Körper unnatürlich versteift hatte, bis ich seine ruhige Stimme hörte und die Anspannung meiner Muskeln ein wenig nachließ.

»Ich habe den ganzen Nachmittag versucht, Sie anzurufen«, sagte ich.

»Tut mir leid, aber der Akku von meinem Handy hatte seinen Geist aufgegeben.«

»Ich muss mit Ihnen reden.« Ich hasste es, wie verzweifelt ich klang.

»Ich höre.«

»Mir ist dieses kleine Regal eingefallen, das vor meinem Schlafzimmer stand und mit Bilderrahmen vollgestellt war. Da gab es auch einen Zinnrahmen, den ich hinter die anderen gestellt hatte, weil nur ein älteres Bild von mir darin war, das, was der Psycho …«

»Das Foto stammte also aus *Ihrem* Haus?« Das Gefühl, mich gleich übergeben zu müssen, war wieder da.

»Der Psycho wäre nie an Emma vorbeigekommen, also muss es passiert sein, während wir spazieren waren, aber warum hätte er riskieren sollen, nur wegen eines Fotos bei mir einzubrechen?«

»Das ist eine gute Frage. Hat irgendjemand einen Schlüssel zu Ihrem Haus?«

»Ein paar Monate vor der Entführung hatte ich meine auf einem Ausflug verloren und musste die Schlösser austauschen lassen – niemand hatte einen Ersatzschlüssel.«

»Also war es wahrscheinlich jemand, den Sie hereingelassen haben, Annie. Dieser Jemand hat ihm das Foto gegeben – vermutlich, damit er Sie identifizieren kann.«

Mein Herz begann zu pochen. »Aber warum ausgerechnet dieses Bild?«

»Vielleicht dachte er, Sie würden es nicht vermissen. Es könnte alle möglichen Gründe haben.«

»Und derjenige, der versucht hat, mich zu schnappen …«

»Könnte dieselbe Person sein, die das Foto mitgenommen hat, oder jemand, den sie angeheuert hat, um den Job zu Ende zu bringen.«

»Das ergibt doch keinen Sinn! Welches Interesse sollte irgendwer an meiner Entführung haben? Es gab niemals irgendwelche Lösegeldforderungen.«

»Wir wissen nicht mit Sicherheit, ob Sie entführt werden sollten. Es ist auch möglich, dass der Mann aus anderen Gründen angeheuert worden ist und dann beschlossen hat, Sie für seine eigenen Pläne zu behalten.«

»Sie meinen, er sollte mich eigentlich *umbringen*? Um Himmels willen, Gary.« Mein Blick wanderte zur Alarmanlage.

»Sie werden es nicht so schnell wieder versuchen – im Moment ziehen Sie zu viel Aufmerksamkeit auf sich –, aber ich werde sicherstellen, dass die Streifenwagen regelmäßig bei Ihnen vorbeifahren. Und ich brauche die Namen sämtlicher Personen, die Zugang zu diesem Foto hatten.«

»Jede Menge Leute waren in meinem Haus, ich hätte nur einmal kurz nach dem Essen im Backofen schauen brauchen …«

»Das war kein Gelegenheitsverbrechen, dazu war es zu aufwendig. Es muss jemand mit einem persönlichen Motiv sein.«

»Ich habe Ihnen bereits diese blöde Liste geschickt …«

»Überlegen Sie nicht nur, wer Ihnen vielleicht schaden wollte, sondern auch, wer am meisten von Ihrem Verschwinden profitiert hat.«

In meinem Kopf drehte sich alles. »Ich … ich brauche Zeit. Ich muss nachdenken.«

Gary sagte: »Schlafen Sie eine Nacht darüber, okay? Ich gebe Ihnen die Nummer meines Motels in Eagle Glen. Wenn Ihnen irgendetwas einfällt, rufen Sie mich an.« Ich wollte gerade auflegen, als er sagte: »Und, Annie, behalten Sie das vorerst für sich.«

Mit zitternden Händen zog ich mich an, und Garys Worte kreisten in meinem Kopf. *Wer hat am meisten von meinem Verschwinden profitiert?* Ich dachte an Lukes gutlaufendes Restaurant. Ich dachte an Christina, die das Neubauprojekt bekommen hatte.

Dann fiel mir ein, dass der Psycho einmal erwähnt hatte, er habe mich ausgewählt, weil sich »die Gelegenheit dazu ergeben hätte«, und wie seltsam es war, dass mein normalerweise so pünktlicher Freund an jenem Abend zu spät zum Abendessen gekommen war. Der Psycho hatte auch gesagt, er habe Luke mit einer Frau zusammen gesehen, aber er hat mich gerne gequält – er hätte es mir doch gesagt, wenn es Christina gewesen wäre? Oder hatte er sich dieses Detail für Notzeiten aufgespart? Aber wenn da etwas zwischen Luke und Christina gewesen war, warum waren sie dann nicht zusammengekommen, nachdem ich von der Bildfläche verschwunden war? Und warum hätten sie ihm dieses Foto geben sollen? Beide hatten Bilder von mir. Nein, das war einfach lächerlich. Christina und Luke liebten mich – sie würden mir niemals weh tun.

Wer hat am meisten profitiert?

Ich starrte die Stelle in der Diele an, an der das Regal gestanden hatte. Jemand hatte ein Foto von mir gestohlen, jemand, den ich in mein Haus gelassen hatte. Erneut überprüfte ich den Alarm, dann die Türschlösser. Emma bellte jedes Auto an, das draußen vorbeifuhr, und mir blieb jedes Mal fast das Herz stehen. Ich musste hier raus.

Auf der einstündigen Fahrt nach Eagle Glen – der Name von Garys Motel, die Zimmernummer und ein Google-Maps-Ausdruck neben mir auf dem Sitz – fiel mir ein, dass ich ihn nicht gefragt hatte, warum er dort war, aber ich nahm an, dass es mit dem Fall zu tun hatte. An die Fahrt kann ich mich so gut wie nicht mehr erinnern, aber ich war vollkommen durchgefroren – in meiner Hast hatte ich keine Jacke mitgenommen und trug nur ein Tanktop und eine Yogahose, was nicht viel nützte gegen die Kälte. Meine Hände, die das Lenkrad hielten, zitterten.

Ich musste ein paar Minuten warten, ehe Gary auf mein Klopfen hin die Tür öffnete.

»Tut mir leid, ich stand gerade unter der Dusche. Was ist los? Alles in Ordnung mit Ihnen?«

In der Luft hing noch der Wasserdampf, und er machte gerade die letzten Knöpfe seines weißen

Hemdes zu. Er nahm das Handtuch, das er sich um den Hals gelegt hatte, und rubbelte sich die Haare trocken, die im nassen Zustand aussahen wie Stahl. Anschließend warf er das Handtuch über eine Stuhllehne und strich sich rasch mit den Händen durch die Haare.

»Hallo«, sagte ich, »ich muss reden.«

Er winkte mich hinein.

Das Zimmer war nicht besonders groß, nur ein Bett, ein Telefontisch, Fernseher und Badezimmer, und es fühlte sich noch kleiner an, als ich mir klarmachte, dass wir zum ersten Mal wirklich allein waren.

Eine halbleere Flasche Rotwein stand auf dem Nachttisch. Er kam mir nicht vor wie jemand, der viel trank, aber was zum Teufel wusste ich schon? Ohne ein Wort zu sagen, hob er die Flasche und zog die Augenbrauen hoch. Ich nickte. Er füllte eines der Zahnputzgläser und reichte es mir. Ich war froh, etwas in den Händen zu halten, nahm einen großen Schluck und spürte, wie der Alkohol auf der Stelle in meinen Blutkreislauf zu sickern schien. Meine Muskeln entspannten sich, und ein warmes Glühen breitete sich in mir aus. Ich setzte mich auf die Bettkante.

Gary zog den Stuhl vom Telefontisch heran und setzte sich mir gegenüber. Er beugte sich vor, stützte die Ellenbogen auf die Knie und das Kinn in die Hände.

»Also, was ist los?«

»Diese ganze Scheiße macht mich noch *wahnsinnig*! Sie *müssen* den Kerl finden, der mich überfallen hat, Gary! Es raubt mir den letzten Rest Verstand, dass ich nicht weiß, wer dahintersteckt, ehrlich! Ich misstraue *jedem*. Ich habe sogar überlegt, ob Luke und Christina dahinterstecken könnten, nur weil meine Mom irgendeinen Blödsinn gehört hat. Das ist doch echt total bescheuert!«

»Was hat Ihre Mutter gehört?«

»Sie waren es nicht, Gary. Es waren nur ein paar Gerüchte über dieses Projekt, das ich vielleicht bekommen hätte, und dass sie eine Menge Zeit miteinander verbracht haben, nachdem ich verschwunden war. Außerdem steckten sie anscheinend in finanziellen Schwierigkeiten, aber das ist mir völlig egal. Mein Problem ist, dass ich echt bald völlig durchdrehe.«

Gary stand auf und lief im Zimmer auf und ab, wobei er sich über das Kinn strich. »Was hatte es noch mal mit diesem Projekt auf sich?«

Ich gab ihm die wichtigsten Infos, schloss jedoch mit den Worten: »Christina hätte mir das nie angetan, Gary.«

»Wenn Sie wollen, dass ich den Schuldigen ausfindig mache, muss ich jede Möglichkeit in Betracht ziehen.«

»Das ist jedenfalls keine.«

»Wie läuft es in ihrer Ehe?«

»Gut, glaube ich … Sie erzählt nicht viel darüber, aber das liegt vermutlich daran, dass ich so viel durchgemacht habe.«

»Und man hat sie häufig im Restaurant bei Luke gesehen?«

»Ja, aber jetzt treffen sie sich nie, sie haben sich nur so oft gesehen, weil sie versucht haben, mich zu finden.«

Gary schritt weiterhin auf und ab.

»Übrigens, warum sind Sie eigentlich in Eagle Glen?«, fragte ich. »Zeigen Sie immer noch das Bild herum?«

»Ich bin erst heute Nachmittag angekommen und habe mit dem Personal von der Nachtschicht gesprochen. Morgen rede ich mit der Tagschicht.«

»Wissen Sie inzwischen mehr über den Kerl? War David sein richtiger Name? Sie sagten, Sie würden mich informieren, sobald Sie seine Akte hätten, aber Sie haben nicht angerufen.«

»Morgen faxt mir ein anderes Dezernat Informationen zu. Mehr kann ich Ihnen im Moment nicht sagen.«

»Ich hasse es, wenn Sie reden wie ein Cop. Ich stehe vollkommen auf Ihrer Seite, da ist es doch das Mindeste, was Sie für mich tun können.«

Enttäuschung und Wein gaben dem, was von meiner Selbstbeherrschung noch übrig war, den Rest, und ich brach in Tränen aus.

Mit gesenktem Kopf, um mein Gesicht zu verbergen, stand ich auf und ging zur Tür, aber Gary packte mich am Arm, als ich an ihm vorbeikam, und drehte mich herum. Mit der freien Hand gab ich seiner Brust einen Stoß, aber er rührte sich nicht. Die Tränen waren inzwischen versiegt.

»Lassen Sie mich los, Gary.«

»Nicht, ehe Sie sich wieder beruhigt haben.«

Mit der Faust versetzte ich ihm einen kräftigen Hieb auf seinen Brustkorb. »Verdammt, Gary. Ich bin diese ganze beschissene Sache leid. Die ganze Zeit, in der ich verschwunden war, habt ihr Cops dagesessen und nichts getan, und jetzt verarscht ihr mich nach Strich und Faden. Dieser Dreckskerl hat mich fast jede verdammte Nacht *vergewaltigt*, und ihr könnt mir noch nicht einmal seinen *Namen* sagen? Das ist doch absurd! Es ist nicht nur so, dass mein ganzes Leben zerstört ist, sondern jetzt muss ich mich auch noch fragen, ob jemand, den ich kenne, es darauf *anlegt*, mich fertigzumachen. Und Sie stehen da und sagen mir, ich hätte kein Recht, irgendwas über den Kerl zu erfahren, der mir das angetan hat?« Dieses Mal traf ich seine Schulter. Er bewegte sich nicht. Ich schlug ihn noch einmal.

Er packte mich am Handgelenk.

»Hör auf.«

Ich starrte ihn an. »Dann benimm dich nicht wie ein Vollidiot.«

»Ich erzähle dir alles, was ich kann, ohne die Ermittlungen zu gefährden.«

»Das ist alles, was es für dich ist, nicht wahr? Ein Fall, in dem du ermittelst.«

Jetzt sah *er* wütend aus. »Weißt du, wie viele Menschen jedes Jahr vermisst werden? Wie viele Kinder? Und die meisten von ihnen kommen nicht zurück. Meine ältere Schwester verschwand, als ich noch ein Kind war, und wir haben sie nie gefunden. Darum bin ich zur Polizei gegangen – ich wollte nicht, dass irgendjemand das durchmachen muss, was meine Familie durchgemacht hat.« Er ließ meine Arme los. »Meine Ehe ist an diesem Fall zerbrochen.«

»Ich wusste nicht, dass du …«

»Wir hatten einige Probleme, bevor du vermisst wurdest, aber wir hatten versucht, sie zu lösen. Darum hatte ich mich vom Festland hierher versetzen lassen. Aber nicht lange, nachdem ich hierherkam, wurdest du entführt, und ich habe so viele Stunden mit dem Fall verbracht … Einen Monat, bevor du zurückkamst, hat sie mich verlassen.« Ein bitteres Lachen. »Sie sagte, ich sei so damit beschäftigt, nach anderen Menschen zu suchen, dass ich diejenigen nicht sähe, die direkt vor mir stünden.«

»Es tut mir leid, Gary, alles. Ich weiß, dass ich zickig und anstrengend bin. Aber ich habe es einfach so satt. Jemand will, dass ich tot bin, und …« Meine Stimme überschlug sich, und ich begann zu weinen.

Gary machte einen Schritt nach vorn und schloss mich in die Arme. Mein Gesicht war auf gleicher Höhe mit seiner Brust, und sein Kinn ruhte auf meinem Kopf. Seine Stimme resonierte in seinem Brustkorb, und ich spürte die Vibration an meiner Wange.

»Niemand wird dir weh tun, Annie. Ich werde es nicht zulassen.«

Ich löste mein Gesicht von seiner Brust und blickte zu ihm auf. Seine Augen waren dunkel, und die Hand auf meinem Rücken schien sich durch mein T-Shirt zu brennen. Es fühlte sich gut an, sich an seinen starken Körper zu lehnen, ich wollte seine Kraft absorbieren und sie mitnehmen. Unsere Blicke ließen einander nicht mehr los.

Ich stellte mich auf die Zehenspitzen, streckte mich und drückte meine Lippen auf seine. Im ersten Moment brachte er nichts heraus, dann murmelte er: »O Mann.«

Mit Luke war es immer zärtlich und sanft gewesen, leidenschaftlich, aber niemals intensiv. Gary und ich küssten uns voll stummer Verzweiflung. Er schob beide Hände unter meinen Po, hob mich hoch und setzte mich auf dem Bett wieder ab. Als er sich über mich beugte, während er mich mit beiden Armen umschlang, tauchte das Bild des Psychos vor meinen Augen auf, und ich erstarrte. Gary sah mich fragend an und begann sich zurückzuziehen, aber ich zog ihn neben mich aufs Bett, drückte ihn auf den Rücken, kroch auf ihn drauf und packte das Bettzeug zu beiden Seiten seines Gesichts. Einen kurzen Moment lagen wir so da, ich war mir jedes Zentimeters seines Körpers bewusst, und mein Herz pochte dumpf an seiner Brust. Seine Arme waren steif, als er mich am Brustkorb leicht anhob, und die Beine angespannt, als wollte er mich von sich fortschieben. Ich presste meine Wange an seine und flüsterte ihm ins Ohr.

»Ich muss … die Kontrolle haben. Nur so kann ich …«

Er entspannte sich, umfasste mein Gesicht mit einer Hand und drehte es zu sich, bis ich gezwungen war, ihm in die Augen zu blicken. Seine Stimme klang rau, aber zärtlich, und mit dem Daumen streichelte er meinen Wangenknochen.

»Bist du sicher, dass du das willst, Annie? Wenn du nicht weitergehen willst, ist das völlig in Ordnung für mich.«

Ich zitterte vor Angst, trotzdem drehte ich mein Gesicht in seiner Hand und biss sanft in den fleischigen Teil seines Daumens. Dann beugte ich mich vor, mein Haar bildete einen Vorhang um uns, und ich presste meine Lippen auf seinen Mund.

Doch sobald seine Küsse heftiger wurden, er meinen Hintern festhielt und sich mein Schritt an seinem rieb, erstarrte ich erneut. Er spürte die Veränderung und wollte etwas sagen, aber ich hielt seine Hände über seinem Kopf fest, und mit vor Scham brennendem Gesicht murmelte ich, die Lippen nah an seinem Mund: »Du darfst mich nicht berühren … du darfst dich nicht bewegen.« Ich war mir nicht sicher, ob er mich verstand, aber seine Lippen entspannten sich, und als ich mit meinem Mund über seinen strich, erwiderte er den Kuss nicht. Ich drückte und zog, zerrte und knabberte an seinen Lippen. Schob meine Zunge in seinen Mund, leckte und saugte, bis er begann zu stöhnen.

Ich zog uns beide aus, bis wir nur noch unsere Unterwäsche trugen, und küsste seine Brust, liebkoste ihn mit meinen Haaren, bis seine Brustwarzen hart wurden und er eine Gänsehaut bekam. Ich setzte mich rittlings auf ihn und sah ihm in die Augen, während ich seine Hand an meine Brust führte und damit meine Nippel streichelte, über den Brustkorb strich und dann, als ich immer sicherer wurde, sie zwischen meine Beine schob. Ich liebkoste mich selbst mit seiner Hand – die erste Hand, die mich seit dem Psycho dort berührte, einschließlich meiner eigenen. Als mein Körper zu reagieren begann und sich eine Woge der Lust aufbaute, war ich noch nicht bereit, darauf zu reiten. Ich zog seine Hand zurück und legte sie auf meine Brust. Ich küsste ihn wieder, verhakte meine Zehen in seinen Boxershorts und zog sie nach unten. Ohne aufzuhören, ihn zu küssen, zog ich meinen Slip aus und kickte ihn zur Seite.

Er hielt immer noch die Arme über dem Kopf.

Stirn an Stirn lag ich ruhig auf ihm, und meine Lippen schwebten dicht über seinem Mund. Ich spürte seinen heißen Atem, wie er ein- und wieder ausströmte und sich mit meinem vermischte. Seine Haut glühte, als hätte er Fieber, und ein dünner Schweißfilm bedeckte unsere Körper. Zuerst atmete er stoßweise, doch dann wurde er ruhiger und kontrollierte seine Atemzüge, für mich.

Ich stützte mich kurz auf die Zehenspitzen, spreizte die Beine, ließ mich wieder sinken und glitt über ihn. Er drang nicht in mich ein, sondern ich nahm ihn.

Ihm stockte der Atem, und ich hielt mit flatterndem Herzen inne und wartete darauf, dass er Luft holte, mich auf den Rücken warf und mich nahm, sich in mich drängte, dass er *irgendetwas* tat. Aber er unternahm nichts. Ich hätte weinen können. Über sein Geschenk.

Während ich auf ihm auf- und niederglitt, rührte er sich kein einziges Mal. Stoß folgte auf Stoß, sein Atem war der einzige Hinweis auf den erbitterten Kampf in seinem Inneren, und das Wissen, dass dieser starke, selbstbewusste Mann hilflos unter mir lag, ließ meine Bewegungen heftiger werden. Schneller. Gröber. Ich forderte ihn heraus, mich zu berühren, und ließ meine Wut an seinem Körper aus. Benutzte meine Sexualität als Waffe. Als er kam, bewegte er nicht einmal die Hüften, stieß nicht zu, nur seine Finger krümmten sich in meinen, während er sich am ganzen Körper anspannte, und ich fühlte mich beschwingt. Mächtig. Ich ritt weiter auf ihm, bis es schmerzhaft für ihn sein musste. Aber noch immer berührte er mich nicht. Schließlich hörte ich auf, wandte das Gesicht ab und ließ seine Handgelenke los. Erst jetzt hob er eine Hand und umfasste meinen Kopf, während er mich sanft in den Armen wiegte. Und dann weinte ich.

Anschließend lagen wir Seite an Seite auf dem Rücken und starrten an die Decke, während wir versuchten, wieder zu Atem zu kommen. Niemand von uns sagte ein Wort. Es war das genaue Gegenteil von meinen Erfahrungen mit dem Psycho gewesen, totale Kontrolle gegenüber völliger Ohnmacht. Ich hatte es tatsächlich geschafft, die Erinnerung an den Psycho von dem Bett und von meinem Körper fernzuhalten. Aber der Nebelschleier begann sich zu lichten, als ich aufschluchzte und daran dachte, was wirklich mit meinem Leben los war und was ich gerade getan hatte. Gary wollte etwas sagen, aber ich unterbrach ihn.

»Das war das erste Mal, dass ich … das gemacht habe, was wir gemacht haben, seit ich nach Hause gekommen bin. Ich möchte, dass du weißt, dass ich froh bin, dass du es warst, aber du brauchst dir keine Sorgen zu machen – ich erwarte nichts. Ich hoffe, dass sich dadurch nichts zwischen uns ändert.«

Sein Atemrhythmus veränderte sich, er stockte,

dann atmete er weiter. Er wandte mir das Gesicht zu und öffnete den Mund, doch ich unterbrach ihn erneut. »Versteh mich nicht falsch, ich bedauere es absolut nicht, und ich hoffe, dass es dir jetzt nicht leidtut, aber ich will nicht großartig darüber reden, okay? Lass uns einfach weitermachen … Was ist der nächste Schritt bei den Ermittlungen?«

Ich spürte seinen Blick auf meinem Gesicht, als würde er mich verbrennen, doch ich hielt starr die Augen an die Decke gerichtet. Mit leiser Stimme sagte er: »Nachdem ich morgen die Leute vom Motel befragt habe und ihnen das Bild der Leiche und das Foto aus der Verbrecherdatei gezeigt habe, fahre ich in die nächste Stadt. Kinsol.«

Ich hatte vergessen, wie nah Kinsol war. Es ist keine große Stadt – wahrscheinlich gibt es dort nur ein oder zwei Motels –, und der größte Teil der Einwohner arbeitet im dortigen Gefängnis.

Ich lachte und sagte: »Da hättest du fast meinem Onkel hallo sagen können, aber er wurde vor kurzem entlassen.«

Gary stützte sich auf den Ellenbogen und sah zu mir hinunter. »Welcher Onkel?«

Ich war davon ausgegangen, dass er Bescheid wusste, aber Mom und mein Onkel hatten unterschiedliche Nachnamen, also hatte er vielleicht keine Ahnung.

»Der Stiefbruder meiner Mutter, Dwight. Er hat

ein paar Banken ausgeraubt. Er war gerade in der Zeitung – ihr Cops wollt ihn zu einem Raubüberfall befragen. Aber wir haben nichts mit ihm zu tun, ich kann dir also nicht weiterhelfen.«

Gary drehte sich wieder auf den Rücken und starrte an die Decke. Ich wollte ihn fragen, woran er dachte, aber ich hatte gelernt, dass ich keine Antworten bekam, wenn ich ihn bedrängte.

»Gibt es irgendetwas, was ich tun kann, um bei den Ermittlungen zu helfen?«, sagte ich.

»Versuche dich im Moment von allen fernzuhalten. Ich muss noch ein paar Nachforschungen anstellen, aber morgen müsste ich alle Infos haben, und ich werde dich wissen lassen, wie wir weiter vorgehen. Wenn du irgendetwas herausfindest oder dich an etwas erinnerst, das uns weiterhelfen könnte, ruf mich sofort an. Und du kannst auch anrufen, wenn du nur reden musst.«

Seine Stimme klang bereits leicht verwaschen, und ich wusste, dass er bald einschlafen würde, also sagte ich: »Ich muss gehen. Emma ist zu Hause.«

»Ich fände es schön, wenn du bleiben würdest.«

»Danke, aber ich kann sie nicht die ganze Nacht allein lassen.« In Wahrheit traute ich mir nicht zu, die ganze Nacht ruhig neben ihm zu liegen, mit dem Bettzeug um uns geschlungen – und am nächsten Morgen zu erklären, was ich im Schrank zu suchen hatte, könnte schwierig werden.

»Die Vorstellung, dass du so spät noch allein übers Land fährst, gefällt mir gar nicht.«

»Ich habe es schließlich auch hierher geschafft.«

Im dämmrigen Zimmer hob er eine Augenbraue. Ich schmiegte mein Gesicht in die warme Mulde zwischen seiner Schulter und seinem Hals und sagte: »Ich dusche noch schnell, okay?«

Nachdem ich geduscht hatte, wobei ich versuchte, nicht an das zu denken, was ich gerade getan hatte, ging ich auf Zehenspitzen an seiner schlafenden Gestalt vorbei und schlüpfte aus dem Zimmer. Auf der Fahrt nach Hause waren die Straßen leer, und ich war ganz in meiner eigenen kleinen Welt. Wenn ich Emma bei mir gehabt hätte, hätte ich ewig weiterfahren können.

Meine Gedanken wanderten zurück zu dem Gespräch mit Gary, und ich wünschte, ich hätte ihm nicht erzählt, was Mom über Luke und Christina gehört hatte. Cops suchen überall nach verborgenen Motiven. Nicht dass ich es besser machte, aber ich wusste, dass die beiden mir niemals weh tun würden. Trotzdem hatte ich das Gefühl, mir müsste etwas auffallen, was ich nicht sah. In Gedanken ging ich alle mir bekannten Fakten noch einmal durch, aber ich kam nicht drauf, welches das fehlende Puzzlestück war.

Es wurde eine lange Nacht. Ich schlief im Schrank, aber ich wälzte mich herum und wachte früh am

Morgen auf. Groggy saß ich mit dem schnurlosen Telefon neben mir auf der hinteren Veranda und wartete darauf, dass Gary anrief und mir erzählte, was er herausgefunden hatte.

Ich hatte vergessen, dass Luke vorbeikommen wollte, um mir ein paar Rezepte und Bücher zu bringen, die er mir leihen wollte, deshalb war ich überrascht, als ich seinen Truck hörte. Als ich hinausschaute und ihn erkannte, verwandelten sich meine Beine in Gummi. Ich riss mich zusammen und öffnete die Tür. Er versuchte mich zu umarmen, aber ich erwiderte die Umarmung kaum.

»Alles in Ordnung?«, fragte er.

»Sorry, ich bin nur müde – habe letzte Nacht nicht gut geschlafen.« Ich wollte unbekümmert klingen, aber die Anspannung in meiner Stimme war nicht zu überhören. Ich wich seinem Blick aus.

»Hast du schon mehr über den Kerl erfahren, dessen Bild du identifiziert hast?«

Ich murmelte etwas davon, dass Gary an der Sache dran sei. Dann ließ ich eines der Bücher fallen, das er mitgebracht hatte, und als mich bückte, um es aufzuheben, stießen wir beinahe mit den Köpfen zusammen. Als ich zurückzuckte, blickte er mich fragend an, also bot ich ihm rasch eine Tasse Tee an. Ich betete, dass er seinen schnell austrinken würde und schüttete meinen herunter.

Noch nie habe ich mich so heuchlerisch gefühlt

wie in diesem Moment. Wir sprachen über unsere Hunde und seine Arbeit, während ich auf das Klingeln des Telefons wartete und mich fragte, was ich tun sollte, wenn Gary anrief, während Luke noch hier war.

Unsere Unterhaltung war von Pausen durchlöchert, und er rührte seinen Tee kaum an, bis er sagte, er müsse gehen. Als er mich an der Tür erneut umarmte, zwang ich mich, ihn ebenfalls zu drücken, und fragte mich, ob er wohl meine Schuldgefühle durch die Haut spürte.

»Annie, bist du sicher, dass alles in Ordnung ist?«

Ich wollte alles bekennen. Ich konnte nichts zugeben.

»Ich bin einfach nur total kaputt.«

»Dann ruh dich mal gut aus, okay? Befehl vom Doktor.« Er lächelte.

Ich zwang mich, das Lächeln zu erwidern. »Yes, Sir.«

Nachdem er gegangen war, wusste ich, dass ich ihm niemals würde erzählen können, was zwischen Gary und mir geschehen war. Ich wusste auch, dass ich jetzt niemals wieder zu ihm zurückkehren könnte. Luke gehörte der Frau, die entführt worden war, nicht derjenigen, die nach Hause gekommen war.

Eine Stunde später hielt ich die Ungewissheit nicht länger aus, und ich rief Gary an, aber er ging nicht ran, und sein Handy war ausgeschaltet. Erst am späten Nachmittag rief er endlich zurück. Ich wünschte, er hätte es nicht getan.

Der richtige Name des Psychos lautete Simon Rousseau, und als er starb, war er zweiundvierzig Jahre alt. Er wuchs in einer Kleinstadt in Ontario auf, zog mit Anfang zwanzig nach Vancouver und ließ sich schließlich auf der Insel nieder. Das Polizeifoto wurde gemacht, als er mit neununddreißig verhaftet wurde, weil er einen Mann so übel zusammengeschlagen hatte, dass dieser anschließend wochenlang im Krankenhaus lag. Der Psycho behauptete, die Ehefrau hätte ihn angeheuert, weil ihr Mann sie betrog. Ein Jahr später wurde seine Verurteilung angefochten, weil die Polizei irgendein Beweisstück verschlampt hatte. Nach seiner Entlassung aus dem Gefängnis kehrte er aufs Festland zurück, und die Polizei verlor ihn aus den Augen, bis ich sein Polizeifoto identifizierte.

Jetzt, wo sie seinen Namen hatten, verfolgten sie seine Spur zurück und versuchten, seine Aufenthaltsorte mit allen möglichen ungelösten Kriminalfällen in Beziehung zu bringen. Sie stellten fest, dass seine Mutter an Krebs gestorben und sein Adoptivvater tatsächlich spurlos verschwunden war. Weder seine Leiche noch sein Wagen waren bis heute irgendwo aufgetaucht.

Als sie keine alten Fälle fanden, die zu dem passten, was ich beschrieben hatte, überprüften sie einige der »gelösten« und stießen auf den Fall einer jungen Frau namens Lauren, die vergewaltigt und misshandelt tot in der Gasse hinter ihrem Haus liegen gelassen worden war. Ein Obdachloser war mit ihrem blutigen Pullover und ihrer Tasche aufgegriffen und des Mordes angeklagt worden. Ein Jahr später war er im Gefängnis gestorben.

Simon Rousseau, der ein paar Blocks von Lauren entfernt gelebt hatte, blieb noch jahrelang in engem Kontakt mit der Familie, besuchte sogar, bis zu ihrem Tod vor fünf Jahren, Laurens Mutter zu Weihnachten. Ich war froh, dass die Mutter nie erfahren hat, dass sie Jahr für Jahr den Mörder ihrer Tochter zu Hause empfangen hatte.

In seinen Zwanzigern lebte Rousseau in Vancouver, arbeitete jedoch in Holzfällerlagern im Norden als Koch. Und ja, eine Hubschrauberpilotin aus einem der Lager wurde tot aufgefunden, allerdings wurde nie wegen Mordes ermittelt. Ihr Freund war getrennt von ihr aus dem Wald ins Camp zurückgegangen und wunderte sich irgendwann, dass sie nicht auftauchte. Er ging zurück, um sie zu suchen. Als er sie nicht fand, wurde ein Suchtrupp losgeschickt, doch es dauerte einen Monat, ehe man ihre Leiche am Boden einer Schlucht fand. Sie war vollständig bekleidet, und ihr Genick war gebrochen. Weil es neblig gewesen war, als sie an jenem Tag nicht ins Camp zurückgekehrt war, hatte man angenommen, sie habe sich verirrt und sei von einem Felsvorsprung gestürzt.

Rousseaus genauer Aufenthaltsort und seine Aktivitäten, nachdem er aus dem Gefängnis entlassen worden war, waren nach wie vor unbekannt, und Gary sagte, dass man vielleicht nie erfahren würde, ob er auch für weitere Verbrechen verantwortlich war.

Während Gary sprach, saß ich auf meinem Sofa und zupfte an einem losen Faden in dem Überwurf herum. Ich war kurz davor, das verdammte Ding aufzuribbeln.

Ich sagte: »Bist du wieder in Clayton Falls?«

»Immer noch in Eagle Glen.«

»Hast du nicht gesagt, du wolltest heute nach Kinsol?«

»Ich war da, aber eine Angestellte aus diesem Motel, mit der ich reden muss, kommt erst heute Abend.«

»Über was willst du mit ihr reden? Ich dachte, du zeigst nur die Bilder herum. Hat jemand ihn wiedererkannt?«

»Ich will nur sicherstellen, dass ich jede mögliche Spur verfolge, dann komme ich morgen früh nach Clayton Falls. Alles klar?«

»Klar wie Schlammbrühe.«

»Tut mir leid, Annie, aber ich kann dir nicht mehr sagen, bevor ich die Fakten kenne. Wenn wir uns irren, kann es dir eine Menge unnötigen Kummer …«

»Was sagst du da? Wisst ihr, wer den Psycho angeheuert hat? Du kannst mir zumindest sagen, ob es jemand ist, den ich kenne!«

»Annie … es steht eine Menge auf dem Spiel.«

»Dessen bin ich mir sehr wohl bewusst – es ist schließlich *mein* Leben, das auf dem Spiel steht, oder hast du das schon vergessen?« Beim Klang meiner schroffen Stimme verließ Emma den Raum.

»Im Moment kann ich dir sagen, dass wir, nachdem du Rousseau identifiziert hast, sein Vorstrafenregister erhalten haben, und darauf aufbauend, überprüfen wir alle seine bekannten Verbindungen – das ist das übliche Vorgehen bei allen Ermittlungen.«

Während er auf diese Informationen gewartet hatte, hatte er ein paar der Zimmermädchen von der Tagesschicht im Motel in Eagle Glen gesprochen. Eine von ihnen meinte, das Bild des Psychos komme ihr bekannt vor, aber als er ihr das Fahndungsfoto zeigte, erkannte sie ihn nicht wieder. Aber *wenn* es derselbe Typ wie auf dem Computerausdruck war, dann hatte sie gesehen, wie eine Frau mit riesiger Sonnenbrille eines Morgens sein Zimmer betreten und fünfzehn Minuten später wieder verlassen hatte. Sie hatte das Auto nicht gesehen, aber sie glaubte, dass eines der anderen Zimmermädchen zu der Zeit gerade die Zimmer im unteren Flur saubergemacht hatte, dort, wo die Parkplätze waren. Auf diese Frau wartete Gary, um mit ihr zu reden.

In meinem Kopf drehte sich alles. Welche Frau hatte sich mit dem Psycho getroffen?

Ich sagte: »Tut mir leid, ich versuche nur … Es ist ziemlich viel auf einmal.«

»Das verstehe ich. Aber es ist wirklich wichtig, dass du …«

»Sorry, meine Mom ruft gerade auf der anderen Leitung an. Ich muss rangehen und sie abwimmeln, oder sie wird …«

»Geh nicht ran!«

»Okay, okay.« Doch als das Piepen endlich aufhörte, sagte ich: »Sie wird es erneut versuchen.«

»Hast du mit ihr über irgendetwas geredet, was wir letzte Nacht besprochen haben?« Seine Stimme klang angespannt.

»Luke ist der Einzige, mit dem ich heute geredet habe, aber ich würde nie …«

»Du darfst überhaupt nicht mit ihr über diese Dinge reden, Annie.« Etwas in seiner Stimme ließ meine Alarmglocken schrillen.

»Gary, sie ist meine *Mom*. Wenn du mir nicht auf der Stelle erzählst, was verdammt nochmal los ist, rufe ich sie an und erzähle ihr brühwarm jede Einzelheit.«

»Um Himmels willen.« Er schwieg einen Augenblick, dann hörte ich ihn tief einatmen. »Das wird nicht leicht für dich …«

»Sag es einfach.«

»Als du letzte Nacht hier warst, hast du erwähnt, dass dein Onkel im Kinsol-Gefängnis war, also habe ich überprüft, ob er und Simon Rousseau zur selben Zeit einsaßen. Das taten sie. Es ist ebenfalls bestätigt, dass dein Onkel dafür bekannt war, dass er Bilder von seinen Nichten in seiner Zelle an der Wand hatte. Nachdem das Zimmermädchen die Frau beschrieben hatte, haben wir einen Durchsuchungsbefehl beantragt, um das Bankkonto deiner Mutter auf irgendwelche ungewöhnlichen Transaktionen hin zu überprüfen.«

»Ich verstehe nicht … Was zum Teufel soll das?«

»Ich muss noch mit dem anderen Zimmermädchen reden, aber, Annie …«, seine Stimme wurde sanft, »es sieht so aus, als hätte deine Mutter etwas damit zu tun.«

Es traf mich wie ein Schlag.

Mehr weiß ich nicht. Gleich nachdem Gary die Bombe hat platzen lassen, musste er einen anderen Anruf annehmen. Er hat mir das Versprechen abgenommen, mit niemandem zu reden, und gesagt, er würde später noch einmal anrufen. Darum habe ich Sie angerufen, Doc, und deshalb klammere ich mich ans Handy, als hinge mein Leben davon ab. Ich musste raus, musste mit irgendjemandem reden. Ich hab es nicht ausgehalten, in meinem Haus herumzulaufen und mich zu fragen, was für eine schwachsinnige Theorie die Cops sich jetzt wieder ausgedacht haben. Irgendein durchgeknalltes Zimmermädchen hat eine Frau in dem Motel gesehen, und sie beschließen, es sei meine *Mom* gewesen? Hört sich an, als klammern sie sich an jeden Strohhalm.

Ich frage mich, ob Gary eine Nachricht bei mir zu Hause hinterlassen hat oder ob er sich an meine Handynummer erinnert – ich weiß nicht mehr, ob ich sie auf seiner Mailbox hinterlassen habe. Oder noch schlimmer, was, wenn er versucht hat, mich zu erreichen, als ich auf dem Weg hierher war und nicht überall Empfang hatte? Es gibt ein paar Funklöcher auf der Strecke. Ich muss hier raus – ich muss versuchen, ihn zu erreichen.

24. Sitzung

Ich weiß, dass ich heute wie ausgekotzt aussehe, aber glauben Sie mir, Doc, wenn ich Ihnen sage, wie meine Woche gelaufen ist, werden Sie es verstehen – und auch, warum ich Sie um eine längere Sitzung gebeten habe.

Als ich nach der letzten Sitzung nach Hause fuhr, kam ich an einer neuen Plakatwand vorbei, auf der der Apartmentkomplex am Wasser angepriesen wurde, das Projekt, das ich hätte übernehmen sollen. Das Plakat war ganz in der Nähe von der Ausfahrt zum Haus meiner Tante, und ich dachte daran, wie sauer sie immer geworden war, wenn meine Mom darüber gesprochen hatte. Dann fiel mir auf, dass Tante Val schon lange nicht mehr damit angegeben hatte, wie gut Tamara sich im Immobiliengeschäft mache.

Sobald ich zu Hause war, warf ich einen Blick auf Tamaras Website. Sie hatte ein paar nette Angebote, aber nicht annähernd so viele wie früher. Einfach nur so googelte ich ihren Namen, und er tauchte auf der Seite des Maklerverbandes auf – unter der Rubrik

Disziplinarstrafen. Es stellte sich heraus, dass meine perfekte Cousine letztes Jahr für neunzig Tage gesperrt worden war. Sie hatte eine abgewrackte Firma vertreten und in deren Auftrag riesige Mengen Bauland gekauft, ohne jemals offenzulegen, dass sie die Eigentümerin besagter Firma war. Nicht besonders schlau.

Offensichtlich wusste Mom nichts davon, sonst hätte ich längst davon gehört, *alle* hätten es erfahren. Tante Val konnte sich glücklich schätzen, dass ich bereits seit einem Monat verschwunden war, als Tamaras Sperre im monatlichen Mitteilungsblatt des Verbandes bekanntgegeben wurde. Und dann begriff ich.

Als Gary eine halbe Stunde später anrief, fiel ich sofort mit der Tür ins Haus. »Ich weiß, wer sich mit dem Psycho getroffen haben könnte.«

Gary schwieg einen Moment, dann sagte er: »Erzähl!«

»Ich habe gerade herausgefunden, dass meine Cousine kurz nach meiner Entführung ihre Maklerlizenz verloren hat, aber sie musste eine ganze Weile vorher gewusst haben, dass das passieren würde, und meine Tante hat es nie erwähnt. Meine Mom und ihre Schwester konkurrieren ständig miteinander, und ich sollte dieses große Projekt übernehmen …«

»Annie …«

»Hör mir zu! Du hast gesagt, die Frau habe eine große Sonnenbrille getragen, richtig?«

»Ja, aber …«

»Meine Tante Val begann diese Riesensonnenbrillen zu tragen, kurz nachdem meine Mom damit angefangen hatte.« Mom trug sie, weil sie glaubte, damit sähe sie aus wie ein Hollywoodstar, und sie *war* vielleicht sauer, als Tante Val sich auch so ein Teil zulegte. »Sie sehen sich ziemlich ähnlich. Tante Val ist ein bisschen größer, aber aus der Ferne kann man sie leicht verwechseln. Und meine Tante hat meinen Onkel immer besucht, im Gegensatz zu Mom – sie könnte ihm die Bilder mitgebracht haben. Als dieser Kerl mich letzte Woche überfallen hat, war sie innerhalb weniger Minuten zur Stelle, und …«

»Unsere Ermittlungen haben ergeben, dass deine Mutter deinen Onkel sehr wohl besucht hat, Annie.«

»Das kann nicht sein – sie redet ja nicht einmal über ihn.«

»Annie, wir haben eine Videoaufnahme und ihre Unterschrift in der Besucherliste.«

»Meine Tante hätte sich wie sie anziehen und ihre Unterschrift fälschen können, Moms Handschrift ist wie die eines Kindes …«

Gary seufzte. »Wir ziehen alle Möglichkeiten in Betracht, in Ordnung? Aber ich muss dir noch ein paar Fragen stellen. Als du in der Hütte warst, ist dir da jemals irgendetwas aufgefallen, das den Eindruck machte, nicht dorthin zu gehören? Irgendetwas, vielleicht so etwas wie ein Foto?«

»Die ganze Hütte gehörte da nicht hin, was hat das denn damit zu tun?«

»Es mag dir damals vielleicht nicht wichtig vorgekommen sein, aber vielleicht besaß er einen Gegenstand, von dem du dachtest, er passe nicht zu ihm?«

»Ich habe dir alles erzählt, Gary.«

»Manchmal führt ein Schock dazu, dass verdrängte Erinnerungen wieder hochkommen. Geh noch einmal in Gedanken durch die Hütte.«

»Da war *nichts.*«

»Irgendetwas im Schuppen vielleicht oder im Keller?«

»Wie oft sind wir das schon durchgegangen? Er hatte Kartons, er hatte Waffen, er hatte meine Kleidung, er hatte eine Rolle Geld mit einem …«

Rosa, es war rosa. Ich atmete lange und tief ein.

»Scheiße.« Dann waren wir beide still.

»Dir ist etwas eingefallen?«, fragte Gary schließlich.

»Der Psycho hatte dieses Bündel Geldscheine, mit einem rosa Haargummi drum herum, und als ich neulich bei meiner Mom war, hatte sie dieselbe Sorte Haargummi in ihrer Schublade, dieselbe Farbe, rosa, im Badezimmer, und ich habe eines für meine Haare genommen. Aber meine Tante …«

»Hast du es noch?«

»Ja, aber ich habe dir doch gesagt …«

»Wir brauchen es für einen Vergleich.«

Warum musste ich ihm auch unbedingt von diesem blöden rosa Gummiband erzählen? Am liebsten hätte ich mich übergeben.

Wie aus weiter Ferne hörte ich Gary sagen: »Fällt dir sonst noch irgendetwas ein?«

»Der Stiefbruder von meiner Mom, vielleicht hängt er irgendwie mit drin. Ich könnte versuchen, mit Wayne zu reden, um herauszufinden, ob er irgendwas weiß. Mom hat ihm vielleicht gesagt …«

»Es gibt noch eine letzte Sache, um die ich dich bitte. Denk daran, wir wissen noch nicht mit Sicherheit, ob deine Mutter darin verwickelt ist, und ich hoffe um deinetwillen, dass sie es nicht ist, aber wenn sie es ist, könntest du die Ermittlungen ernsthaft in Gefahr bringen. Also, zu *niemandem* auch nur *ein* Wort darüber, okay?« Als ich nicht sofort antwortete, sagte er mit seiner Cop-Stimme: »Ich meine es ernst.«

»Was wirst du jetzt machen?«

»Morgen früh sollte der Durchsuchungsbefehl genehmigt sein, aber es wird noch ein paar Tage dauern, bis wir die Kontoauszüge von der Bank bekommen. In der Zwischenzeit sammeln wir so viele Beweise wie möglich. Wenn wir deine Mutter zu früh befragen, könnte es sein, dass sie Beweise vernichtet oder untertaucht.«

»Es gibt nichts, worüber ihr sie befragen müsstet – sie hat nichts getan.«

Er senkte die Stimme und sagte: »Ich weiß, wie verwirrend das für dich sein muss, aber ich verspreche dir, dass ich anrufe, sobald wir etwas Eindeutiges wissen. Bis dahin versuche, dich von allen fernzuhalten. Es tut mir *wirklich* leid, Annie.«

Ich legte auf, doch es klingelte, als ich gerade gehen wollte. In der Meinung, es sei noch einmal Gary, hob ich ab, ohne auf das Display zu schauen.

»Gott sei Dank, ich hatte mir *solche* Sorgen um dich gemacht, Annie Bear. Vor Stunden schon habe ich dir eine Nachricht hinterlassen, und nachdem, was neulich passiert ist …« Mom hielt inne, um Atem zu schöpfen, und ich versuchte etwas zu sagen, aber meine Kehle war wie zugeschnürt.

»Bist du noch da, Annie?«

»Tut mir leid, dass ich mich nicht eher gemeldet habe.«

Ich wollte sie warnen, dass Gary hinter ihr her sei, aber was sollte ich sagen? Gary glaubt, dass du etwas mit meiner Entführung zu tun hast, aber ich denke eher, es war deine Schwester? Nein, Gary lag wahrscheinlich mit der ganzen Geschichte vollkommen daneben, und es würde Mom nur furchtbar aufregen. Ich musste meinen Mund halten. Ich umklammerte den Telefonhörer, bis es weh tat, und mit dem Rücken an die Wand gepresst, ließ ich mich zu Boden sinken. Emma kam aus ihrem Versteck und stieß mich mit der Schnauze an.

»Hat die Polizei noch mehr über diesen entsetzlichen Mann herausgefunden?«, fragte Mom.

O ja, sie haben eine Menge herausgefunden. Mehr als ich je wissen wollte.

»Keine neuen Spuren – die Ermittlungen scheinen im Sande zu verlaufen. Du weißt doch, wie die Cops hier in der Gegend drauf sind, sie würden ihren eigenen Hintern nicht finden, und wenn ihr Leben davon abhinge.« Ich ließ mich seitlich auf den Boden fallen. Mein Atem verwandelte Hundehaare in kleine Steppenhexen.

»Wahrscheinlich ist es das Beste. Du musst dich jetzt darauf konzentrieren, dass es dir wieder bessergeht. Vielleicht solltest du mal Urlaub machen.«

Gegen die heißen Tränen drückte ich meine Augen fest zusammen und biss mir kräftig auf die Zunge.

»Das ist eine gute Idee. Weißt du, vielleicht sollte ich einfach losfahren und ein paar Tage mit Emma zelten.«

»Siehst du, deine Mutter weiß, was das Beste für dich ist, aber vergiss nicht, dich mal zu melden, damit wir wissen, dass alles in Ordnung ist. Wir machen uns Sorgen um dich, Annie Bear.«

Nachdem ich aufgelegt hatte, schaute ich mich in meinem Haus um, und alles, was ich sah, war Schmutz. Ich sortierte meine Bücher in alphabetischer Reihenfolge und wischte die Wände mit Putzmittel und Wasser ab. Den Rest der Nacht verbrachte ich damit, auf allen vieren robbend, die Fußböden zu schrubben. Kein Zentimeter des Hauses wurde ausgespart. Während mein Körper mit Putzen beschäftigt war, arbeitete mein Verstand daran, alles wegzuerklären.

Obwohl in der Vergangenheit jemand den Psycho angeheuert hatte, konnte er *mich* sehr wohl zufällig ausgesucht haben – möglicherweise hatte ihn nur eine Freundin im Motel besucht. Und dass er zur gleichen Zeit im Gefängnis war wie mein Onkel, musste nicht notwendigerweise etwas bedeuten. Eine Menge Gefangene saßen dort ein, und vielleicht waren sie sich nicht einmal über den Weg gelaufen. Und wenn doch, dann erklärte das vermutlich, wie der Psycho überhaupt auf mich aufmerksam geworden ist – er hatte die Bilder von meiner Familie gesehen. Tante Val hatte Tamaras bevorstehende Sperre vielleicht deshalb nicht erwähnt, weil sie die endgültige Entscheidung des Maklerverbandes abwarten wollte. Dann verschwand ich, und das überschattete alles andere. Eigentlich war es nicht schlecht, dass sie Mom genauer unter die Lupe nahmen, denn wenn sie nichts fänden, würden sie sich endlich auf die Suche nach dem richtigen Partner des Psychos konzentrieren – wenn er überhaupt einen hatte. Alles würde gut werden.

Erst als ich am nächsten Morgen gegen sieben Uhr endlich aufhörte zu putzen, stellte ich fest, dass ich mir die Knöchel wundgescheuert und seit mehr als einem Tag nichts mehr gegessen hatte. Ich brachte gerade mal etwas Tee und trockenen Toast herunter.

Als Gary mich am späten Nachmittag anrief, um mir zu sagen, dass er vorbeikäme, um das Haargummi und das Foto abzuholen, das ich aus der Hütte mitgenommen hatte, informierte ich ihn über mein Gespräch mit Mom, einschließlich meines angeblichen Campingausflugs. Ich erklärte ihm, dass ich sie zumindest ab und zu anrufen müsste, oder sie würde anfangen, sich Gedanken zu machen, und er sagte, das sei in Ordnung, solange ich die Anrufe kurz hielte.

Außerdem schlug er vor, ich sollte Luke und Christina dieselbe Geschichte erzählen, damit niemand versehentlich die Sache vermasselte, und er wollte, dass ich in ein Motel ziehe, aber ich weigerte mich – das Ganze war auch so schon schlimm genug, auch ohne, dass ich mein Haus verlassen musste. Wir einigten uns darauf, dass ich das Auto hinten auf dem Hof verstecken und mich möglichst unauffällig verhalten sollte. Seit dem zweiten Entführungsversuch hatten Luke und Christina jeden Tag angerufen, und Christina hatte mir auf diese Ich-versuche-*wirklich*-dich-nicht-zu-drängen-Weise angeboten, dass ich eine Weile bei ihr wohnen könne. Sie hatte mein »Nein, danke« akzeptiert, mit einer großen Pause und einem tiefen Atemzug, und geantwortet: »Okay, wie du willst.« Aber ich wusste, dass sie sich Sorgen machen würden, wenn ich einfach nicht mehr reagieren würde, also schickte ich ihnen beiden eine E-Mail, dass ich ein paar Tage aus der Stadt rausmusste und dass sie mich bitte nicht anrufen sollten, weil ich im Moment mit niemandem reden wollte. »Sorry, aber ich mache gerade echt eine harte Zeit durch.«

Und das war nicht einmal gelogen.

Seit ein paar Tagen versteckte ich mich also in meinem Haus und benutzte im Dunkeln nur Kerzenlicht. Der Schrank war kein Problem, da ich ohnehin nicht schlief. Ich bin nicht einmal mit Emma rausgegangen – die meiste Zeit habe ich mit ihr geschmust und in ihr Fell geweint.

Einmal bin ich zu meinem Auto gegangen, habe den Motor ein paarmal aufheulen lassen und habe meine Mom vom Handy aus angerufen. Ich hab ihr gesagt, es gehe mir gut, aber ich sei gerade im Auto und die Verbindung würde dauernd unterbrochen, so dass ich nicht reden könne. Zumindest dieser Teil entsprach der Wahrheit – ich konnte kaum hallo sagen, ohne fast daran zu ersticken, alles für mich zu behalten.

Als ich meine E-Mails abrief, fand ich eine Nachricht von Christina. Sie hoffe, die Zeit allein würde mir helfen und dass es mir bessergehe, wenn ich zurückkäme. »Ich vermisse dich«, schrieb sie. Sie hat die Mail mit lauter XXXXX und einem kleinen Smiley unterzeichnet.

Am nächsten Tag entdeckte ich ihren Wagen auf meiner Auffahrt und hielt Emma die Schnauze zu, ehe sie bellen konnte. Christina lief ein paar Minuten draußen herum und fuhr dann davon. Als ich draußen nachschaute, stellte ich fest, dass sie die Zeitungen mitgenommen hatte, die sich auf der Treppe angesammelt hatten. Ich kam mir wie ein Vollidiot vor.

Gary rief an, um mir zu erzählen, dass die Dinge gut vorankämen und dass er meine Kooperationsbereitschaft zu schätzen wisse. Ich frage mich, ob er so aufgeregt war, weil er dem »Übeltäter« auf den Fersen war. Er ist schließlich nicht ohne Grund ein Cop.

Ich habe ihm nichts davon gesagt, dass ich heute zu meiner Therapeutin fahren würde – er hätte mir doch nur gesagt, ich solle es bleiben lassen –, und als er heute Morgen gegen acht anrief, war ich froh, dass ich den Termin nicht abgesagt hatte. Sie hatten endlich das Zimmermädchen in dem Motel ausfindig gemacht, und ja, sie erinnerte sich, dass die Frau eine Sonnenbrille getragen hatte – das Auto war so groß und die Frau so zierlich, sie musste sich richtig anstrengen, um die Tür aufzubekommen.

»Ich weiß, was du denkst, Gary, aber es muss eine … Mist, gib mir eine Minute.«

»Es tut mir wirklich leid, Annie, aber alle Indizien deuten auf deine Mom. Wir warten nur noch auf die Kontoauszüge, ehe wir sie für ein Verhör hierherbringen. In der Zwischenzeit werden wir …«

»Aber du weißt doch gar nicht mit Sicherheit, ob sie die Frau im Motel war. Nur weil es eine zierliche Frau war, bedeutet es noch nicht …«

»Es war eine zierliche *blonde* Frau, Annie. Das Zimmermädchen hat das Nummernschild nicht gesehen, aber das Auto war bronzefarben, genau wie der Wagen deines Stiefvaters. Außerdem hat sie deine Mutter auf einem Foto identifiziert.«

Das Blut rauschte dröhnend in meinen Ohren.

»Aber ich habe dir doch gesagt, dass meine Tante ihr ziemlich ähnlich sieht, und sie fährt einen Lincoln, in derselben Farbe wie der Caddie. Vielleicht hat sie sich mit ihrem Stiefbruder zusammengetan, und er war es, der versucht hat, mich zu entführen. Womöglich hat er sie auch erpresst – verdammt, ich weiß es nicht. Aber er ist immer noch da draußen, und wenn du nur einmal mit Wayne reden würdest, würde er dir bestätigen, dass Mom nichts mit ihm zu tun hat.«

»Wenn wir so weit sind, werden wir uns um Wayne kümmern.«

»Wenn ihr so weit seid? Worauf zum Teufel wartet ihr noch? Dass ich noch einmal verschwinde?«

»Annie, ich verstehe, dass du frustriert bist …«

»Ich bin verdammt nochmal nicht *frustriert*, ich bin stinkwütend! Ihr Jungs seid auf der vollkommen falschen Spur. Wenn ihr nichts unternehmt, werde ich mit Wayne reden und …«

»… dich selbst in Gefahr bringen? Das würde uns auch wirklich weiterhelfen.«

»Wayne würde mir nichts antun, er ist ein Trottel, aber kein bisschen gewalttätig. Verkabel mich doch, wenn du dir solche Sorgen machst.«

»Das hier ist kein Fernsehkrimi, Annie. Wir verkabeln keine Zivilisten, und du bist dafür nicht ausgebildet – ein falsches Wort, und du vermasselst den ganzen Fall, den du unbedingt lösen willst.«

»Bitte, Gary, seit einem Jahr kann ich nichts tun, um mir selbst zu helfen. *Ich muss daran beteiligt sein.* Ich kenne Wayne, wenn Mom ihm irgendetwas über ihren Stiefbruder erzählt hat, kann ich es aus ihm herausholen.«

»Sorry, aber darüber verhandle ich nicht mit dir. Du musst einfach Geduld haben. Jetzt muss ich zum Gericht, ich rufe dich später wieder an.«

»Okay, schon gut.«

Ich warf einen Blick auf die Uhr. Viertel nach acht. In zwei Stunden würde Wayne allein in dem Diner sitzen, in das er jeden Morgen ging, wenn er keinen Job hatte, was an den meisten Tagen der Fall war. Mom kam nie mit, weil sie für gewöhnlich ihren Rausch ausschlief. Ja sicher, ich würde Geduld haben, eine Stunde und fünfundvierzig Minuten lang.

Der morgendliche Ansturm im Diner hatte sich gelegt, aber der Duft von frisch gebratenem Speck hing noch immer in der Luft, als ich mich auf eine Bank direkt am Fenster schob. Eine Kellnerin kam mit einem Block und einem Stift vorbei. Der Stift war angeknabbert, und ihre Fingernägel waren abgekaut. Genau wie bei mir. Ich fragte mich, was sie wohl so nervös machte. »Was kann ich Ihnen bringen?«

»Im Moment nur einen Kaffee.«

»Oh, ich kenne Sie – Sie sind Waynes Tochter Annie, oder? Wie geht es Ihnen?«

Der Kassettenrekorder brannte in meiner Tasche. Was zum Teufel tat ich hier? Was, wenn Gary recht hatte und ich alles vermasselte?

»Gut, danke.«

»Wayne müsste gleich hier sein. Ich sage ihm, dass Sie hier sind, okay?«

»Das wäre nett.«

Sie brachte den Kaffee, und kaum war sie von meinem Tisch weg, hörte ich die Türglocke. Ich konnte nicht über die hohe Rückenlehne der Bank schauen, solange ich nicht aufstand oder seitlich daran vorbeispähte, aber das war ohnehin nicht nötig.

»Wie geht es der bestaussehenden Kellnerin der Stadt, Janie?«

»Gut, mein Hübscher. Rate mal, wer hier auf dich wartet.«

Mein Stiefvater kam um die Ecke zu meinem Tisch.

»Heiliger Strohsack, Annie – was tust du denn hier? Deine Mom sagte, du seist verreist.«

Die Kellnerin kam mit einem weiteren Kaffee zurück. Wayne setzte sich mir gegenüber.

Ich sagte: »Ich muss noch einmal mit den Cops reden. Darum bin ich früher zurückgekommen.«

Er nickte und rührte in seinem Kaffee.

»Sie haben ein paar neue Infos über den Kerl, der mich entführt hat.«

Er hob den Löffel mitten in der Rührbewegung hoch. »Ach ja? Was denn?«

»Vielleicht sollten wir an die frische Luft gehen«, sagte ich. »Es ist höllisch heiß hier drin – warum nehmen wir unseren Kaffee nicht mit und setzen uns in den Park?«

»Ich weiß nicht, deine Mom steht bald auf, und ich sollte ihr ein Päckchen Zigaretten mitbringen.«

»Wir müssen nicht den ganzen Tag im Park sitzen, ich wollte nur noch nicht nach Hause. Hast du deine Karten dabei?«

»Willst du spielen?«

»Klar, aber lass uns dazu rausgehen. Ich muss hier raus, es riecht, als hätten sie den Toast anbrennen lassen.«

Ich zahlte den Kaffee, Janie machte uns zwei Becher zum Mitnehmen fertig, und wir schlenderten über die Straße in den Park. Ich suchte uns einen Picknicktisch im Schatten aus, abseits von den anderen. Wayne mischte die Karten. Ich versuchte mich zu erinnern, ob wir jemals etwas allein zusammen unternommen hatten.

»Um ehrlich zu sein, Wayne, es ist kein Zufall, dass wir uns getroffen haben.« Er hielt mit dem Kartenstapel in der Hand inne, bereit zu geben. »Ich wollte mit dir reden.«

»Ach so?«

Ich verjagte Gary aus meinen Gedanken und sprang ins kalte Wasser. »Die Cops glauben, dass Mom etwas mit meiner Entführung zu tun hat. Jemand hat einen Wagen wie deinen Caddie vor einem Hotel gesehen, in dem der Kerl gewohnt hat, aber ich glaube …«

»Ein Haufen Leute haben so ein Auto wie ich.«

»Ich weiß, aber offensichtlich hat die Beschreibung des Zimmermädchens …«

»Die Cops irren sich.«

Ich starrte ihn an. Er starrte auf die Karten.

»Sieh mich an, Wayne.«

»Ich dachte, du wolltest spielen.«

»Sieh mich einfach an.« Langsam hob er den Kopf und blickte mir in die Augen.

»Weißt du etwas?« Er schüttelte den Kopf.

»Wayne, sie haben einen Durchsuchungsbefehl und überprüfen Moms Kontoauszüge.«

Er wurde bleich.

Meine Stimme war ruhig, aber meine Ohren dröhnten.

»Hat Mom irgendetwas damit zu tun?«

Vielleicht fünf Sekunden lang versuchte er, den Blickkontakt aufrechtzuerhalten. Dann stützte er den Kopf in die Hände. Ich sah, wie sie zitterten.

»Wayne, du musst mir erzählen, was los ist.«

»Es ist alles vorbei, so was von vorbei.« Er flüsterte. »Verdammt, was für ein Schlamassel …«

»Wayne!«

Den Kopf immer noch in die Hände gestützt, bewegte er ihn langsam hin und her.

»Du musst es mir jetzt sagen, Wayne, oder ich rufe die Cops, und du erzählst es denen.«

»Es tut mir leid, es tut mir so leid, wir wussten nicht, dass es ihm Spaß bringt, Frauen weh zu tun – ich *schwöre* es.« Er sah mich an, in seinem Blick lag Verzweiflung. »Ich hätte sie so oder so aufgehalten, auf jeden Fall, aber ich wusste es nicht.«

»*Was* wusstest du nicht?«

»Du weißt schon, dass deine Mom diesem Typen gesagt hat, er solle dich … mitnehmen.«

Nein, nein, nein, nein.

Auf der anderen Seite des Parks stieß eine Mutter ihr kleines Kind auf der Schaukel an. Das kleine

Mädchen quiekte und kicherte. Das Geräusch wurde gedämpft durch das Dröhnen in meinen Ohren. Waynes Lippen bewegten sich, aber ich erfasste nur einzelne Wortfetzen, Fragmente von Sätzen. Ich versuchte mich darauf zu konzentrieren, was er sagte, aber ich musste immerzu daran denken, dass die kleinen Räder des Kassettenrekorders sich ständig im Kreis drehten.

Er starrte mich an. »Mensch, Annie, du siehst aus, als ob … ich weiß nicht.«

Ich starrte zurück und schüttelte langsam den Kopf. »Ihr wart das, ihr beide wart das …«

Er beugte sich vor und begann, hastig auf mich einzureden. »Du musst meine Seite sehen, Annie. Es ist total danebengegangen. Aber ich wusste nichts davon, ich schwöre dir, dass ich nichts wusste. Als du verschwunden bist, blieb deine Mutter zuerst ziemlich cool, verstehst du? Das passte gar nicht zu ihr, ich hätte gedacht, sie würde ausflippen. Aber nachdem du mehr als eine Woche verschwunden warst, begann sie nachts herumzugeistern und wie ein Loch zu saufen. In der zweiten Woche hat sie dreimal deinen Onkel besucht, also hab ich sie direkt darauf angesprochen: ›Was ist los, Lorraine? Du hast doch irgendwelchen Ärger!‹ Alles, was sie sagte, war: ›Es ist nicht meine Schuld.‹« Er schluckte ein paarmal und räusperte sich.

»*Was* war nicht ihre Schuld? Du hast mir immer noch nicht gesagt, was genau sie getan hat.«

»Du solltest nur für eine Woche oder so verschwinden, aber es hat nicht richtig geklappt.«

Es hat nicht richtig geklappt. Es hat nur nicht richtig geklappt! Ich wusste nicht, ob ich lachen oder schreien sollte.

»Was du nicht sagst. Warum zum Teufel sollte ich überhaupt entführt werden? Hat der Psycho Dwight erpresst oder so etwas? Oder hat Dwight Mom bedroht? Hat sie ihn besucht? Was ist verdammt nochmal *passiert*, Wayne?«

»Ich weiß nicht, was sie mit Dwight abgemacht hatte – sie reagiert jedes Mal total merkwürdig, wenn ich sie nach ihm frage. Es war so, sie hat einen Film gesehen über ein Mädchen, das für zwei Tage entführt worden war, und nach dem Film wurden Interviews mit der echten Familie gezeigt. Lorraine sagte, dass du viel hübscher seist, und wenn du eine ganze Woche verschwunden wärst … du kennst sie doch, sie setzt sich was in den Kopf, und dann verbeißt sie sich darin wie ein Pitbull in ein Steak.«

»Willst du mir allen Ernstes erzählen, dass Mom mich wegen eines *Films* hat entführen lassen?«

»Es fing an, als sie hörte, dass du dieses Projekt mit den Apartments vielleicht nicht bekommst. Val würde sie über glühenden Kohlen rösten, wenn sie es herausfände – du weißt, wie die beiden sind –, aber wenn du berühmt wärst? Val würde für den Rest ihres Lebens daran zu knabbern haben.«

»Und du hattest keinen Schimmer, was sie vorhatte?«

»Verdammt, nein! Ich schwöre, dass ich nichts wusste. Sie sagte, dein Onkel würde einen Typ aus dem Knast kennen, der es tun würde, außerdem kannte er diesen Kredithai, der ihr die fünfunddreißig Riesen geliehen hat – aber davon wusste ich auch nichts.«

»Fünfunddreißig verdammte Riesen? So viel hat es also gekostet, mein Leben zu ruinieren? Was für eine beschissene Familie!«

»Deine Mom wollte nicht, dass dir etwas passiert. Dieser Mann hat nie angerufen, wenn er sollte – darum hat sie sich nach der ersten Woche so aufgeregt. Dein Onkel hat seine Fühler ausgestreckt, aber niemand wusste, wo der Kerl dich hingebracht hatte.«

»Aber warum hat sie nicht die Cops gerufen, als ich nicht nach Hause kam? Warum hast *du* sie nicht angerufen? Ihr habt mich einfach bei diesem Scheißkerl …« Meine Stimme überschlug sich.

»Sobald ich herausgefunden hatte, was los war, habe ich ihr gesagt, dass wir auf der Stelle die Cops informieren sollen, aber der Typ, der ihr das Geld geliehen hatte, sagte, die Cops wären hinter ihm her, sobald sie den Mund aufmachte, und dann würde er ihr das Gesicht aufschlitzen und mir beide Beine brechen. Er sagte, er könnte dafür sorgen, dass Dwight im Knast umgebracht würde. Wir haben ihm gesagt, dass wir erzählen würden, wir hätten den Kerl aus eigener Tasche bezahlt, aber er wollte sein Geld zurückhaben – und das würde er nie bekommen, wenn deine Mom und ich im Knast säßen. Aber wenn wir ins Gefängnis kämen, würde er uns da auch erwischen.«

Das war vermutlich die längste Unterhaltung, die ich je mit meinem Stiefvater geführt hatte, unsere erste Aussprache, und wir sprachen darüber, dass meine Mom mich hatte entführen und vergewaltigen lassen.

»Hattet ihr keine Angst, dass er mir etwas *antun* könnte? Dass er mich vielleicht *umbringen* könnte?«

Er zog ein jämmerliches Gesicht.

»Jeden verdammten Tag, aber ich konnte nichts tun. Wenn ich versucht hätte, dir zu helfen, hätten sie Lorraine weh getan. Als du vermisst wurdest, hat sie bei dem Kredithai Zeit herausgeschunden und ihm Geld gegeben, indem sie deine Sachen verkauft und versucht hat, jemanden zu finden, der einen Film dreht, aber daraus wurde nichts. Wir waren so gut wie pleite, als du nach Hause gekommen bist.«

Er holte tief Luft. »Nachdem ich dich im Krankenhaus gesehen habe, war ich vollkommen am Boden zerstört, aber Lorraine sagte, wie müssten weitermachen und für dich stark sein. Und wir hatten immer noch diesen Kredithai im Nacken sitzen. Lorraine sagte ihm, du würdest einen Film machen, und sie würde etwas Geld bekommen, für ihre Rolle darin, aber du hast sie immer wieder auflaufen lassen. Sie hat sich höllisch angestrengt, damit die Medien das Interesse nicht verlieren.« Ich dachte an all die Male, bei denen die Reporter genau zu wissen schienen, wo ich war. Sie hatten von Anfang an über Insiderinformationen verfügt.

»Jeder Groschen, den sie uns gaben, ging für unsere Schulden drauf. Aber vor etwa einem Monat sagte der Typ, er wolle den ganzen Rest auf einmal haben, oder er würde uns die Hölle heißmachen.«

»Warte einen Moment, der Mann, der versucht hat, mich auf offener Straße zu entführen. War das der Kredithai oder Dwight?«

Wayne starrte auf seine Füße.

»Habt ihr jemanden angeheuert, um mich *noch einmal* zu entführen?«

»Nein.« Er sprach so leise, dass ich ihn kaum verstehen konnte. »Das war ich.«

»Du? Um Himmels willen, Wayne, du hast mir *Todesangst* eingejagt, du hast mich verlet–«

»Ich weiß, ich weiß, es tut mir leid, du solltest nicht stürzen, ich wusste nicht, dass du dich so heftig zur Wehr setzen würdest. Deine Mom sagte, die Presse würde langsam das Interesse verlieren. Wir hatten keine andere Wahl, wir sind völlig am Ende, Annie.«

»*Ihr* seid völlig am Ende? Nein, Wayne, völlig am

Ende ist man, wenn man fast jeden Abend vergewaltigt wird. Wenn man sich wehrt und weint und schreit, damit er schneller kommt. Wenn man nach Stundenplan pinkeln muss. Weißt du, was er mit mir gemacht hat, als ich einmal heimlich gepinkelt habe? Er zwang mich, das Wasser aus der Kloschüssel zu trinken. Aus der *Kloschüssel,* Wayne. Man lässt nicht einmal seinen Hund daraus trinken. Und du behauptest, ihr wärt *völlig* am Ende?«

Mit Tränen in den Augen schüttelte Wayne den Kopf.

»Meine Tochter ist *gestorben*, Wayne.« Ich ergriff seine Hand und drehte sie um. »Ihr Kopf war nicht größer als deine Handfläche, und sie ist *tot*. Und du erzählst mir, meine Familie hätte mir das angetan? Ihr seid diejenigen, denen ich am meisten vertrauen sollte, und ihr …«

Ich hörte meine eigenen Worte, und es traf mich wie ein Schlag.

Vornübergebeugt umklammerte ich meine Beine, als ein ungeheurer Druck meine Brust zusammenzuquetschen schien, und mein Kopf fühlte sich an, als steckte er in einem Schraubstock. Ich schnappte unablässig nach Luft, während Wayne mir den Rücken tätschelte und immer wieder sagte, wie leid es ihm täte. Es klang, als würde er weinen. Die Ränder meines Blickfeldes wurden dunkel, und ich spürte, wie ich nach vorn kippte.

Wayne schlang die Arme um mich und hielt mich fest. »Verdammt, Annie, kipp mir hier nicht um.«

Nach ein paar Minuten hatte ich meine Atmung wieder unter Kontrolle, aber ich fühlte mich immer noch zittrig und fror am ganzen Körper. Ich hob den Kopf und schüttelte Waynes Arme ab. Ich holte noch einmal tief Luft, dann stand ich auf und schritt vor der Bank auf und ab, die Arme fest um meinen Oberkörper geschlungen.

»Seid ihr auch in mein Haus eingebrochen?«

»Ja. Deine Mom wollte direkt nach mir kommen, um dich zu retten, aber ich bin in dein Schlafzimmer, und du warst nicht da, der Alarm ging los, und ich bin durchs Fenster verschwunden. Als deine Mom dann über Nacht bei dir blieb, hast du ihr erzählt, wann du morgens immer läufst …«

Die Nacht, in der meine Mom mir Annie-Bear-Kekse und meine Fotos gebracht hatte. Ich setzte mich wieder hin.

Eine halbe Ewigkeit saßen wir einfach da, sahen einander an, sagten nichts und versuchten zu verstehen. Zumindest ich. Schließlich brach ich das Schweigen.

»Du weißt, dass du dich stellen musst, oder?«

»Das ist mir klar.«

Wir starrten zum Spielplatz hinüber. Kein Kind weit und breit. Die Sonne war hinter einer Wolke verschwunden, und im Schatten war es kühl. Eine leichte Brise bewegte die Schaukel hin und her. Die Luft war erfüllt vom rhythmischen Quietschen der Ketten und dem Geruch des aufziehenden Sturms.

»Weißt du eigentlich, wie sehr ich deine Mom liebe?«

»Ich weiß.«

Er holte tief Luft, dann verstaute er die Karten wieder in der Verpackung. Ich wollte ihn aufhalten, wollte sagen: *Lass uns ein letztes Mal spielen.* Aber dazu war es zu spät. Es war für alles zu spät.

»Ich begleite dich zum Polizeirevier.«

Gary war gerade vom Gericht gekommen und sah sauer aus, als er mich mit Wayne sah, aber sobald Wayne sagte, er wolle ein Geständnis ablegen, deutete Gary auf mich, sagte: »Du gehst nirgendwohin«, und führte Wayne im Handumdrehen ab.

Die nächsten Stunden verbrachte ich damit, auf dem Polizeirevier herumzulaufen, in Zeitschriften zu blättern und die Wände anzustarren – ich zählte die Risse, zählte die Flecken. Der Verrat meiner Familie schmerzte mehr als alles, was der Psycho mir je angetan hatte, und an einer Stelle, die er niemals hätte berühren können. Ich versuchte, vor dem Schmerz davonzulaufen, aber es gelang mir nicht.

Endlich kam Gary heraus.

»Du hättest nicht mit ihm reden sollen, Annie. Wenn das nach hinten losgegangen wäre …«

Ich reichte ihm das Tonband. »Aber das ist es nicht.«

»Wir können das nicht verwenden ...«

»Dazu zwingt euch auch niemand.« Auf keinen Fall würde ich mich entschuldigen.

Er schüttelte den Kopf, dann erzählte er mir, dass Wayne, nach einem Gespräch mit einem Pflichtverteidiger, beschlossen hatte, bei Zusicherung einer milderen Strafe ein volles Geständnis abzulegen und gegen meine Mom auszusagen. Er war verhaftet worden, angeklagt der Beihilfe zum Kidnapping, der räuberischen Erpressung und kriminellen Fahrlässigkeit. Man würde ihn bis zur Anhörung über die Kaution hierbehalten.

Gary sagte, die Kontoauszüge würden heute Nachmittag oder morgen früh eintreffen. Sie brauchten sie nicht mehr, um Mom zu verhaften, aber er wollte Waynes Aussagen bestätigt haben, ehe er sie verhörte. Außerdem wartete er auf die Ergebnisse aus dem Labor über die Haargummis, aber vermutlich würde er den Bericht erst morgen bekommen. Sie rechneten nicht damit, dass Mom eine Flucht riskieren würde – sie hatte noch nicht einmal einen Wagen –, und sie war keine Bedrohung für die Gesellschaft, so dass man sie, solange nichts dazwischenkäme, morgen früh holen würde.

Sie hatten Wayne dazu gebracht, Mom anzurufen und ihr zu erzählen, dass er unterwegs sei, um einem heißen Tipp für ein Geschäft am anderen Ende der

Insel nachzugehen. Wenn es zu spät würde, um nach Hause zu fahren, würde er bei einem Kumpel übernachten. Dann hatte er noch erwähnt, dass er mich zufällig getroffen habe, für den Fall, dass jemand es ihr erzählte, und hinzugefügt, dass ich wieder in der Stadt sei, aber müde von der Fahrt, und dass ich nach Hause fahren würde, um mich auszuruhen. Sie kaufte ihm alles ab.

Anschließend begleitete Gary mich hinaus zu meinem Wagen.

Er sagte: »Alles in Ordnung mit dir? Es muss hart gewesen sein, das alles zu hören.«

»Ich weiß nicht, wie es mir geht. Es ist alles so … ich weiß nicht.« Ich schüttelte den Kopf. »Hast du jemals gehört, dass eine Mutter so etwas tut?«

»Menschen tun Menschen, die sie lieben, die ganze Zeit schreckliche Dinge an. Jedes Verbrechen, das man sich vorstellen kann, wurde mindestens einmal begangen.«

»Dadurch fühle ich mich auch nicht besser.«

»Ich werde versuchen, dich anzurufen, sobald wir sie abgeholt haben. Willst du das Verhör sehen?«

»Ich weiß nicht, ob ich dazu fähig bin.«

»Ich weiß, sie ist deine Mom, und es muss hart sein zu begreifen, was sie getan hat, aber ich muss mich in diesem Punkt auf dich verlassen können. Du darfst nicht mit ihr reden, ehe wir mit ihr gesprochen haben, okay?«

»Jaja.«

»Ich meine es ernst, Annie. Ich möchte, dass du direkt nach Hause fährst. Ich hätte dir nicht einmal erzählen dürfen, was ich dir gerade erzählt habe, aber ich wollte dich nicht wieder im Ungewissen lassen wie zuvor. Du könntest vielleicht auf die Idee kommen, deine Mom zu warnen, aber ich vertraue dir, dass du das Richtige tun wirst. Enttäusch mich nicht. Denk einfach nur daran, was sie getan hat.«

Als ob ich daran erinnert werden müsste.

Ich gehorchte Garys Anordnung zum Teil – ich fuhr direkt irgendwohin, aber zu Ihnen, nicht nach Hause. Es war mir sogar egal, ob mich jemand sah. Gegen alle Vernunft hoffe ich immer noch, dass das alles nur ein riesiges Missverständnis ist.

25. Sitzung

Wahrscheinlich haben Sie die Zeitungen gesehen – ich sorge mal wieder für Schlagzeilen. Nach der letzten Sitzung habe ich während der Rückfahrt die ganze Zeit über Mom nachgedacht. Manchmal kann sie eine richtige Zicke sein, sie ist im Allgemeinen ziemlich egoistisch und lebt nach der Devise »Die Welt dreht sich allein um mich«, aber dass sie zu so etwas fähig sein sollte?

Als ich an dem Abend nach Hause kam, war eine Nachricht von Luke auf meinem Anrufbeantworter. Natürlich war er viel zu nett, um geradeheraus zu fragen: »Wo zum Teufel steckst du?«, stattdessen hatte er irgendwas davon gesagt, ich solle ihn wissen lassen, wenn ich wieder zu Hause sei. Ich habe nicht zurückgerufen – wusste nicht, was ich hätte sagen sollen.

Die Nacht verbrachte ich im Schrank, dachte an Mom – Gary hatte noch nicht angerufen – und stellte mir vor, wie sie rauchend und trinkend zu Hause vor dem Fernseher sitzt, ohne zu ahnen, dass die Kacke am Dampfen ist und sie am Abgrund steht. So verletzt und verraten ich mich auch fühlte, ich hasste den Gedanken, dass sie keinen Schimmer hatte, was ihr blühte.

Dann erinnerte ich mich daran, dass sie mich am Tag der Open-House-Besichtigung angerufen hatte. Sie hatte es geschafft, dass ich wegen einer *Cappuccinomaschine* ein schlechtes Gewissen bekam, während sie genau wusste, dass ein Ex-Sträfling mich wenige Stunden später entführen würde. Ganz zu schweigen davon, wie sie sich nach dem zweiten Entführungsversuch um mich gekümmert hatte – ich fühlte mich *geliebt*, und dabei hatte sie die ganze verdammte Sache eingefädelt. In diesem Moment wusste ich, dass ich mir das Verhör ansehen musste. Ich musste mit eigenen Ohren hören, warum meine Mutter mir das angetan hatte.

Gegen zehn am nächsten Tag rief Gary mich an. Sie hatten die Kontoauszüge meiner Mom am Morgen erhalten, und die Ergebnisse deckten sich mit Waynes Aussage. Außerdem hatte sich der Verdacht bestätigt, dass die beiden Haargummis aus derselben Partie stammten. Mom war verhaftet worden – das musste den Trailer Park in helle Aufregung versetzt haben –, und sie ließen sie auf dem Revier schmoren, bis ich käme. Ich brauchte nicht lange, obwohl ich den ganzen Weg über kehrtmachen wollte.

Ich hatte gar nicht gemerkt, dass ich zitterte, bis ich

das Revier betrat und Gary mir seine Jacke anbot. Sie war noch warm und roch nach ihm. Ich wünschte, ich hätte mich ganz und gar darin einhüllen und verschwinden können. Aus einem kleinen Raum neben dem, in den sie meine Mom gebracht hatten, starrte ich sie durch ein Fenster an. Auf ihrer Seite war wahrscheinlich nur ein Spiegel zu sehen. Ein paar Cops waren bei mir, und als ich einem von ihnen in die Augen blickte, schaute er auf seine Schuhe.

Mom hockte auf der Stuhlkante, die Hände unter die Schenkel geschoben. Ihre Füße berührten nicht einmal den Boden. Ihr Make-up war blass und verschmiert, vermutlich waren es die Überbleibsel von gestern, und ihr Pferdeschwanz saß schief. Dann sah ich es. Ein Lid hing tiefer als das andere. Sie war nicht völlig betrunken, aber vermutlich hatte sie heute Morgen schon etwas Wodka in ihren Orangensaft gemischt. Gary betrat den Raum und stellte sich neben mich.

»Hältst du das durch?« Er legte eine Hand auf meine Schulter und ließ sie dort ruhen. Das Gewicht vermittelte mir ein Gefühl von Zuverlässigkeit und Wärme.

»Was wollt ihr damit bezwecken? Ihr habt doch alle Beweise!«

»Man kann nie genug Beweise haben. Ich habe schon viele Fälle erlebt, bei denen wir dachten: *Volltreffer*, und am Ende sind sie den Bach runtergegangen. Es wäre besser, wenn wir sie dazu bewegen könnten zuzugeben, dass sie darin verwickelt ist.«

»Wer wird sie verhören?«

»Ich.« Seine Augen funkelten. Wenn er ein Pferd wäre, hätte er jetzt an der Kandare geruckt.

Als Gary das Verhörzimmer betrat, hellten sich Moms Gesichtszüge auf. Mein Magen zog sich zusammen.

Er begann damit, dass er ihr erklärte, dass man Video- und Tonbandaufnahmen von dem Gespräch machen würde, woraufhin sie in die Kamera lächelte, dann bat er sie, ihren Namen, die Adresse und das Datum zu nennen. Das Datum musste er ihr sagen.

Sobald das erledigt war, sagte er: »Die Beamten, die Sie heute Morgen hergebracht haben, haben Ihnen bereits Ihre Rechte vorgelesen, aber ich wiederhole noch einmal, dass Sie das Recht haben, sich rechtlichen Beistand zu holen, bevor Sie mit uns reden, und dass Sie zu jedem Zeitpunkt unserer Unterhaltung einen Rechtsanwalt hinzuziehen können.

Mom schüttelte den Kopf. »Das ist doch albern – wen soll ich denn gekidnappt haben?«

Gary hob eine Augenbraue. »Ihre Tochter.«

»Annie ist nicht *gekidnappt* worden. Ein Mann hat sie mitgenommen.«

Offensichtlich kam Gary zu dem Schluss, dass es sinnlos war, ihr die juristische Definition von Kidnapping zu erklären, und ich konnte ihm da nur zustimmen. Er fuhr fort.

»Wir haben hier eine unterschriebene Aussage von Wayne, in der genau beschrieben wird, was passiert ist und welche Rollen Sie beide dabei hatten.« Er öffnete eine Akte auf dem Tisch, legte ihr eine Erklärung vor und deutete auf eine Stelle darin. »Wir haben außerdem Ihre Kreditkartenrechnung, die belegt, dass Sie außerhalb der Stadt einen Van angemietet haben, und zwar einen Tag, bevor Annie erneut angegriffen wurde. Wir haben die Rechnung der Mietwagenfirma über einen *weißen* Van mit *Ihrer* Unterschrift. Wir haben einen Augenzeugen, der Sie und Simon Rousseau zusammen in einem Motel in Eagle Glen gesehen hat. Wir haben die Bestätigung, dass ein Haargummi, das unter Simon Rousseaus Besitztümern gefunden wurde, mit einem übereinstimmt, das sich noch vor kurzem in Ihrem Besitz befunden hat. Wir wissen, dass Sie es getan haben.«

Moms Augen wirkten riesig, als sie angespannt auf dem Stuhl hockte, aber gleich darauf entspannte sie sich und begann am Saum ihres Rockes herumzuzupfen. Dann wandte sie ihre Aufmerksamkeit ihren Fingernägeln zu.

Mit beiden Händen auf den Tisch gestützt, beugte Gary sich vor.

»Sehen Sie, meine Vorgesetzten glauben nicht, dass Sie Annie nur für eine Woche verschwinden lassen wollten. Das haben Sie Wayne erzählt, aber die glauben, dass Sie Simon Rousseau angeheuert haben, um sie umzubringen. Annie hatte eine fette Lebensversicherung, und ich bin mir sicher, dass Sie wussten, dass Sie die Begünstigte waren. Aber Ihr Plan ist nicht aufgegangen – Annie sollte niemals wieder lebendig nach Hause kommen.«

Bei jedem Satz zuckte Mom zusammen und wurden ihre Augen noch größer. Sie begann zu stammeln. »Nein … nein … natürlich nicht … sie *umbringen*? *Nein* … niemals in einer Million Jahren würde ich …«

»Ich glaube, Sie haben mich nicht verstanden, Lorraine. Meine Chefs *glauben* nicht nur, dass Sie Simon Rousseau angeheuert haben, um sie zu töten, sie *wollen*, dass Sie es getan haben, weil das einen gewaltigen Unterschied ausmacht, wenn es darum geht, wie lange Sie hinter Gitter müssen.«

Ich beobachtete Moms Gesicht, als sie sich ein paarmal mit der Zunge über die Lippen fuhr. Gary musste es so vorkommen, als sei sie nervös, doch ich kannte meine Mom, und dieses Lippenlecken war ein sicheres Zeichen dafür, dass sie versuchte, ihren vom Wodka benebelten Kopf klar zu bekommen.

»Die *wollen*, dass ich es getan habe?«

»Eine Menge Zeit und ein Haufen Geld, Geld von *Steuerzahlern*, ist bei diesem Fall draufgegangen. Meine Vorgesetzten sind nicht gerade erfreut darüber. Und die Öffentlichkeit? All die Freiwilligen, die ihre Wochenenden geopfert haben, um die Wälder zu durchsuchen und Flugblätter zu verteilen, während Sie die ganze Zeit wussten, was mit Annie geschehen war? Die wollen jetzt Blut sehen. Sie wollen nicht nur, dass jemand dafür büßt, sie *brauchen* jemanden, der dafür zahlt.«

»Das ist gut, dass sie jemanden dafür zahlen lassen wollen. Derjenige, der das gemacht hat, muss dafür zahlen.« Ihre Augen wurden feucht. »Wenn ich daran denke, was Annie durchmachen musste …«

Mit freundlicher Stimme sagte Gary: »Sehen Sie, Lorraine, ich bin auf Ihrer Seite. Ich versuche, Ihnen aus dieser verfahrenen Situation herauszuhelfen. Die anderen wollen Sie nicht nur verurteilen, Lorraine – sie wollen Sie vierteilen. Wenn Sie mir nicht irgendetwas an die Hand geben, mit dem ich etwas anfangen kann, werden Sie dafür im Gefängnis landen, dass Sie jemanden angeheuert haben, Ihre eigene Tochter umzubringen, und ich werde nicht in der Lage sein, dem etwas entgegenzusetzen.«

Beide Lider hingen nach unten, als sie ihn argwöhnisch musterte. Noch war sie nicht bereit, in die Falle zu tappen und an dem Käse zu knabbern, aber sie hob bereits schnüffelnd die Nase. Ich beobachtete die beiden – entsetzt, fasziniert und doch wie aus der Ferne, als wären das die Mutter von jemand anderem und irgendein unbekannter Cop.

»Ich war mit Ihnen im Krankenhaus, Lorraine – ich habe gesehen, wie schwer es für Sie war. Ich weiß, dass Sie Ihre Tochter aufrichtig lieben – Sie würden alles für sie tun.« Sie begann, mit den Beinen in die Luft unter dem Tisch zu treten. »Aber Annie, die kann ziemlich dickköpfig sein, das weiß ich, und egal, wie gut Ihre Ratschläge sind, sie hört nicht auf Sie, stimmt's?« Ich war mir nicht sicher, ob mir die Richtung gefiel, die er eingeschlagen hatte.

»Niemand hört Ihnen zu, stimmt's? Weder Ihre Tochter noch Wayne. Es ist bestimmt nicht leicht zuzusehen, wie er eine Chance nach der anderen vermasselt und nie etwas für Sie dabei herausspringt.«

»Dieser Mann würde nicht einmal aus einer Papiertüte herausfinden, wenn ich nicht auf ihn aufpassen würde.« Sie schleuderte den Pferdeschwanz nach hinten und wechselte die Gangart. »Manche Männer brauchen einen Extratritt, um ihr Potential auszuschöpfen.«

Gary lächelte ihr traurig zu. »Aber es wäre besser gewesen, wenn Sie ihn nicht hätten drängen müssen, Lorraine. Wenn er ein besserer Ehemann, ein besserer Versorger gewesen wäre, hätten Sie nichts von alldem tun müssen, nicht wahr?« Sie begann, bestätigend zu nicken, doch dann beherrschte sie sich und rührte sich nicht mehr.

»Und wir wissen beide, dass Wayne die Sache mit dem Kredithai hätte klären müssen, damit Sie Annie hätten retten können. Aber er hat es nicht getan. Nein, er hat es Ihnen überlassen, sich um alles zu kümmern. Und jetzt schiebt er *alles* auf Sie ab.«

Er beugte sich zu ihr hinüber, bis sich ihre Nasen fast berührten. Sie saugte an ihrer Lippe, als versuchte sie, den letzten Tropfen Alkohol daraus herauszusaugen. Sie wollte es sagen, wollte es ihm erzählen – sie brauchte nur noch einen kleinen Stupser.

In seiner Stimme schwang Mitgefühl mit, als Gary sagte: »Wayne hat Sie im Stich gelassen, daran gibt es nichts zu rütteln, aber *wir* können Ihnen helfen, Lorraine. *Wir* können dafür sorgen, dass Sie sicher sind. Es ist nicht Ihre Schuld, dass die Dinge so aus dem Ruder gelaufen sind.« Und mit diesem leichten Stoß taumelte sie über die Kante, ihr Gesicht wurde rot, und die Augen glänzten fiebrig.

»Er sollte sie nur eine Woche behalten. Er sagte mir, die Hütte sei nett, er hat mehr als einen Monat gebraucht, um alles für sie vorzubereiten, aber er wollte mir nicht sagen, wo sie liegt, weil er meinte, ich würde glaubwürdiger wirken, wenn ich wirklich nicht wüsste, wo sie ist. Er hatte ein Medikament, um sie zu beruhigen, damit sie keine Angst bekäme oder so – sie würde die meiste Zeit schlafen –, und es war vollkommen sicher. Am Ende der Woche wollte er sie in einem Wagen im Kofferraum auf der Straße aussetzen und dann bei mir anrufen und mir sagen, wo sie ist, damit ich anonym die Cops alarmieren konnte.

Aber er hat *nicht* angerufen, und die Handynummer, die er mir gegeben hatte, war nicht mehr gültig. Und ich konnte nichts tun, um sie zu schützen. Der Kredithai sagte, er würde mir das *Gesicht* zerschneiden.« Mit weitaufgerissenen Augen berührte sie ihre Wangen mit beiden Händen. »Ich habe Wayne losgeschickt, um mit ihm zu reden, und er hat es so vermasselt, dass wir danach sogar *noch* mehr Schulden hatten.«

»Haben Sie das hier Simon gegeben?« Gary schob das Foto von mir, das ich in der Hütte gefunden hatte, über den Tisch.

»Es war das einzige anständige Foto, das ich finden konnte – auf den Bildern, die ich von ihr gemacht habe, runzelt sie immer die Stirn.«

»Sie glaubten also, es sei wichtig, dass er Annie attraktiv findet?«

»Er hatte Fotos von ihr in Dwights Zelle gesehen, auf denen war sie noch klein, und er wollte wissen, wie sie als Erwachsene aussah.«

Gary, der gerade einen Schluck Kaffee genommen hatte, verschluckte sich und bekam einen Hustenanfall. Er holte ein paarmal tief Luft und räusperte sich, doch ehe er ein Wort sagen konnte, setzte Mom zu ihrem Schlussplädoyer an.

»Sie sehen also, es ist *nicht* meine Schuld – wenn er sich an meinen Plan gehalten hätte, wäre ihr nichts geschehen. Aber jetzt, nachdem ich Ihnen alles erzählt habe, können Sie mit Ihrem Boss reden und die Sache für mich wieder einrenken.« Sie lächelte liebenswürdig, streckte den Arm aus und legte ihre Hand auf seine. »Sie sind mir schon immer wie ein Mann vorgekommen, der weiß, wie man sich um eine Frau kümmert. Ich würde Sie gerne zu einem netten Abendessen einladen, als Zeichen meiner Wertschätzung Ihnen gegenüber …« Sie legte den Kopf schräg und schenkte ihm ein weiteres Lächeln.

Gary nippte mindestens eine Minute lang an seinem Kaffee, dann stellte er die Tasse ab und zog seine Hand unter Moms fort.

»Lorraine, Sie sind verhaftet. Sie werden eine sehr lange Zeit nirgendwo hingehen.« Sie sah tatsächlich überrascht aus. Dann verwirrt. Dann verletzt.

»Aber ich dachte, Sie würden mich verstehen.«

Gary richtete sich auf. »Ich verstehe sehr gut, Lorraine. Ich sehe, dass Sie ein Verbrechen begangen haben. Sie haben das Gesetz gebrochen, sogar mehrmals, und Sie tun nichts, um die Situation zu verbessern. Ich sehe, dass Sie einen Killer auf Ihre Tochter losgelassen haben. Ich sehe, dass der Killer Ihre Tochter geschwängert und anschließend das Baby umgebracht hat. Dass Ihre Tochter schreckliche Angst hatte, allein war, geschlagen, vergewaltigt und brutal misshandelt wurde – jeden Tag, ohne zu wissen, ob dieser Tag nicht vielleicht ihr letzter sein würde. Jetzt kann ich ihr endlich eine Antwort geben, aber ich wünschte, es wäre um Himmels willen nicht diese.«

Als Gary sich anschickte, den Raum zu verlassen, sprang sie auf und packte ihn am Arm, während er versuchte, sich an ihr vorbeizuschieben. Tränen schimmerten in ihren blauen Augen, als sie seinen Arm an ihre Brust presste.

»Aber ich wusste doch nicht, dass er ein *Killer* war, ich wollte nie, dass ihr jemand etwas antut – ich bin eine gute Mutter, verstehen Sie das denn nicht?« Ihre Stimme überschlug sich beim letzten Wort.

Gary fasste sie an den Schultern, schob sie behutsam von sich weg und ging zur Tür.

»Das ist nicht fair!«

An der Tür drehte er sich um und sagte: »O ja, es ist nicht fair, dass Annie so eine Mutter hat.«

Er kam in unseren kleinen Raum und stellte sich neben mich. Schweigend beobachteten wir Mom durch den Spiegel. Kurz nachdem Gary gegangen war, verzerrte sich ihr Gesicht vor Wut, doch ihre Lider hoben sich, als der letzte Rest ihres angetrunkenen Mutes verpuffte und seine letzten Worte ihre Wirkung entfalteten. Sie erbleichte und schlug beide Hände vor den Mund. Diesmal war es kein Als-ob-Jammern. Schluchzend begann sie am ganzen Körper heftig zu zucken und zu zittern. Mit wilden Blicken schaute sie sich in dem leeren Raum um. Sie taumelte zurück, landete hart auf dem Stuhl und starrte, immer noch schluchzend, auf die Tür.

»Willst du reingehen und mit ihr reden?«, fragte Gary.

»Ich kann nicht.« Ich zitterte.

Als ich ihn fragte, was als Nächstes geschehen würde, sagte er, Mom und Wayne würden bis zur Anklageerhebung in Haft bleiben, dann würde die Kaution festgesetzt. Ich hatte noch keinen einzigen Gedanken daran verschwendet, dass es ja eine Gerichtsverhandlung geben würde. Mit Sicherheit würde Mom versuchen, einen Deal auszuhandeln. Obwohl es mir egal sein sollte, was mit ihr geschehen würde, fragte ich mich, ob sie wohl einen Anwalt bekäme und wie sie sich einen leisten sollte.

»Was ist mit dem Kredithai? Kann er ihnen gefährlich werden?«

»Um den müssen wir uns noch kümmern. Aber wir werden dafür sorgen, dass ihnen nichts passiert.«

Keiner von uns sprach ein Wort, als Gary mich zu meinem Wagen brachte – ich hatte nicht die geringste Ahnung, was ich in dieser Situation sagen sollte. *Danke, dass du meine Mom festgenommen und sie so geschickt verhört hast – du weißt echt, wie man sie reinlegen kann!*?

Als ich in mein Auto steigen wollte, sagte er: »Ich habe etwas für dich.« Er reichte mir einen Packen

Spielkarten. »Wayne hatte sie bei sich, als wir ihn verhaftet haben, und er bat mich, sie dir zu geben. Er wollte, dass du weißt, wie leid es ihm tut.« Er schwieg und sah mich eindringlich an. »Mir tut es auch leid, Annie.«

»Es braucht dir nicht leidzutun – das ist dein Job, und du bist wirklich gut darin.« Ich wusste, dass ich verbittert klang, und er machte ein unglückliches Gesicht. »Es wäre noch schlimmer gewesen, wenn sie davongekommen wäre«, fügte ich hinzu, obwohl ich in diesem Moment nicht wusste, ob das die Wahrheit war oder nicht.

Ich musste mich dessen versichern, dass er mehr war als der Mann, den ich dabei beobachtet hatte, wie er meine Mutter fertigmachte.

»Erzähl mir etwas, das niemand über dich weiß.«

»Wie bitte?«

»Erzähl mir etwas – irgendwas.« Unsere Blicke trafen sich.

»In Ordnung«, sagte er schließlich. »Manchmal, wenn ich nicht schlafen kann, stehe ich auf und löffele Erdnussbutter direkt aus dem Glas.«

»Erdnussbutter? Das muss ich auch mal ausprobieren.«

»Mach das – es hilft.«

Wir schauten einander noch einen Moment an, dann stieg ich in mein Auto und fuhr davon. Im Rückspiegel sah ich, dass er mir nachblickte, bis ein paar Cops hinter ihm auftauchten, ihm auf die Schultern klopften und die Hand schüttelten. Ich schätze, auf dem Revier hatten sie heute ordentlich was zu feiern. Als ich zur Seite blickte und die Spielkarten auf dem Beifahrersitz sah, stellte ich fest, dass ich immer noch Garys Jacke anhatte.

Die Zeitungen haben schneller von der Sache Wind bekommen, als meine Mom sich einen Drink einschenken kann, und mein Telefon stand gar nicht mehr still. Gestern habe ich einen Reporter erwischt, als er vor meinem Fenster herumschlich, aber Emma hat ihn verjagt. Ich bin nicht mehr nur die Frau, die ein Jahr verschwunden war, jetzt bin ich auch noch die Frau, deren Mutter sie hat entführen lassen. Ich weiß nicht, ob ich diesen ganzen Mist noch einmal ertrage.

Gestern habe ich Luke angerufen, weil ich ihm sagen wollte, was los ist, ehe er es aus den Nachrichten erfährt. Er war zu Hause, und einen Moment lang meinte ich, die Stimme einer Frau im Hintergrund zu hören, aber vielleicht war das nur der Fernseher.

Ich erzählte ihm, was Mom getan hatte und dass sie verhaftet worden war.

Zuerst war er entsetzt und fragte immer wieder, ob ich mir sicher sei, doch als ich ihre Darstellung der Geschichte beschrieb, sagte er nur: »Sie muss sich ziemlich mies fühlen – hört sich an, als hätte sie vollkommen die Beherrschung verloren.«

Er empfand Mitleid für *sie*? Wie wäre es mit ein wenig Empörung zu meinen Gunsten? Ich wollte ihm die Meinung sagen, aber es war mir nicht mehr wichtig.

Nachdem ich aufgelegt hatte, starrte ich auf ein Bild von uns beiden, das auf dem Kamin stand. Wir sahen so glücklich aus.

Am nächsten Tag rief ich Christina an und erzählte es ihr. Sie holte scharf Luft, dann sagte sie: »O Gott, Annie, geht es dir gut? Nein, wie kann es dir gutgehen? Ich komme sofort vorbei. Ich bringe eine Flasche Wein mit, reicht das? Nein, wir brauchen eine ganze Kiste. Deine *Mom*? Deine eigene *Mutter* hat das getan?«

»Ja. Ich kann es immer noch nicht fassen. Können wir das mit dem Wein verschieben? Ich … ich brauche nur etwas Zeit.«

Sie schwieg, dann sagte sie: »Klar, ja, natürlich. Ruf an, falls du mich brauchst, okay? Ich lasse alles stehen und liegen und komme vorbei.«

»Das werde ich, danke.«

Ich habe weder Christina noch Luke erzählt, dass ich die Stadt gar nicht verlassen hatte, und das werde ich auch nicht. Und auf gar keinen Fall werde ich Christina erzählen, dass meine Mom versucht hat, sie schlechtzumachen. In den letzten Tagen ist das einzige Geräusch, das ich wahrnehme, diese permanente Totenklage in meinem Kopf. Und ich kann einfach nicht aufhören zu weinen.

26. Sitzung

Sorry, dass ich die letzte Sitzung habe ausfallen lassen, aber ich hatte meine Mutter besucht und brauchte eine Weile, bis ich mich wieder berappelt hatte. Wissen Sie, es ist komisch, in der Nacht, nachdem ich sie gesehen hatte, wollte ich unbedingt im Schrank schlafen. Mit meinem Kissen in der Hand stand ich ewig davor, aber ich wusste, dass es ein Schritt zurück wäre, wenn ich jetzt die Tür öffnen würde. Also habe ich mich wieder ins Bett gelegt und in Gedanken Ihre Praxis heraufbeschworen. Ich stellte mir vor, ich würde auf Ihrer Couch liegen, und Sie würden auf mich aufpassen. So bin ich dann eingeschlafen.

Sie brachten Mom in denselben Raum, in dem sie auch verhört worden war. Sie sah mir kurz in die Augen, dann wandte sie den Blick ab und nahm mir gegenüber Platz. Die Ärmel und Bündchen des schlabberigen grauen Overalls, den sie trug, waren hochgerollt, und die Farbe ihrer Haut war wie Asche – es ist Jahre her, dass ich Mom ungeschminkt gesehen habe. Die Mundwinkel hingen nach unten, und ohne ihren quietschrosa Lippenstift waren ihre Lippen so blass, dass sie mit der Haut zu verschmelzen schienen.

Mein Herz legte einen Stepptanz hin, während ich krampfhaft überlegte, was ich sagen sollte – *äh, tja, Mom, warum hast du mich eigentlich entführen lassen?* – und ob ich ihre Antwort hören wollte. Doch bevor ich irgendetwas sagen konnte, fragte sie: »Was sagt Val dazu?«

Überrascht sagte ich: »Sie hat eine Nachricht hinterlassen, aber ich habe nicht …«

»Du darfst ihr *nichts* erzählen!«

»Wie bitte?«

»Nicht, ehe wir uns überlegt haben, was wir machen.«

»*Wir?* Du wirst diese Sache allein durchstehen müssen, Mom. Ich bin nur hier, damit du mir erklärst, warum du mir das angetan hast.«

»Gary sagte, du wüsstest alles. Du *musst* mir helfen, Annie, du bist meine einzige Chance, damit …«

»Warum zum Teufel sollte ich *dir* helfen? Du hast jemanden dafür *bezahlt*, mich zu entführen, mir *weh zu tun*, und jetzt …«

»Nein! Ich wollte nicht, dass dir jemand weh tut – es ist nur … schiefgegangen, alles ist schiefgegangen, und jetzt …« Sie stützte den Kopf in die Hände.

»Und jetzt ist mein Leben ruiniert, und du sitzt im Knast. Gut gemacht, Mom!«

Sie hob den Kopf und sah sich mit hektischen Blicken im Raum um. »Das ist nicht richtig, Annie, ich kann nicht hierbleiben, ich werde *krepieren.*« Sie beugte sich über den Tisch und ergriff meine Hand. »Aber wenn du mit der Polizei reden würdest, könntest du ihnen sagen, dass du keine Anzeige gegen mich erstattest, oder erklären, dass du verstehst, warum ich das tun musste …«

»Ich *verstehe* es aber nicht, Mom.« Ich zog meine Hand fort.

»Ich hatte keine andere Wahl – schließlich hast du den ersten Platz immer knapp verfehlt.«

»Es war also *meine* Schuld?«

»Du weißt doch, wie Val mich behandelt hat. Wie sie auf uns heruntergeschaut hat.«

»Und ich weiß, wie du sie behandelt hast. Aber sie hat ihre Tochter nicht gleich entführen lassen.«

Mit Tränen in den Augen sagte sie: »Du hast ja keine Ahnung, Annie. Keine Ahnung, was ich durchgemacht habe …« Sie verstummte.

»Es hat etwas mit Dwight zu tun, oder?«

Schweigen.

»Wenn du es mir nicht erzählst, gehe ich los und frage Tante Val.«

Mom beugte sich über den Tisch und rief verzweifelt: »Das darfst du mir nicht antun, sie würde es nur benutzen, um …« Die Tür wurde geöffnet, und ein Cop steckte seinen Kopf hinein. »Alles in Ordnung?«

Ich sagte: »Kein Problem.« Mom nickte, und der Cop schloss die Tür wieder.

»Dir ist aber klar, dass die Presse wahrscheinlich bereits mit Tante Val geredet hat?«

Moms Schultern verkrampften sich.

»Die Reporter wollen jedes Detail über dich erfahren, wie du als Kind warst und was in deiner Kindheit passiert ist, dass so eine beschissene Mutter aus dir geworden ist.«

»Ich bin eine großartige Mutter, nicht so wie meine. Und Val wird niemals über unsere Kindheit reden. Sie will nicht, dass irgendjemand in ihrer perfekten Welt herausfindet, was sie getan hat.« Ihre Stimme bekam einen nachdenklichen Klang. »Sie würde es hassen …« Sie begann, mit den Fingernägeln auf die Tischplatte zu trommeln.

Mein Magen zog sich vor Grauen zusammen. »Mom, mach es nicht schlimmer, als es sowieso schon ist …«

Erneut beugte sie sich über den Tisch. »Sie war der Liebling unseres Vaters, weißt du, aber unser Stiefvater hat sie noch mehr bevorzugt.« Sie lächelte verbittert. »Als meine Mutter begriff, dass ihr Mann mit einer ihrer Töchter schlief, erzählte Val ihr, ich sei diejenige welche. In null Komma nichts landete mein Zeug im Vorgarten, und unser Stiefvater verließ die Stadt. Wenn Dwight nicht gewesen wäre, hätte ich ziemlich in der Klemme gesteckt.«

»Dwight?«

»Als sie mich rausgeschmissen hat, bin ich bei ihm eingezogen. Ich habe als Kellnerin gearbeitet und er als Maurer, bis wir diese Idee mit der Bank hatten.« Ihre Augen glänzten. »Nachdem er erwischt worden war, bin ich kaum zurechtgekommen, obwohl ich zwei Schichten pro Tag gearbeitet habe. Dann fing Val an, von dem Typ zu schwärmen, mit dem sie ausging, und wie toll es bei ihm zu Hause bei seinen Eltern sei, wie gut ihr Juweliergeschäft lief …«

»Dad.«

Wir schwiegen einen Moment.

»Als Dwight entlassen wurde, taten wir uns wieder zusammen. Wir brauchten einfach Geld. Aber er wurde wieder erwischt, und ich sagte ihm, dass ich nicht auf ihn warten könne, und heiratete Wayne.« Sie schüttelte den Kopf. »Erst, als du an diesem Apartmentkomplex dran warst, dachte ich, dass die Dinge endlich besser für mich laufen würden. Aber dann hörte ich, dass Christina deine Konkurrentin ist. Sie war eine viel bessere Maklerin.« Zischend stieß sie den Atem zwischen den Zähnen aus. »Wenn du verloren hättest, hätte Val mir für den Rest meines Lebens die Hölle heißgemacht.«

»Also hast du beschlossen, stattdessen mein Leben zu ruinieren?«

»Mein Plan war, dir zu *helfen* – du hättest für den Rest deines Lebens ausgesorgt gehabt. Aber nichts funktionierte so, wie es sollte. Wayne war völlig nutzlos, aber zumindest Dwight hat versucht, etwas zu tun.«

»Hat er diesen Laden für *dich* ausgeraubt?«

Sie nickte. »Ich habe dieser Filmproduzentin deine Nummer gegeben, aber du hast nur wieder Zeit geschunden, dabei brauchte ich dringend Geld für den Kredithai. Ich habe keine Ahnung, wo Dwight jetzt steckt.«

»Kümmert es dich überhaupt nicht, was ich deinetwegen durchmachen musste?«

»Ich finde es furchtbar, was dieser Mann dir angetan hat, aber du solltest eigentlich nur eine *Woche* wegbleiben, Annie. Was danach geschehen ist, war ein Versehen.«

»Wie kannst du behaupten, es sei ein Versehen gewesen? Du hast einen Mann angeheuert, der mich vergewaltigt hat und der für den Tod meines Kindes verantwortlich ist!«

»Es ist genauso wie damals, als du Eis wolltest und dein Dad in den Laden gegangen ist.«

Ich brauchte einen Augenblick, bis ich ihre Worte wirklich verstand, und noch länger, um meine Stimme wiederzufinden.

»Du redest von dem Unfall.«

Sie nickte. »Du wolltest ja auch nicht, dass sie sterben.«

Meine Augen füllten sich mit Tränen, als ich herauswürgte: »Du … du gibst mir die Schuld daran, dass sie tot sind? Das steckt da also hinter!«

»Natürlich nicht.«

»O doch. Du hast mir immer die Schuld gegeben.« Jetzt weinte ich. »Darum hast du gedacht, es sei ganz in Ordnung, wenn ich …«

»Du hörst mir nicht zu, Annie. Ich weiß, dass du nur Eis wolltest – du hast nicht geplant, dass sie getötet werden. Und ich wollte nie, dass dir etwas Schlimmes passiert, ich wollte nur, dass Val aufhört, mich herumzukommandieren.«

Ich war immer noch wie vor den Kopf gestoßen, als sie sagte: »Aber das wird sie nicht mehr lange. Morgen bekomme ich Besuch von einem Anwalt.« Sie stand auf und begann vor dem Tisch auf und ab zu laufen. Ihre Wangen hatten etwas Farbe bekommen. »Ich werde ihm erzählen, wie es war, mit Val als Schwester aufzuwachsen, was sie mit unserem Stiefvater gemacht hat, wie mein Leben aussah, nachdem ich rausgeschmissen wurde, wie sie mich immer unterdrückt hat – das ist seelische Misshandlung gewesen!« Abrupt blieb sie stehen und drehte sich zu mir um. »Ob sie zur Gerichtsverhandlung kommen wird? Dann muss sie dasitzen und zusehen, wie mein Anwalt …«

»Mom, wenn du auf einer Gerichtsverhandlung bestehst, werden all meine Wunden ein zweites Mal aufgerissen. Ich werde darüber reden müssen, was passiert ist. Ich werde *beschreiben* müssen, wie er mich vergewaltigt hat.«

Sie ging weiter auf und ab. »Das ist es! Wir müssen sie in den Zeugenstand bringen, damit sie beschreiben muss, was sie getan hat.«

»Mom!« Sie blieb stehen und sah mich an.

Ich sagte: »Tu mir das nicht an.«

»Es geht hier nicht um dich, Annie.«

Ich öffnete den Mund, um etwas zu erwidern, dann erstarrte ich, als ich den Sinn ihrer Worte erfasste. Sie hatte recht. Am Ende spielte es keine Rolle, ob sie es des Geldes wegen getan hatte, um Aufmerksamkeit zu bekommen oder um ihre Schwester ein für alle Mal zu besiegen. Nichts davon hatte etwas mit mir zu tun. Es war nie um mich gegangen. Weder für sie noch für den Psycho. Ich wusste nicht einmal mehr, wer von beiden gefährlicher war.

Als ich aufstand und zur Tür ging, sagte sie: »Wo willst du hin?«

»Nach Hause.« Ich ging weiter.

»Annie, *warte*!«

Ich fuhr herum, gewappnet gegen die Tränen, das Es-tut-mir-so-leid, das Lass-mich-nicht-allein.

Sie sagte: »Sprich mit niemandem darüber, ehe ich die Gelegenheit dazu hatte. Wir müssen die Sachen richtig anpacken, oder …«

»Verdammt nochmal, Mom, du hast es tatsächlich nicht begriffen, oder?«

Verdutzt starrte sie mich an.

Ich schüttelte den Kopf. »Und du wirst es auch nie kapieren.«

»Wenn du wiederkommst, bring mir eine Zeitung mit, damit ich …«

»Ich komme nicht wieder, Mom.«

Sie riss die Augen auf. »Aber ich brauche dich, Annie Bear.«

Ich hämmerte gegen die Tür und sagte: »Ach, das wirst du schon schaffen«, während ich darauf wartete, dass der Cop die Tür aufmachte.

Als er Mom wieder einschloss, taumelte ich auf eine Bank an der gegenüberliegenden Wand zu. Nachdem er fertig war, fragte er mich, ob mir etwas fehle und ob er Gary für mich holen solle. Ich sagte, ich bräuchte nur ein paar Minuten für mich, und er ließ mich allein.

Ich zählte die Steine in der Wand, bis mein Puls sich beruhigt hatte, dann verließ ich das Polizeirevier.

Die Zeitungen hatten herausgefunden, dass ich sie im Gefängnis besucht hatte, und am nächsten Tag warteten die Schlagzeilen mit wüsten Spekulationen auf. Christina hinterließ eine Nachricht, dass ich sie Tag und Nacht anrufen könne, wenn ich reden wollte. Sie versuchte es zu verstecken, aber ich hörte an ihrer Stimme, dass sie verletzt war, weil ich ihr nichts von dem Besuch bei Mom erzählt hatte. Tante Val hinterließ ebenfalls eine zögerlich klingende Nachricht, und ich fragte mich, wie viel sie wohl wusste. Aber ich rief keine von beiden zurück, ich meldete mich bei keinem von denen, die eine Ruf-an-wenn-du-reden-willst-Nachricht hinterlassen hatten. Was gab es da noch zu reden? Es war vorbei. Mom hatte es geschafft.

Ein paar Tage später legte ich die Broschüre von der Kunstschule auf meinen Nachttisch. Als ich sie am nächsten Morgen sah, dachte ich: *Verdammt, wenn ich mir meinen Traum erfüllen will, brauche ich Geld,* also sprang ich über meinen Schatten und rief die Tussi von der Filmgesellschaft an. Das Gespräch lief richtig gut. Sie schien tatsächlich recht sensibel zu sein und hörte sich an, als würde sie meine Wünsche respektieren. Obwohl sie aus Hollywood kam, redete sie wie ein normaler Mensch.

Ein Teil von mir wollte diesen Film immer noch nicht machen, aber ich wusste, dass es einen geben würde, und wenn irgendjemand von einem Film über mein Leben profitierte, konnte das genauso gut ich selbst sein. Außerdem ging es nicht wirklich um mich, nur um die Hollywood-Version von mir – sobald er in den Kinos lief, würde es nur noch ein Film sein. Nicht mein Leben.

Ich erklärte mich bereit, die Filmtussi und ihren Boss in einer Woche zu treffen. Sie sprach von einer ganzen Menge Kohle, genug, dass ich den Rest meines Lebens bequem davon leben könnte.

Kaum hatte ich den Hörer aufgelegt, rief ich Christina an. Ich wusste, dass sie glaubte, ich würde über Mom reden wollen, und als ich ihr erzählte, dass ich endlich doch auf die Kunstschule gehen würde, deutete ich ihr Schweigen als Zeichen der Überraschung. Als jedoch das Schweigen anhielt, sagte ich: »Weißt du noch? Die Schule in den Rockies, von der ich schon in der Highschool geredet habe.«

»Ich weiß. Ich weiß nur nicht, warum du jetzt dort hinwillst.«

Ihr Ton klang locker, aber ich hörte die unterschwellige Missbilligung heraus. Selbst damals hatte sie mich nicht dazu ermutigt, auf diese Schule zu gehen, aber ich dachte, es läge daran, dass sie mich vermissen würde. Ich wusste nicht, was dieses Mal der Grund war, aber ich wusste, dass ich ihn nicht hören wollte. »Weil ich es will«, sagte ich. »Und ich wollte dich bitten, mein Haus für mich zu verkaufen.«

»Dein Haus? Du willst gleich dein Haus verkaufen? Bist du sicher, dass du es nicht erst einmal nur vermieten …«

»Ich bin mir sicher. Ich werde es in den nächsten Wochen in Ordnung bringen, aber den Papierkram hätte ich gerne so schnell wie möglich erledigt. Also, wann kannst du vorbeikommen?«

Sie schwieg noch einen Moment, dann sagte sie: »Ich könnte wahrscheinlich am Wochenende mal reinschauen.«

Am nächsten Samstagmorgen kam sie vorbei. Während wir die Formulare ausfüllten, erzählte ich ihr von der Schule, dass ich es kaum abwarten konnte, dass ich am übernächsten Tag hinfahren würde, um mich einzuschreiben, und wie gut es sein würde, diesen ganzen Scheiß hinter mir zu lassen. Sie sagte nichts Negatives, aber ihre Reaktionen waren verhalten.

Als der geschäftliche Teil erledigt war, setzten wir uns auf die Treppe der vorderen Terrasse in die Morgensonne. Da gab es noch etwas, über das ich mit ihr reden wollte.

»Ich glaube, ich weiß, was du mir an dem Tag versucht hast zu sagen, als du mit dem Farbeimer hier aufgekreuzt bist.« Ihre Augen weiteten sich, und die Wangen bekamen einen rosigen Schimmer. »Keine Angst, ich bin dir nicht böse – oder Luke. Shit happens.«

»Es war nur ein einziges Mal, ich schwöre es«, flüsterte sie. »Wir hatten etwas getrunken, und es bedeutete gar nichts. Wir haben uns beide solche Sorgen um dich gemacht, und niemand verstand, was wir empfanden …«

»Es ist schon okay, ehrlich. Wir alle bauen mal irgendwelchen Mist, der uns hinterher leidtut, aber ich möchte nicht, dass du dich schämst. Vielleicht musste es einfach sein oder so ähnlich. Aber es ist nicht mehr wichtig.«

»Bist du sicher? Ich fühle mich …«

»Ich bin drüber hinweg, wirklich. Und jetzt quäl dich bitte nicht mehr damit, okay?« Ich stupste sie mit der Schulter an und schnitt eine Grimasse. Sie verzog ebenfalls das Gesicht, dann verfielen wir in Schweigen und beobachteten ein junges Paar mit einem Kleinkind am Ende meiner Auffahrt.

»Ich habe gehört, dass deine Mom überall herumerzählt, ich hätte versucht, dich aus dem Projekt zu drängen, bevor du entführt wurdest«, sagte sie nach einer Weile.

»Ja, sie sagte, deine Assistentin hätte einer Freundin von ihr oder so ähnlich erzählt, dass du die ganze Zeit meine Konkurrentin warst, aber ich weiß, dass es wahrscheinlich nur eine weitere von ihren Lügen war.«

»Eigentlich hat sie sogar teilweise recht damit. Man hatte mich tatsächlich gebeten, ein paar Vorschläge zu unterbreiten, und ich habe mich auch ein paarmal mit dem Auftraggeber getroffen. Ich wusste, dass sie auch mit jemandem von einer anderen Firma verhandelten, aber ich wusste nicht, dass du das warst, bis du es eines Tages erwähnt hast. Ich hab meine Bewerbung auf der Stelle zurückgezogen, und die Baufirma hat sich nicht wieder bei mir gemeldet, bis du verschwunden warst.«

»Du hast deine Bewerbung zurückgezogen? Warum?«

»Geschäfte sind nicht alles wert. Deine Freundschaft war mir wichtiger.«

»Ich wünschte, du hättest es mir erzählt. Ich hätte selbst zurückgezogen und dir den Vortritt gelassen. Du hattest viel mehr Erfahrung, und du hattest schon länger auf so einen Auftrag gewartet.«

»Darum habe ich dir nichts erzählt – ich wusste, dass wir uns am Ende darüber streiten würden, wer von uns verzichtet.«

Wir fingen beide an zu lachen, doch dann wurde Christina wieder still, während sie meinen Garten betrachtete.

»Das ist so ein schöner Ort.«

Mist, ich wusste, wohin das führen würde. »Ja, das stimmt, und ich bin sicher, dass irgendjemand ihn wirklich lieben wird.«

»Aber *du* liebst ihn, Annie, und es ist so schade …«

»Christina, lass es.«

Sie schwieg einen Moment, ihr Körper neben mir verkrampfte sich. Dann schüttelte sie den Kopf.

»Nein. Diesmal nicht. In den letzten Monaten habe ich deine Wünsche respektiert, habe schweigend dabeigesessen, als du dich abgestrampelt hast, um allein mit allem fertigzuwerden, aber ich werde nicht zulassen, dass du jetzt wegläufst, Annie.«

»Weglaufen? Wer zum Teufel redet hier von Weglaufen? Ich habe endlich die Kurve gekriegt, Christina, ich dachte, du würdest dich für mich freuen!«

»Weil du das Haus verkaufst, das du liebst? Und auf eine Kunstschule in den Rockies gehst, obwohl eine bessere Schule nur eine Stunde von hier entfernt ist? Das ist nicht die Kurve kriegen, sondern die Kurve kratzen.«

»Schon als Teenager wollte ich auf diese Schule, und dieses Haus erinnert mich an alles aus meinem Leben, einschließlich meiner Mom.«

»Genau, Annie. Du willst vor deiner Mom davonlaufen, seit du ein Kind bist. Meinst du, davon verschwindet der Schmerz? Du kannst nicht alles auslöschen, was dir passiert ist.«

»Willst du mich auf den Arm nehmen? Glaubst du, ich würde versuchen zu vergessen, was mit mir geschehen ist?«

»Ja, das glaube ich, aber du kannst es nicht. Du denkst jeden Tag daran, oder etwa nicht? Und es bringt mich um, dass du mir nicht genug vertrauen kannst, um mir davon zu erzählen. Dass du glaubst, ich könnte damit nicht umgehen.«

»Es geht nicht um *dich*, sondern um mich! *Ich* kann damit nicht umgehen! Selbst mit meiner Therapeutin kann ich kaum darüber reden. Und dann soll ich das *laut* vor jemandem aussprechen, der mich kennt, soll sagen, was er getan hat, was ich getan habe … in deine Augen sehen …«

»Schämst du dich? Ist es das? Es ist nicht deine Schuld, Annie!«

»Doch, verstehst du das denn nicht? Nein, tust du nicht, du kannst es gar nicht verstehen. Weil du niemals zulassen würdest, dass dir so etwas zustößt.«

»Glaubst du das *wirklich*? Um Himmels willen, Annie, du hast ein Jahr mit einem Verrückten überlebt, du hast ihn *umgebracht*, um zu entkommen, und ich komme noch nicht einmal aus meiner Ehe raus.«

»Deine Ehe? Was ist mit deiner Ehe?«

»Drew und ich … es läuft nicht mehr zwischen uns. Wir überlegen, ob wir uns scheiden lassen.«

»O nein! Du hast nie etwas davon gesagt.«

»Du wolltest keine Probleme wälzen, erinnerst du dich? Aber eine kaputte Ehe ist nun mal kein Thema für Smalltalk.« Sie zuckte die Achseln. »Wir hatten schon ein paar Probleme, bevor du verschwunden bist, aber im letzten Jahr ist es schlimmer geworden.«

»Meinetwegen?«

»Zum Teil. Ich war so von der Suche nach dir in Anspruch genommen, aber auch davor schon … Du weißt, dass das Immobiliengeschäft einem nicht viel Zeit für andere Dinge lässt. Ich dachte, das neue Haus würde helfen, aber …« Erneut zuckte sie die Achseln. Die beiden hatten das Haus einen Monat vor meiner Entführung gekauft, und alles, worüber sie damals redete, waren die neuen Möbel, die sie zusammen aussuchten. Ich hatte angenommen, es ginge ihnen prächtig.

»So viel hat sich verändert, Annie. Nach deinem Verschwinden hatte ich fast einen Monat lang jede Nacht Albträume. Ich konnte keine Open-House-Besichtigungen mehr machen. Letzte Woche rief mich ein merkwürdiger Typ an, der ein leeres Haus besichtigen wollte, und ich habe ihn an einen Kollegen verwiesen.

Ein ganzes Jahr lang ging es nur darum, dich wiederzufinden, doch dann hat Drew mich schließlich zu dieser Kreuzfahrt überredet, und ich war nicht hier, als du im Krankenhaus warst. Jetzt bist du zu Hause, aber ich habe dich immer noch nicht wieder. Ich vermisse dich! Und ich kann auch nicht länger die Augen vor dem Zustand meiner Ehe verschließen. Drew will zur Paarberatung, aber ich weiß nicht, was ich verflucht nochmal eigentlich will.«

Sie begann zu weinen. Ich starrte auf das Gras und blinzelte meine eigenen Tränen fort.

»Diese *Sache*, diese *furchtbare* Sache ist nicht nur dir widerfahren. Es betrifft jeden, der sich um dich sorgt, und nicht nur das. Es hat jeden in dieser Stadt getroffen – jede Frau im Land. Es hat das Leben einer Menge Leute verändert, nicht nur deins.«

Ich begann, die Grashalme zu zählen.

»*Nichts* davon ist deine Schuld. Ich will nur, dass du weißt, dass du nicht allein bist, andere Menschen haben ebenfalls gelitten. Darum verstehe ich auch, warum du weglaufen willst, ich würde es ja selbst am liebsten, aber du musst den Dingen ins Auge blicken. Ich liebe dich, Annie, wie eine Schwester, aber seit ich dich kenne, hältst du mich auf Distanz, auch wenn du mich oft an dich rangelassen hast. Und jetzt bist du kurz davor, einen Schlussstrich unter alles zu ziehen. Du gibst auf. Wie er …«

»Wie wer?«

»Der Typ.«

»Verdammte Scheiße, Christina, sag mir bitte nicht, dass du mich mit diesem Arschloch vergleichst.«

»Aber es war alles zu viel für ihn, oder nicht? Unter Menschen zu leben? Also ist er davongelaufen …«

»Ich laufe nicht *davon*, ich entwickle mich weiter und baue mir ein neues Leben auf. Vergleich das *niemals* mit dem, was er getan hat. Die Unterhaltung ist vorbei.«

Sie starrte mich an.

»Wirklich, ich denke, du solltest besser gehen.«

»Siehst du? Das ist typisch, jetzt läufst du schon wieder weg. Ich löse irgendwelche Gefühle bei dir aus, die du nicht aushalten kannst, denen du dich nicht stellen kannst, und das Einzige, was dir dazu einfällt, ist, mich wegzustoßen.«

Ich stand auf, ging ins Haus und knallte die Tür hinter mir zu. Wenige Minuten später hörte ich, wie ihr Auto davonfuhr.

Später am Abend rief Gary mich an, um mir zu sagen, dass sie den Kredithai aufgespürt hätten und Anklage gegen ihn erheben würden. Außerdem erzählte er, dass Mom reihenweise Besuch bekam und jedem ein Interview gab, der darum bat.

»Das ist keine große Überraschung«, sagte ich, »aber ich habe eine für dich.« Ich sagte ihm, dass ich endlich meinen Traum verwirklichen würde.

»Das ist gut, Annie! Hört sich an, als seiest du auf dem richtigen Weg.«

Ich war froh, dass er es nicht so sah wie Christina, und sagte: »Das Gefühl habe ich langsam auch. Und was ist mit dir?«

»Ich habe auch ein wenig nachgedacht. Einer meiner Ausbilder hat sich mit einer Beraterfirma selbständig gemacht und mich gebeten, sein Partner zu werden. Ich könnte wohnen, wo ich will, reisen, Vorträge halten und mir freinehmen, wann immer ich es brauche.«

»Ich dachte, du würdest deinen Job mögen.«

»Das dachte ich auch, aber nachdem wir deinen Fall unter Dach und Fach hatten, habe ich angefangen nachzudenken … Und dann das mit der Scheidung … Ich weiß nicht, es scheint einfach ein guter Zeitpunkt für ein paar Veränderungen zu sein.«

Ich lachte. »Ich weiß genau, was du meinst. Weißt du eigentlich, dass ich immer noch deine Jacke habe?«

»Ja, aber ich habe es nicht eilig damit. Ich habe mir gerade einen neuen Yukon Delani gekauft …«

»Wow, dann meinst du es ja echt ernst mit den Veränderungen. Aber kaufen sich Männer in der Midlife-Crisis nicht eigentlich Sportwagen?«

»Sobald ich mich einmal entschieden habe, trödel ich nicht lange herum, aber was ich eigentlich erzählen wollte, du Klugscheißerin, ist, dass ich an einem der nächsten Wochenenden einen Ausflug damit machen wollte. Wenn ich zufällig bei dir vorbeikomme, oder vielleicht auch, wenn du zur Verhandlung wieder hier bist, würde ich dir gerne einen Kaffee oder einen Lunch oder so vorbeibringen.«

»Ich werde eine Menge um die Ohren haben, mit der Schule und alldem.«

»Wie gesagt, ich habe es nicht eilig.«

»Bringst du auch Erdnussbutter mit?«

»Vielleicht.« Er lachte.

»Ich glaube, ich habe noch ein paar Löffel übrig.«

Am Montagmorgen stand ich früh auf und machte einen Ausflug zur Schule. Mensch, fühlte sich das gut an, von dieser Stadt wegzukommen, und sei es nur für ein paar Tage! Die Rockies bieten zu dieser Jahreszeit einen phantastischen Anblick, und als ich diese hohen Gipfel sah, die bis in den Himmel ragten, hatte ich meinen Streit mit Christina fast vergessen. Ich fuhr die ganze Strecke mit offenem Fenster, damit der klare reine Duft von warmen Kiefernnadeln mein Auto erfüllen konnte. Emma saß hinten und steckte den Kopf aus dem Fenster – wenn sie nicht gerade versuchte, mir den Nacken abzuschlecken. Langsam fuhr ich zur Schule hoch, und als ich das hübsche Gebäude im Tudorstil direkt vor mir sah, mit den Bergen im Hintergrund, wurde mir fast schwindelig.

Nachdem ich den Wagen abgestellt hatte, spazierte ich mit Emma auf dem Campus herum. Als ich an einer Gruppe junger Frauen vorbeikam, die mit ihren Skizzenblöcken auf dem Rasen saßen, schaute eine von ihnen auf, und wir lächelten einander zu. Ich hatte vergessen, wie schön es sein kann, wenn ein Fremder einen anlächelt. Doch dann erstarrte ihr Blick, und ich wusste, dass sie mich erkannt hatte. Ich wandte mich ab, gerade als sie ihre Freundin neben sich anstieß. Ich brachte Emma wieder ins Auto und machte mich auf die Suche nach dem Immatrikulationsbüro.

Für das Herbstsemester war ich zu spät dran, also füllte ich die Bewerbungsunterlagen für Januar aus. Ich hatte keine Mappe, aber ich hatte daran gedacht, meinen Skizzenblock mitzubringen, und den zeigte ich dem Studienberater hinter dem Tresen. Er sagte, ich dürfte keine Probleme damit haben, einen Platz zu bekommen, und gab mir Tipps, welche Skizzen ich einreichen sollte. Ich war enttäuscht, dass ich so lange würde warten müssen, aber der Typ meinte, ich könnte ein paar Abendkurse belegen, um mich vorzubereiten.

Auf dem Heimweg schmiedete ich bereits Pläne für den bevorstehenden Umzug, doch als ich mich Clayton Falls näherte, verfolgten mich Christinas Worte: *Du läufst davon.* Ich konnte immer noch nicht fassen, dass sie die Frechheit besessen hatte, mir das zu sagen. Was zum Teufel wusste sie schon? Und mir zu sagen, ich sei nicht allein? Natürlich war ich allein. Meine Tochter war tot, mein Dad war tot, meine Schwester war tot, und meine Mutter könnte genauso gut tot sein. Wer zum Teufel war Christina, mich für irgendetwas zu verurteilen, was ich tat?

Du läufst davon.

Stunden später parkte ich in Christinas Auffahrt, rannte zu ihrer Tür und hämmerte dagegen.

»Annie!«

»Ist Drew hier?«

»Nein, er übernachtet bei einem Freund. Was ist los?«

»Christina, ich sehe ein, dass du eine schwere Zeit durchmachst, aber das gibt dir nicht das verdammte Recht, mein Leben zu kontrollieren. Das ist mein Leben, *meins*. Nicht deins.«

»Okay, Annie, ich wollte nur …«

»Warum kannst du mich nicht einfach in Ruhe lassen? Du hast keine Ahnung, was ich durchgemacht habe.«

»Nein, das habe ich nicht. Weil du es mir nicht sagst.«

»Wie kannst du so etwas zu mir sagen? Meine Mutter hat mich *entführen* lassen!«

»Ja, das hat sie.«

»Sie hat mich belogen.«

»Sie hat jeden angelogen.«

»Sie hat mich da oben gelassen. Allein.«

»Vollkommen allein.«

»Meine Mutter hat mir das angetan.«

»Deine *Mutter*, Annie.«

»Und jetzt wird sie ins Gefängnis kommen. Ich habe niemanden mehr. Niemanden.«

»Du hast mich.«

Da brach ich endlich zusammen.

Christina hat mich nicht im Arm gehalten, als ich geweint habe. Wir saßen nebeneinander auf dem Fußboden, Schulter an Schulter, während ich schluchzend die Kränkungen meiner Mutter aufzählte. Jede Ungerechtigkeit, die sie mir angetan hat, seit ich ein Kind war, jeden zerplatzten Traum und unerfüllten Wunsch. Immer, wenn ich eine Sache ausgespuckt hatte, nickte Christina und sagte: *Ja, das hat sie dir angetan. Und das war falsch. Sie hat dir unrecht getan.*

Schließlich wurden meine Schluchzer zu einem gelegentlichen Schniefen, und eine merkwürdige Ruhe überkam mich.

Christina sagte: »Holst du Emma aus dem Wagen, während ich uns einen Tee mache?«

Wir zogen uns aus und schlüpften in zwei von ihren Pyjamas. »Seide«, erklärte sie lächelnd und erntete ein »Natürlich« sowie ein zittriges Antwortlächeln. Dann saßen wir am Küchentisch, mit einer vollen Kanne Tee vor uns. Ich holte tief Luft.

»Meine Tochter? Sie hieß Hope. Hoffnung.«

Dank

Ich schulde so vielen Menschen, die mir bei diesem Roman geholfen haben, ein großes Dankeschön – und beginne einfach am Anfang, wo alle guten Geschichten losgehen:

Dank an meine Tante Dorothy Hartshorne, die jede einzelne Version gelesen und mich ermutigt hat weiterzuschreiben. An meine ersten Leserinnen Lori Hall, Tracy Taylor, Beth Helms und Clare Henderson, die sich die Zeit für das Manuskript genommen haben. Meiner wunderbaren Mentorin Renni Brown für ihre scharfsinnigen Anmerkungen und ihren Glauben an dieses Buch. Auch Peter Gelfan und Shannon Roberts haben mir wertvolles Feedback gegeben, durch das ich den Roman weiterentwickeln konnte.

Constable B. D. McPhail, Constable H. Carlson, Staff Sergeant J. D. MacNeill, Constable J. Moffat, Dr. E. Weisenberger, Peter Gallacher und Stephanie Witzaney haben mich an ihrem Fachwissen teilhaben lassen. Alle Fehler oder Ausschmückungen sind allein mir zuzuschreiben.

Herzlicher Dank geht an meinen phantastischen Agenten Mel Berger, der alle meine vielen Fragen beantwortet hat, und meine wunderbare Lektorin Jen Enderlin, die meinem Roman eine Chance gegeben und ihn mit mir über die Startlinie gebracht hat. Ebenso danke ich dem ganzen Team bei St. Martin's, Sally Richardson, George Witte, Matthew Shear, Matthew Baldacci, John Murphy, Dori Weintraub, Lisa Senz, Sarah Goldstein, Sara Goodman, Elizabeth Catalano, Nancy Trypuc, Kim Ludlam und Anne Marie Tallberg sowie den Broadway- und Fifth-Avenue-Salesteams.

Danke, Don Taylor und Lisa Gardner, für die Mundpropaganda.

Ich möchte auch meiner Familie und allen meinen Freunden danken, die an mich geglaubt haben. Und meinem Mann Connel, der mir Essen an den Schreibtisch bringt und mir das Gefühl gibt, etwas ganz Besonderes zu sein.

Eine Anmerkung noch zum Schluss: Alle Ortschaften im Roman, inklusive Clayton Falls, sind rein fiktiv, auch wenn ich sie auf dem realen Vancouver Island angesiedelt habe.